D0735686

Shutter Island

Du même auteur
chez le même éditeur

Un dernier verre avant la guerre
Ténèbres, prenez-moi la main
Sacré
Mystic River
Gone, Baby, Gone
Coronado
Prières pour la pluie
Un pays à l'aube

Dennis Lehane

Shutter Island

Traduit de l'anglais (États-Unis)
par Isabelle Maillet

*Collection dirigée par
François Guérif*

Rivages/noir

Retrouvez l'ensemble des parutions des
Éditions Payot & Rivages sur

www-payot-rivages.fr

Titre original : *Shutter Island*
© 2003, Dennis Lehane
© 2003, Éditions Payot & Rivages
pour la traduction française
© 2006, Éditions Payot & Rivages
pour l'édition de poche
106, boulevard Saint-Germain – 75006 Paris

ISBN : 978-2-7436-2006-6

Pour Chris Gleason et Mike Eigen.
Qui ont su écouter. Et entendre.
Et parfois apporter leur soutien.

REMERCIEMENTS

Merci à Sheila, George Bick, Jack Driscoll, Dawn Ellenburg, Mike Flynn, Julie Anne McNary, David Robichaud et Joanna Solfrian.

Trois ouvrages m'ont été indispensables pour écrire ce roman : *Boston Harbor Islands*, d'Emily et David Kale, *Gracefully Insane*, le compte rendu d'Alex Beam sur l'hôpital McLean, et *Mad in America*, de Robert Whitaker, qui traite de l'utilisation des neuroleptiques sur les schizophrènes dans les établissements psychiatriques américains. Je dois beaucoup à ces trois œuvres pour leur remarquable valeur documentaire.

Comme toujours, merci à mon éditrice, Claire Wachtel (tous les écrivains devraient bénéficier d'une telle bonne fortune), et à mon agent, Ann Rittenberg, qui m'a offert ce livre en m'offrant ce disque de Sinatra.

... nous faut-il nourrir nos rêves
et les réaliser aussi ?

Elizabeth Bishop, *Questions of Travel*

Prologue

Journal du dr lester sheehan (Extrait)

3 mai 1993

Il y a des années que je n'ai pas revu l'île. La dernière fois, c'était du bateau d'un ami qui s'était aventuré dans l'avant-port ; je l'ai aperçue au loin, par-delà le port intérieur, enveloppée d'une brume estivale, pareille à une tache de peinture laissée par une main insouciante sur la toile du ciel.

Je n'y ai pas remis les pieds depuis plus de vingt ans, et pourtant, Emily affirme (parfois pour rire, parfois le plus sérieusement du monde) que c'est comme si je n'en étais jamais parti. Elle m'a dit un jour que le temps n'était pour moi qu'une série de marque-pages dont je me sers pour parcourir le texte de ma vie, revenant inlassablement aux événements qui ont fait de moi, aux yeux de mes collègues les plus perspicaces, un homme manifestant tous les symptômes du parfait mélancolique.

Peut-être qu'Emily a raison. Elle a presque toujours raison.

Bientôt, je la perdrai elle aussi. Ce n'est plus qu'une question de mois, nous a annoncé jeudi le

Dr Axelrod. Faites-le, ce voyage, nous a-t-il conseillé. Celui dont vous parlez tout le temps. Florence et Rome, Venise au printemps. Vous savez, Lester, a-t-il ajouté, vous n'avez pas l'air trop en forme non plus.

Je ne dois pas l'être, c'est vrai. En ce moment, il m'arrive de plus en plus souvent d'égarer certaines choses, surtout mes lunettes. Ou mes clés de voiture. J'entre dans des magasins pour oublier aussitôt ce qui m'y a amené, je sors du théâtre sans le moindre souvenir du spectacle auquel j'ai assisté. Si le temps n'est réellement pour moi qu'une série de marque-pages, alors quelqu'un a dû secouer le livre pour en faire tomber tous les morceaux de papier jaunis, rabats de pochettes d'allumettes, touillettes aplaties, avant de lisser avec soin les feuillets cornés.

Voilà pourquoi je tiens à coucher ce récit sur le papier. Pas pour en modifier le cours à ma guise de façon à paraître sous un jour plus favorable. Non, non. Jamais il ne m'y aurait autorisé. À sa manière bien à lui, il détestait le mensonge plus que quiconque. Je veux juste sauvegarder le texte, le transférer de son abri actuel (qui, très franchement, commence à devenir trop humide et fuit de toutes parts) à ces pages.

L'hôpital Ashecliffe occupait le cœur de la plaine centrale au nord-ouest de l'île. Sous des airs parfaitement innocents, devrais-je ajouter. Il ne ressemblait pas du tout à un établissement psychiatrique pour malades criminels, et encore moins au camp militaire qu'il était auparavant. À vrai dire, pour la plupart d'entre nous, il évoquait un pensionnat. Le directeur habitait juste devant le bâtiment principal, dans une bâtisse victorienne au toit mansardé, et le médecin-chef avait pris ses quartiers dans le château miniature de style Tudor, superbe et sombre, autrefois réservé au commandant de l'Union responsable du littoral nord-est. Le personnel logeait à l'intérieur du mur d'enceinte – les cliniciens dans de pittoresques cottages en bois, les aides-soignants, les gardes et les infirmières dans trois longs dortoirs en parpaings. Le parc se composait de pelouses et de haies sculptées, de grands chênes majestueux, de pins sylvestres, d'érables taillés avec soin et de pommiers dont les fruits roulaient sur l'herbe à la fin de l'automne ou tombaient au sommet du mur. Et au beau milieu, flanqué de deux ailes coloniales identiques, se dressait l'hôpital lui-même, un édifice mêlant la pierre couleur anthracite à l'élégance du granit. Derrière l'institution se trouvaient des escarpements rocheux, des marécages et une étroite vallée où une ferme collective avait vu le jour et disparu juste après la guerre d'Indépendance. Les vergers plantés à cette époque avaient survécu – pêchers, poiriers et merisiers – mais ne donnaient plus, et, la nuit, les vents s'engouffraient souvent dans cette gorge, hurlant ou feulant comme des chats.

Il y avait aussi le fort, bien sûr, présent bien avant l'arrivée du personnel hospitalier et toujours debout, dominant la pointe méridionale. Et le phare encore plus loin, désaffecté depuis une époque antérieure à la guerre de Sécession, éclipsé par le puissant faisceau lumineux du Boston Light.

Du large, tout cela n'était guère impressionnant. Il faut se représenter les lieux tels que Teddy Daniels les a vus par une belle matinée de septembre 1954 : un simple enchevêtrement de broussailles en plein milieu de l'avant-port. Moins une île, en vérité, que son ébauche. Quel dessein pouvait-elle servir ? a-t-il dû se demander. Oui, quel dessein ?

Les rats comptaient parmi les plus volumineuses créatures de notre faune. Ils hantaient les buissons, formaient de longues files sur la grève le soir, escaladaient les rochers mouillés. Quelques-uns étaient aussi gros que des flets. Au cours des années qui ont suivi ces quatre étranges journées de l'été 1954, j'ai pris l'habitude de les observer depuis une faille dans la colline surplombant le littoral nord. J'étais fasciné par les efforts que déployaient certains d'entre eux pour nager jusqu'à Paddock Island – guère plus qu'un caillou niché dans une poignée de sable submergé vingt-deux heures par jour. Lorsque la marée atteignait son point le plus bas pendant une heure ou deux, ils s'y risquaient parfois, ces rats – jamais plus d'une douzaine que le contre-courant ramenait invariablement sur la côte.

J'ai écrit « invariablement », mais c'est faux. J'en ai vu un réussir. Une seule fois. La nuit de la pleine lune d'automne, en octobre 56. J'ai vu son corps noir, sinueux et souple comme celui d'un mocassin d'eau, filer sur la plage.

Du moins, il me semble. Emily, que j'ai rencontrée sur l'île, dirait : « Non, Lester, impossible. Tu étais beaucoup trop loin. »

Elle a raison.

Pourtant, je sais ce que j'ai vu. Un gros rat cavalant sur le sable – un sable couleur gris perle perdant déjà du terrain tandis que la marée revenait noyer Paddock Island, et aussi l'animal, je suppose, car à ma connaissance il n'a pas regagné l'île.

Mais en cet instant, tandis que je le regardais fuir (et j'en suis sûr, je l'ai vu, au diable les distances), j'ai repensé à Teddy. À Teddy et Dolores Chanal, sa malheureuse épouse défunte, à Rachel Solando et Andrew Laeddis, ces deux jumeaux de l'angoisse, et au chaos qu'ils ont semé dans notre existence à tous. Je me suis dit que si Teddy s'était trouvé à mes côtés, il l'aurait vu aussi, ce rat. Oh oui, il l'aurait vu.

Et laissez-moi encore ajouter une chose :

Teddy ?

Il aurait applaudi.

Premier jour

Rachel

1

Le père de Teddy Daniels était pêcheur. Il dut céder son bateau à la banque en 1931 – Teddy avait onze ans à l'époque –, et il passa le reste de sa vie à trimer sur le bateau des autres quand ils avaient du travail à lui proposer, à décharger des marchandises sur les docks quand ils n'en avaient pas ou, lorsqu'il était rentré à la maison vers dix heures du matin, à demeurer de longs moments affalé dans un fauteuil, en contemplation devant ses mains, les yeux écarquillés et le regard sombre, marmonnant tout seul de temps à autre.

Il avait emmené Teddy voir les îles à l'époque où celui-ci n'était encore qu'un petit garçon bien trop jeune pour l'aider à bord. Tout ce que l'enfant avait été capable de faire, c'était de démêler les lignes et de décrocher les gaffes. Il s'était coupé à plusieurs reprises, et les gouttelettes de sang apparues au bout de ses doigts lui avaient souillé les paumes.

Ils étaient partis de nuit, et au lever du jour une froide lumière couleur ivoire avait émergé de la ligne d'horizon ; les îles s'étaient alors matérialisées dans le crépuscule, blotties les unes contre les autres comme si elles avaient été prises en faute.

Sur la grève de l'une d'elles, Teddy avait distingué un alignement de petites cahutes dans des tons pastel ; sur une deuxième, une propriété en ruine. Son père lui avait montré la prison sur Deer Island et le fort majestueux sur Georges Island. Sur Thompson Island, les grands arbres grouillaient d'oiseaux dont les jacassements lui avaient fait penser à de fortes bourrasques charriant grêlons et morceaux de verre.

Par-delà toutes les autres, celle baptisée Shutter Island ressemblait à la cargaison d'un galion espagnol que les marins auraient jetée par-dessus bord. En ce temps-là, au printemps de l'année 1928, elle était livrée à elle-même, envahie par un exubérant fouillis de végétation ; le fort qui se dressait sur son point culminant étouffait sous l'étreinte des plantes grimpantes et se couvrait de vastes plaques de mousse.

– Pourquoi Shutter ? avait demandé Teddy.

Son père avait haussé les épaules.

– Toi et tes fichues questions ! Faut toujours que tu demandes quelque chose, hein ?

– Mouais. Alors, pourquoi ?

– Ben, y a des endroits comme ça... On leur trouve un nom et ça leur reste. Ça vient sûrement des pirates.

– Des pirates ?

Le mot avait résonné agréablement aux oreilles de Teddy. Déjà, il les imaginait – tous des costauds avec un bandeau sur l'œil, de grandes bottes et des épées brillantes.

– C'est là qu'ils se cachaient autrefois, avait expliqué son père. (D'un geste, il avait balayé l'horizon.) Sur toutes ces îles. Elles leur servaient de planques. Pour leur or aussi.

Aussitôt, l'image de coffres débordant de pièces avait traversé l'esprit de Teddy.

Un peu plus tard, il avait été malade. Pris de violentes nausées à répétition, il avait craché dans la mer de longs jets sombres.

Son père s'en était étonné, car Teddy n'avait commencé à vomir que plusieurs heures après leur départ, alors que les eaux étales scintillaient sous le soleil.

– T'en fais pas, avait-il dit. C'est ta première sortie en mer. Y a pas de quoi avoir honte.

L'enfant s'était borné à hocher la tête en s'essuyant avec le mouchoir qu'il lui avait donné.

– Des fois, y a du roulis, mais tu le sens même pas, jusqu'au moment où il te gagne petit à petit de l'intérieur.

Nouveau hochement de tête, Teddy se révélant incapable d'avouer que ce n'était pas le roulis qui lui avait retourné l'estomac.

Non, c'était toute cette eau qui s'étendait autour d'eux comme s'il n'y avait plus rien d'autre au monde. Comme si, avait pensé Teddy, elle risquait d'engloutir le ciel. Jusque-là, il ne s'était pas rendu compte à quel point ils étaient isolés.

Il avait levé vers son père des yeux rougis, larmoyants, et tenté de sourire lorsque celui-ci avait affirmé :

– Ça va passer.

Au cours de l'été 1938, son père embarqua sur un Boston Whaler et ne revint jamais. Au printemps suivant, des morceaux de l'épave s'échouèrent à Nantasket Beach, près de la ville de Hull où Teddy avait grandi : un bout de quille, un chauffe-plat gravé au nom du capitaine, des conserves de soupe à la tomate et aux pommes de terre, deux ou trois casiers à homards déchiquetés et cabossés.

Les obsèques des quatre pêcheurs s'étaient déroulées en l'église Ste Theresa, qui tournait le dos à ce même océan ayant emporté tant de ses fidèles. Teddy, debout près de sa mère, avait écouté les hommages rendus au capitaine, à son second et au troisième homme d'équipage, un vieux loup de mer

21

nommé Gil Restak, qui avait semé la terreur dans tous les bars de Hull depuis qu'il était revenu de la Grande Guerre avec un talon fracassé et beaucoup trop d'images d'horreur dans la tête. Mais dans la mort, avait affirmé l'un des barmen harcelés, tout était pardonné.

Le propriétaire du navire, Nikos Costa, avait admis ne pas bien connaître le père de Teddy. Il l'avait embauché à la dernière minute, quand un membre d'équipage s'était cassé la jambe en tombant d'un camion. Néanmoins, souligna-t-il, le capitaine avait parlé de lui en termes élogieux, affirmant que tout le monde en ville le savait dur à la tâche. N'était-ce pas le plus beau compliment que l'on pouvait adresser à un homme ?

Dans l'église, Teddy s'était soudain rappelé cette unique expédition sur le bateau paternel – par la suite, ils n'étaient plus jamais partis ensemble. Si son père répétait toujours qu'ils renouvelleraient l'expérience, Teddy avait fini par comprendre qu'il en parlait juste pour lui permettre de se raccrocher à sa dignité. Il n'avait pas une seule fois fait allusion à ce qui s'était passé, mais ce jour-là en mer, il l'avait gratifié d'un drôle de regard alors qu'ils retraversaient le chapelet d'îles pour rentrer au port, Shutter Island restant derrière eux, Thompson Island se profilant à l'horizon et les bâtiments de la ville paraissant si clairs, si proches aussi, que l'on avait l'impression de pouvoir en soulever un par le sommet.

– C'est la mer, avait dit son père en lui caressant doucement le dos tandis qu'ils étaient tous les deux appuyés contre le bastingage. Y en a qui savent la prendre et d'autres qu'elle prend.

À la façon dont son père le considérait en cet instant, Teddy avait su d'emblée quel genre d'homme il était appelé à devenir.

Pour s'y rendre en 1954, ils embarquèrent sur le ferry en ville et louvoyèrent parmi d'autres petites îles oubliées – Thompson Island et Spectacle Island, Grape Island et Bumpkin Island, Rainford Island et Long Island –, qui se cramponnaient à la surface en touffes rigides constituées de sable, d'arbres noueux et de roche aussi blanche que des ossements. Exception faite des voyages de ravitaillement le mardi et le samedi, le ferry n'avait pas d'horaires réguliers, et la cambuse était dépouillée de tout sauf d'une plaque de tôle qui recouvrait le plancher et de deux bancs métalliques disposés sous les hublots. Les bancs étaient à la fois boulonnés au sol et aux gros poteaux noirs à chaque extrémité, eux-mêmes munis de fers dont les chaînes, tels des spaghettis, gisaient en tas.

Mais ce jour-là, le ferry ne transportait pas de patients à l'asile ; ses seuls passagers étaient Teddy et son nouveau coéquipier, Chuck Aule, ainsi que quelques sacs de courrier et plusieurs caisses de fournitures médicales.

Teddy débuta la traversée dans les toilettes, agenouillé devant la cuvette tandis que le moteur du ferry haletait et claquait, et que ses narines s'emplissaient des odeurs grasses du mazout et de la mer à la fin de l'été. Il n'expulsait rien d'autre que de petits filets d'eau, et pourtant sa gorge se contractait sans relâche, son estomac se rebellait au fond de son œsophage et l'air devant ses yeux grouillait de points noirs.

Son ultime spasme libéra une bulle d'oxygène emprisonné, et Teddy eut l'impression qu'elle lui emportait une partie de la poitrine lorsqu'elle explosa hors de sa bouche. Il se laissa choir sur le plancher métallique et s'essuya le visage avec son mouchoir en se disant que ce n'était vraiment pas une façon d'entamer un nouveau partenariat.

Il imaginait sans peine Chuck rentrer chez lui et raconter à sa femme – s'il en avait une ; pour le moment, Teddy ne le savait pas encore – sa première rencontre avec le légendaire Teddy Daniels. « Ç'a été un tel coup de foudre entre nous, chérie, qu'il a passé tout son temps à gerber ! »

Depuis cette sortie en mer quand il était gosse, Teddy n'avait jamais aimé se retrouver sur l'eau, jamais éprouvé le moindre plaisir en constatant l'absence de terre ferme à l'horizon, de littoraux, d'endroits où l'on pouvait poser les mains sans qu'elles se dissolvent sous la surface. On avait beau se dire que tout allait bien – une nécessité lorsqu'on devait traverser une étendue aquatique –, ce n'était pas le cas. Même pendant la guerre, il redoutait moins de donner l'assaut sur les plages que de franchir les quelques derniers mètres entre les bateaux et la côte, les jambes peinant dans les profondeurs, les bottes effleurées par d'étranges créatures ondulantes.

Malgré tout, il aurait encore préféré se tenir sur le pont et affronter l'océan à l'air libre plutôt que se terrer ici, secoué de spasmes, en proie à une sensation de chaleur nauséeuse.

Une fois certain que le malaise s'était dissipé, que son estomac avait fini de se soulever et que la tête ne lui tournait plus, il se rinça le visage et les mains, puis vérifia son apparence dans le miroir fixé au-dessus du lavabo ; presque tout le tain avait disparu, érodé par le sel marin, ne laissant subsister qu'un petit nuage au milieu, dans lequel Teddy distinguait à peine son reflet, celui d'un homme relativement jeune arborant la coupe en brosse réglementaire. Sa figure était cependant marquée par les stigmates de la guerre et des années qui avaient suivi, et la double fascination qu'exerçaient sur lui la violence et l'excitation de la traque se lisait dans ces yeux tristes que Dolores avait un jour comparés à ceux d'un cocker.

Je suis trop jeune pour avoir l'air aussi dur, songea-t-il.

Il tourna sa ceinture de façon à ce que le holster repose sur sa hanche. Il récupéra son chapeau sur le réservoir des toilettes, le coiffa, puis en ajusta le bord pour l'incliner légèrement vers la droite. Il resserra son nœud de cravate. C'était un de ces modèles à motif floral voyant passés de mode depuis au moins un an, mais il le portait quand même car c'était elle qui le lui avait offert à l'occasion d'un anniversaire. Il était assis dans le salon quand elle l'avait fait glisser sur ses yeux. Avant de presser les lèvres sur sa pomme d'Adam. Et de placer une main chaude sur sa joue. Sa langue avait un goût d'orange. Elle, se lovant sur ses genoux, ôtant la cravate ; lui, gardant les paupières closes. Pour mieux respirer son parfum. Pour mieux l'imaginer, la recréer dans son esprit et la conserver ainsi.

Il y arrivait encore aujourd'hui – à la visualiser les yeux fermés. Mais depuis quelque temps, des taches blanches lui dissimulaient certaines parties d'elle – le lobe d'une oreille, ses cils, les contours de sa chevelure. Le phénomène n'avait pas encore pris assez d'ampleur pour la masquer entièrement, mais Teddy craignait que le temps ne la lui dérobe, qu'il ne broie peu à peu les images dans sa tête et ne les réduise à néant.

– Tu me manques, murmura-t-il.

Puis il sortit des toilettes et traversa la cambuse pour rejoindre le gaillard d'avant.

Il faisait chaud dehors, et le ciel était dégagé, mais l'eau se parait de reflets foncés couleur de rouille sur un fond gris clair uniforme, laissant supposer dans les profondeurs la présence d'une masse de plus en plus sombre, de plus en plus menaçante.

Chuck porta sa flasque à ses lèvres, but une gorgée de liquide et, le regard interrogateur, inclina la tête en direction de Teddy. Ce dernier déclina d'un geste. Sans insister, son partenaire la rangea dans la poche de sa veste, ramena sur ses hanches les pans de son pardessus, puis reporta son attention sur la mer.

– Ça va ? demanda-t-il. Vous êtes tout pâle.

D'un haussement d'épaules, Teddy balaya cette remarque.

– Ça va.

– Sûr ?

Teddy opina.

– J'essaie juste de m'amariner.

Ils gardèrent le silence un moment tandis que l'océan ondulait autour d'eux, creusé de poches presque noires, lustrées comme du velours.

– Vous saviez que c'était un camp pour les prisonniers de guerre, avant ? lança Teddy.

– L'île, vous voulez dire ?

– Oui. Pendant la guerre de Sécession. Ils ont construit un fort, là-bas, et aussi une caserne.

– Ils l'utilisent toujours, ce fort ?

– Aucune idée, répondit Teddy. Il y en a pas mal sur les différentes îles. La plupart ont servi de cibles d'entraînement pour les bombardements pendant la guerre. Il n'en reste plus beaucoup encore debout.

– Et l'hôpital lui-même ?

– D'après ce que je sais, ils l'ont aménagé dans les anciens quartiers militaires.

– Ce sera un peu comme si on retournait au service, pas vrai ? fit remarquer Chuck.

– J'espère bien que non ! (Teddy se tourna vers le bastingage.) Alors, qu'est-ce que vous avez à raconter, Chuck ?

Ce dernier sourit. Un peu plus trapu que Teddy, un peu plus petit aussi – il devait mesurer environ un mètre soixante-quinze –, il avait de courts cheveux noirs bouclés, le teint mat et des mains menues, presque délicates, qui ne cadraient pas avec le reste de sa personne – comme s'il les avait empruntées le temps que les autres, les vraies, reviennent de l'atelier. Sa joue gauche s'ornait d'une petite cicatrice en forme de faux, qu'il tapota avec l'index.

– Je commence toujours par la cicatrice, déclarat-il. Parce que tôt ou tard, les gens me posent la question.

– O.K.

– Rien à voir avec une blessure de guerre. Ma petite amie me dit souvent que je devrais prétendre le contraire pour avoir la paix, mais... (Il haussa les épaules.) Ça vient de l'époque où je *jouais* à la guerre. Quand j'étais gosse. Avec un copain, on s'amusait dans les bois à se tirer dessus avec des lance-pierres. Il m'a manqué, O.K.? Alors, tout était pour le mieux. (Il secoua la tête.) Sauf que son caillou a tapé contre un arbre, et que j'ai reçu un éclat d'écorce dans la joue. Voilà pour la cicatrice.

– Vous jouiez à la guerre.

– J'y jouais, mouais.

– Vous avez été transféré de l'Oregon?

– De Seattle. Je suis arrivé la semaine dernière.

Teddy attendit la suite, mais comme Chuck ne lui fournissait pas d'autre explication, il lança :

– Ça fait longtemps que vous êtes marshal?

– Quatre ans.

– Alors, vous savez que c'est vraiment un petit monde.

– Pour ça, oui. Ce que vous vous demandez, c'est pourquoi j'ai été transféré. (Chuck hocha la tête, comme s'il venait de prendre une décision.) Et si je vous affirmais que j'en avais marre de la pluie?

27

Les mains posées sur le bastingage, Teddy tourna ses paumes vers le ciel.

– Si vous le dites...

– Mais c'est un petit monde, je suis d'accord avec vous. On se connaît tous dans le service. Alors, forcément, il finira par y avoir – quel est le terme qu'ils utilisent, déjà ? – des fuites.

– Un mot qui en vaut un autre.

– C'est vous qui avez coincé Breck, pas vrai ? Teddy acquiesça de la tête.

– Comment avez-vous deviné où il irait ? Ces cinquante types à ses trousses, ils sont tous partis à Cleveland. Vous, vous êtes parti dans le Maine.

– Il y avait passé un été en famille quand il était gosse. Ce truc qu'il faisait à ses victimes ? C'est ce qu'on fait aux chevaux. J'ai parlé à sa tante. Elle m'a confié que la seule fois où il avait été heureux, c'était dans un élevage de chevaux près de ce petit cottage qu'ils avaient loué dans le Maine. Alors, je suis allé là-bas.

– Et vous lui avez tiré cinq balles dans le corps.

– Je n'aurais pas hésité à lui en tirer cinq autres, mais les cinq premières ont suffi.

Chuck opina et cracha par-dessus le bastingage.

– Ma petite amie est japonaise. Enfin, elle est née ici, mais vous voyez le topo... Elle a grandi dans un camp. Il y a toujours des tensions, là-bas ; Portland, Seattle, Tacoma... Les gens n'apprécient pas de me voir avec elle.

– Du coup, ils vous ont transféré.

Chuck opina de nouveau, cracha encore une fois et suivit des yeux la chute du filet de salive jusque dans l'écume bouillonnante.

– Ils disent que ça va faire mal, lança-t-il.

Teddy ôta ses coudes du bastingage, puis se redressa. Il avait le visage humide, les lèvres salées. C'était surprenant, car il ne se rappelait pas avoir senti les embruns sur sa peau.

Il tapota les poches de son pardessus à la recherche de ses Chesterfield.

– Qui ça, « ils » ? Quoi, « ça » ?

– Eux. Les journaux, répondit Chuck. La tempête. Une grosse, d'après eux. Énorme.

De la main, il indiqua le ciel clair, aussi pâle que l'écume à la proue. Pourtant, loin au sud, on distinguait une ligne de nuages violets semblables à des boules de coton qui s'élargissaient peu à peu telles des taches d'encre.

Teddy huma l'air.

– Vous vous souvenez de la guerre, Chuck ?

Celui-ci sourit de telle façon que Teddy devina qu'ils en étaient déjà à s'accommoder de leurs rythmes respectifs, à découvrir comment se bousculer amicalement.

– Un peu, dit Chuck. Surtout des décombres. Des tonnes de décombres. Les gens ont tendance à les dénigrer, mais moi, je suis convaincu qu'ils ont leur place. Qu'ils possèdent leur propre beauté. Au fond, tout est dans l'œil de celui qui regarde.

– Vous parlez comme dans un roman à deux sous. On vous l'a déjà dit ?

– C'est arrivé.

Nouveau petit sourire de Chuck, adressé cette fois à la mer ; penché par-dessus le bastingage, il s'étira.

Teddy tapota les poches de son pantalon, puis fouilla les poches intérieures de sa veste de costume.

– Vous vous rappelez à quel point les manœuvres étaient dépendantes des bulletins météo ?

De la paume, Chuck frotta le chaume sur son menton.

– Oh oui, je me rappelle.

– Et vous vous rappelez combien de fois ils s'avéraient justes ?

Chuck plissa le front, déterminé à lui montrer qu'il accordait à la question toute l'attention requise. Puis il fit claquer ses lèvres avant de répondre :

– Je pencherais pour trente pour cent des cas.

– Au mieux.

Chuck acquiesça de la tête.

– Mouais, au mieux.

– Alors, maintenant qu'on est de retour dans le monde...

– Non seulement de retour, mais douillettement installés...

Teddy réprima un petit rire. Décidément, ce type lui plaisait beaucoup. Douillettement installés. Nom d'un chien.

– Douillettement installés, d'accord, approuva-t-il. Pourquoi accorderiez-vous aujourd'hui plus de crédit aux bulletins météo que vous ne le faisiez à l'époque ?

– Eh bien, dit Chuck alors que la pointe affaissée d'un petit triangle émergeait de la ligne d'horizon, je ne suis pas sûr que ce crédit se mesure en termes de « plus » ou de « moins ». Je vous offre une sèche ?

Teddy, qui entamait la seconde tournée d'inspection de ses poches, suspendit son geste en surprenant le regard de Chuck fixé sur lui ; un sourire ironique lui gonflait les joues juste en dessous de sa cicatrice.

– Je les avais quand on a embarqué, se défendit-il.

Chuck jeta un coup d'œil par-dessus son épaule.

– Fichus fonctionnaires... marmonna-t-il. Ils vous fauchent des trucs sans même qu'on s'en aperçoive.

Il secoua son paquet de Lucky Strike pour en extraire une cigarette. Il la tendit à Teddy, puis la lui alluma avec son Zippo en cuivre ; les relents d'essence dominèrent un instant l'odeur iodée de l'océan, saisissant Teddy à la gorge. Chuck referma le briquet d'un coup sec, le rouvrit aussitôt d'un mouvement de poignet, et alluma la sienne.

Lorsque Teddy relâcha son souffle, la pointe de l'île s'évanouit derrière les volutes de fumée.

– En Europe, reprit Chuck, quand un bulletin météo déterminait si vous deviez aller dans la zone de droppage avec votre parachute ou vous diriger vers la tête de pont, il y avait bien plus en jeu, non ?

– Exact.

– Mais ici, au pays, quel mal y a-t-il à entretenir une certaine confiance aveugle ? C'est tout ce que je voulais dire, chef.

L'île leur révélait maintenant plus qu'une simple pointe, prenant peu à peu du relief sur la surface plane de la mer ; en même temps, des couleurs apparaissaient comme sous la main d'un peintre – vert pâle aux endroits où la végétation restait sauvage, une langue de terre fauve, l'ocre terne d'une paroi rocheuse au nord. Et tandis que le ferry fendait les vagues, les deux hommes commençaient à distinguer au sommet les contours rectangulaires des bâtiments eux-mêmes.

– Quel dommage, murmura Chuck.

– Quoi ?

– Le prix du progrès.

Il plaça un pied sur le marche-pied et s'appuya contre le bastingage à côté de Teddy pour regarder l'île se matérialiser devant eux.

– Avec les avancées – car il y a des avancées, ne vous abusez pas ; il y en a tous les jours – dans le domaine de la santé mentale, un endroit comme celui-là finira par disparaître. Dans vingt ans, on le considérera comme barbare. La conséquence désastreuse d'une influence victorienne heureusement disparue. Les gens n'auront plus que le mot « intégration » à la bouche. Ce sera à l'ordre du jour. Bienvenue parmi nous. On vous apaisera. On vous reconstruira. Nous sommes les Marshals Généraux. Dans notre nouvelle société, il n'y aura plus de place pour l'exclusion. Plus d'île d'Elbe.

31

Les bâtiments étaient de nouveau dissimulés par les arbres, Teddy aperçut cependant la forme floue d'une tour conique, puis les angles nets, saillants, d'une construction qu'il supposa être le vieux fort.

– Mais faut-il faire une croix sur le passé pour assurer notre avenir? (D'une chiquenaude, Chuck expédia sa cigarette dans l'écume.) C'est toute la question. De quoi vous débarrassez-vous quand vous passez un coup de balai, Teddy? De la poussière. Des miettes qui autrement attireraient les fourmis. Mais qu'en est-il de cette boucle d'oreille qu'elle a égarée? A-t-elle aussi atterri dans la poubelle?

– Qui est « elle », Chuck? D'où vient-« elle »?

– Il y a toujours un « elle », non?

Teddy entendit le vrombissement du moteur qui changeait de régime et sentit sous ses pieds une petite secousse. Maintenant que le ferry virait pour aborder l'île par l'ouest, il voyait mieux le fort juché au sommet des falaises méridionales. Il n'y avait plus trace des canons, mais les tourelles étaient bien visibles. Des collines moutonnaient derrière, et Teddy se dit que les murs d'enceinte devaient se dresser quelque part dans les parages, impossibles à distinguer d'où il était, et que l'hôpital Ashecliffe se situait de l'autre côté des escarpements rocheux, au-dessus du littoral occidental.

– Il y a quelqu'un dans votre vie, Teddy? Vous êtes marié?

– Je l'étais, répondit Teddy en se remémorant l'expression de Dolores ce jour-là, pendant leur lune de miel, quand elle avait tourné la tête vers lui, le menton tout près de son épaule nue, les muscles jouant sous sa peau en haut de son dos. Elle est morte.

Chuck s'écarta du bastingage, le cou envahi par une légère rougeur.

– Oh, Seigneur.

– Ça ne fait rien.

– Non, non. (Chuck approcha sa paume du torse de Teddy.) C'est... J'en avais entendu parler. Je ne sais pas comment j'ai pu oublier. Ça remonte à deux ans, n'est-ce pas ?

Teddy acquiesça.

– Bon sang, Teddy. Je me sens complètement idiot. Vraiment. Désolé.

De nouveau, une image d'elle traversa l'esprit de Teddy – elle s'éloignait dans le couloir de l'appartement, vêtue d'une vieille chemise militaire qu'elle lui avait empruntée, puis entrait dans la cuisine en fredonnant –, et une lassitude familière s'insinua en lui. Tout lui semblait préférable – même piquer une tête dans cette eau – à l'évocation de Dolores, du fait qu'elle avait vécu sur cette terre pendant trente et un ans, et qu'un jour, qu'elle avait cessé d'être. Comme ça. Présente quand il était parti travailler ce matin-là. Disparue dans l'après-midi.

C'était comme pour la cicatrice de Chuck, supposait-il. Le genre de mystère qu'il fallait éclaircir tout de suite pour pouvoir avancer, ou sinon, il resterait à jamais entre eux. Avec ses comment. Ses où. Ses pourquoi.

Si Dolores était morte depuis deux ans, elle ressuscitait la nuit dans ses rêves, et il lui arrivait certains matins de penser durant de longues minutes qu'elle était dans la cuisine ou en train de boire son café sur le balcon de leur appartement à Buttonwood. C'était un cruel tour de son imagination, oui, mais Teddy avait appris depuis longtemps à en accepter la logique ; le réveil, après tout, s'apparentait presque à une naissance. On venait au monde sans passé, puis on reconstituait son histoire personnelle entre deux clignements d'yeux et trois bâillements, on remettait les morceaux dans l'ordre chronologique pour trouver la force d'affronter le présent.

Ce qui était beaucoup plus cruel, et de loin, c'était la façon dont toutes sortes de choses disparates, sans rapport apparent avec le drame, pouvaient réveiller des souvenirs de sa femme qui lui brûlaient le cerveau comme autant d'allumettes embrasées. D'autant qu'il ne pouvait jamais prévoir d'où viendrait l'impulsion : une salière, la démarche d'une inconnue dans une rue bondée, une bouteille de Coca-Cola, une trace de rouge à lèvres sur un verre, une taie d'oreiller...

Mais de tous ces déclencheurs, aucun n'était moins logique en termes de tissu conjonctif, ni plus corrosif en termes d'effet, que l'eau – gouttant du robinet, tombant du ciel avec fracas, s'accumulant en flaques au bord du trottoir ou, comme maintenant, s'étendant sur des kilomètres dans toutes les directions.

– Le feu a pris dans notre immeuble, expliqua-t-il à Chuck. Je bossais à ce moment-là. Quatre personnes ont trouvé la mort. Elle en faisait partie. C'est la fumée qui l'a tuée, Chuck, pas les flammes. Au moins, elle n'a pas souffert. Est-ce qu'elle a eu peur ? Peut-être. Mais elle n'a pas souffert. C'est important.

Chuck porta de nouveau la flasque à ses lèvres, avant de la tendre à Teddy.

De la tête, celui-ci déclina l'offre.

– J'ai arrêté. Après l'incendie. Ça l'inquiétait beaucoup, vous comprenez ? Elle disait souvent que nous autres, les soldats et les flics, on buvait trop. Alors... (Percevant l'embarras croissant de son compagnon, il conclut :) Vous apprenez à vivre avec ça, Chuck. Vous n'avez pas le choix. C'est comme toutes ces saletés qu'on a vues pendant la guerre. Vous vous rappelez ?

Plongé dans ses souvenirs, Chuck hocha la tête, les yeux rétrécis, le regard distant.

– C'est nécessaire, ajouta Teddy à mi-voix.

– Sûrement, oui, répondit enfin Chuck, le visage encore empourpré.

Comme si la lumière leur jouait un tour, le débarcadère apparut soudain, partant du sable pour avancer dans la mer ; à cette distance, immatériel et grisâtre, il semblait à peine plus grand qu'une tablette de chewing-gum.

Teddy se sentait déshydraté après son séjour dans les toilettes, et peut-être aussi un peu vidé par ces dernières minutes de conversation ; même s'il avait appris à vivre avec lui – et avec elle –, le poids de son fardeau devenait parfois trop lourd. Une douleur sourde avait pris naissance dans sa tempe gauche, juste derrière l'œil, comme si quelqu'un y pressait le dos d'une vieille cuillère. Il était encore trop tôt pour déterminer s'il s'agissait d'un effet secondaire mineur de la déshydratation, d'un banal mal de tête ou des premiers signes d'un trouble plus grave : ces migraines qui le harcelaient depuis l'adolescence et l'assaillaient parfois avec une telle force qu'elles pouvaient le priver temporairement d'une partie de sa vision, transformer la lumière en déferlement de clous incandescents, voire, comme c'était déjà arrivé une fois – rien qu'une, Dieu merci –, le paralyser partiellement pendant plus d'une journée. Dans son cas, elles ne survenaient jamais en période de grande tension ou pendant le travail, mais toujours après, quand le calme était revenu, quand les obus avaient cessé de pleuvoir, quand la chasse à l'homme était terminée. C'était au camp de base ou dans la caserne, ou encore, depuis la fin de la guerre, dans des chambres de motel ou lorsqu'il roulait sur des routes de campagne pour rentrer chez lui, qu'elles lui infligeaient les pires tortures. Le truc, avait-il découvert depuis longtemps, c'était de s'occuper, de rester concentré sur quelque chose. Tant qu'il courait, elles ne pouvaient pas le rattraper.

– Qu'est-ce que vous savez de cet endroit? demanda-t-il à Chuck.

– Pas grand-chose, à part que c'est un hôpital psychiatrique.

– Pour les fous *criminels*, précisa Teddy.

– Si ce n'était pas le cas, on ne serait pas sur ce rafiot...

De nouveau, Teddy le vit esquisser un petit sourire sans joie.

– Ne vous avancez pas trop, Chuck, ironisa-t-il. Vous ne m'avez pas l'air équilibré à cent pour cent!

– Eh bien, tant qu'on y est, je pourrai toujours leur verser un acompte, histoire de réserver un lit pour mes vieux jours, d'être sûr qu'ils me garderont une place.

– Ce n'est peut-être pas une mauvaise idée, répliqua Teddy, pince-sans-rire.

Moteurs coupés, le ferry virait maintenant à tribord, porté par le courant. Puis les moteurs furent relancés et les deux hommes se retrouvèrent face au large tandis que le navire reculait vers le ponton.

– Si j'ai bien compris, reprit Teddy, ils sont spécialisés dans les approches radicales.

– Les traitements d'urgence, c'est ça?

– Non. Juste les approches radicales. Il y a une différence.

– Difficile à dire, ces derniers temps.

– Parfois, oui, convint Teddy.

– Et cette femme qui s'est enfuie?

– J'ignore presque tout d'elle, sinon qu'elle s'est évadée hier soir. J'ai noté son nom dans mon calepin. Ils nous expliqueront le reste quand on sera sur place, j'imagine.

Du regard, Chuck parcourut l'immense étendue d'eau alentour.

– Mais où pourrait-elle aller ? Elle ne compte quand même pas rentrer chez elle à la nage ?

Teddy haussa les épaules.

– Apparemment, les patients de cette institution sont victimes de toutes sortes d'hallucinations.

– Ils sont schizophrènes ?

– Ouais, je suppose. Ce n'est pas là-bas qu'on envoie le premier mongoloïde venu, en tout cas. Ni celui qui a la trouille des fissures dans les trottoirs, ou qui a tendance à trop roupiller. D'après ce que j'ai pu lire dans le dossier, ils sont tous *réellement* fous dans cet hôpital.

– Combien font semblant, d'après vous ? Je me suis toujours posé la question. Vous vous rappelez tous ces gars des Sections Huit [1] que vous avez croisés pendant la guerre ? D'après vous, franchement, combien de ces troufions étaient vraiment cinglés ?

– J'ai servi dans les Ardennes avec un type...

– Vous étiez là-bas ?

Teddy acquiesça d'un geste.

– Eh bien, ce type-là, il s'est réveillé un matin en parlant à l'envers.

– Il inversait les mots ? Les phrases ?

– Les phrases, répondit Teddy. Ça donnait des trucs du style : « Sergent, aujourd'hui ici sang de beaucoup a y il. » En fin d'après-midi, on l'a retrouvé dans un gourbi, en train de se taper la tête avec une pierre. Il tapait, c'est tout. Encore et encore. On était tellement choqués qu'il nous a fallu au moins une minute pour nous apercevoir qu'il s'était arraché les yeux.

– Vous vous foutez de moi.

Teddy fit non de la tête.

1. Soldats démobilisés ou réformés parce que jugés inaptes au combat ou au service. (*N.d.T.*)

37

– J'ai entendu dire des années plus tard qu'un copain l'avait rencontré à l'hôpital pour vétérans de San Diego. Il était aveugle, parlait toujours à l'envers et souffrait d'une espèce de paralysie dont aucun toubib n'arrivait à identifier la cause. Il passait ses journées assis dans un fauteuil roulant près de la fenêtre, à rebattre les oreilles de tout le monde avec ses histoires de récoltes, à répéter qu'il devait s'occuper de ses récoltes. Le problème, c'est qu'il avait grandi à Brooklyn.

– Ouais, ben à mon avis, un gars de Brooklyn qui se prend pour un fermier, il est bon pour la Section Huit.

– Sûr, c'est un signe.

2

McPherson, le directeur adjoint, vint les accueillir sur le débarcadère. Il était jeune pour occuper une telle position, portait ses cheveux blonds un peu plus longs que ne l'exigeait la règle et se mouvait avec cette grâce nonchalante que Teddy associait toujours aux Texans ou aux hommes ayant grandi en compagnie des chevaux.

Plusieurs aides-soignants l'entouraient – surtout des Noirs, mais aussi quelques Blancs aux traits figés, donnant l'impression qu'on ne les avait pas suffisamment nourris quand ils étaient bébés et qu'ils étaient restés chétifs et contrariés depuis.

Tous, en chemise et pantalon blancs, ne se déplaçaient qu'en groupes. C'est tout juste s'ils prêtèrent attention aux nouveaux venus. C'est tout juste s'ils prêtèrent attention à quoi que ce soit, d'ailleurs. Ils se contentèrent de descendre jusqu'au ferry et d'attendre le déchargement de sa cargaison.

Sur demande, Teddy et Chuck sortirent leurs badges et McPherson prit son temps pour les étudier, plissant les yeux afin de mieux comparer leurs visages avec les photos sur les papiers d'identité.

– Je crois bien que je n'avais encore jamais vu le badge d'un marshal, dit-il enfin.

– Et aujourd'hui, vous en voyez deux d'un coup ! lança Chuck. Un jour à marquer d'une croix blanche, hein ?

Son interlocuteur le gratifia d'un sourire paresseux, avant de lui rendre son insigne.

La plage semblait avoir subi les assauts de la mer au cours des nuits précédentes ; elle était jonchée de coquillages, de bois flotté, de coquilles de mollusques et de poissons morts à moitié dévorés par les charognards des grands fonds. Teddy remarqua aussi des détritus sans doute poussés par le vent depuis le port intérieur : boîtes de conserve, amas de papiers détrempés, une plaque d'immatriculation échouée près des arbres et décolorée par le soleil qui en avait aussi effacé les chiffres. Au-delà de la grève poussaient surtout des pins et des érables malingres ; entre les troncs, Teddy aperçut des bâtiments dressés au sommet d'une pente.

Dolores, qui adorait se faire bronzer, aurait sûrement été conquise d'emblée par les lieux, mais Teddy, lui, n'avait conscience que du souffle constant de la brise marine – comme un avertissement lancé par la mer pour rappeler qu'elle pouvait bondir à tout moment et l'aspirer dans ses profondeurs.

Les aides-soignants remontèrent du débarcadère avec le courrier et les fournitures médicales, qu'ils entassèrent sur des chariots. McPherson signa le bordereau de livraison fixé à une planchette, puis le rendit à l'un des gardes du ferry.

– Bon, ben, on va repartir, lui dit l'homme.

McPherson cligna des yeux.

– La tempête, reprit le garde. Dieu seul sait ce qu'elle nous réserve.

– On vous contactera quand il sera temps de venir nous chercher, intervint Teddy.

Le garde hocha la tête.

– Attention à la tempête, répéta-t-il.

– Bien sûr, bien sûr, répondit McPherson. On sera vigilants.

Il précéda les deux policiers sur un sentier qui montait doucement à travers les arbres. Une fois sortis du couvert, ils s'engagèrent sur une route pavée qui s'incurvait comme un sourire, et Teddy découvrit alors une maison sur sa droite et une autre sur sa gauche. Celle de gauche, la plus simple, était une bâtisse victorienne marron à toit mansardé, agrémentée de petites fenêtres à encadrements noirs évoquant des sentinelles. Celle de droite, de style Tudor, dominait tel un château le monticule sur lequel elle se dressait.

Ils poursuivirent leur chemin, gravissant d'abord une pente abrupte couverte de graminées, avant d'aborder un relief plus doux et verdoyant qui s'aplanissait au sommet où poussait une herbe moins haute, puis cédait la place à une pelouse traditionnelle qui s'étendait sur plusieurs centaines de mètres avant d'être arrêtée par un mur de brique orange dont la courbe semblait épouser les contours de l'île. Pour une raison inexplicable, la vue de ce rempart haut de trois mètres, surmonté d'un unique fil de fer, ébranla Teddy. Il éprouva une soudaine bouffée de pitié pour tous ces gens de l'autre côté qui ne se méprenaient pas sur la signification de ce mince fil, symbole de la détermination du monde extérieur à les garder enfermés. Plusieurs hommes en uniforme bleu foncé se tenaient à l'extérieur du mur, nota-t-il, la tête baissée, les yeux fixés sur le sol.

– Des gardiens de prison dans un hôpital psychiatrique, s'étonna Chuck. Drôle de spectacle, si je puis me permettre, monsieur McPherson.

– Vous êtes dans un établissement à sécurité maximale, répliqua ce dernier. Nous sommes régis par un double statut : celui du ministère de la Santé au niveau du Massachusetts et celui du ministère de la Justice au niveau fédéral.

– Je comprends, reprit Chuck. N'empêche, je me suis toujours posé la question : quand vous vous retrouvez pour dîner, vous avez beaucoup de choses à vous dire ?

McPherson se fendit d'un léger sourire en remuant imperceptiblement la tête.

Teddy remarqua un homme aux cheveux noirs qui portait un uniforme semblable à celui des autres gardes, à la différence près que le sien était rehaussé d'épaulettes jaunes, d'un col rigide et d'un badge doré. C'était le seul à garder la tête haute, une main dans le dos, tandis qu'il avançait parmi les hommes, et sa démarche rappela à Teddy celle de colonels qu'il avait croisés pendant la guerre – des hommes pour qui le commandement n'était pas seulement un fardeau nécessaire imposé par l'armée, mais par Dieu lui-même. Un livre noir serré contre la poitrine, il salua de la tête leur petit groupe, puis s'engagea dans la pente par où ils étaient arrivés, ses cheveux noirs soulevés par la brise.

– Le directeur, annonça McPherson. Vous le rencontrerez plus tard.

Teddy se demandait pourquoi ils ne le rencontraient pas maintenant quand la silhouette du directeur disparut.

L'un des aides-soignants se servit d'une clé pour ouvrir la grille au milieu du mur. Celle-ci s'écarta largement, et les aides-soignants la franchirent avec leurs chariots tandis que deux gardes s'approchaient de McPherson, puis l'encadraient.

Il se redressa de toute sa hauteur, soudain très affairé, et dit :

– Bon, laissez-moi vous présenter la situation dans ses grandes lignes.

– D'accord.

– Vous aurez droit à tous les services que nous pourrons vous rendre, messieurs, et à toute l'aide que nous serons en mesure de vous fournir. Mais durant votre séjour, aussi bref soit-il, vous devrez respecter le règlement. C'est bien compris ?

Teddy opina.

– Tout à fait, renchérit Chuck.

McPherson fixa du regard un point au-dessus de leurs têtes.

– Le Dr Cawley ne manquera pas de vous exposer tous les raffinements de ce règlement, j'en suis certain, mais je tiens néanmoins à souligner un point crucial : en l'absence de surveillance, il n'est pas permis d'entrer en contact avec les patients de cette institution. C'est bien compris ?

Teddy faillit répondre « Oui, chef », comme s'il était revenu au début de sa formation militaire, mais il se ravisa à temps et se contenta d'un bref :

– Oui.

– Le pavillon A se trouve dans le bâtiment derrière moi, à droite. C'est celui des hommes. Le pavillon B, réservé aux femmes, se trouve à ma gauche. Le pavillon C est situé de l'autre côté de ces escarpements rocheux, juste après le parc et les quartiers du personnel, dans ce qui était autrefois le fort Walton. L'accès au pavillon C est formellement interdit sans une autorisation écrite et la présence à la fois du directeur et du Dr Cawley. C'est bien compris ?

Nouveaux hochements de tête.

McPherson ouvrit alors vers le ciel une large paume, comme s'il adressait une supplique au soleil.

– En vertu des pouvoirs qui me sont conférés, je vous demande de me remettre vos armes.

Chuck jeta un coup d'œil interrogateur à Teddy. Celui-ci fit non de la tête.

– Monsieur McPherson, dit-il, nous avons été nommés marshals fédéraux. En tant que tels, nous sommes tenus par ordre gouvernemental de porter nos armes à feu en toutes circonstances.

La voix du directeur adjoint claqua comme un coup de fouet.

– L'article trois cent quatre-vingt-onze du Code fédéral des Établissements pénitentiaires et des Hôpitaux pour malades dangereux prévoit que l'obligation de porter une arme imposée à un officier de police ne s'éteint que sur ordre de ses supérieurs directs ou de toute personne chargée de la gestion et de la protection des établissements carcéraux ou psychiatriques. Messieurs, vous tombez sous le coup de cette exception. Vous ne serez pas autorisés à franchir cette grille avec vos armes.

Teddy regarda Chuck, qui inclina la tête vers le bras de McPherson et haussa les épaules.

– Nous souhaiterions que ceci soit officiellement notifié, déclara Teddy.

– Garde, s'il vous plaît, appela McPherson. Veuillez procéder à la notification des suspensions d'armes concernant les marshals Daniels et Aule.

– Bien, monsieur.

– Gentlemen... leur lança McPherson.

Le garde à sa droite ouvrit une petite sacoche en cuir.

Teddy écarta les pans de son pardessus pour prendre le revolver de service glissé dans son holster. D'un rapide mouvement du poignet, il en ouvrit le barillet, puis le posa dans la paume de McPherson. Celui-ci remit l'arme au garde, qui la rangea dans la sacoche en cuir. De nouveau, McPherson avança la main.

Chuck mit un peu plus longtemps à se délester de son arme, car il batailla un moment avec le rabat de son holster, mais McPherson ne manifesta aucun signe d'impatience ; il se borna à attendre que le marshal place maladroitement le revolver dans sa paume ouverte.

Enfin, il le tendit au garde, qui le glissa lui aussi dans la sacoche avant de franchir la grille.

– Vos armes seront entreposées dans le local des scellés en face du bureau du directeur, déclara McPherson d'une voix douce, chacune de ses paroles bruissant comme des feuilles sous la brise. Lui-même situé dans le bâtiment principal au milieu du parc. Vous les récupérerez le jour de votre départ. (Son sourire de cow-boy nonchalant reparut soudain.) Bon, en matière de trucs officiels, c'est tout pour le moment. Je ne sais pas pour vous, mais moi, je suis content d'en avoir terminé. Maintenant, que diriez-vous d'aller voir le Dr Cawley ?

Il se détourna pour passer la grille en premier. Elle se referma derrière eux.

À l'intérieur du mur d'enceinte, la pelouse s'étendait de chaque côté de l'allée principale, faite des mêmes briques que le mur. Des jardiniers aux chevilles entravées par des fers entretenaient l'herbe, les arbres et les massifs de fleurs, et aussi les rosiers qui poussaient le long du soubassement de l'hôpital. Ils étaient flanqués d'aides-soignants, comme tous les autres patients pareillement entravés que Teddy vit arpenter le site de leur étrange démarche de canard. Des hommes pour la plupart, mais aussi quelques femmes.

– Quand les premiers cliniciens se sont installés, dit McPherson, il n'y avait que des graminées et des broussailles. Vous devriez voir les photos. Mais aujourd'hui...

À droite et à gauche de l'hôpital se dressaient deux maisons identiques de style colonial – brique rouge, encadrements blancs, fenêtres munies de barreaux, vitres jaunies par les embruns et l'eau de mer.

L'hôpital lui-même, couleur anthracite, présentait également une façade de brique polie par l'océan. Du haut des six étages, les lucarnes semblaient contempler les nouveaux venus.

– Construit pour servir de quartier général au Bataillon juste avant la guerre de Sécession, précisa McPherson. Apparemment, il était prévu d'en faire une base d'entraînement. Ensuite, quand la guerre est devenue imminente, tous les efforts se sont concentrés sur le fort, et plus tard sur sa reconversion en camp de prisonniers.

À cet instant, le regard de Teddy fut attiré par la tour qu'il avait aperçue du ferry. Le sommet émergeait des cimes à l'autre extrémité de l'île.

– C'est quoi, cette tour ? demanda-t-il.

– L'ancien phare, répondit McPherson. Personne ne l'utilise plus comme tel depuis le début du dix-neuvième siècle. L'armée de l'Union y avait placé des guetteurs, à ce qu'on m'a raconté, mais aujourd'hui c'est une unité de traitement.

– Pour les patients ?

McPherson fit non de la tête.

– Pour les eaux usées. Vous n'imaginez même pas ce que ces courants charrient. C'est joli, comme ça, vu du ferry, mais c'est à croire que toutes les ordures déversées dans toutes les rivières de cet État dérivent jusqu'au port intérieur, franchissent l'avant-port et finissent par nous arriver.

– Fascinant, commenta Chuck.

Il alluma une cigarette, puis l'ôta de ses lèvres le temps d'étouffer un léger bâillement en clignant des yeux, ébloui par le soleil.

– Derrière le mur, de ce côté, poursuivit McPherson en indiquant un point au-delà du pavillon B, ce sont les anciens quartiers du commandant. Vous les avez sûrement vus tout à l'heure, en montant. Leur construction a coûté une fortune à l'époque, et le commandant en question a été relevé de ses fonctions quand l'Oncle Sam a reçu la facture. Il faut absolument que vous y jetiez un coup d'œil.

– Quelqu'un y habite, aujourd'hui ? s'enquit Teddy.

– Le Dr Cawley. Sans lui, rien de tout cela n'existerait. Et le directeur. À eux deux, ils ont créé ici quelque chose de vraiment unique.

En contournant le site par l'arrière, ils croisèrent d'autres jardiniers entravés accompagnés par d'autres aides-soignants. Une bonne partie des patients sarclaient une terre sombre contre le mur d'enceinte ; parmi eux, une femme d'une cinquantaine d'années aux cheveux filasse se raréfiant au sommet du crâne regarda Teddy au moment où il passait devant elle et porta un doigt à ses lèvres. Une cicatrice rouge foncé, aussi épaisse qu'un bâton de réglisse, courait en travers de sa gorge. Elle esquissa un petit sourire, le doigt toujours pressé sur ses lèvres, avant de remuer très lentement la tête.

– Cawley est une véritable légende dans son domaine, reprit McPherson lorsqu'ils revinrent vers l'entrée de l'hôpital. Major de sa promotion à Johns Hopkins et à Harvard. À vingt ans, il publiait son premier article sur les pathologies hallucinatoires. Il a été consulté à de nombreuses reprises par Scotland Yard, le MI5 et l'OSS.

– Pourquoi ? demanda Teddy.

– Comment ça, pourquoi ?

Teddy inclina la tête. La question ne lui paraissait pas incongrue.

– Eh bien... commença McPherson, manifestement à court d'arguments.

– Commencez par l'OSS, par exemple, l'encouragea Teddy. Ce sera un bon début. Pourquoi les Services spéciaux consulteraient-ils un psychiatre ?

– Affaires militaires, répondit McPherson.

– D'accord, admit Teddy. Mais de quel genre ?

– Le genre classé top secret. Du moins, je suppose.

– Comment pourraient-elles être classées top secret, intervint Chuck, dont le regard déconcerté accrocha celui de Teddy, puisqu'on en parle ?

McPherson s'immobilisa devant l'hôpital, un pied posé sur la première marche du perron. Son visage reflétait un profond désarroi. Après avoir contemplé quelques instants la courbe dessinée par le mur orange, il déclara :

– Vous n'aurez qu'à lui poser la question. Sa réunion a dû se terminer, maintenant.

Ils gravirent le perron, puis pénétrèrent dans un vestibule de marbre dont le plafond voûté formait une coupole filigranée au-dessus d'eux. Une grille s'ouvrit en bourdonnant à leur approche, et ils débouchèrent dans une vaste antichambre où deux aides-soignants, l'un à leur droite, l'autre à leur gauche, étaient assis à un bureau. En face d'eux, par-delà une seconde grille, se profilait un long corridor. Teddy et Chuck durent de nouveau sortir leurs badges pour les montrer à l'aide-soignant posté près de l'escalier, qui procéda aux vérifications réglementaires pendant que McPherson inscrivait leurs trois noms sur un registre. Non loin, constata Teddy, se trouvait une cage occupée par un homme vêtu d'un uniforme semblable à celui du directeur. Plusieurs trousseaux de clés étaient accrochés au mur derrière lui.

Parvenus au premier étage, ils s'engagèrent dans un couloir qui sentait l'encaustique. Sous leurs pieds, le plancher de chêne lustré était baigné par la lumière blanche en provenance de la grande fenêtre à l'extrémité.

– Vous ne lésinez pas sur la sécurité, observa Teddy.

– Nous prenons toutes les précautions nécessaires, confirma McPherson.

– Pour le plus grand soulagement d'une opinion publique reconnaissante, monsieur McPherson, je n'en doute pas, ironisa Chuck.

– Vous devez bien comprendre une chose, reprit McPherson en reportant son attention sur Teddy tandis qu'ils passaient devant plusieurs bureaux dont les portes fermées s'ornaient de petites plaques de cuivre au nom des praticiens. Il n'existe pas d'établissement comparable aux États-Unis. Nous ne traitons ici que les patients les plus gravement atteints. Ceux qu'aucune autre institution ne peut prendre en charge.

– Comme Gryce ? interrogea Teddy.

– Vincent Gryce est parmi nous, en effet, répondit McPherson. Dans le pavillon C.

– C'est lui qui...? commença Chuck à l'adresse de Teddy.

Celui-ci hocha la tête.

– Il a tué tous les membres de sa famille, puis il les a scalpés pour se faire des chapeaux.

– Et il s'est baladé en ville avec, c'est ça ?

– C'est ce qu'ont raconté les journaux.

Ils s'étaient maintenant arrêtés devant une double porte. Sur la plaque de cuivre apposée au milieu du battant de droite, on pouvait lire : DR J. CAWLEY, MÉDECIN-CHEF.

Une main sur la poignée, McPherson se tourna vers les deux policiers, le regard chargé d'une intensité inexplicable.

– En des temps moins éclairés, un patient comme Gryce aurait été condamné à mort. Mais ici, les médecins ont la possibilité de l'étudier, de définir une pathologie, voire d'identifier et d'isoler cette anomalie de son cerveau qui l'a conduit à s'écarter de façon aussi radicale de schémas de comportement acceptables. S'ils réussissent, peut-être qu'un jour viendra où tout écart de ce genre sera totalement éradiqué de notre société.

La main toujours sur la poignée, il parut attendre une réponse.

– On peut toujours rêver, hein ? lança Chuck.

3

Le Dr Cawley était maigre au point de paraître émacié. S'il ne ressemblait pas tout à fait aux sacs d'os et de cartilage que Teddy avait vus à Dachau, il aurait néanmoins bien eu besoin de quelques bons repas. Les ombres jouant sous ses petits yeux sombres profondément enfoncés dans leurs orbites semblaient s'en écouler pour se répandre sur le reste de son visage. Il avait la peau criblée de cicatrices d'acné et les joues tellement creusées qu'elles paraissaient aspirées de l'intérieur. Ses lèvres et son nez étaient minces, à l'image de toute sa personne, et son menton presque inexistant, comme raboté. Les vestiges de sa chevelure étaient aussi sombres que ses yeux et les ombres en dessous.

Il avait cependant un sourire extraordinaire, éblouissant et débordant d'une confiance qui faisait pétiller ses prunelles – un sourire dont il se servait en cet instant même, alors qu'il contournait son bureau pour venir les saluer, la main tendue.

– Marshal Daniels, Marshal Aule, lança-t-il. Heureux que vous ayez pu venir aussi vite.

Sa paume était sèche, lisse comme du marbre, constata Teddy en la prenant dans la sienne, et sa poigne d'acier lui comprima les os jusqu'au moment où il sentit la pression remonter le long de son avant-bras. Cawley le fixa quelques secondes de son regard brillant, l'air de dire « Vous ne vous attendiez pas à ça, hein ? » et enfin, reporta son attention sur Chuck.

Il accompagna leur poignée de main d'un « Enchanté, monsieur », puis son sourire s'évanouit quand il se tourna vers McPherson.

– Ce sera tout pour le moment, déclara-t-il. Merci encore.

– De rien, monsieur, répondit McPherson. Gentlemen, ajouta-t-il à l'adresse des deux marshals, ce fut un plaisir.

Sur ces mots, il quitta la pièce.

Le sourire de Cawley reparut, mais dans une version plus visqueuse rappelant à Teddy la pellicule qui se forme sur la soupe quand elle refroidit.

– C'est quelqu'un de bien, affirma-t-il. McPherson, je veux dire. Motivé.

– Pour ? interrogea Teddy en s'installant sur une chaise devant le bureau.

De nouveau, le sourire de Cawley s'anima ; ses lèvres s'incurvèrent d'un côté, avant de se figer.

– Pardon ?

– Il est motivé, reprit Teddy. Mais pour faire quoi ?

Son interlocuteur alla se rasseoir derrière la table en teck et écarta largement les bras.

– Améliorer son travail. Aboutir à une harmonisation morale entre la loi, l'ordre et les soins hospitaliers. Il y a tout juste cinquante ans, parfois moins longtemps dans certains cas, la pratique en vogue voulait que le genre de patients dont nous nous occupons ici soient au mieux mis aux fers et abandonnés dans leur crasse et leurs excréments. Ils étaient systématiquement battus, comme si cela suffisait à éliminer leur psychose. On les diabolisait. On les torturait. On les écartelait sur la roue, pour ainsi dire. Oui. On leur enfonçait des clous dans le cerveau. Il arrivait même parfois qu'on les noie.

– Et aujourd'hui ?

– Aujourd'hui, on les soigne. Moralement. Nous essayons de panser leurs blessures, de les guérir. En cas d'échec, nous leur apportons au moins un peu de paix.

– Et leurs victimes ?

Cawley haussa les sourcils, attendant manifestement la suite.

– Ce sont tous des criminels violents, n'est-ce pas ? insista Teddy.

Le médecin opina du chef.

– Très violents, en effet.

– Donc, ils ont fait du mal aux autres. Ils ont même commis des meurtres, je suppose.

– Oh oui. C'est arrivé souvent.

– Alors, pourquoi voudriez-vous leur offrir un sentiment de paix après ce qu'ils ont infligé à leurs victimes ?

– Parce que c'est mon métier, marshal. Je n'ai plus la possibilité d'aider leurs victimes, malheureusement. Toute tâche a ses limites, vous le savez. En l'occurrence, ce sont les miennes. Je ne peux me soucier que de mes patients. (Il sourit encore une fois.) Le sénateur vous a expliqué la situation ?

Teddy et Chuck échangèrent un rapide coup d'œil.

– On n'a jamais rencontré de sénateur, docteur, répondit Teddy. C'est le bureau fédéral des opérations terrestres qui nous a confié cette mission.

Cawley posa les coudes sur le sous-main vert ornant son bureau, joignit les paumes, y appuya son menton et dévisagea les deux hommes par-dessus ses lunettes.

– Désolé, j'ai dû mal comprendre. Et qu'est-ce qu'on vous a dit au juste ?

– Qu'une prisonnière avait disparu. (Après avoir posé son calepin sur ses genoux, Teddy en tourna quelques pages.) Une certaine Rachel Solando.

– Une patiente, rectifia Cawley en le gratifiant d'un sourire glacial.

– Une patiente, c'est ça, répéta Teddy. Veuillez m'excuser. Apparemment, elle se serait enfuie au cours des dernières vingt-quatre heures.

Le médecin marqua son approbation d'une légère inclinaison du menton.

– Hier soir, précisa-t-il. Entre vingt-deux heures et minuit.

– Et elle n'a toujours pas été retrouvée, ajouta Chuck.

– Exact, marshal... ?

Il leva une main en guise d'excuse.

– Aule, compléta Chuck.

Les yeux de Cawley se rétrécirent et Teddy remarqua des gouttes d'eau projetées sur la fenêtre derrière lui. Il n'aurait su dire si elles venaient du ciel ou de la mer.

– Et vous vous prénommez Charles ? poursuivit Cawley.

– Tout juste.

– C'est un prénom qui vous va bien, commenta le médecin. Aule, en revanche, me déconcerte un peu.

– Une chance, j'imagine.

– Comment ça ?

– On ne choisit pas son nom, expliqua Chuck. Alors, c'est d'autant plus appréciable lorsque quelqu'un estime que l'un d'eux, au moins, vous convient.

– Qui a choisi le vôtre ?

– Mes parents.

– Mais pour le nom de famille ?

Chuck haussa les épaules.

– Qui sait ? Il faudrait remonter sur une bonne vingtaine de générations pour en apprendre plus.

– Une seule suffit peut-être...

– Pardon ? répliqua Chuck, qui se pencha en avant.

54

– Vous êtes grec ou arménien, n'est-ce pas ?

– Arménien.

– Donc, Aule était au départ...

– Anasmajian.

Le regard de Cawley se porta lentement sur Teddy.

– Et vous ?

– Daniels ? Irlandais depuis dix générations. (Il esquissa un sourire.) Oui, docteur, je suis en mesure de remonter jusqu'aux origines de mon nom.

– Mais votre prénom, c'est Theodore ?

– Edward.

Le médecin redressa la tête, puis inclina son fauteuil en arrière. Il saisit un coupe-papier avec lequel il tapota le bord de sa table, produisant un son aussi doux et régulier que celui des flocons de neige sur un toit.

– Ma femme se prénomme Margaret, dit-il. Pourtant, je suis le seul à l'appeler comme ça. Certains de ses plus vieux amis la surnomment Margo, ce qui me paraît assez logique, mais tous les autres la surnomment Peggy. Pour le coup, je n'ai jamais compris.

– Quoi ?

– Comment on passe de Margaret à Peggy. Et pourtant, c'est relativement fréquent. Même chose pour Teddy et Edward. Il n'y a pas plus de *p* dans *Margaret* que de *t* dans *Edward*.

Teddy haussa les épaules.

– Vous-même, quel est votre prénom ?

– John.

– Personne ne vous a jamais appelé Jack ?

Le médecin fit non de la tête.

– La plupart des gens m'appellent « docteur ».

L'eau éclaboussait toujours légèrement la vitre derrière lui. Les yeux brillants, le regard lointain, il paraissait réfléchir à leur conversation lorsque Chuck demanda :

– Rachel Solando est-elle considérée comme dangereuse ?

– Tous nos patients ont manifesté une propension à la violence, ce qui justifie leur présence chez nous. Les femmes autant que les hommes. Rachel Solando est une veuve de guerre. Elle a noyé ses trois enfants dans le lac derrière chez elle. Elle les a emmenés un par un et leur a maintenu la tête sous l'eau jusqu'à ce qu'ils meurent. Ensuite, elle les a ramenés à la maison, où elle les a assis à la table de la cuisine. Elle s'y était elle-même installée pour manger lorsqu'un voisin est arrivé.

– Elle l'a tué aussi ? s'enquit Chuck.

Cawley haussa les sourcils en poussant un petit soupir.

– Non. Elle l'a invité à prendre le petit déjeuner avec eux. Il a refusé, naturellement, et il a prévenu la police. Rachel est toujours persuadée que ses enfants sont en vie et qu'ils attendent son retour. C'est peut-être pour ça qu'elle s'est évadée.

– Pour rentrer chez elle, donc, conclut Teddy.

D'un signe de tête, Cawley acquiesça.

– Où habitait-elle ? demanda Chuck.

– Dans une petite ville des Berkshires, à environ deux cents kilomètres de l'île. (Cawley indiqua la fenêtre derrière lui.) Dans cette direction, la côte est à une vingtaine de kilomètres. En nageant vers le nord, on ne l'atteint pas avant Newfoundland.

– Vous avez déjà fouillé le site, je suppose, dit Teddy.

– Oui.

– À fond ?

Son interlocuteur ne répondit pas tout de suite. Au lieu de quoi, il caressa quelques secondes le poitrail d'un cheval en argent posé sur un coin de son bureau.

– Le directeur, ses hommes et un bataillon entier d'aides-soignants ont passé la nuit et une bonne partie de la matinée à explorer l'île et tous les bâtiments de cet établissement. Sans relever la moindre trace de la fugitive. Ce qui est encore plus perturbant, c'est qu'on ne parvient même pas à comprendre comment Rachel a pu sortir de sa chambre. La pièce était verrouillée de l'extérieur et l'unique fenêtre est munie de barreaux. Apparemment, les serrures n'ont pas été forcées. (Ses yeux quittèrent le cheval miniature pour se porter vers Teddy et Chuck.) C'est comme si elle avait traversé les murs.

Teddy nota l'expression dans son calepin.

– Vous êtes sûr qu'elle se trouvait bien dans sa chambre au moment de l'extinction des feux ?

– Certain.

– Vraiment ?

Cawley ôta sa main du cheval et pressa le bouton d'appel sur l'interphone.

– Madame Marino ?

– Oui, docteur.

– Veuillez demander à M. Ganton de venir.

– Tout de suite, docteur.

Un pichet d'eau et quatre verres étaient disposés sur la petite table près de la fenêtre. Cawley alla en remplir trois. Il en plaça un devant Teddy, un autre devant Chuck et retourna derrière le bureau avec le sien.

– Vous n'auriez pas de l'aspirine, par hasard ? lança Teddy.

Le médecin lui adressa un léger sourire.

– Je ne devrais pas avoir trop de mal à vous trouver ça. (Il fourragea dans un tiroir, dont il retira un flacon de Bayer.) Deux ou trois ?

– Trois, ce serait bien.

Déjà, Teddy sentait renaître des élancements douloureux derrière son œil.

Cawley lui tendit les comprimés. Teddy les avala avec une grande gorgée d'eau.

– Vous êtes sujet aux migraines, marshal ?

– Au mal de mer, en fait.

– Ah, vous êtes déshydraté...

Teddy hocha la tête. Cawley ouvrit un étui en noyer qu'il présenta aux deux marshals. Teddy prit une cigarette, Chuck déclina l'offre et sortit son propre paquet, puis tous trois les allumèrent tandis que Cawley soulevait la fenêtre à guillotine.

À peine s'était-il rassis qu'il leur montra la photographie d'une superbe jeune femme au visage marqué par des cernes sombres – presque aussi sombres que ses cheveux noirs. Elle avait les yeux exorbités, comme si une force brûlante à l'intérieur de son crâne cherchait à les lui faire sortir de la tête. Ce qu'ils voyaient au-delà de l'objectif, au-delà du photographe lui-même et sans doute au-delà de tout ce que recelait le monde connu n'était de toute évidence pas fait pour être vu.

Il y avait quelque chose de désagréablement familier en elle, et soudain, un souvenir revint à la mémoire de Teddy – celui de cet adolescent qu'il avait rencontré dans les camps de la mort et qui refusait toute nourriture. Assis contre un mur sous le soleil d'avril, il avait arboré cette même expression hantée jusqu'à ce que ses paupières finissent par se fermer définitivement et qu'on ajoute son cadavre à ceux déjà entassés à la gare.

Chuck émit un léger sifflement.

– Ben, mon vieux...

Cawley tira une bouffée de sa cigarette.

– Réagissez-vous ainsi à cause de sa beauté manifeste ou de sa folie tout aussi manifeste ?

– Les deux.

Ces yeux... songea Teddy. Même figés dans le temps, ils semblaient hurler. On avait envie d'entrer dans la photo pour dire à cette femme : « Non, non, non. Tout va bien, tout va bien. Chuuut. » On avait

envie de la serrer contre soi jusqu'à ce que les tremblements s'arrêtent, de lui répéter encore et encore
que tout allait s'arranger.

La porte du bureau s'ouvrit, livrant passage à un
grand Noir aux cheveux mouchetés de gris, vêtu de
l'uniforme blanc des aides-soignants.

– Monsieur Ganton, l'accueillit Cawley, je vous
présente les deux personnes dont je vous ai déjà
parlé, les marshals Aule et Daniels.

Teddy et Chuck se levèrent pour serrer la main du
nouveau venu. Celui-ci dégageait une impression de
peur presque palpable, nota Teddy, comme s'il
redoutait de toucher un flic ; peut-être y avait-il un ou
deux mandats lancés contre lui sur le continent.

– M. Ganton travaille avec nous depuis dix-sept
ans. Il dirige l'équipe des aides-soignants. C'est lui
qui a conduit Rachel jusqu'à sa chambre la nuit dernière. N'est-ce pas, monsieur Ganton ?

L'interpellé s'assit, croisa les chevilles, plaça les
mains sur ses genoux et se voûta légèrement, les yeux
fixés sur ses chaussures.

– Y avait une séance de groupe à neuf heures.
Après...

– Il s'agit d'une séance de thérapie de groupe dirigée par le Dr Sheehan et l'infirmière Marino, l'interrompit Cawley.

Avant de reprendre la parole, Ganton s'assura que
le médecin-chef avait terminé.

– C'est ça. Bon, la séance de groupe, elle a fini
vers dix heures. J'ai raccompagné Rachel jusqu'à sa
chambre. Elle est entrée, et j'ai fermé la porte à clé
derrière elle. On fait des rondes de surveillance
toutes les deux heures pendant l'extinction des feux.
Quand je suis retourné là-bas à minuit, j'ai jeté un
coup d'œil à l'intérieur et je me suis aperçu que le lit
était vide. Alors, je me suis dit qu'elle s'était peut-
être couchée par terre. Y font ça souvent, les
patients, de dormir par terre. J'ai ouvert...

– En vous servant de votre trousseau, monsieur Ganton ? intervint Cawley.

L'aide-soignant hocha la tête, puis reporta son attention sur ses genoux.

– Ouais, je m'en suis servi parce que la porte était verrouillée. Quand je me suis avancé dans la chambre, j'ai vu Rachel nulle part. J'ai refermé la porte et je suis allé inspecter la fenêtre et les barreaux. Tout était normal de ce côté-là. (Il haussa les épaules.) Là-dessus, j'ai prévenu le directeur.

Il leva les yeux vers Cawley, qui lui adressa un petit sourire indulgent.

– Des questions, messieurs ?

Chuck lui fit signe que non.

Teddy délaissa son calepin.

– Vous venez de nous dire que vous étiez entré dans la chambre et que vous aviez constaté que la patiente ne s'y trouvait pas, monsieur Ganton. Quelle conclusion en avez-vous tirée ?

– Comment ça, m'sieur ?

– Y a-t-il un placard dans cette pièce ? Ou un espace sous le lit où elle aurait pu se cacher ?

– Les deux.

– Et vous avez vérifié qu'elle n'y était pas.

– Oui, m'sieur.

– En laissant la porte ouverte.

– Pardon, m'sieur ?

– Vous avez dit que vous étiez entré dans la chambre, que vous aviez cherché partout et que vous n'aviez pas trouvé la patiente. *Ensuite seulement*, vous avez refermé la porte derrière vous.

– Non, je... Enfin...

Teddy tira une nouvelle bouffée de la cigarette offerte par Cawley. Elle était plus douce, plus riche que ses Chesterfield ; l'odeur de la fumée était également différente, presque sucrée.

– Ça m'a pas pris plus de cinq secondes en tout, m'sieur, se justifia Ganton. Y a pas de porte sur le placard. J'ai regardé dedans, j'ai regardé sous le lit et j'ai refermé la porte de la chambre. Rachel, elle aurait pas pu se cacher ailleurs. La pièce est grande comme un mouchoir de poche.

– Et contre le mur ? s'enquit Teddy. À droite ou à gauche de l'entrée ?

– Nan...

Lorsque Ganton secoua la tête, Teddy crut pour la première fois percevoir de la colère en lui, un sentiment de rancœur primitive derrière les yeux baissés et les « Oui, m'sieur », « Non, m'sieur ».

– C'est peu probable, expliqua Cawley à Teddy. Je pense avoir saisi le fond de votre pensée, marshal, mais quand vous aurez visité la chambre, vous comprendrez que M. Ganton aurait eu du mal à ne pas voir la patiente si elle avait *réellement* été quelque part entre ces quatre murs.

– Z'avez raison, approuva Ganton.

Il dévisageait ouvertement Teddy, à présent. De toute évidence, il retirait de son éthique professionnelle une immense fierté que le marshal, par ses questions, avait réussi à heurter.

– Merci, monsieur Ganton, déclara Cawley. Ce sera tout pour le moment.

L'aide-soignant se leva, laissa son regard s'attarder sur Teddy encore quelques secondes, puis lança « Merci, docteur » et quitta la pièce.

Les trois hommes gardèrent le silence une bonne minute, le temps de terminer leur cigarette et de l'écraser dans le cendrier. Enfin, Chuck reprit la parole :

– Je crois qu'on devrait visiter cette chambre, docteur.

– Bien sûr, répondit Cawley, qui contourna une nouvelle fois son bureau en serrant entre ses doigts un anneau porte-clés gros comme un enjoliveur. Suivez-moi, je vous en prie.

Il s'agissait d'une chambre minuscule dont la porte s'ouvrait vers l'intérieur – une porte découpée dans de l'acier, aux charnières tellement bien huilées qu'elle alla taper avec force contre le mur de droite. Sur leur gauche, après un court pan de mur nu, se dressait une petite penderie en bois contenant quelques habits – des blouses et des pantalons noués par un lien à la taille – suspendus à des cintres en plastique.

– Mon hypothèse ne tient pas, admit Teddy.

Cawley hocha la tête.

– Elle ne pouvait se dissimuler nulle part sans qu'on la voie du seuil.

– Au plafond, peut-être ? lança Chuck.

Les trois hommes levèrent les yeux. Cawley alla même jusqu'à forcer un sourire.

Quand le médecin referma la porte derrière eux, Teddy fut aussitôt submergé par une impression de claustrophobie. Tout le monde avait beau la qualifier de « chambre », cette pièce n'était rien d'autre qu'une cellule. Fenêtre munie de barreaux au-dessus du lit étroit, commode toute simple contre le mur de droite, sol et murs en ciment recouvert d'une peinture blanche institutionnelle. À trois dans la pièce, ils pouvaient à peine bouger sans se cogner mutuellement.

– Qui a accès à cette chambre ? demanda-t-il.

– En pleine nuit ? Pour la plupart, les membres du personnel n'ont aucune raison de se trouver dans le service.

– Je m'en doute, convint Teddy. Mais qui ?

– Les aides-soignants, bien sûr.

– Les médecins aussi ?

– Les infirmières, plutôt.

– Autrement dit, les médecins n'ont pas la clé de cette chambre ?

– Si, répondit Cawley d'un ton où perçait une pointe d'agacement. Mais à dix heures du soir, ils sont en général tous rentrés chez eux.

– Après avoir rendu leurs clés ?

– Oui.

– C'est inscrit dans un registre, ce genre de détail ?

– Je ne vous suis pas.

– La question qu'on se pose, docteur, c'est s'ils doivent signer quelque chose chaque fois qu'ils demandent ou rendent les clés, expliqua Chuck.

– Évidemment.

– Nous aimerions jeter un coup d'œil à ce registre, et plus précisément à la page d'hier soir, déclara Teddy.

– Oui, oui. Entendu.

– Il se trouve dans la cage que nous avons aperçue au rez-de-chaussée, j'imagine, enchaîna Chuck. Celle avec un gardien à l'intérieur et des trousseaux de clés au mur ?

Cawley confirma d'un bref signe de tête.

– Il nous faudra aussi les dossiers du personnel, reprit Teddy, des membres de l'équipe médicale, des aides-soignants et des gardiens.

Le médecin le regarda comme s'il lui sortait soudain du crâne une nuée de mouches.

– Pourquoi ?

– Une femme disparaît d'une pièce fermée à clé, docteur. Elle s'enfuit sur une île minuscule et personne ne parvient à retrouver sa trace. Désolé, mais je dois au moins envisager la possibilité d'une complicité.

– Nous verrons, répondit Cawley.

– Comment ça ?

– Eh bien, je vais devoir en référer au directeur et à certains de mes collègues. Nous considérerons votre requête en nous basant sur...

– Écoutez, docteur, le coupa Teddy, ce n'était pas une requête. Nous sommes ici sur ordre du gouvernement. Il s'agit d'un établissement fédéral d'où une prisonnière dangereuse...

– Une patiente.

– Une patiente dangereuse, rectifia Teddy en s'efforçant de parler d'un ton égal, s'est évadée. Si vous refusez de coopérer avec deux marshals pour permettre l'arrestation de la fugitive, vous risquez malheureusement d'être accusé de... Comment déjà, Chuck ?

– D'entrave à l'action de la justice, docteur.

Cawley paraissait abasourdi, comme s'il ne s'était pas méfié de Chuck jusque-là, mais seulement de Teddy.

– Eh bien, déclara-t-il enfin d'une voix dénuée d'inflexions, tout ce que je peux vous dire, c'est que je ferai mon possible pour donner une suite favorable à votre demande.

Teddy et Chuck échangèrent un rapide coup d'œil, puis examinèrent de nouveau la pièce dépouillée. Devinant que Cawley n'avait pas l'habitude d'être bousculé lorsqu'il avait manifesté son déplaisir, les deux policiers lui accordèrent une minute pour se ressaisir.

Dans la minuscule penderie, Teddy compta trois blouses blanches et deux paires de chaussures également blanches.

– À combien de paires de chaussures les patients ont-ils droit ? s'enquit-il.

– Deux.

– Donc, elle serait partie pieds nus ?

– Oui. (Cawley rajusta sa cravate sous sa blouse de laboratoire et montra une grande feuille de papier posée sur le lit.) C'était derrière la commode. Personne n'a la moindre idée de ce que ça signifie. Nous espérons que vous pourrez peut-être nous le dire.

Teddy souleva la feuille, la retourna et découvrit de l'autre côté un test de vision dont les lettres s'amenuisaient progressivement. Il la retourna encore une fois, avant de la montrer à Chuck.

LA LOI DES 4

JE SUIS 47
<u>ILS ÉTAIENT 80</u>

+<u>VOUS ÊTES 3</u>

NOUS SOMMES 4
MAIS
QUI EST 67 ?

Le simple fait de tenir la feuille déplaisait à Teddy. Les bords lui picotaient les doigts.

– J'en sais foutrement rien, observa Chuck.

Cawley vint se placer à côté d'eux.

– C'était aussi notre conclusion.

– Nous sommes trois, déclara Teddy.

Chuck reporta son attention sur la feuille.

– Hein ?

– C'est peut-être nous, les trois dont elle parle, avança Teddy. Nous trois, qui nous tenons dans cette chambre en ce moment même.

Son collègue fit non de la tête.

– Comment aurait-elle pu le prévoir ?

Teddy haussa les épaules.

– C'est impossible.

– Ouais.

– Ça l'est, intervint Cawley, et pourtant, Rachel fait preuve d'une grande ingéniosité dans ses jeux. Ses hallucinations – en particulier celle qui lui permet de croire ses enfants toujours en vie – reposent sur une architecture très délicate, mais aussi très complexe. Pour la soutenir, Rachel entremêle à sa vie un fil narratif élaboré complètement fictif.

65

Chuck tourna lentement la tête vers lui.

– J'aurais besoin d'un diplôme pour y comprendre quelque chose, docteur.

Celui-ci lâcha un petit rire.

– Rappelez-vous tous les mensonges que vous racontiez à vos parents quand vous étiez petit. Rappelez-vous à quel point ils étaient compliqués. Au lieu de faire simple pour vous excuser d'avoir manqué l'école ou oublié une corvée domestique, vous en rajoutiez, vous embellissiez, vous vous laissiez entraîner dans des récits fantastiques. Je n'ai pas raison ?

Après quelques secondes de réflexion, Chuck opina.

– Bien sûr, dit Teddy. Les criminels font pareil.

– Exactement. Dans le but de semer la confusion. D'embrouiller leur interlocuteur jusqu'à ce qu'il cède, par lassitude plus que par respect de la vérité. Maintenant, imaginez que ces mensonges, vous vous les racontiez à vous-même. Eh bien, c'est ce qui se produit avec Rachel. Elle n'a jamais voulu admettre qu'elle se trouvait dans un établissement psychiatrique ; pas une seule fois en quatre ans. Dans son esprit, elle était chez elle, dans les Berkshires, et nous étions tous des livreurs, des laitiers, des facteurs de passage. Par la seule force de sa volonté, elle parvenait à rendre ses hallucinations plus puissantes que la réalité.

– Mais comment se fait-il que la vérité ne l'emporte jamais ? demanda Teddy. Je veux dire, elle est dans un hôpital psychiatrique. Comment se fait-il qu'elle ne s'en rende pas compte de temps en temps ?

– Ah, nous en arrivons enfin à l'effrayante beauté de la structure paranoïde du schizophrène avéré. Dans la mesure où vous vous croyez les seuls dépositaires de la vérité, messieurs, c'est donc que tous les autres doivent mentir. Et si tous les autres mentent...

– Alors, toutes les vérités qu'ils énoncent sont forcément des mensonges, conclut Chuck.

Cawley leva le pouce et pointa son doigt vers lui comme s'il s'agissait d'une arme à feu.

– Vous commencez à comprendre, marshal.

– D'après vous, il y aurait un rapport avec ces nombres ? demanda Teddy.

– Sans doute. Ils correspondent sûrement à quelque chose. Avec Rachel, rien n'était jamais vain ni accessoire. Elle devait éviter à tout prix que la structure dans sa tête ne s'effondre, et pour y parvenir, il lui fallait tout le temps *réfléchir*. Ceci, ajouta-t-il en tapotant la feuille, est la représentation de cette structure, qui nous révélera où elle est allée, j'en suis persuadé.

Durant une fraction de seconde, Teddy eut l'impression que le code lui parlait, qu'il s'éclairait. C'étaient surtout les deux premiers nombres – le « 47 » et le « 80 » – qui lui titillaient le cerveau comme la mélodie d'une chanson dont il aurait essayé de se souvenir pendant que la radio diffusait un air totalement différent. Le « 47 » constituait l'indice le plus évident. C'était là, sous ses yeux. C'était tellement simple... Tellement...

Mais soudain, la passerelle logique s'effondra et Teddy sentit son esprit se vider. Le lien lui avait échappé. Il reposa la feuille sur le lit.

– La folie, déclara Chuck.

– Pardon ? demanda Cawley.

– C'était elle, sa destination, expliqua Chuck. Enfin, à mon avis.

– Eh bien, entre nous, je pense que nous pouvons considérer cela comme un fait acquis, approuva Cawley.

4

Ils s'immobilisèrent devant la pièce. Le couloir se scindait au niveau d'un escalier situé au milieu. La chambre de Rachel se trouvait à mi-chemin, à gauche des marches, sur le côté droit du corridor.

– C'est la seule issue à cet étage ? demanda Teddy.

Cawley confirma d'un signe.

– Aucune possibilité de monter sur le toit ?

Le médecin fit non de la tête.

– La seule façon d'y accéder, expliqua-t-il, c'est d'emprunter l'escalier de secours. Vous le verrez sur la façade sud du bâtiment. L'accès en est barré par une grille toujours verrouillée. Le personnel a la clé, bien sûr, mais pas les patients. Autrement dit, pour pouvoir grimper sur le toit, il aurait fallu que Rachel descende au rez-de-chaussée, sorte de l'hôpital, trouve un moyen d'ouvrir la grille et de remonter.

– Vous avez quand même vérifié ?

Nouveau signe d'assentiment.

– On a aussi fouillé toutes les chambres du service. Immédiatement. Dès que sa disparition a été signalée.

De la main, Teddy indiqua l'aide-soignant assis à une petite table de jeu près de l'escalier.

– Il y a quelqu'un ici vingt-quatre heures sur vingt-quatre ?

– Oui, affirma Cawley.

– Par conséquent, il y avait quelqu'un hier soir aussi.

– Exact. C'était même M. Ganton.

Les trois hommes se dirigèrent vers les marches.

– Donc... commença Chuck qui, les sourcils haussés, regarda Teddy.

– Donc... répéta celui-ci.

– Donc, reprit Chuck, Rachel Solando se faufile hors de sa chambre fermée à clé et s'engage dans l'escalier. (Ils s'y engagèrent eux-mêmes, et Chuck montra du pouce l'aide-soignant qui les attendait sur le palier du premier étage.) Ensuite, elle échappe à la surveillance d'un autre aide-soignant – on ne sait pas comment, peut-être en se rendant invisible, quelque chose comme ça –, atteint le rez-de-chaussée et débouche dans...

Au pied des dernières marches, ils découvrirent une immense pièce dépourvue de cloisons, comportant plusieurs canapés disposés le long d'un mur, une grande table pliante au centre, elle-même entourée de chaises pliantes, et d'immenses baies vitrées laissant entrer un flot de lumière blanche.

– Notre salle commune, déclara Cawley. Où la plupart des patients passent leurs soirées. Hier, la séance de thérapie de groupe s'est déroulée ici. Le bureau des infirmières se trouve là-bas, de l'autre côté de cette ouverture. Après l'extinction des feux, les aides-soignants se rassemblent dans cette salle. En principe, ils devraient donner un coup de serpillière, faire les vitres et tout le reste, mais ils sont souvent surpris en train de jouer aux cartes.

– Ils y jouaient, la nuit dernière ?

– D'après le personnel de garde, la partie battait son plein. Ils étaient sept, installés au pied de l'escalier, à jouer au *stud poker*.

Les mains sur les hanches, Chuck relâcha son souffle.

– Bon, elle nous refait le coup de l'invisibilité, et à partir d'ici, tourne à droite ou à gauche.

– En prenant à droite, elle aurait traversé la salle à manger, puis les cuisines et atteint une porte grillagée équipée d'une alarme réglée à neuf heures du soir, après le départ des cuisiniers. À gauche, on arrive au bureau des infirmières et à la salle de repos du personnel. De ce côté, il n'y a pas de porte débouchant sur l'extérieur. Les seules issues sont la porte au fond de la salle commune et celle située au bout du couloir, derrière l'escalier. Hier soir, les deux hommes chargés de les surveiller étaient à leur poste, comme d'habitude. (Le médecin consulta sa montre.) À présent, messieurs, veuillez m'excuser, mais j'ai une réunion. Si vous avez des questions, n'hésitez pas à les poser au personnel ou à McPherson. Jusque-là, c'est lui qui a organisé les recherches. Il est certainement en mesure de vous fournir tous les renseignements dont vous aurez besoin. Le personnel dîne à six heures précises dans le mess situé au sous-sol du dortoir des aides-soignants. Après, nous nous réunirons dans la salle de repos ; vous aurez ainsi l'occasion de vous entretenir avec tous ceux qui étaient de garde hier soir au moment de l'incident.

Sans plus de cérémonie, il se hâta vers la sortie. Les deux policiers le suivirent des yeux jusqu'à ce qu'il tourne à gauche et disparaisse de leur vue.

– Y a-t-il un seul élément dans cette affaire qui *n'aille pas* dans le sens d'une complicité interne ? murmura Teddy.

– J'aime bien ma théorie de l'invisibilité, répliqua Chuck. Cette femme conserve peut-être la potion dans une fiole. Vous voyez ce que je veux dire ? Si ça se trouve, Teddy, elle nous observe en ce moment même. (Il jeta un bref coup d'œil par-dessus son épaule, puis reporta son attention sur son coéquipier.) Troublant, non ?

Dans l'après-midi, les deux policiers se joignirent aux recherches et s'aventurèrent à l'intérieur des terres sous une brise de plus en plus forte, de plus en plus chaude aussi. Un peu partout sur l'île, la végétation exubérante formait de véritables remparts de plantes sauvages et d'épaisses étendues d'herbes folles auxquelles s'entremêlaient les rejets des chênes séculaires et les ronces couvertes d'épines. Par endroits, il était impossible à quiconque de se frayer un passage parmi les broussailles, même avec les machettes que transportaient quelques-uns des gardes. Or Rachel Solando n'en avait sûrement pas emporté et, de toute façon, l'île l'aurait néanmoins repoussée inexorablement vers la côte, comme s'il était dans sa nature de chasser les intrus.

Les efforts pour retrouver la fugitive parurent étrangement dérisoires à Teddy ; à l'évidence, seuls Chuck et lui prenaient l'entreprise à cœur. Les hommes louvoyaient à la lisière du sous-bois parallèle au littoral, les yeux baissés, le pas hésitant. À un certain moment, ils franchirent une avancée de rochers noirs et débouchèrent en face d'une haute falaise qui tombait droit dans la mer. Sur leur gauche, par-delà un enchevêtrement impénétrable de mousse, d'épineux et de buissons de baies rouges, s'ouvrait une petite clairière descendant en pente douce au pied des collines. Celles-ci s'élevaient régulièrement, chacune plus haute que la précédente, jusqu'à l'à-pic déchiqueté, et Teddy distingua de profondes entailles sur leur flanc ainsi que des ouvertures oblongues dans la paroi abrupte.

– Ce sont des grottes ? demanda-t-il à McPherson.

– Il y en a quelques-unes, oui, répondit le directeur adjoint.

– Vous les avez fouillées ?

McPherson soupira, avant d'allumer un fin cigare à l'intérieur de sa main en coupe.

– Elle avait deux paires de chaussures, marshal. Toutes les deux sont toujours dans sa chambre. Comment aurait-elle pu traverser ce qu'on vient de traverser, grimper sur ces rochers et escalader la falaise ?

De la main, Teddy indiqua un point situé derrière la clairière, au niveau de la plus petite colline.

– Et si elle avait décidé de passer par l'ouest, quitte à rallonger la distance ? suggéra-t-il.

Le directeur adjoint amena son propre doigt près de celui de Teddy.

– Regardez au bas de la clairière, là-bas. Au bout de votre index, ce sont des marécages. Une vraie jungle de diverses variétés de sumacs, de chênes verts et d'un bon millier de plantes différentes, toutes couvertes d'épines de la taille de ma bite.

– Ça veut dire quoi ? Qu'elles sont grosses ou qu'elles sont petites ?

La question émanait de Chuck qui, un peu à l'écart, les observait par-dessus son épaule.

McPherson esquissa un sourire.

– Entre les deux, je suppose.

Chuck acquiesça d'un signe de tête.

– Je voulais juste vous faire comprendre une chose, messieurs : elle n'avait pas d'autre solution que de longer la côte, et qu'elle soit partie dans une direction ou dans une autre, elle s'est forcément retrouvée à court de sable. (Il indiqua la falaise.) Arrêtée par une de ces murailles.

Une heure plus tard, de l'autre côté de l'île, ils découvrirent une clôture. Derrière se dressaient le vieux fort et le phare qui, comme le constata Teddy, était lui aussi protégé par une enceinte dont deux hommes au garde-à-vous, fusil contre la poitrine, surveillaient l'entrée.

– Une unité de traitement ? s'enquit-il.

McPherson répondit d'un simple hochement de tête.

Teddy regarda son coéquipier, qui haussa les sourcils.

– Une unité de traitement, donc... conclut Teddy.

Personne ne s'approcha de leur table pendant le dîner. Ils mangèrent seuls, mouillés par les premières gouttes de pluie et les embruns dont s'était chargée la brise chaude. Dehors, l'île s'était mise à gronder dans l'obscurité, battue par des vents qui forcissaient peu à peu.

– Une chambre verrouillée, dit Chuck.

– Pieds nus, ajouta Teddy.

– Elle a franchi trois postes de contrôle à l'intérieur.

– Une pièce remplie d'aides-soignants.

– Le tout pieds nus, répéta Chuck.

Teddy taquina de sa fourchette la nourriture dans son assiette – une sorte de hachis Parmentier préparé avec une viande filandreuse.

– Elle est passée par-dessus un mur surmonté d'un fil électrifié.

– Ou par une grille verrouillée.

– Pour affronter tout ça.

Les rafales qui secouaient le bâtiment, qui secouaient les ténèbres.

– Pieds nus.

– Sans que personne ne la remarque.

Chuck avala une bouchée de hachis, puis une gorgée de café.

– Quand quelqu'un meurt sur cette île – ça arrive forcément, non ? –, qu'est-ce qu'on fait du corps ?

– On l'enterre.

– Vous avez vu un cimetière, aujourd'hui ?

– Non, répondit Teddy, mais il doit y en avoir un quelque part, sans doute entouré lui aussi d'une clôture.

– Comme l'unité de traitement. Bien sûr. (Chuck repoussa son plateau et s'adossa à sa chaise.) Bon, on interroge qui, maintenant ?

– Les membres du personnel.

– Ils se montreront coopératifs, vous croyez ?

– Pas vous ?

Un sourire s'épanouit sur les lèvres de Chuck. Sans quitter Teddy des yeux, il alluma une cigarette, et quand son sourire se mua en un petit rire, des bouffées de fumée s'échappèrent en rythme de sa bouche.

Teddy se tenait au milieu de la pièce, entouré par les membres du personnel. Il avait posé les mains sur le dossier d'une chaise métallique. Chuck, appuyé contre un pilier à côté de lui, avait fourré les siennes dans ses poches.

– Je suppose que vous savez tous pourquoi nous sommes ici, commença Teddy. Hier soir, une patiente s'est enfuie. À en juger d'après les apparences, elle s'est même littéralement volatilisée. Jusque-là, tout nous amène à croire qu'elle a quitté l'établissement avec l'aide d'un complice. Vous êtes d'accord avec moi, monsieur McPherson ?

– Tout à fait. Je dirais qu'à ce stade, c'est une supposition raisonnable.

Au moment où Teddy allait reprendre la parole, Cawley, assis dans un fauteuil près d'une infirmière, demanda :

– Pourriez-vous vous présenter, messieurs ? Certains de mes collaborateurs n'ont pas encore eu l'occasion de faire votre connaissance.

Teddy se redressa de toute sa hauteur.

– Marshal Edward Daniels, déclara-t-il. Et voici mon coéquipier, le marshal Charles Aule.

Chuck sortit la main de sa poche juste le temps d'adresser un petit signe au groupe.

– Monsieur McPherson, reprit Teddy, vous avez procédé à une fouille minutieuse du site avec vos hommes, n'est-ce pas ?

– Naturellement.

– Et vous avez trouvé quelque chose ?

Son interlocuteur s'étira sur son siège.

– Aucune trace d'une femme en cavale. Ni lambeaux de vêtements, ni empreintes de pas, ni végétation piétinée ou brisée. La marée était haute, hier soir, et le courant particulièrement puissant. Elle n'aurait pas pu s'enfuir à la nage.

– Mais elle a peut-être essayé...

Une remarque formulée par Kerry Marino, l'infirmière, une femme élancée à l'épaisse crinière rousse qu'elle avait libérée sitôt entrée dans la pièce en ôtant la pince qui la retenait en chignon. Sa coiffe placée sur les genoux, elle lissait maintenant sa chevelure d'une main indolente suggérant la lassitude, mais tous les hommes présents ne cessaient de lui couler des regards furtifs tant son geste appelait la douceur d'un lit.

– Pardon ? lança McPherson.

Les doigts de l'infirmière s'immobilisèrent dans ses boucles ; elle finit par les reposer sur ses cuisses.

– Qui sait si elle ne s'est pas noyée en essayant de s'enfuir à la nage ? précisa-t-elle.

– Son corps aurait déjà été rejeté sur la côte, répliqua Cawley, qui étouffa un bâillement derrière son poing. Vu la force des courants...

Kerry Marino leva une main comme pour dire « Oh, désolée, les gars », avant d'ajouter :

– Cette hypothèse ne me paraissait pas incongrue.

– Et nous apprécions votre intervention, répondit Cawley. Mais à présent, veuillez poser vos questions, marshals. La journée a été longue.

Teddy jeta un coup d'œil à Chuck, qui inclina légèrement la tête vers lui. Une femme ayant des antécédents de comportement violent se cachait sur cette petite île, et apparemment tout le monde n'aspirait qu'à aller se coucher.

– M. Ganton nous a expliqué qu'il était allé voir Mme Solando à minuit et qu'à ce moment-là elle avait disparu, déclara Teddy. Les verrous sur la porte et la grille de la fenêtre n'avaient pas été forcés. Entre dix heures et minuit hier soir, monsieur Ganton, y a-t-il eu un moment où vous n'avez pas surveillé le deuxième étage ?

Plusieurs têtes se tournèrent vers Ganton, et Teddy éprouva un certain trouble en découvrant une sorte d'expression amusée sur quelques visages ; il se faisait l'effet d'un instituteur ayant interrogé le gamin le plus futé de la classe.

Ganton adressa sa réponse à ses pieds.

– Le seul moment où j'ai quitté des yeux ce corridor, c'est quand je suis entré dans sa chambre et que j'ai vu qu'elle était plus là.

– Ça vous a pris dans les trente secondes, à peu près.

– Plutôt quinze. (L'aide-soignant leva la tête vers Teddy.) C'est pas une grande chambre.

– Et à part ça ?

– À part ça, tous les patients étaient rentrés pour dix heures. Elle a été la dernière à monter. Moi, j'ai pris ma place sur le palier, et j'ai vu personne pendant deux heures.

– Vous n'avez pas quitté votre poste ?

– Non, m'sieur.

– Même pas pour aller chercher une tasse de café ni rien ?

Ganton fit non de la tête.

– Bien, mesdames et messieurs, intervint Chuck en délaissant le pilier auquel il était adossé. Je vais faire une supposition particulièrement audacieuse, d'accord ? Dans l'intérêt de la discussion uniquement et sans vouloir manquer de respect à M. Ganton ici présent, imaginons un instant que, d'une façon ou d'une autre, Rachel Solando ait réussi à s'enfuir en rampant au plafond ou quelque chose comme ça.

Quelques rires s'élevèrent du groupe.

– Si elle avait atteint l'escalier menant au premier, poursuivit Chuck, qui aurait-elle croisé ?

Un aide-soignant roux au teint laiteux leva la main.

– Vous vous appelez... ? s'enquit Teddy.

– Glen. Glen Miga.

– O.K., Glen. Êtes-vous resté à votre poste toute la nuit ?

– Ben, ouais.

– Glen ?

– Ouais ?

Il détacha son regard de la petite peau qu'il mordillait sur le pourtour d'un ongle.

– Dites-moi la vérité.

Le rouquin jeta un coup d'œil à Cawley avant de reporter son attention sur Teddy.

– Ouais, je suis resté à mon poste, répéta-t-il.

– Glen... lui enjoignit Teddy. S'il vous plaît.

L'aide-soignant le dévisagea encore quelques secondes, puis ses yeux s'écarquillèrent légèrement et il avoua :

77

– Je suis allé aux toilettes.

Cawley se pencha en avant pour demander :

– Qui vous a remplacé ?

– Je suis juste allé pisser, révéla Glen. Euh, faire pipi, je veux dire. Désolé, monsieur.

– Vous en avez eu pour combien de temps ? s'enquit Teddy.

– Ben, une minute, répondit Glen en haussant les épaules. Maximum.

– Une minute, donc. Vous en êtes bien sûr ?

– Hé, je suis pas un chameau.

– Je m'en doute.

– Le temps d'entrer et de sortir, quoi.

– Vous avez enfreint le règlement, nom d'un chien ! s'exclama Cawley.

– Je sais, monsieur. Je...

– Il était quelle heure ? l'interrogea Teddy.

– Onze heures et demie. À peu près.

La crainte qu'inspirait Cawley à Glen Miga se muait peu à peu en haine pour Teddy. Encore quelques questions, songea celui-ci, et l'aide-soignant deviendrait franchement hostile.

– Merci, Glen, déclara Teddy qui, d'un signe de tête, passa le relais à Chuck.

– À onze heures et demie ou à peu près, lança son coéquipier, la partie de poker battait toujours son plein ?

Plusieurs têtes se tournèrent les unes vers les autres, avant de se concentrer sur Chuck. Enfin, l'un des Noirs opina, imité par le reste de ses collègues.

– Qui y participait encore ?

Quatre Noirs et un Blanc levèrent la main.

Chuck s'adressa directement au meneur, le premier à avoir acquiescé, le premier aussi à avoir levé la main. C'était un homme plutôt enveloppé, bien en chair, dont le crâne rasé brillait sous la lumière.

– Votre nom ?

– Trey, m'sieur. Trey Washington.

– Où étiez-vous assis, vos amis et vous ?

– Dans ce coin-là, répondit Trey en indiquant un point sur le sol. En plein milieu de la salle. Juste en face de l'escalier. Comme ça, on pouvait garder un œil sur la porte de devant, et un autre sur celle de derrière.

Chuck s'approcha de lui, puis tendit le cou pour englober du regard les deux portes et l'escalier.

– Excellente position.

– C'est pas seulement à cause des patients, m'sieur, expliqua Trey à voix basse. C'est aussi à cause des docteurs et de certaines infirmières qui nous aiment pas beaucoup. On est pas censés jouer aux cartes, vous comprenez. Du coup, faut qu'on puisse voir qui arrive et attraper une serpillière vite fait.

– Je parie que vous êtes sacrément rapide, observa Chuck en souriant.

– Z'avez déjà vu les éclairs pendant les orages d'été ?

– Sûr.

– Ben, y vont moins vite que moi quand je me jette sur la serpillière.

Cet échange eut le don de détendre l'atmosphère dans le groupe ; l'infirmière ne put réprimer un sourire et Teddy vit quelques Noirs s'effleurer mutuellement les doigts. Durant toute la durée de leur séjour, comprit-il alors, Chuck jouerait désormais le rôle du Gentil Flic. Il savait s'y prendre avec les autres, comme s'il était à l'aise dans n'importe quelle couche de la population, quelle que soit la couleur de peau ou même la langue. Comment le bureau de Seattle avait-il bien pu se séparer de lui, petite amie japonaise ou pas ? se demanda-t-il.

Pour sa part, Teddy se savait du côté du mâle alpha. Une fois que les hommes l'acceptaient, comme ils avaient dû s'y résoudre rapidement pendant la guerre, tout allait pour le mieux. Jusque-là, cependant, les tensions seraient inévitables.

– O.K., O.K. (Chuck, toujours souriant, leva la main pour faire taire les rires.) Donc, Trey, vous étiez tous au pied de cet escalier en train de jouer aux cartes. Quand vous êtes-vous aperçu que quelque chose clochait ?

– Quand Ike – euh, m'sieur Ganton, je veux dire – s'est mis à brailler : « Appelez le directeur, vite ! Y a eu une évasion ! »

– Il était quelle heure ?

– Minuit deux minutes et trente-neuf secondes.

Chuck haussa les sourcils.

– Vous avez une horloge dans le ventre ?

– Non, m'sieur, mais j'ai appris à regarder l'heure au moindre problème. On sait jamais, au cas où ça deviendrait ce qu'on appelle un « incident », faut tous qu'on remplisse un RI – un « rapport d'incident », quoi. Et le premier truc qu'on vous demande dans un RI, c'est à quel moment ça a commencé. Quand on en a fait un certain nombre, ça devient une seconde nature de consulter l'horloge au premier signe d'alerte.

Plusieurs aides-soignants approuvaient de la tête pendant qu'il parlait ou ponctuaient ses propos de « Sûr » et de « C'est bien vrai », comme s'ils participaient à un *revival* religieux.

Le regard dont Chuck gratifia Teddy semblait demander : « Alors, qu'est-ce que vous en dites ? »

– Minuit deux, donc, reprit-il.

– Et trente-neuf secondes, précisa Trey.

– Ces deux minutes après minuit, c'est le temps qu'il vous a fallu pour vérifier d'autres chambres avant celle de Rachel Solando, c'est ça ? demanda Teddy à Ganton.

Celui-ci approuva de la tête.

– C'est la cinquième dans le couloir.

– À quel moment le directeur est-il arrivé sur les lieux ?

– Hicksville – c'est un des gardes –, répondit Trey, est entré le premier. Il devait surveiller la grille, je suppose. Il a débarqué à minuit six minutes et vingt-deux secondes. Le directeur, lui, il est arrivé quatre minutes après avec six hommes.

Teddy se tourna vers Kerry Marino.

– Quand vous avez entendu toute cette agitation, vous...

– J'ai fermé à clé le bureau des infirmières et j'ai débouché dans la salle commune à peu près au moment où Hicksville franchissait la porte.

Elle haussa les épaules, puis alluma une cigarette ; comme si c'était le signal qu'ils attendaient, d'autres membres du groupe en allumèrent une à leur tour.

– Personne n'aurait pu se glisser à votre insu dans le bureau des infirmières ? s'enquit Teddy.

Le menton calé dans sa paume, elle le dévisagea à travers les volutes de fumée.

– À mon insu ? Et pour aller où ? En hydro-thérapie ? Une fois à l'intérieur, vous vous retrouvez enfermé dans un cube en ciment avec de nombreuses baignoires et quelques petits bassins.

– Vous avez examiné les lieux ?

– Oui, marshal, répondit McPherson d'une voix qui trahissait sa fatigue.

– Madame Marino, poursuivit Teddy, vous assistiez à cette séance de thérapie, hier soir, n'est-ce pas ?

– Oui.

– Il ne s'est rien passé d'inhabituel ?

– Veuillez préciser ce que vous entendez par « inhabituel ».

– Pardon ?

– Vous êtes dans un établissement psychiatrique, marshal. Pour malades criminels. Croyez-moi, ce ne sont pas les faits « habituels » qui jalonnent notre quotidien.

Teddy lui adressa un hochement de tête et un sourire penaud.

– D'accord, permettez-moi de reformuler la question : s'est-il produit quelque chose hier soir de plus marquant que, hum...

– La normale ? suggéra-t-elle.

Cette remarque lui valut un sourire de Cawley et quelques rires dans l'assistance.

Teddy ne dit rien.

L'infirmière s'accorda quelques instants de réflexion, tandis que la cendre blanchissait et s'incurvait à l'extrémité de sa cigarette. Elle s'en aperçut, la fit tomber dans le cendrier, puis redressa la tête.

– Non. Désolée.

– Mme Solando a-t-elle pris la parole durant la séance ?

– Deux ou trois fois, il me semble.

– À quel propos ?

Kerry Marino interrogea Cawley du regard.

– Dans l'intérêt de l'enquête, nous levons le secret professionnel pour le moment, déclara-t-il.

Elle acquiesça, mais Teddy se rendit bien compte que cette perspective ne lui plaisait guère.

– Nous évoquions la gestion de la colère, révéla-t-elle. Nous avons eu plusieurs exemples de comportement instable, ces derniers temps.

– Du style ?

– Des disputes entre patients, des bagarres, ce genre de choses. Rien de vraiment exceptionnel, mais les altercations ont eu tendance à se multiplier depuis quelques semaines, sans doute à cause de la vague de chaleur. Voilà pourquoi, hier soir, nous avons évoqué les différentes manières, acceptables ou non, d'exprimer l'angoisse et le déplaisir.

– Mme Solando avait-elle manifesté une tendance à la colère, récemment ?

– Rachel ? Oh, non. Seule la pluie la rendait nerveuse. C'était d'ailleurs la teneur de ses interventions hier soir. Elle a dit : « J'entends la pluie. J'entends la pluie. Elle n'est pas encore là, mais elle arrive. Qu'est-ce qu'on va faire pour la nourriture ? »

– La nourriture ?

Kerry Marino écrasa son mégot.

– Rachel détestait la nourriture servie ici. Elle s'en plaignait tout le temps.

– À juste titre ?

L'infirmière se ressaisit avant que son demi-sourire ne s'épanouisse, puis baissa les yeux.

– On pourrait avancer que ses arguments n'étaient pas infondés. Mais ici, nous ne qualifions pas les raisons ou les motivations de bonnes ou de mauvaises, de justes ou d'injustes. Nous tâchons d'éviter toute connotation morale.

Teddy hocha la tête.

– Un certain Dr Sheehan était là hier soir, enchaîna-t-il. C'est lui qui dirigeait la séance. Est-il parmi nous ?

Personne ne souffla mot. Plusieurs hommes écrasèrent leur cigarette dans les cendriers sur pied disposés entre les chaises.

Enfin, Cawley répondit :

– Le Dr Sheehan a pris le ferry ce matin. Celui qui, au retour, vous a amenés sur l'île.

– Pourquoi ?

– Il était prévu qu'il parte en vacances.

– Mais nous avons besoin de nous entretenir avec lui.

– J'ai ses notes relatives à la séance de groupe, expliqua Cawley. Tous ses dossiers aussi. Il a quitté le bâtiment principal à dix heures hier soir, puis il s'est retiré dans ses quartiers. Ce matin, il est parti. Ce congé lui était dû depuis longtemps et il avait tout organisé depuis longtemps aussi. Je ne vois pas pourquoi nous l'aurions obligé à rester.

Teddy se tourna vers McPherson.

– Vous avez approuvé ce départ ?

Son interlocuteur hocha la tête.

– Étant donné les circonstances, tout le monde est consigné sur l'île, déclara Teddy. Une patiente s'est échappée. Comment pouvez-vous autoriser quelqu'un à s'en aller en un moment pareil ?

– Nous avons vérifié son emploi du temps pendant la nuit, se défendit McPherson. Nous avons bien réfléchi, mais sans trouver la moindre raison de le garder ici.

– Il est *médecin*, souligna Cawley.

– Je n'arrive pas à le croire, murmura Teddy.

Jamais encore il n'avait eu connaissance d'un tel manquement au règlement d'un établissement carcéral, et pourtant tout le monde se comportait comme si c'était sans importance.

– Où est-il allé ? demanda-t-il.

– Pardon ?

– Pour ses vacances, précisa Teddy. Où est-il allé ?

Cawley leva les yeux vers le plafond, fouillant manifestement sa mémoire.

– À New York, il me semble. La ville, pas l'État. Sa famille est originaire de là-bas. Park Avenue.

– J'aurais besoin du numéro de téléphone.

– Je ne vois pas pourquoi...

– Docteur, l'interrompit Teddy. Il me faut ce numéro.

– Nous vous le communiquerons, marshal, répondit Cawley en contemplant toujours le plafond. Rien d'autre ?

– Vous voulez rire !

Cette fois, Cawley baissa la tête pour affronter le regard de Teddy.

– Je dois téléphoner.

Le téléphone, dans le bureau des infirmières, n'émit qu'un souffle. Il y avait quatre postes supplémentaires dans le pavillon, enfermés dans une vitrine, mais une fois libérés de leur cage de verre, ils produisirent un résultat semblable.

Teddy et le Dr Cawley se rendirent dans la salle des transmissions au rez-de-chaussée du principal bâtiment hospitalier. L'opérateur leva les yeux en les voyant entrer, une paire d'écouteurs noirs pendant à son cou.

– On ne reçoit plus rien, monsieur, annonça-t-il. Même les liaisons radio sont coupées.

– Ce n'est pourtant pas si terrible, dehors ! répliqua Cawley.

L'opérateur haussa les épaules.

– Je vais encore essayer. Le problème, ce n'est pas ce qui se passe ici, mais plutôt quel genre de temps ils ont de l'autre côté.

– Très bien, continuez, l'encouragea Cawley. Dès que les communications seront rétablies, avertissez-moi. Cet homme a besoin de donner un coup de téléphone très important.

Sur un hochement de tête, l'opérateur leur tourna le dos et coiffa de nouveau son casque.

Dehors, l'air semblait retenir son souffle.

– Que vont-ils faire si vous ne vous manifestez pas ? demanda Cawley.

– Le bureau fédéral ? Oh, ils vont l'inscrire dans le rapport de nuit. En général, ils ne commencent à s'inquiéter qu'au bout de vingt-quatre heures.

Cawley acquiesça.

– Peut-être que la tempête sera finie d'ici là.

– Finie ? s'étonna Teddy. Elle n'a même pas encore commencé !

Sur un haussement d'épaules, Cawley se dirigea vers la grille.

– Je vais m'offrir quelques verres et peut-être un ou deux cigares chez moi. Passez donc vers neuf heures, votre collègue et vous, si le cœur vous en dit.

– Entendu. Vous pensez qu'on pourra parler sérieusement ?

Cawley s'immobilisa, puis lui jeta un coup d'œil par-dessus son épaule. De l'autre côté du mur, les arbres sombres oscillaient et bruissaient.

– Mais nous parlons sérieusement, marshal.

Lorsque Chuck et Teddy traversèrent le parc enténébré, ils sentirent la tempête enfler dans l'air de plus en plus chaud autour d'eux, comme si le ventre du monde était distendu, prêt à accoucher.

– C'est n'importe quoi.

– Ouais.

– La situation est complètement pourrie.

– Si j'étais baptiste, je vous ponctuerais ça d'un « Amen, mon frère ».

– « Mon frère » ?

– C'est ce qu'ils disent tout le temps, là-bas. J'ai passé un an dans le Mississippi.

– Ah bon ?

– Amen, mon frère.

Après avoir tapé une nouvelle cigarette à Chuck, Teddy l'alluma.

– Vous avez appelé le bureau ? s'enquit Chuck.

Teddy fit non de la tête.

– D'après Cawley, le standard ne répond plus. (Il leva la main.) À cause de la tempête.

Chuck cracha des filaments de tabac collés sur sa langue.

– Une tempête ? Où ça ?

– On la sent arriver, déclara Teddy. (Il contempla le ciel d'encre.) Mais les conditions ne se sont pas dégradées au point de mettre hors service le central téléphonique.

– Le central téléphonique... Vous avez quitté l'armée ou vous attendez toujours la lettre de démobilisation ?

– O.K., le standard si vous préférez, fit Teddy en agitant sa cigarette. Peu importe le nom qu'on lui donne. Leur radio est morte aussi.

– Leur putain de radio ? (Les yeux de Chuck avaient maintenant la taille de deux soucoupes.) Leur *radio*, chef ?

Teddy hocha la tête.

– Plutôt sinistre, hein ? On se retrouve coincés sur une île à la recherche d'une femme qui s'est enfuie d'une pièce fermée à clé...

– Qui a passé quatre postes de contrôle.

– Traversé une salle remplie d'aides-soignants en pleine partie de poker.

– Franchi un mur de brique d'environ trois mètres de haut.

– Surmonté d'un fil électrifié.

– Parcouru une quinzaine de kilomètres à la nage...

– ... contre des courants déchaînés...

– ... jusqu'à la côte. Déchaînés, oui. J'aime bien le terme. Mais n'oublions pas « glacés ». L'eau est à quoi, peut-être dix degrés ?

– Quinze maximum. Mais de nuit ?

– Pas plus de dix degrés, donc. (Chuck hocha la tête.) Franchement, il y a quelque chose dans toute cette affaire...

– Sans parler de ce mystérieux Dr Sheehan éva-noui dans la nature...

– Vous aussi, ça vous a paru bizarre ? Je ne savais pas trop ce que vous en pensiez. Vous ne lui avez pas assez secoué les puces, à Cawley, chef.

Teddy éclata d'un rire dont l'écho, emporté par l'air nocturne, fut dissipé par le bruit lointain du ressac – comme s'il n'avait jamais été émis, comme si cette île, la mer et le sel vous dépossédaient de tout et...

– ... si on leur servait de couverture ? disait Chuck.

– Hein ?

– Et si on leur servait de couverture ? répéta Chuck. S'ils nous avaient fait venir uniquement pour les aider à se donner une crédibilité ?

– En clair, mon cher Watson ?

Chuck sourit.

– D'accord, chef. Tâchez de suivre.

– Je vais tâcher, je vais tâcher.

– Supposons qu'un certain docteur ait eu le béguin pour une certaine patiente.

– Rachel Solando.

– Vous avez vu la photo.

– Elle est jolie.

– Jolie ? Bon sang, Teddy, c'est tout à fait le genre de pin-up à afficher dans le casier d'un GI ! Donc, elle séduit notre homme, Sheehan... Vous saisissez ?

Teddy expédia d'une chiquenaude sa cigarette, en regarda l'extrémité crépiter et rougeoyer dans le vent puis disparaître, emportée par une rafale.

– Il mord à l'hameçon et décide qu'il ne peut pas vivre sans elle, renchérit-il.

– « Vivre » est le mot clé, justement. Comme tout couple libre dans le monde réel.

– Alors, ils prennent le large.

– Qui sait ? En ce moment même, ils pourraient très bien assister à un concert de Fats Domino...

Teddy s'immobilisa au bout des dortoirs du personnel, en face du mur orange.

– Mais pourquoi ne pas mettre des limiers sur leur piste ?

– Oh, ils l'ont fait, non ? répliqua Chuck. À cause du règlement. Il fallait qu'ils avertissent les autorités, et en cas d'évasion d'un endroit comme celui-là, c'est à nous qu'ils doivent s'adresser. Mais s'ils ont décidé de protéger un des membres du personnel, on est juste là pour corroborer leur version des faits, témoigner qu'ils ont suivi la procédure à la lettre.

– Admettons. Mais pourquoi chercheraient-ils à protéger Sheehan ?

Un pied appuyé contre le mur, le genou plié, Chuck alluma une cigarette.

– Aucune idée. Je n'ai pas encore réfléchi à la question.

– Si Sheehan l'a aidée à s'enfuir, il a dû graisser quelques pattes.

– Forcément.

– Beaucoup de pattes.

– Celles de certains aides-soignants, en tout cas. Peut-être aussi d'un garde ou deux.

– Et de quelqu'un sur le ferry. Voire de plusieurs hommes d'équipage.

– À moins qu'il ne soit pas monté sur le ferry. Il possédait peut-être son propre bateau.

Durant quelques instants, Teddy demeura songeur.

– Il vient d'une famille aisée, murmura-t-il. Park Avenue, d'après Cawley.

– Donc, l'hypothèse du bateau se tient.

Teddy laissa son regard remonter du pied du mur jusqu'au mince fil électrique au sommet. L'air autour d'eux semblait gonflé telle une bulle pressée contre une vitre.

– Ça répond à certaines questions, mais ça en soulève d'autres, dit-il enfin.

– Comment ça ?

– Pourquoi ces codes dans la chambre de Rachel Solando ?

– Eh bien, elle est folle, non ?

– Mais pourquoi nous les montrer ? Je veux dire, s'ils avaient vraiment eu l'intention de nous cacher la vérité, pourquoi ne pas nous faciliter les choses pour nous permettre de boucler nos rapports et de rentrer au plus vite chez nous ? Nous servir une explication du style « Le gardien s'est endormi », ou « Le verrou sur la fenêtre était rouillé et on ne s'en était pas aperçus » ?

Chuck pressa une main sur le mur.

– Peut-être qu'ils se sentaient seuls. Tous. Qu'ils avaient besoin d'un peu de compagnie, de gens venus du continent pour les égayer.

– Bien sûr. Et ils auraient inventé toute cette histoire pour nous attirer ici ? Pour avoir un sujet de conversation ? Vous avez sûrement raison, Chuck.

Celui-ci se détourna pour regarder Ashecliffe.

– Blague à part...

Teddy se retourna à son tour, et tous deux contemplèrent le bâtiment.

– Ouais...

– Tout ça commence à me rendre drôlement nerveux, Teddy.

5

– Ils avaient baptisé cette pièce « le grand salon », expliqua Cawley, qui précéda les marshals dans le vestibule parqueté en direction de deux portes de chêne ornées de poignées en cuivre grosses comme des ananas. Je vous assure. Ma femme a retrouvé des lettres non envoyées dans le grenier du premier propriétaire, le colonel Spivey. Il y décrivait longuement « le grand salon » qu'il faisait aménager.

Cawley tira d'un coup sec l'un des ananas et ouvrit la porte.

Chuck émit un léger sifflement. Quant à Teddy, il garda le silence. L'appartement de Buttonwood où il vivait autrefois avec Dolores, et que tous leurs amis leur enviaient à cause de sa taille – divisé par un couloir central, il semblait aussi vaste qu'un terrain de football –, aurait pu tenir au moins deux fois dans cette salle.

Le marbre au sol disparaissait ici et là sous de sombres tapis d'Orient. La cheminée était plus haute que bien des hommes. Les rideaux seuls – trois mètres de velours violet foncé par fenêtre, multipliés par neuf fenêtres – devaient représenter plus d'argent que Teddy n'en gagnait en une année. Peut-être même deux. Au-dessus de la table de billard occupant un angle de la pièce étaient accrochées des peintures à l'huile – trois portraits, l'un d'un homme revêtu de l'uniforme bleu de l'armée de l'Union, l'autre d'une femme en robe blanche à fanfreluches, le troisième de l'homme et de la femme avec un chien à leurs pieds et la même cheminée imposante derrière eux.

– C'est le colonel ? demanda Teddy.

Après avoir suivi la direction de son regard, Cawley acquiesça d'un signe de tête.

– Il a été relevé de ses fonctions peu après l'exécution de ces tableaux. On les a découverts au sous-sol, de même que la table de billard, les tapis et la plupart des chaises. Vous devriez voir ce sous-sol, marshal ! Je suis sûr qu'il pourrait accueillir le Polo Grounds !

Décelant soudain une odeur de pipe, Teddy pivota en même temps que Chuck, conscient de la présence d'un quatrième homme. Assis dans une haute bergère à oreilles en face de la cheminée, celui-ci leur tournait le dos, un pied calé sur le genou opposé, soutenant un livre ouvert dont seul le coin était visible.

Cawley les guida jusqu'aux fauteuils disposés en demi-cercle devant l'âtre tandis que lui-même se dirigeait vers une armoire à liqueurs.

– Quel est votre poison préféré, messieurs ?

– Un whisky, si vous en avez, répondit Chuck.

– Je devrais pouvoir vous trouver ça. Et pour vous, marshal Daniels ?

– Une eau minérale. Avec des glaçons.

À cet instant, l'inconnu leva les yeux vers lui.

– Vous ne buvez pas d'alcool, marshal ?

Pour toute réponse, Teddy se borna à l'examiner. Petite tête rousse perchée telle une cerise au sommet d'un corps massif. Une impression générale de délicatesse émanait de lui, comme s'il passait des heures dans la salle de bains tous les matins, à se pomponner à grand renfort de talc et d'huiles parfumées.

– Vous êtes... ?

– Je vous présente mon confrère, déclara Cawley. Le Dr Jeremiah Naehring.

Ce dernier cilla en guise de salut, mais comme il ne leur tendait pas la main, les deux policiers s'en abstinrent également.

– Vous m'intriguez, décréta Naehring au moment où Teddy et Chuck allaient prendre place sur les deux sièges à sa gauche.

– Chouette alors, répliqua Teddy, pince-sans-rire.

– J'essaie de comprendre la raison d'une telle abstinence. N'est-il pas courant de picoler, dans votre profession ?

Après avoir pris le verre que lui offrait Cawley, Teddy se leva pour aller regarder la bibliothèque à droite de la cheminée.

– Assez courant, oui. Et dans la vôtre ?

– Pardon ?

– Dans votre profession, précisa Teddy. J'ai toujours entendu dire qu'elle grouillait de pochards.

– Ah bon ? Je n'ai pas remarqué.

– Vous n'avez peut-être pas bien regardé ?

– Je ne suis pas sûr de saisir.

– Tiens donc... Dites-moi, c'est quoi dans votre verre ? Du thé glacé ?

Délaissant un instant les livres, Teddy vit Naehring jeter un coup d'œil à sa boisson, un sourire sinuant tel un ver de terre sur ses lèvres molles.

– Excellent, marshal. Vous possédez de remarquables mécanismes de défense. Je suis sûr que vous êtes particulièrement doué pour les interrogatoires.

Teddy esquissa un mouvement de dénégation. Cawley n'avait pas rassemblé beaucoup d'ouvrages médicaux, constata-t-il, du moins dans cette pièce. Il en repéra quelques-uns, mais remarqua surtout des romans, de minces volumes qu'il supposa être des recueils de poésie, et plusieurs rayonnages remplis de livres d'histoire et de biographies.

– Je me trompe ? insista Naehring.

– Je suis marshal fédéral, monsieur. On se charge d'appréhender les suspects, c'est tout. La plupart du temps, ce n'est pas nous qui les questionnons.

– J'ai parlé d'« interrogatoire », vous parlez de « questionner ». Oh oui, marshal, vos capacités de défense sont décidément surprenantes. (Naehring tapota plusieurs fois sur la table le fond de son verre de scotch comme pour applaudir.) Les hommes de violence me fascinent.

– Les quoi ?

Teddy se rapprocha de la bergère. Les yeux fixés sur le petit homme qui l'occupait, il fit tinter les glaçons dans son propre verre.

Son interlocuteur renversa la tête avant d'avaler une gorgée de scotch.

– Les hommes de violence, répéta-t-il.

– Vous vous permettez de drôles de jugements, toubib, intervint Chuck, dont l'expression de franche contrariété étonna Teddy.

– Ce n'était pas un jugement, non. Pas du tout.

Après avoir fait tournoyer encore une fois la glace dans son verre, Teddy en vida d'un trait le contenu. Un léger tressaillement agita la peau près de l'œil gauche de Naehring.

– Je ne peux qu'être d'accord avec mon coéquipier, déclara Teddy avant d'aller se rasseoir.

– Nooon... (Naehring allongea démesurément la syllabe.) J'ai dit que vous étiez des hommes de violence. Ce n'est pas la même chose que de vous accuser d'être des hommes violents.

Cette fois, Teddy le gratifia d'un grand sourire.

– Éclairez-nous donc, docteur.

Derrière eux, Cawley alla placer un disque sur le phonographe, et le crissement de l'aiguille fut suivi par des crépitements et des sifflements qui rappelèrent à Teddy ceux des téléphones dont il avait essayé de se servir. Puis une harmonie apaisante d'instruments à cordes et de piano leur succéda. Un morceau classique, mais Teddy n'aurait pu en dire plus. Prussien, peut-être. Il lui fit penser aux cafés en Europe et à cette collection de disques qu'il avait vue dans le bureau d'un sous-commandant à Dachau – celui qui s'était tiré une balle dans la bouche en écoutant de la grande musique. Il était toujours vivant lorsque Teddy et quatre GI avaient fait irruption dans la pièce. Des gargouillements montaient de sa gorge. Il ne pouvait pas attraper son arme pour tirer un second coup de feu, parce qu'elle était tombée par terre. Et il y avait cette mélodie trop douce autour d'eux qui semblait se faufiler partout comme une nuée d'araignées. Il lui avait fallu encore vingt minutes pour mourir, tandis que deux GI lui demandaient si ça faisait mal, *Herr Kommandant*, tout en mettant le bureau à sac. Lorsque Teddy avait récupéré la photographie encadrée sur les genoux du mourant – celle de sa femme et de ses deux enfants –, celui-ci, les yeux écarquillés, l'avait imploré du regard. Teddy s'était néanmoins écarté, observant tour à tour le cliché et l'homme à l'agonie, jusqu'à ce qu'il rende l'âme. Environné par cette musique. Ces notes lancinantes.

– Brahms ? lança Chuck.

– Mahler, répondit Cawley en s'installant près de son collègue.

– C'est vous qui avez demandé à être éclairés, ajouta Naehring.

Teddy posa les coudes sur ses genoux et ouvrit les mains.

– Je parie que depuis la cour de récréation, aucun de vous n'a jamais esquivé un affrontement physique, déclara Naehring. Je ne veux pas dire par là que vous y prenez plaisir, mais plutôt que vous n'avez jamais envisagé la possibilité de battre en retraite. Je n'ai pas raison ?

Les deux marshals échangèrent un coup d'œil, puis Chuck, l'air vaguement penaud, adressa un petit sourire à son coéquipier.

– On ne m'a pas appris à fuir, toubib, répondit-il.

– Sans doute. À propos, qui vous a élevé ?

– Les ours, affirma Teddy.

Une lueur brilla dans les yeux de Cawley, qui le gratifia d'un léger hochement de tête approbateur.

Naehring, en revanche, ne semblait guère goûter la plaisanterie. Il lissa son pantalon au niveau des genoux, avant de demander :

– Vous croyez en Dieu ?

Teddy éclata de rire.

Son interlocuteur se pencha en avant comme pour mieux l'entendre.

– Oh, vous étiez sérieux ? s'étonna Teddy.

De toute évidence, Naehring attendait une réponse.

– Eh bien, vous avez déjà eu l'occasion de visiter un camp d'extermination, docteur ?

Naehring fit non de la tête.

– Non ? reprit Teddy en se voûtant à son tour. Votre anglais est excellent, docteur ; je dirais même presque parfait. Mais vous prononcez encore les consonnes avec un peu trop de dureté.

– L'immigration légale est-elle considérée comme un crime, marshal ?

Un sourire naquit sur les lèvres de Teddy, qui esquissa un geste de dénégation.

– Alors, revenons-en à Dieu, si vous voulez bien.

– Quand vous aurez vu un camp de ce genre, docteur, vous me reparlerez de vos sentiments sur la question.

Les paupières de Naehring se fermèrent puis se soulevèrent lentement en signe d'assentiment.

– Et vous ? s'enquit-il en reportant son attention sur Chuck.

– Moi, je n'ai jamais vu les camps.

– Mais vous croyez en Dieu ?

Chuck haussa les épaules.

– Ça fait belle lurette que je n'ai pas pensé à lui, d'une façon ou d'une autre.

– Depuis le décès de votre père, c'est ça ?

Sans répondre, Chuck se pencha lui aussi, fixant de ses yeux clairs le petit gros en face de lui.

– Votre père n'est plus de ce monde, n'est-ce pas ? reprit Naehring sans se démonter. Le vôtre non plus, marshal Daniels. À vrai dire, je suis prêt à parier que vous avez tous les deux perdu la figure masculine dominante du foyer avant votre quinzième anniversaire.

– Cinq de carreau, déclara Teddy.

– Pardon ?

Naehring s'avança encore un peu.

– C'est votre nouveau tour de passe-passe ? poursuivit Teddy. Vous tentez de deviner quelle carte j'ai en main ? Oh non, une minute – vous coupez une infirmière en deux, ou vous faites sortir un lapin de la tête du Dr Cawley, peut-être ?

– Il ne s'agit pas d'un jeu.

– Ou alors, continua Teddy, en proie à une furieuse envie d'arracher ce crâne-cerise à ces épaules affaissées, vous apprenez à une femme comment traverser les murs, survoler un bâtiment rempli d'aides-soignants et de gardiens, et flotter au-dessus de la mer.

– Elle est bonne, celle-là, commenta Chuck.

De nouveau, Naehring s'autorisa un clin d'œil paresseux qui évoqua à Teddy celui d'un chat domestique repu.

– Encore une fois, vos mécanismes de défense sont...

– Oh, nous y revoilà.

– ... tout à fait impressionnants. Mais le problème qui nous préoccupe...

– Le problème qui nous préoccupe, l'interrompit Teddy, ce sont ces neuf infractions flagrantes au règlement concernant la sécurité de votre établissement commises la nuit dernière. Une de vos patientes a disparu et personne ne cherche à...

– Nous cherchons, marshal.

– Avec conviction ?

Pour le coup, Naehring se carra dans son fauteuil en dévisageant Cawley de telle manière que Teddy en vint à se demander qui était le véritable responsable.

Une légère rougeur colora la mâchoire de Cawley quand il surprit le regard du marshal.

– Outre tous les services qu'il nous rend, le Dr Naehring sert d'agent de liaison avec notre conseil de surveillance. C'est à ce titre que je lui ai demandé de venir ce soir, afin de se prononcer sur la suite à donner à votre requête.

– Quelle requête ?

Naehring ranima sa pipe à l'aide d'une allumette dont il protégea la flamme avec sa paume.

– Nous ne vous confierons pas les dossiers du personnel médical, décréta-t-il.

– Ah oui, Sheehan... fit Teddy.

– Ou n'importe qui d'autre.

– En somme, vous nous mettez des bâtons dans les roues.

– Je ne connais pas cette expression.

– Envisagez donc de voyager un peu plus.

– Écoutez, marshal, poursuivez votre enquête et nous vous aiderons dans la mesure du possible, mais...

– Non.

– Pardon ?

Ce fut au tour de Cawley de se pencher en avant. À présent, tous quatre avaient les épaules rentrées et la tête relevée.

– Non, répéta Teddy. L'enquête est terminée. Nous retournerons en ville par le premier ferry. Quand nous aurons établi notre rapport, l'affaire sera confiée aux gars de Hoover, je suppose. Mais nous, on se retire.

La pipe de Naehring demeura immobile dans sa main. Cawley avala une gorgée de sa boisson. La musique de Mahler résonnait toujours. Quelque part dans la pièce, une horloge faisait entendre son tic-tac régulier. Dehors, la pluie avait redoublé de violence.

Enfin, Cawley plaça son verre vide sur la petite table près de son fauteuil.

– Comme vous voudrez, marshal.

Il tombait des cordes lorsque Teddy et Chuck quittèrent la maison de Cawley ; la pluie pilonnait le toit d'ardoise, la terrasse de brique et la carrosserie noire de la voiture en attente. Teddy voyait l'eau fendre l'obscurité en grandes plaques d'argent inclinées. Il n'y avait que quelques pas à faire du perron au véhicule, mais ils n'en furent pas moins trempés jusqu'aux os le temps de parvenir à destination. Puis McPherson se matérialisa devant le capot, s'installa au volant et, tout en arrosant de gouttelettes le tableau de bord, fit démarrer la Packard.

– Belle soirée, hein ?

Il avait dû hausser le ton pour couvrir le bruit des essuie-glaces et le martèlement de la pluie.

Teddy jeta un coup d'œil par la lunette arrière et distingua les silhouettes floues de Cawley et de Naehring sur le perron.

– Ouais, une nuit à ne pas mettre un homme ou une bête dehors, reprit McPherson au moment où une fine branche arrachée à un tronc passait devant le pare-brise.

– Vous travaillez ici depuis combien de temps ? lui demanda Chuck.

– Quatre ans.

– Il y a déjà eu des évasions ?

– Jamais, non.

– Et des escapades ? Vous savez, quand quelqu'un disparaît pendant une heure ou deux...

McPherson fit non de la tête.

– Même pas. Ça n'aurait pas de sens, de toute façon. Je veux dire, où voudriez-vous qu'ils aillent ?

– Et le Dr Sheehan ? intervint Teddy. Vous le connaissez ?

– Bien sûr.

– Il est ici depuis combien de temps ?

– Je crois qu'il est arrivé un an avant moi.

– Cinq ans, donc.

– Ça doit être ça, oui.

– Il s'occupait beaucoup de Mlle Solando ?

– Pas que je sache. Son psychothérapeute de première intervention, c'était le Dr Cawley.

– C'est courant qu'un médecin-chef joue ce rôle ?

– En fait... commença McPherson.

Les deux marshals attendirent sa réponse tandis que les essuie-glaces continuaient à fouetter le pare-brise et que les arbres sombres se courbaient vers eux.

– Ça dépend, reprit McPherson en saluant le garde au moment de franchir la grille principale. Le Dr Cawley fait pas mal de travail de première intervention avec les patients du pavillon C, évidemment. Et puis, c'est vrai, il se charge aussi de quelques cas dans les autres pavillons.

– Lesquels, à part Rachel Solando ?

McPherson ralentit au niveau du dortoir des hommes.

– Vous ne m'en voudrez pas si je ne sors pas vous ouvrir, j'espère. Tâchez de dormir un peu. Je suis sûr que le Dr Cawley répondra à toutes vos questions demain matin.

– McPherson ? lança Teddy en poussant la portière.

Le directeur adjoint tourna la tête vers lui.

– Vous n'êtes pas très doué, déclara Teddy.

– Pour ?

Sans un mot, Teddy esquissa un sourire amer avant d'affronter la pluie.

Ils partagèrent une chambre avec Trey Washington et un autre aide-soignant nommé Bibby Luce. La pièce était de bonne taille, avec deux blocs de lits superposés et un petit salon où Trey et Bibby jouaient aux cartes lorsque les deux marshals entrèrent. Teddy et Chuck se séchèrent les cheveux avec des serviettes blanches prises dans la pile qu'on avait posée à leur intention sur la couchette du haut, puis ils approchèrent des chaises de la table de jeu et se joignirent à la partie.

Trey et Bibby misaient des *pennies*, mais les cigarettes tenaient lieu de substituts acceptables lorsqu'un participant se retrouvait à court de pièces. Teddy commença par une belle main de sept cartes, récolta cinq dollars et dix-huit cigarettes avec un flush de trèfles, empocha les cigarettes, et à partir de ce moment-là, opta pour une stratégie des plus prudentes.

Pourtant, ce fut Chuck qui se révéla le meilleur joueur, à la fois jovial et impavide, amassant pièces, cigarettes et aussi billets, jusqu'au moment où il regarda le gros tas devant lui comme s'il n'avait aucune idée de la façon dont il était arrivé là.

– Z'avez des rayons X à la place des yeux, marshal ? lança Trey.

– Je suis en veine, plutôt.

– N'importe quoi. Le connard qui a autant de veine, il s'est forcément acoquiné avec un sorcier vaudou.

– J'en connais un autre, de connard, qui devrait peut-être éviter de tirer sur son oreille.

– Hein ?

– Vous tirez sur votre oreille, monsieur Washington. Chaque fois que vous avez moins d'un full. (De la main, il indiqua Bibby.) Quant à ce petit connard, là...

Les trois autres éclatèrent de rire.

– Il... il – non, attendez une minute, attendez –, il... il regarde partout comme un écureuil, et observe les gains de tout le monde juste avant de bluffer. Mais quand il a un bon jeu, alors pour le coup, il est à la fois serein et concentré.

Trey partit d'un gros rire et assena une claque sur la table.

– Et le marshal Daniels ? Comment il se trahit, lui ?

Chuck se fendit d'un grand sourire.

– Vous me demandez de balancer mon collègue, c'est ça ? Non, non, non. Pas question.

– Ooooh !

De l'autre côté de la table, Bibby montra du doigt les deux policiers.

– Je ne peux pas, s'obstina Chuck.

– Je vois, je vois, dit Trey. C'est encore *un truc de Blanc*, ça.

L'expression de Chuck s'assombrit, et il riva son regard à celui de Trey jusqu'au moment où la pièce parut se vider de tout l'air qu'elle contenait.

La pomme d'Adam tressauta dans la gorge de Trey, qui levait déjà la main en un geste d'excuse quand Chuck déclara :

– Tout à fait. Que voulez-vous que ce soit d'autre ?

Le sourire qui accompagna cette remarque avait la taille d'un canyon.

– Connard ! s'exclama Trey en lui tapant dans la main.

– Connard ! répéta Bibby.

– Conna', va ! renchérit Chuck, et tous trois pouffèrent comme des gamines.

Teddy envisagea de les imiter, mais conclut qu'il échouerait dans sa tentative de Blanc voulant jouer les types cool. Et pourtant, Chuck y arrivait bien, lui.

– Alors, qu'est-ce qui m'a trahi ? demanda Teddy à Chuck lorsqu'ils furent allongés dans le noir.

De l'autre côté de la pièce, Trey et Bibby s'étaient lancés dans un concours de ronflements, et dehors la pluie s'était calmée au cours de la dernière demi-heure, comme si elle reprenait son souffle en attendant de récupérer des forces.

– Pendant la partie ? lança Chuck, couché sur le lit du dessous. Laissez tomber.

– Non, je veux savoir.

– Jusque-là, vous vous estimiez plutôt bon, pas vrai ? Avouez-le.

– Je ne m'estimais pas mauvais, disons.

– Vous ne l'êtes pas.

– Vous m'avez battu à plates coutures.

– J'ai juste gagné quelques dollars.

– Votre papa était un joueur ?

– Mon papa était un salaud.

– Oh, désolé.

– Vous n'y êtes pour rien. Et le vôtre ?

– Mon papa, vous voulez dire ?

– Ben non, votre tonton. Évidemment, votre papa !

Teddy s'efforça de se le représenter, mais il ne put que visualiser ses mains balafrées.

– C'était un inconnu, répondit-il. Pour tout le monde. Même pour ma mère. Merde, des fois, j'en arrive même à me demander s'il savait lui-même qui il était. Il ne faisait qu'un avec son bateau. Quand il l'a perdu, il est parti à la dérive. C'est tout.

Comme Chuck gardait le silence, Teddy finit par croire qu'il s'était endormi. Et, brusquement, il revit son père assis dans ce fauteuil les jours où il n'avait pas de travail, écrasé par les murs, le plafond, la pièce tout entière.

– Hé, chef ?

– Vous ne dormez pas ?

– On va vraiment plier bagage ?

– Ouais. Ça vous étonne ?

– Je ne vous reproche rien, mais c'est juste que, enfin...

– Quoi ?

– Je n'avais encore jamais renoncé.

Teddy se tut quelques instants. Enfin, il déclara :

– On ne nous a pas dit la vérité une seule fois. On n'a aucun moyen de la découvrir, aucun élément auquel se raccrocher, rien pour inciter tous ces gens à parler.

– Je sais, je sais. Je suis d'accord sur le principe.

– Mais ?

– Mais je n'avais encore jamais renoncé. C'est tout.

– Rachel Solando n'est pas sortie de sa chambre sans une complicité. Une complicité importante. La complicité de tout l'établissement, en fait. L'expérience me l'a enseigné, on ne peut pas lutter contre une communauté entière qui ne veut rien entendre. Pas si on n'est que deux. Dans le meilleur des cas, la menace a fonctionné, et en ce moment même Cawley est dans son manoir, en train de revoir sa stratégie. Peut-être que demain matin...

– Donc, vous avez bluffé.

– Je n'ai pas dit ça.

– Je viens de jouer aux cartes avec vous, chef.

Dans le silence qui suivit, Teddy écouta un moment les bruits de l'océan.

– Vous pincez les lèvres, marmonna enfin Chuck, la voix altérée par le sommeil.

– Quoi?

– Quand vous avez une belle main. Ça ne dure qu'une seconde, mais vous le faites chaque fois.

– Oh.

– Bonne nuit, chef.

– Bonne nuit.

6

Elle s'avance vers lui dans le couloir.

Dolores, les yeux comme deux diamants que la colère fait étinceler. Quelque part dans l'appartement – peut-être dans la cuisine –, Bing Crosby roucoule *East Side of Heaven*.

– Merde, Teddy, gronde-t-elle. Bordel de merde !

Dans sa main, une bouteille de JTS Brown. Vide. Teddy comprend qu'elle a découvert une de ses caches.

– Ça t'arrive de rester sobre ? Hein, ça t'arrive encore de rester sobre ? Réponds-moi !

Mais il en est incapable. Il ne peut pas prononcer un mot. Il n'est même pas sûr de savoir où se trouve son corps. Elle, il la voit, elle continue de remonter ce long corridor dans sa direction, mais lui ne perçoit pas sa propre présence physique, il ne la sent pas. Son reflet n'apparaît pas dans le miroir à l'autre bout du couloir, derrière Dolores.

Brusquement, elle tourne à gauche pour entrer dans le salon, révélant un dos brûlé achevant de se consumer. La bouteille n'est plus dans sa main et de fines volutes de fumée s'échappent de ses cheveux.

Elle s'arrête près de la fenêtre.

– Oh, regarde ! Ils sont tellement mignons... On dirait qu'ils flottent.

106

Teddy se retrouve près d'elle devant la vitre. Elle n'a plus le dos brûlé, elle est trempée, et il se voit placer une main sur son épaule, il voit ses doigts lui envelopper la clavicule tandis qu'elle les effleure d'un rapide baiser.

– Qu'est-ce que tu as fait ? demande-t-il, incertain de ce qui le pousse à poser la question.

– Regarde-les, là-bas...

– Pourquoi es-tu toute mouillée ? interroge-t-il encore, sans s'étonner cependant de ne pas recevoir de réponse.

La fenêtre ne lui offre pas la vue à laquelle il s'attendait. Ce n'est pas celle qu'ils avaient de leur appartement à Buttonwood, mais celle d'un endroit où ils avaient séjourné autrefois, un chalet. À la surface du lac un peu plus loin flottent de petites bûches, et Teddy est frappé par leur aspect lisse. Elles tournoient presque imperceptiblement sur l'eau frissonnante baignée par le clair de lune qui la pare de nuances argentées.

– Quel joli belvédère, dit-elle. Et quelle blancheur ! On sent d'ici l'odeur de la peinture fraîche.

– C'est beau, oui.

– Alors...

– J'ai tué beaucoup de gens pendant la guerre.

– C'est pour ça que tu bois ?

– Peut-être.

– Elle est là.

– Rachel ?

Dolores incline légèrement la tête.

– Elle n'est jamais partie, Teddy. Tu l'as presque compris. Presque.

– La Loi des Quatre ?

– C'est un code.

– D'accord, mais qu'est-ce qu'il signifie ?

– Elle est là. Tu ne peux pas t'en aller.

Il l'enlace par-derrière et appuie le visage contre son cou.

– Je n'ai pas l'intention de m'en aller. Je t'aime. Je t'aime tellement...

Un liquide jaillit du ventre de Dolores et coule sur les mains de Teddy.

– Je ne suis plus qu'un squelette dans une boîte, murmure-t-elle.

– Faux.

– Je t'assure. Tu dois te réveiller.

– Tu es là.

– Non. Il faut que tu l'acceptes. Elle est là. Tu es là. Lui aussi. Compte les lits. Il est là.

– Qui ?

– Laeddis.

Il sent le nom s'insinuer sous sa chair, se frayer un chemin jusqu'à ses os.

– Non.

– Oh si. (Elle renverse la tête, puis le regarde.) Tu l'as toujours su.

– Tu te trompes.

– Pas du tout. Tu ne peux pas t'en aller.

– Tu es trop tendue.

Lorsqu'il lui pétrit les épaules, elle pousse un doux gémissement de surprise qui le fait aussitôt bander.

– Plus maintenant, Teddy. Je suis rentrée à la maison.

– Ce n'est pas notre maison.

– Bien sûr que si. C'est chez moi. Elle est là. Lui aussi.

– Laeddis.

– Laeddis, oui.

Et d'ajouter :

– Je dois m'en aller.

– Non ! (Il pleure, à présent.) Non, reste...

– Oh, Seigneur. (Elle se presse contre lui.) Laisse-moi partir. Laisse-moi partir.

– Je t'en prie, ne t'en va pas. (Les larmes de Teddy dégoulinent sur le corps de Dolores et se mêlent aux fluides libérés par son ventre.) J'ai besoin de te tenir encore un peu dans mes bras. Juste un peu. Je t'en prie.

Une petite bulle de son monte de la gorge de Dolores – mi-soupir mi-hurlement – chargée d'une angoisse qui la rend à la fois déchirante et sublime. Elle lui embrasse les phalanges.

– D'accord. Serre-moi fort. Le plus fort possible.

Alors, il serre sa femme contre lui. Il la serre comme s'il ne voulait plus jamais la lâcher.

À cinq heures du matin, tandis que la pluie s'abattait sur le monde, Teddy descendit de la couchette du haut et alla chercher son calepin dans son pardessus. Il s'installa ensuite à la table où ils avaient joué au poker, puis ouvrit le carnet à la page où il avait noté la Loi des 4 imaginée par Rachel Solando.

Les ronflements de Trey et de Bibby rivalisaient toujours d'intensité avec la pluie. Chuck dormait tranquillement sur le ventre, un poing approché de son oreille comme pour lui chuchoter des secrets.

Teddy examina la feuille sous ses yeux. C'était très simple, en fait, quand on avait compris comment le lire. Un code digne d'un enfant. Mais qui n'en restait pas moins un code, et il était six heures lorsque Teddy acheva de le déchiffrer.

Levant les yeux, il découvrit Chuck en train de l'observer depuis sa couchette, le menton calé sur sa main.

– On s'en va, chef ?

Teddy fit non de la tête.

– Personne fout le camp par une saloperie de temps pareil, marmonna Trey. (Il descendit à son tour de sa couchette avant d'aller relever le store, révélant un paysage noyé couleur gris perle.) Pas question.

Le rêve était plus difficile à retenir, tout d'un coup,

et l'odeur de Dolores se dissipait peu à peu, chassée par le brusque mouvement d'un store, la toux sèche de Bibby, le long bâillement sonore de Trey qui s'étirait.

Le jour était-il venu où il ne pourrait plus supporter l'absence de sa femme ? se demanda Teddy – pas pour la première fois, loin s'en fallait. S'il avait pu remonter le cours du temps jusqu'au matin de l'incendie et se substituer à elle, il l'aurait fait. C'était une évidence. Ça l'avait toujours été. Mais avec les années, son besoin d'elle avait grandi au lieu de diminuer, élargissant une blessure qui ne cicatriserait jamais, ne cesserait jamais de suppurer.

Je l'ai tenue dans mes bras, avait-il envie de dire à Chuck, Trey et Bibby. Je l'ai tenue dans mes bras pendant que Bing Crosby roucoulait dans la cuisine ; je sentais son odeur, celle de l'appartement à Buttonwood et du lac où nous avions séjourné cet été-là, et ses lèvres ont frôlé mes doigts.

Je l'ai tenue dans mes bras. Ce monde-ci ne peut pas m'offrir ça. Ce monde-ci ne peut m'offrir que des souvenirs de ce que je n'ai pas, de ce que je n'aurai jamais plus, de ce que je n'ai pas eu suffisamment longtemps.

Nous étions censés vieillir ensemble, Dolores. Avoir des enfants. Nous promener sous les arbres centenaires. Je voulais voir les rides se graver une à une dans ta chair en sachant précisément à quel moment elles étaient apparues. Je voulais mourir avec toi.

Mais je ne voulais pas ça. Oh non.

Je l'ai tenue dans mes bras, avait-il envie de dire, et si j'étais sûr qu'il me suffisait de mourir pour pouvoir la serrer de nouveau contre moi, je me logerais tout de suite une balle dans la tête.

Chuck le regardait toujours d'un air interrogateur.

– J'ai déchiffré le code de Rachel, annonça Teddy.

– Ah, ce n'est que ça...

Deuxième jour

Laeddis

7

Cawley les retrouva dans le hall du pavillon B. Les vêtements et le visage dégoulinants de pluie, il avait l'air d'un homme qui aurait passé la nuit sur un banc à l'arrêt de bus.

– Le truc, docteur, c'est de dormir quand on se couche, lança Chuck.

Le médecin s'essuya la figure avec un mouchoir.

– Oh, c'est ça, le truc, marshal ? Je savais bien que j'oubliais quelque chose. Dormir, vous dites. D'accord.

Ils gravirent l'escalier jauni, puis saluèrent de la tête l'aide-soignant posté sur le palier du premier étage.

– Comment va le Dr Naehring, ce matin ? demanda Teddy.

La question lui valut un haussement de sourcils empreint de lassitude.

– Je vous présente mes excuses. Jeremiah est un génie, mais ses manières en société laissent beaucoup à désirer, je le reconnais. Il a en tête un projet de livre sur la culture du guerrier à travers les âges. Du coup, il est tout le temps en train de ramener le sujet sur le tapis, d'essayer de faire rentrer les autres dans des schémas de comportement préconçus. Je vous le répète, je suis désolé.

– Et ça vous arrive souvent ?

– Quoi donc, marshal ?

– De vous retrouver devant un verre et de, hum, sonder vos invités ?

– Déformation professionnelle, je suppose. Combien de psychiatres faut-il pour changer une ampoule électrique ?

– Je n'en sais rien. Combien ?

– Huit.

– Pourquoi ?

– Oh, vous vous posez trop de questions !

Teddy croisa le regard de Chuck, et tous deux éclatèrent de rire.

– Un psy qui a le sens de l'humour, observa Chuck. Qui l'eût cru ?

– Vous savez dans quel état se trouve le domaine de la santé mentale de nos jours, messieurs ?

– Aucune idée, répondit Teddy.

– C'est la guerre ouverte, affirma Cawley, qui étouffa un bâillement dans son mouchoir mouillé. Une guerre idéologique, philosophique et, oui, même psychologique.

– Vous êtes des médecins, répliqua Chuck. Vous êtes censés jouer selon les règles, prêter vos jouets...

Cawley sourit au moment où ils passaient devant l'aide-soignant au premier. Quelque part au rez-de-chaussée, une patiente poussa un cri dont l'écho monta vers eux. C'était un hurlement plaintif, et Teddy perçut toute l'impuissance qu'il exprimait, la certitude désespérée de ne jamais pouvoir obtenir satisfaction.

– Ceux de la vieille école croient aux électrochocs, aux lobotomies partielles, à l'hydrothérapie pour les patients les plus dociles, expliqua le médecin. On appelle ça la psychochirurgie. Ceux de la nouvelle école sont épris de psychopharmacologie. Pour eux, c'est la voie de l'avenir. Peut-être. Je ne sais pas.

Lorsqu'il s'interrompit, une main sur la rampe à

mi-chemin entre le premier et le deuxième étage, l'impression d'épuisement émanant de lui fut si forte que Teddy l'imagina sous la forme d'une créature vivante mais brisée – un quatrième corps dans la cage d'escalier avec eux.

– En quoi consiste la psychopharmacologie? demanda Chuck.

– Une nouvelle drogue, baptisée lithium, vient d'être agréée; elle détend les patients psychotiques, ou les dompte, comme diraient certains. Bientôt, les fers appartiendront au passé. Ainsi que les chaînes et les menottes. Peut-être même les barreaux, avancent les plus optimistes. Selon la vieille école, évidemment, rien ne remplacera jamais la psycho-chirurgie, mais à mon avis la nouvelle est plus puissante, et il y aura de l'argent pour la soutenir.

– Il viendra d'où, cet argent?

– Des laboratoires pharmaceutiques, bien sûr. Investissez maintenant, messieurs, et vous pourrez peut-être un jour prendre votre retraite sur votre île personnelle. Nouvelles écoles, vieilles écoles. Mais je m'emporte, je m'emporte...

– À quelle école appartenez-vous? s'enquit Teddy d'une voix douce.

– Croyez-le ou non, marshal, je suis un fervent adepte de la psychothérapie verbale, ce qui passe par les aptitudes relationnelles élémentaires. J'ai dans l'idée que si on traite un patient avec respect, si on écoute ce qu'il essaie de dire, alors on a une chance d'établir la communication.

Nouveau hurlement. La même femme, Teddy l'aurait parié. Le cri se glissa entre eux et parut contrarier Cawley.

– Même avec *ces patients-là*? interrogea Teddy.

La question fit sourire le médecin.

– Eh bien, c'est vrai, nous sommes obligés d'en mettre beaucoup sous médicaments et aussi d'en entraver certains. Je le reconnais. Mais c'est à double tranchant. Quand vous avez versé du poison dans un puits, comment faites-vous ensuite pour vous en débarrasser ?

– Ce n'est pas possible, répondit Teddy.

Cawley approuva d'un signe.

– Tout juste. Ce qu'on devrait considérer comme le dernier recours devient peu à peu la réponse standard. Oui, je sais, je m'embrouille dans mes images. Dormir, ajouta-t-il à l'adresse de Chuck. D'accord. Je tenterai l'expérience, la prochaine fois.

– J'ai entendu dire que ça faisait des miracles, répliqua Chuck tandis que tous trois gravissaient la dernière volée de marches.

Dans la chambre de Rachel, Cawley se laissa choir sur le lit et Chuck s'appuya contre le chambranle.

– Hé ! dit-il. Combien de surréalistes faut-il pour changer une ampoule électrique ?

– Je donne ma langue au chat, rétorqua le médecin. Combien ?

– Poisson, répondit Chuck, qui partit d'un gros rire.

– Je suis sûr qu'un jour vous finirez par grandir, marshal, affirma Cawley. N'est-ce pas ?

– Mmm, j'ai des doutes.

Teddy plaqua la feuille de papier sur son torse et la tapota pour attirer leur attention.

– Regardez encore une fois ce message.

LA LOI DES 4

JE SUIS 47
ILS ÉTAIENT 80

+VOUS ÊTES 3

NOUS SOMMES 4
MAIS
QUI EST 67 ?

Au bout d'environ une minute, Cawley avoua :

– Je suis vraiment trop fatigué, marshal. Tout ça n'est que du charabia pour moi. Désolé.

Quand Teddy se tourna vers Chuck, celui-ci fit non de la tête.

– C'est le signe « plus » qui m'a mis sur la voie, expliqua Teddy. Vous avez vu le trait sous « Ils étaient quatre-vingts » ? On est censés additionner les deux lignes. Et qu'est-ce qu'on obtient ?

– Cent vingt-sept.

– Un, deux et sept, confirma Teddy. Bien. Maintenant, il faut ajouter le trois. Mais il est isolé. Elle veut qu'on considère les entiers à part. Ce qui nous fait donc un plus deux plus sept plus trois. Total ?

– Treize.

Le médecin, toujours assis sur le lit, se redressa légèrement.

Teddy opina.

– Le nombre treize a-t-il une importance particulière pour Rachel Solando ? Est-elle née le treize ? Est-ce qu'elle s'est mariée le treize ? Est-ce qu'elle a tué ses enfants le treize ?

– Je vérifierai, répondit Cawley. Quoi qu'il en soit, le treize est souvent lourd de signification chez les schizophrènes.

– Pourquoi ?

Son interlocuteur haussa les épaules.

– Bah, c'est pareil pour bien des gens. Ce nombre est censé porter malheur. Comme la plupart des schizophrènes vivent dans un état de peur permanente – c'est une caractéristique commune chez eux –, ils sont également très superstitieux. Le treize entre dans ce cadre.

– Dans ce cas, ça devient plus clair, déclara Teddy. Prenez le chiffre suivant. Quatre. Ajoutez un à trois et vous obtenez quatre. Mais si on prend un et trois séparément ?

– Ça donne treize.

Chuck, jusque-là adossé au mur, se redressa pour mieux voir la feuille de papier.

– Même chose pour le dernier nombre, renchérit Cawley. Soixante-sept. Six et sept font treize.

Teddy approuva d'un mouvement de tête.

– Ce n'est pas « la loi des quatre », mais « la loi des treize », observa-t-il. Or le nom de Rachel Solando se compose de treize lettres.

Il vit ses deux compagnons compter mentalement.

– Continuez, le pressa Cawley.

– Une fois qu'on a compris ça, il suffit de suivre les miettes de pain semées par Rachel. Le code obéit au principe le plus rudimentaire de l'association d'un nombre et d'une lettre : un pour *A* ; deux pour *B*... Vous êtes toujours avec moi ?

Cawley acquiesça, imité par Chuck quelques secondes plus tard.

– La première lettre de son nom est un *R*. Bon, le *R* correspond à dix-huit. *A*, à un. *C*, à trois. *H*, à huit. *E*, à cinq. *L*, à douze. Je récapitule : dix-huit, un, trois, huit, cinq et douze. Additionnez tout ça, les gars, et dites-moi ce que vous obtenez.

– Nom d'un chien, chuchota Cawley.

– Quarante-sept, répondit Chuck, les yeux écarquillés, en contemplant la feuille de papier contre le torse de Teddy.

– Ce qui explique le « Je », déclara Cawley. Le quarante-sept, c'est son prénom. D'accord, j'ai compris. Mais pour le « ils » ?

– C'est son nom de famille, répondit Teddy. Il leur appartient.

– À qui ?

– À sa belle-famille et à leurs ancêtres. Ce n'est pas le sien, elle ne l'a pas reçu à sa naissance. Ou alors, il désigne ses enfants. Quoi qu'il en soit, les « pourquoi » importent peu. C'est son patronyme,

Solando. Additionnez les nombres associés aux lettres, et vous pouvez me croire, vous arriverez à quatre-vingts.

Le médecin se leva puis s'approcha de Teddy pour examiner le code. Chuck fit de même. Quelques secondes plus tard, ce dernier redressa la tête et plongea son regard dans celui de Teddy.

– Qui êtes-vous, à la fin ? Le jumeau d'Einstein ?

– Avez-vous déjà déchiffré des codes, marshal Daniels ? s'enquit Cawley, les yeux toujours rivés sur la feuille de papier. Pendant la guerre ?

– Non.

– Alors, comment avez-vous... ? commença Chuck.

Fatigué de tenir la feuille à bout de bras, Teddy la posa sur le lit.

– Je ne sais pas, avoua-t-il. Je fais beaucoup de mots croisés. Et j'aime les devinettes, ajouta-t-il en haussant les épaules.

– Pourtant, vous étiez bien dans le renseignement en Europe, n'est-ce pas ? lança Cawley.

Teddy esquissa un mouvement de dénégation.

– Dans l'armée de terre. Mais vous, docteur, vous avez travaillé pour l'OSS.

– Non. Je n'ai eu qu'un rôle consultatif.

– Sur quel genre de sujets ?

Cawley le gratifia une nouvelle fois de son sourire sinueux, qui s'évanouit presque aussitôt.

– Le genre « À passer sous silence », répliqua-t-il.

– Ce code était pourtant on ne peut plus simple, insista Teddy.

– Simple ? s'écria Chuck. Vous me l'avez expliqué, et j'en ai encore mal à la tête.

– Mais pour vous, docteur ?

– Que voulez-vous que je vous dise, marshal ? Je n'ai jamais été déchiffreur de codes.

Il baissa la tête et se frotta le menton en contemplant la feuille sur le lit. Quant à Chuck, il leva vers

son coéquipier un regard empli de points d'inter-
rogation.

– Bon, reprit Cawley, nous avons éclairci – ou du
moins, vous avez éclairci, marshal – le mystère du
quarante-sept et du quatre-vingts. Nous savons
maintenant que tous les indices tournent autour du
nombre treize. Et pour le trois ?

– Encore une fois, répondit Teddy, soit il
s'applique à nous, auquel cas Rachel est clair-
voyante...

– Peu probable.

– Soit il s'applique à ses enfants.

– Je serais assez tenté de le croire.

– Si on additionne Rachel et trois...

– ... on obtient la ligne suivante, acheva Cawley.
« Nous sommes quatre. »

– Alors, qui est le soixante-sept ?

– Vous posez la question juste pour la forme ?

Cette fois, Teddy lui signifia que non.

De l'index, le médecin caressa la bordure droite
de la feuille.

– En manipulant tous ces nombres, on n'arrive
pas à soixante-sept ?

– Non.

– Et vous n'avez pas d'hypothèse sur ce point ?
demanda Cawley, qui se passa une main sur le crâne
et se redressa.

– C'est le seul élément que je ne parviens pas à
décrypter, expliqua Teddy. Comme il ne m'évoque
rien de familier, j'en déduis qu'il désigne quelque
chose sur l'île. Et vous, docteur ?

– Quoi ?

– Vous avez une idée ?

– Pas la moindre. Mais vous savez, je n'aurais
même pas réussi à déchiffrer la première ligne.

– Vous me l'avez déjà dit, oui. Vous êtes fatigué,
etc.

– Très fatigué, marshal.

Il avait prononcé ces mots sans quitter Teddy des yeux. Enfin, il traversa la pièce pour s'approcher de la fenêtre, où il regarda la pluie ruisseler sur la vitre. Dehors, elle tombait en rideaux si épais qu'ils dissimulaient le paysage.

– Hier soir, vous m'avez annoncé votre intention de partir.

– Par le premier ferry, renchérit Teddy, déterminé à bluffer jusqu'au bout.

– Il n'y en aura pas aujourd'hui. J'en suis presque sûr.

– Alors, demain. Ou après-demain. Vous pensez toujours qu'elle est quelque part dehors ? Dans la tourmente ?

– Non.

– Dans ce cas, où est-elle ?

Le médecin poussa un profond soupir.

– Je l'ignore, marshal. Ce n'est pas mon domaine.

Teddy alla récupérer la feuille sur le lit.

– C'est une clé, dit-il, une sorte de guide permettant de déchiffrer de futurs codes. Je suis prêt à parier un mois de salaire là-dessus.

– Qu'est-ce que ça change ? interrogea Cawley.

– Si c'est le cas, elle n'essaie pas de s'enfuir, docteur. Elle nous a attirés ici, Chuck et moi. À mon avis, il doit y en avoir d'autres.

– Pas dans cette chambre.

– Non, mais peut-être dans le bâtiment. Ou sur l'île.

Une main posée sur le rebord de la fenêtre, Cawley inspira profondément par les narines ; à le voir ainsi, réduit pratiquement à l'état de mort vivant, Teddy se demanda ce qui avait pu le pousser à veiller toute la nuit.

– Elle vous aurait attirés ici ? répéta le médecin. Mais dans quel but ?

– À vous de me le dire.

Cawley ferma les yeux et garda le silence si longtemps que Teddy en vint à le croire endormi.

Enfin, il les rouvrit et contempla les deux hommes.

– J'ai une journée chargée, annonça-t-il. Réunion avec le personnel, examen du budget avec le conseil de surveillance, définition des procédures d'urgence au cas où la tempête nous atteindrait. Vous serez sans doute heureux de savoir que j'ai pris toutes les dispositions nécessaires pour que vous puissiez vous entretenir avec les patients présents à la séance de thérapie le soir où Rachel Solando a disparu. Ces entretiens débuteront dans quinze minutes. Messieurs, j'apprécie que vous soyez venus, croyez-moi. Vraiment. Et je fais de mon mieux pour vous aider, même si cela ne vous semble pas évident.

– Dans ce cas, remettez-nous le dossier du Dr Sheehan.

– C'est impossible. Absolument impossible. (Il appuya sa tête contre le mur.) J'ai ordonné à l'opérateur de continuer à composer ce numéro, marshal. Mais on ne peut joindre personne pour le moment. Aux dernières nouvelles, le littoral oriental était submergé. De la patience, messieurs, c'est tout ce que je vous demande. Nous retrouverons Rachel, ou nous découvrirons ce qui lui est arrivé. (Il consulta sa montre.) Bon, je suis déjà en retard. Il y a autre chose, ou est-ce que ça peut attendre ?

Ils restèrent un moment sous l'auvent devant l'hôpital tandis que des bourrasques de pluie grosses comme des wagons balayaient leur champ de vision.

– Il sait ce que signifie le soixante-sept, vous croyez ? demanda Chuck.

– Eh bien...

– Il aurait déchiffré le code avant vous ?

122

– Je suis sûr qu'il travaillait pour l'OSS et qu'il a développé quelques talents dans ce domaine.

Chuck s'essuya le visage, puis secoua les doigts.

– Combien de patients soignent-ils, ici ?

– C'est petit, répondit Teddy.

– Ouais.

– Quelque chose comme une vingtaine de femmes et une trentaine d'hommes ?

– Ça ne fait pas beaucoup.

– Non.

– On n'arrive pas à soixante-sept, en tout cas.

– Sauf si... commença Teddy.

– Ouais, l'interrompit Chuck. Sauf si.

D'un même mouvement, tous deux tournèrent la tête vers les arbres et le sommet du fort au-delà – solide dans la tourmente –, tellement flou et indistinct qu'il évoquait un dessin au fusain dans une pièce enfumée.

Brusquement, Teddy se remémora les paroles de Dolores dans son rêve : « Compte les lits. »

– À votre avis, Chuck, ils en gardent combien, là-bas ?

– Aucune idée. On n'aura qu'à poser la question à notre cher toubib si coopératif.

– Sûr, tout en lui ne demande qu'à coopérer, c'est évident.

– Hé, chef ?

– Mmm ?

– Au cours de votre carrière, vous avez déjà assisté à un tel gâchis d'espace fédéral ?

– Comment ça ?

– Cinquante patients dans ces deux pavillons ? D'après vous, ces bâtiments peuvent en accueillir combien ? Deux cents de plus ?

– Au moins.

– Sans parler du ratio personnel/patients ; quelque chose comme deux à un en faveur du personnel. Vous avez déjà vu ça ?

– Ce coup-ci, je suis bien obligé de dire non.

Ils contemplèrent le parc détrempé où crépitait la pluie.

– Bon sang, mais où est-ce qu'on est tombés ? marmonna Chuck.

Les entretiens se déroulèrent dans la cafétéria. Chuck et Teddy s'étaient installés à une table au fond de la salle, deux aides-soignants avaient pris place non loin d'eux, à portée de voix, et Trey Washington avait pour mission d'accompagner les patients jusqu'aux deux policiers, puis de les escorter hors de la pièce après l'entrevue.

Le premier malade n'était qu'une loque humaine mal rasée, toute de tics et de clignements d'yeux. Recroquevillé sur lui-même comme un limule, il se grattait furieusement les bras et refusait de croiser le regard des deux hommes en face de lui.

Teddy parcourut le début des notes remises par Cawley – un rapide résumé basé sur ses propres souvenirs, et non le véritable dossier des patients. Leur interlocuteur arrivait en tête de liste ; il s'appelait Ken Gage et il avait été interné à Ashecliffe après avoir agressé un inconnu dans l'allée d'une épicerie et l'avoir frappé sur la tête à coups de boîte de petits pois en répétant à voix basse : « Arrêtez de lire mon courrier. »

– Bonjour, Ken, commença Chuck. Comment ça va, aujourd'hui ?

– J'ai attrapé le rhume. J'ai attrapé le rhume dans mes pieds.

– Désolé de l'apprendre.

– Du coup, ça me fait mal quand je marche.

Ken gratta la peau autour d'une croûte sur son bras, d'abord délicatement, comme s'il voulait en délimiter les contours.

– Étiez-vous présent à la séance de psycho-thérapie avant-hier soir ?

– J'ai attrapé le rhume dans mes pieds et ça me fait mal quand je marche.

– Vous voulez des chaussettes ? hasarda Teddy.

Les deux aides-soignants les observaient en rica-nant, remarqua-t-il.

– Oui, je veux des chaussettes, je veux des chaus-settes, je veux des chaussettes...

Il chuchotait à présent, la tête baissée, dodelinant légèrement.

– Bon, on vous en apportera une paire tout à l'heure. Pour le moment, nous aimerions juste savoir si...

– J'ai tellement froid... Aux pieds, je veux dire. J'ai froid et ça me fait mal quand je marche.

Teddy tourna la tête vers Chuck. Celui-ci sourit aux aides-soignants dont les gloussements étouffés parvenaient jusqu'à leur table.

– Ken, appela Chuck. Ken ? Regardez-moi, s'il vous plaît.

Le patient garda la tête basse, mais le dodeline-ment s'accentua. Ses ongles finirent par arracher la croûte, et un minuscule filet de sang se mit à couler entre les poils sur son bras.

– Ken ?

– Je peux pas marcher. Pas comme ça, pas comme ça. Il fait tellement froid, tellement froid, tellement froid...

– Ken, allez, regardez-moi.

Brusquement, l'interpellé abattit ses deux poings sur la table.

Les deux aides-soignants se levèrent d'un bond.

– Ça devrait pas faire mal comme ça. Ça devrait pas, oh non. Mais c'est à cause d'eux. Ils envoient de l'air froid partout. Ils en remplissent mes genoux.

Les aides-soignants s'approchèrent de la table, les yeux fixés sur Chuck.

– Vous avez fini, les gars ? lança le Blanc. Ou vous tenez vraiment à l'entendre encore vous causer de ses pieds ?

– J'ai froid aux pieds.

Le Noir arqua un sourcil.

– T'inquiète pas, Kenny. On va t'emmener en hydro pour que tu te réchauffes.

– Je bosse ici depuis cinq ans, précisa son collègue. Le sujet change jamais.

– Jamais ? s'étonna Teddy.

– Ça me fait mal quand je marche.

– Jamais, confirma l'aide-soignant.

– Ça me fait mal quand je marche parce qu'ils ont mis du froid dans mes pieds...

Le patient suivant, Peter Breene, avait vingt-six ans. Blond, grassouillet, il ne cessait de faire craquer ses articulations et de se mordiller les ongles.

– Pourquoi êtes-vous ici, Peter ?

Le jeune homme fixa sur Teddy et Chuck, de l'autre côté de la table, des yeux qui semblaient larmoyer en permanence.

– J'ai tout le temps la trouille.

– De quoi ?

– De tas de trucs.

– Ah.

Peter plaça sa cheville gauche sur son genou droit, l'agrippa des deux mains et se pencha en avant.

– Ça va vous paraître idiot, je sais, mais j'ai peur des montres. À cause du tic-tac. Je n'entends plus que ça dans ma tête. Et j'ai une frousse bleue des rats.

– Moi aussi, lui assura Chuck.

Le visage de Peter s'éclaira.

– C'est vrai ?

– Ouais, c'est vrai. Foutues bestioles piaillardes. J'en mouille mon froc rien qu'à les regarder.

– Ben alors, vous aventurez pas de l'autre côté du mur la nuit, lui conseilla Peter. Y en a partout.

– C'est bon à savoir. Merci.

– Et puis, y a les crayons, enchaîna Peter. À cause de la mine, vous voyez ce que je veux dire ? Le *scritch-scritch* sur le papier. Et maintenant, j'ai peur de vous.

– De moi ? interrogea Chuck.

– Non, répondit Peter en levant le menton vers Teddy. De lui.

– Pourquoi ? demanda celui-ci.

Peter haussa les épaules.

– Ben, vous êtes grand. Avec une coupe militaire qui vous donne l'air méchant. Vous êtes capable de vous battre, c'est sûr. Y a des cicatrices sur vos doigts. Mon père, il était comme vous. Enfin, sans les cicatrices. Il avait des mains lisses. Mais il avait l'air méchant. Mes frères aussi. Ils me tabassaient tout le temps.

– Je n'ai pas l'intention de vous tabasser, le rassura Teddy.

– Mais vous pourriez le faire, vous comprenez ? Vous en avez le pouvoir. Pas moi. Alors, ça me rend vulnérable. Et quand je me sens vulnérable, j'ai peur.

– Et quand vous avez peur... ?

Le jeune homme resserra sa prise sur sa cheville et commença à se balancer d'avant en arrière sans prêter attention aux mèches qui lui retombaient sur le front.

– Elle était gentille. Je lui voulais pas de mal. Mais elle m'effrayait avec ses gros seins quand je la voyais bouger dans sa robe blanche. Tous les jours, elle venait chez nous. Et elle me regardait comme si... Vous savez, le sourire qu'on adresse à un gosse ? Ben, elle me souriait comme ça. Et elle avait *le même âge* que moi ! Bon, d'accord, elle était peut-être un peu plus vieille, mais elle avait pas plus d'une vingtaine d'années. Pourtant, elle connaissait tellement de choses sur le sexe ! Ça se lisait dans ses yeux. Elle aimait bien se balader toute nue. Elle avait déjà sucé des bites. Et c'est *à moi* qu'elle a demandé un verre d'eau. Elle était toute seule dans la cuisine *avec moi*, vous imaginez ? Comme si c'était pas important.

Teddy déplaça légèrement le dossier pour permettre à Chuck de lire les notes de Cawley :

Le patient a agressé l'infirmière de son père avec un tesson de verre. Victime gravement blessée, défigurée à vie. Patient en état de déni. Refuse d'assumer la responsabilité de son acte.

— C'est juste parce qu'elle me terrorisait, vous comprenez, expliqua Peter. Elle voulait que je sorte mon machin pour s'en moquer, me dire que je pourrais jamais aller avec une femme, jamais avoir d'enfants, jamais devenir un homme. Sinon, je suis sûr que vous vous en doutez, parce que ça se voit sur mon visage, je ferais pas de mal à une mouche. J'ai pas ça en moi. Mais quand j'ai la trouille ? L'esprit, grands dieux, c'est...

— Oui, quoi ? demanda Chuck d'un ton apaisant.

— Vous y pensez, des fois ?

— À votre esprit ?

— Non, à l'esprit en général. Le mien, le vôtre, celui des autres... Au fond, il fonctionne un peu comme un moteur. Oui, c'est ça. Un moteur très fragile, très complexe. Avec des tas de petites pièces à l'intérieur, des engrenages, des boulons, des ressorts. Et on ne sait même pas à quoi servent la moitié d'entre elles. Mais si un engrenage se grippe, *rien qu'un*... Vous y avez déjà réfléchi ?

— Pas ces temps-ci, non.

– Vous devriez. Au fond, c'est pareil qu'une voiture. Un engrenage se grippe, un boulon casse et tout le système se détraque. Vous croyez qu'on peut vivre avec ça ? (Il se tapota la tempe.) Tout est enfermé là-dedans et y a *pas moyen* d'y accéder. Vous, vous contrôlez pas grand-chose, mais votre esprit, lui, il vous contrôle, pas vrai ? Et s'il décide un jour de pas aller au boulot, hein ? (Quand il se pencha vers eux, les deux hommes virent les tendons saillir sur sa gorge.) Ben, vous êtes baisé.

– C'est un point de vue intéressant, observa Chuck.

Soudain calmé, Peter s'adossa à son siège.

– En fait, c'est ce qui me flanque le plus la trouille.

Teddy, dont les migraines illustraient le manque de maîtrise de l'homme sur l'esprit, aurait volontiers concédé un point à Peter sur le sujet s'il n'avait été submergé par l'envie irrépressible de se jeter sur ce pauvre minable pour le saisir au collet, le plaquer contre l'un des fours au fond de la cafétéria et l'interroger sur la malheureuse infirmière qu'il avait lacérée.

Tu te rappelles son nom, au moins, Peter ? À ton avis, de quoi avait-elle peur ? Hein ? De *toi*. Oh oui, voilà ce qu'elle redoutait. Elle s'efforçait de gagner sa vie en faisant un travail honnête. Peut-être qu'elle avait un mari et des enfants. Peut-être qu'ils essayaient d'économiser afin d'envoyer un de leurs gosses à l'université, plus tard, pour lui permettre d'avoir une vie meilleure. Peut-être qu'elle nourrissait ce modeste rêve.

Mais non, il a fallu qu'un putain de fils à papa complètement tordu décide qu'elle n'avait même pas droit à ce rêve. Désolé, mais c'est non. Pas de vie normale pour vous, ma p'tite dame. Plus jamais.

En regardant Peter Breene assis en face de lui, Teddy n'avait qu'un désir : lui envoyer son poing dans la figure avec tant de force que les médecins ne parviendraient jamais à reconstituer les os de son nez. Avec tant de force que le bruit le hanterait à jamais.

Au lieu de quoi, il referma le dossier en demandant :

– Avant-hier soir, vous avez assisté à la séance de thérapie de groupe avec Rachel Solando, n'est-ce pas ?

– Oui, m'sieur. J'y étais.

– Vous l'avez vue monter dans sa chambre ?

– Non. Les hommes sont partis en premier. Elle, elle était encore assise à côté de Bridget Kearns, de Leonora Grant et de cette infirmière.

– Quelle infirmière ?

Peter opina du chef.

– La rouquine. À certains moments, je l'aime bien. Elle a l'air sincère. Mais à d'autres, vous savez...

– Non, répondit Teddy d'une voix aussi posée que celle de Chuck un peu plus tôt. Non, je ne sais pas.

– Vous l'avez déjà rencontrée ?

– Bien sûr. Comment s'appelle-t-elle, déjà ?

– Elle a pas besoin de nom. Une femme de ce genre ? Y a pas de nom pour elle. La Garce. C'est comme ça qu'elle s'appelle.

– Pourtant, intervint Chuck, vous venez de nous dire que vous l'aimiez bien.

– Ah bon ? Quand est-ce que j'ai dit ça ?

– Il y a moins d'une minute.

– Oh. Nan, elle, c'est une moins que rien. Une traînée.

– Permettez-moi de vous poser encore une question.

– Garce, garce, garce...

– Peter ?

130

Le jeune homme leva les yeux vers Teddy.

– Je peux vous poser une question ?

– Ben oui.

– Est-ce qu'il s'est passé quelque chose d'inhabituel dans le groupe avant-hier soir ? Est-ce que Rachel a dit ou fait quelque chose d'anormal ?

– Rachel ? Oh, elle a pas prononcé un mot. C'est une vraie petite souris. Elle était assise là, c'est tout. Elle a tué ses gosses, vous savez. Tous les trois. Vous imaginez ? Comment on peut en arriver là ? Y a vraiment des putains de malades sur cette terre, messieurs, si je puis me permettre.

– Tout le monde a des problèmes, affirma Chuck. Certaines personnes plus que d'autres, c'est vrai. Elles sont malades, vous avez raison. Et elles ont besoin d'aide.

– De gaz, plutôt.

– Pardon ?

– De gaz, répéta Peter en regardant Teddy droit dans les yeux. Faut gazer les attardés. Faut gazer les assassins. Elle a tué ses gosses ? Ben, faut la gazer aussi, cette salope.

Un long silence s'ensuivit. Peter rayonnait comme s'il avait éclairé le monde d'un sens nouveau pour eux. Enfin, il assena une petite tape sur la table et se leva.

– J'ai été ravi de vous rencontrer, messieurs. Mais je dois y aller, maintenant.

Teddy s'empara d'un crayon pour griffonner sur la couverture du dossier devant lui. Aussitôt, Peter se figea, puis lui jeta un coup d'œil par-dessus son épaule.

– Peter ?

– Oui ?

– Je...

– Vous pouvez arrêter de faire ça ?

Sans se presser, Teddy traça ses initiales sur le carton à longs traits indolents.

– Je me demandais si...

– Pourriez-vous s'il vous plaît, s'il vous plaît...

Le crayon toujours en mouvement, Teddy leva les yeux.

– Quoi ?

– ... *arrêter de faire ça ?*

– Quoi ?

Teddy le regarda, contempla son dossier et souleva la pointe du crayon en arquant un sourcil interrogateur.

– Oui. S'il vous plaît. Ça.

Cette fois, Teddy lâcha le crayon.

– C'est mieux ?

– Merci.

– Peter ? Vous ne connaîtriez pas un patient nommé Andrew Laeddis ?

– Non.

– Non ? Personne ici ne s'appelle comme ça ?

Le patient haussa les épaules.

– Pas dans le pavillon A, en tout cas. Mais peut-être dans le pavillon C. Je sais pas, on se mélange pas avec eux. Ils sont complètement cinglés.

– O.K., merci, Peter, déclara Teddy.

Le crayon de nouveau en main, il retourna à ses gribouillages.

Après Peter Breene, ils interrogèrent Leonora Grant. Elle se prenait pour Mary Pickford, prenait Chuck pour Douglas Fairbanks et Teddy pour Charlie Chaplin. Pour elle, la cafétéria était un bureau dans Sunset Boulevard, où ils s'étaient retrouvés pour discuter d'une éventuelle introduction en bourse de United Artists. Elle ne cessait de caresser la main de Chuck en demandant qui allait rédiger les minutes.

En fin de compte, les aides-soignants durent l'arracher au poignet de Chuck tandis qu'elle criait :

– Adieu, mon chéri ! Adieu ! [1]

Parvenue au milieu de la cafétéria, elle échappa à ses gardiens, se précipita de nouveau vers les marshals et attrapa Chuck par la main.

– N'oublie pas de nourrir le chat, surtout, lui recommanda-t-elle.

– Entendu, répliqua-t-il sans ciller.

Ensuite, ils rencontrèrent Arthur Toomey, qui insistait pour se faire appeler Joe. Il s'était endormi durant la séance de thérapie ce soir-là. Joe, s'avéra-t-il, souffrait de narcolepsie. Il s'endormit également deux fois en leur présence – la seconde pour la journée entière, selon toute vraisemblance.

À ce stade, Teddy commençait à se sentir sérieusement affecté par les lieux. Il en avait des picotements à l'arrière du crâne, et s'il éprouvait de la compassion pour tous les patients sauf Breene, il se demandait néanmoins comment on pouvait supporter de travailler dans cet hôpital.

Lorsque Trey revint de son pas tranquille, il accompagnait cette fois une petite femme aux cheveux blonds et au visage en forme de pendentif. Elle avait le regard brillant de lucidité. Non pas celle des malades mentaux, mais la lucidité ordinaire d'une femme intelligente dans un univers qui était loin de l'être. Elle leur sourit et les gratifia d'un timide salut de la main en s'asseyant.

Teddy consulta les notes de Cawley ; elle s'appelait Bridget Kearns.

– Je ne sortirai jamais d'ici, déclara-t-elle au bout de quelques minutes.

Elle fumait ses cigarettes à moitié seulement avant de les écraser, elle avait une voix douce, mais pleine d'assurance, et environ dix ans plus tôt elle avait assassiné son mari à coups de hache.

---

1. En français dans le texte.

– De toute façon, je ne crois pas que ce serait une bonne chose, ajouta-t-elle.

– Pourquoi ? demanda Chuck. Je veux dire, excusez-moi de vous le faire remarquer, mademoiselle Kearns...

– Madame.

– Madame Kearns. Excusez-moi, donc, mais vous me semblez plutôt normale.

Elle s'adossa à sa chaise, manifestement aussi à l'aise que tous les patients l'ayant précédée, et laissa échapper un petit rire.

– Je suppose, oui. Mais ce n'était pas le cas lorsque je suis arrivée. Oh, Seigneur, je suis tellement contente qu'ils n'aient pas pris de photos à ce moment-là ! On m'a diagnostiqué une psychose maniaco-dépressive, et je n'ai aucune raison d'en douter. Je passe par des phases très sombres. Comme tout le monde, j'imagine. La différence, c'est que la plupart des gens ne massacrent pas leur mari à coups de hache. On m'a expliqué que je n'avais pas résolu certains conflits graves avec mon père, ce que je veux bien admettre aussi. Je ne pense pas que, si je sortais un jour, je tuerais encore quelqu'un, mais on ne sait jamais... (Elle pointa l'extrémité de sa cigarette dans leur direction.) Cela dit, si votre mari vous bat comme plâtre, s'il baise la moitié des femmes qu'il croise et si personne ne vous aide, l'attaquer à la hache n'est pas la plus incompréhensible des réactions, me semble-t-il.

Quand son regard croisa celui de Teddy, quelque chose dans ses prunelles – une sorte de malice d'écolière mâtinée de timidité – le fit rire.

– Quoi ? demanda-t-elle en éclatant de rire à son tour.

– C'est vrai, on aurait peut-être intérêt à ne pas vous laisser sortir.

– Vous dites ça parce que vous êtes un homme.

– Vous avez sacrément raison.

– Eh bien, je ne vous en veux pas.

C'était un soulagement de rire après leur discussion avec Peter Breene, et Teddy en vint même à se demander s'il n'était pas en train de flirter. Avec une malade mentale. Une meurtrière. *Tu vois où j'en suis arrivé, Dolores.* Pourtant, il ne se sentait pas particulièrement coupable, comme si, après deux terribles longues années de deuil, il avait droit à quelques échanges inoffensifs.

– De toute façon, qu'est-ce que je deviendrais dehors ? poursuivit Bridget. Je n'ai plus la moindre idée de ce qui se passe là-bas. J'ai entendu parler de bombes. De bombes capables de réduire en cendres des villes entières. Et de la télévision. C'est bien comme ça que ça s'appelle, n'est-ce pas ? Une rumeur circule, comme quoi chaque service aura une de ces boîtes, et qu'on pourra regarder des pièces de théâtre. À vrai dire, je ne sais pas trop si cette idée me plaît. Des voix en boîte. Des visages aussi. J'entends suffisamment de voix et je vois suffisamment de visages comme ça tous les jours. Je n'en ai pas besoin de plus.

– Que pouvez-vous nous dire sur Rachel Solando ?

Elle marqua une pause. La question paraissait lui poser problème, en fait, et Teddy la vit lever légèrement les yeux comme si elle fouillait son cerveau à la recherche du bon dossier. Instinctivement, il inscrivit « Elle ment » dans son calepin, puis replia son poignet de façon à masquer les mots sur le papier.

Quand elle formula enfin sa réponse, ce fut avec lenteur ; elle paraissait réciter un discours appris par cœur.

– Eh bien, Rachel était quelqu'un de plutôt gentil. En général, elle était repliée sur elle-même. Elle parlait beaucoup de la pluie, mais la plupart du temps, elle se taisait. Elle croyait que ses enfants étaient toujours vivants. Elle croyait qu'ils habitaient encore dans les Berkshires et qu'on était tous des voisins, des facteurs, des livreurs ou des laitiers. Elle était difficile à cerner.

Bridget s'était exprimée la tête baissée, et lorsqu'elle eut fini, elle ne put soutenir le regard de Teddy. Ses yeux lui survolèrent le visage, puis elle s'absorba dans la contemplation de la table et alluma une autre cigarette.

En repensant à ce qu'elle venait de raconter, Teddy s'aperçut que la description des hallucinations de Rachel correspondait presque mot pour mot à celle que leur avait donnée Cawley la veille.

– Depuis combien de temps était-elle ici ?

– Hein ?

– Rachel. Depuis combien de temps était-elle au pavillon B avec vous ?

– Trois ans, peut-être ? Dans ces eaux-là, je crois. Je perds la notion du temps. C'est facile, dans un endroit pareil.

– Et avant, où était-elle ? demanda Teddy.

– Dans le pavillon C, à ce que j'ai entendu dire. Elle a été transférée, il me semble.

– Mais vous n'en êtes pas sûre.

– Non, je... Encore une fois, je... je n'ai plus mes repères.

– D'accord. Il ne s'est rien passé d'inhabituel la dernière fois où vous l'avez vue ?

– Non.

– C'était pendant la séance de groupe ?

– Quoi ?

– La dernière fois que vous l'avez vue ? C'était pendant la séance de psychothérapie avant-hier soir ?

– Oui, oui... (Elle hocha la tête à plusieurs reprises et tapota sa cigarette au bord du cendrier pour en faire tomber la cendre.) Pendant la séance de groupe.

– Et vous êtes toutes montées ensemble dans vos chambres ?

– Avec M. Ganton, oui.

– Comment était le Dr Sheehan ce soir-là ?

Lorsqu'elle leva les yeux, Teddy décela de la confusion sur ses traits, peut-être aussi de l'affolement.

– Je ne comprends pas.

– Le Dr Sheehan était-il présent ?

Elle regarda Chuck, puis Teddy, en se mordillant la lèvre supérieure.

– Oui, il était là.

– Comment est-il ?

– Le Dr Sheehan ?

Teddy confirma d'un geste.

– C'est quelqu'un de bien. Gentil. Séduisant.

– Séduisant ?

– Oui, il... Enfin, il n'écorche pas les yeux, comme disait ma mère.

– Il a déjà flirté avec vous ?

– Non.

– Il n'a jamais tenté sa chance ?

– Non, non, non. Le Dr Sheehan est un bon médecin.

– Et ce soir-là ?

– Ce soir-là ? (Elle s'accorda quelques instants de réflexion.) Rien d'inhabituel ne s'est produit. Nous avons parlé de, hum, la gestion de la colère ? Et Rachel s'est plainte de la pluie. Le Dr Sheehan est parti juste avant que le groupe se sépare, M. Ganton nous a raccompagnées jusqu'à nos chambres, nous nous sommes couchées et c'est tout.

Dans son calepin, Teddy écrivit « A reçu des consignes » sous « Elle ment », puis rabattit la couverture.

– C'est tout, vous êtes sûre ?

– Oui. Le lendemain matin, Rachel avait disparu.

– Le lendemain matin ?

– Oui. Lorsque je me suis réveillée, j'ai appris qu'elle s'était échappée.

– Mais dans la nuit ? Vers minuit, vous n'avez pas entendu... ?

– Entendu quoi ?

Elle écrasa la cigarette et chassa de la main la fumée toujours en suspens.

– Le vacarme. Quand sa disparition a été signalée.

– Non, je...

– Il y a eu des cris, des ordres, des gardes qui couraient partout, des alarmes...

– J'ai cru que c'était un rêve.

– Un rêve.

Bref hochement de tête.

– C'est ça. Un cauchemar, précisa-t-elle avant de s'adresser à Chuck. Je pourrais avoir un verre d'eau, s'il vous plaît ?

– Pas de problème.

Chuck se leva, balaya la salle du regard et finit par repérer des verres empilés au fond de la cafétéria, près d'un distributeur métallique.

L'un des aides-soignants se souleva de son siège.

– Oui, marshal ?

– Je vais juste chercher un verre d'eau. Ne bougez pas.

Il se dirigea vers la machine, choisit un verre et mit quelques secondes à déterminer quelle sortie correspondait au lait et quelle autre à l'eau.

Au moment où il relevait le mécanisme – une grosse poignée qui ressemblait à un sabot métallique –, Bridget Kearns s'empara du crayon et du calepin de Teddy. Accrochant son regard, elle ouvrit le bloc-notes à une page vierge, griffonna quelque chose dessus, puis le referma et le fit glisser vers lui en même temps que le crayon.

Teddy lui jeta un coup d'œil perplexe, mais elle s'empressa de baisser la tête en caressant machinalement son paquet de cigarettes.

Chuck rapporta l'eau et se rassit. Lorsque Bridget eut vidé la moitié de son verre, elle lança :

– Merci. Vous avez encore des questions à me poser ? Parce que je commence à être fatiguée.

– Avez-vous déjà rencontré un patient nommé Andrew Laeddis ? demanda Teddy.

Le visage de Bridget demeura totalement inexpressif. On l'aurait crue soudain transformée en statue d'albâtre. Ses mains pressaient le plateau de la table comme pour l'empêcher de s'élever jusqu'au plafond.

Teddy ne s'expliquait pas cette réaction, et pourtant il l'aurait jurée sur le point de pleurer.

– Non, répondit-elle enfin. Je n'ai jamais entendu parler de lui.

– Vous croyez qu'on lui a fait la leçon ? s'enquit Chuck.

– Pas vous ?

– C'est vrai, son discours paraissait un peu forcé.

Ils se trouvaient dans la galerie ouverte qui reliait Ashecliffe au pavillon B, désormais indifférents à la pluie, à la sensation d'humidité sur leur peau.

– Un peu ? railla Teddy. Elle a utilisé les termes exacts employés par Cawley à certains moments. Quand on lui a demandé quel était le sujet de la séance d'hier soir, elle a hésité avant de répondre : « La gestion de la colère ? » Comme si elle n'en était pas sûre. Comme si elle passait un examen après avoir bachoté toute la nuit.

– Qu'est-ce que ça signifie, d'après vous ?

– Je donnerais cher pour le savoir. Tout ce que j'ai, ce ne sont que des questions. Au moins une trentaine de plus par demi-heure.

– Tout à fait d'accord. Mais moi, j'en ai une pour vous : qui est Andrew Laeddis ?

– Rien ne vous échappe, hein ?

Teddy alluma une des cigarettes qu'il avait gagnées au poker.

– Vous avez interrogé tous les patients à son sujet.

– Pas Ken ni Leonora Grant.

– Ces deux-là ne savent même pas sur quelle planète ils vivent.

– Exact.

– Je suis votre coéquipier, chef.

Lorsque Teddy s'adossa au mur de pierre, Chuck l'imita. Les deux hommes se dévisagèrent quelques instants.

– On se connaît à peine, souligna Teddy.

– Donc, vous ne me faites pas confiance.

– Je vous fais confiance, Chuck. Je vous assure. Mais j'ai enfreint le règlement, vous comprenez ? J'ai demandé à ce qu'on me confie l'affaire. Dès l'instant où le bureau fédéral en a été informé.

– Et alors ?

– Alors, mes motivations ne sont pas exactement objectives.

Chuck hocha la tête, alluma sa propre cigarette et s'absorba un moment dans ses réflexions.

– Ma petite amie, Julie – Julie Taketomi, c'est son nom –, est aussi américaine que moi. Elle ne parle pas un mot de japonais. Ses parents sont établis dans ce pays depuis deux générations, bon sang ! Pourtant, elle a été envoyée dans un camp, et ensuite... (Il secoua la tête, expédia sa cigarette sous la pluie et remonta sa chemise pour exposer la peau au-dessus de sa hanche droite.) Regardez, Teddy. Regardez mon autre cicatrice.

Teddy plissa les yeux. La marque était longue, sombre et aussi large que son pouce.

– Ce n'est pas non plus un souvenir de guerre, expliqua Chuck. Non, celle-là, je l'ai récoltée en bossant avec les marshals. Un jour, à Tacoma, on a enfoncé une porte. Le gars qu'on poursuivait m'a attaqué à l'épée. Vous imaginez ? Une putain d'épée ! J'ai passé trois semaines à l'hôpital, le temps qu'ils recousent mes intestins. Tout ça pour les U.S. Marshals, Teddy. Pour mon pays. Et là-dessus, ils me virent de ma région natale parce que je suis amoureux d'une Américaine au type asia-tique et aux yeux bridés ? (Il rajusta sa chemise.) Qu'ils aillent se faire foutre.

– À vous entendre, on jurerait que vous êtes vrai-ment épris de cette fille.

– Je serais prêt à mourir pour elle, Teddy. Sans hésitation et sans regrets.

Teddy acquiesça. Il ne connaissait pas de senti-ment plus pur au monde.

– Ne changez jamais, mon vieux.

– Je n'en ai pas l'intention, Teddy. Croyez-moi. Mais vous devez m'expliquer ce qui vous a amené ici. Qui est Andrew Laeddis, bonté divine ?

Teddy laissa tomber son mégot sur le sol de pierre et l'écrasa d'un coup de talon.

Dolores, songea-t-il. Il faut que je lui dise. Je n'y arriverai pas tout seul.

C'est peut-être le moment, Dolores, la dernière chance que j'aurai jamais de pouvoir enfin expier tous mes péchés – toutes ces fois où j'ai bu, toutes ces fois où je t'ai laissée seule trop longtemps, où je ne t'ai pas soutenue, où je t'ai brisé le cœur –, de compenser toutes ces souffrances que je t'ai infli-gées.

Je veux faire quelque chose de bien, ma chérie. Je veux racheter mes fautes. S'il y a quelqu'un qui peut me comprendre, c'est toi.

– Andrew Laeddis... commença-t-il.

Les mots restèrent bloqués dans sa gorge desséchée. Il avala, s'humecta la bouche et renouvela sa tentative.

– Andrew Laeddis était le gardien de l'immeuble où nous habitions, ma femme et moi.

– Ah.

– C'était aussi un pyromane.

Chuck assimila l'information en scrutant le visage de Teddy.

– Et ?

– Il a craqué l'allumette qui a provoqué l'incendie...

– Oh, merde !

– ... dans lequel a péri ma femme.

8

Teddy s'approcha du bord de la galerie et tendit le cou pour laisser l'eau ruisseler sur son visage et ses cheveux. Il avait l'impression de voir Dolores dans les gouttes. Mais lorsqu'elles s'écrasaient au sol, l'image se dissolvait.

Ce matin-là, elle n'avait pas voulu qu'il aille travailler. Durant cette toute dernière année de sa vie, elle était devenue inexplicablement fantasque, sujette à des insomnies qui la laissaient tremblante et désorientée. Elle l'avait chatouillé lorsque le réveil avait sonné, puis elle avait proposé de fermer les volets pour faire obstacle au jour et de ne plus jamais quitter leur lit. Quand elle l'avait attiré à elle, elle l'avait serré trop fort et trop longtemps ; les os de ses bras lui avaient meurtri le cou.

Lorsqu'il avait pris sa douche, elle l'avait rejoint, mais il était pressé, déjà en retard, et comme si souvent à cette époque, en proie à une bonne gueule de bois. Il avait la tête à la fois cotonneuse et pleine d'aiguillons. Il se rappelait la sensation du corps de Dolores plaqué contre lui, pareil à du papier de verre. De l'eau giclant du pommeau, dure comme de la grenaille.

– Reste, avait-elle murmuré. Juste aujourd'hui. Qu'est-ce que ça change ?

Il avait tenté de sourire en l'écartant doucement pour saisir la savonnette.

– Non, ma chérie, je ne peux pas.

– Pourquoi ?

Elle lui avait glissé une main entre les jambes.

– Tiens, donne-moi le savon, je vais te laver.

La paume de Dolores s'insinuant sous ses testicules, ses dents lui mordillant le torse...

Il s'était efforcé de ne pas la bousculer. Il l'avait saisie par les épaules le plus doucement possible, puis l'avait soulevée et reposée un peu plus loin.

– Allez, sois raisonnable, avait-il dit. Il faut vraiment que j'y aille.

Elle avait ri de plus belle, tenté une nouvelle fois de se lover contre lui, mais il avait vu son regard se durcir sous l'effet d'un désir désespéré. Celui d'être heureuse. De ne pas rester seule. De ressusciter les jours de bonheur – avant qu'il se mette à trop travailler et à trop boire, avant qu'elle se réveille un matin et que le monde lui paraisse trop éclatant, trop bruyant, trop froid.

– O.K., O.K...

Dolores s'était écartée pour lui montrer son visage. L'eau qui frappait les épaules de Teddy l'enveloppait de nuages de vapeur.

– Je vais passer un marché avec toi, avait-elle repris. Pas toute la journée, bébé. Pas toute la journée, mais juste une petite heure. Tu n'auras qu'une petite heure de retard, d'accord ?

– Je suis déjà...

– Une heure, avait-elle répété en le caressant de nouveau d'une main toute savonneuse. Une heure, et après, tu pourras partir. Je veux te sentir en moi... avait-elle ajouté en se haussant sur la pointe des pieds pour l'embrasser.

Il l'avait gratifiée d'un rapide baiser sur les lèvres.

– Je ne peux pas, avait-il décrété, avant d'orienter son visage vers le jet.

– Ils vont te rappeler ? avait-elle demandé.

– Hein ?

– Pour aller te battre.

– Dans ce pays pourri ? Écoute, ma chérie, la guerre sera terminée avant même que j'aie fini de lacer mes bottes.

– Je ne sais pas. Je ne sais même pas ce qu'on fait là. Je veux dire...

– Parce que son artillerie, l'armée populaire nord-coréenne se l'est bien procurée quelque part. C'est Staline qui lui a fourni des armes. On doit prouver au monde que Munich nous a appris quelque chose ; on aurait dû arrêter Hitler à l'époque, et on va arrêter Staline et Mao. Maintenant. En Corée.

– Tu partirais.

– S'ils me rappelaient ? Il le faudrait bien. Mais ça n'arrivera pas, ma chérie.

– Comment le sais-tu ?

Il s'était versé du shampooing sur la tête.

– Tu ne t'es jamais demandé pourquoi ils nous détestent autant ? avait-elle poursuivi. Les communistes, je veux dire. Pourquoi ne nous laissent-ils pas tranquilles ? Le monde va exploser et j'ignore pourquoi.

– Rien ne va exploser.

– Oh si. Il suffit de lire les journaux pour...

– Eh bien, ne les lis plus.

Teddy s'était rincé les cheveux. Elle avait pressé le visage contre son dos et l'avait enlacé.

– Je me rappelle encore la première fois où je t'ai vu au Grove. En uniforme.

Il détestait qu'elle s'engage dans cette voie. Rue des Souvenirs. Comme elle était incapable de s'adapter au présent, à ce qu'ils étaient devenus aujourd'hui – avec tous leurs défauts –, elle empruntait les chemins sinueux de la mémoire pour retrouver un passé susceptible de lui réchauffer le cœur.

– Tu étais tellement beau... Linda Cox m'a dit : « C'est moi qui l'ai vu la première. » Mais tu sais ce que je lui ai répondu ?

– Je suis en retard, ma chérie.

– Pourquoi j'aurais dit une chose pareille, franchement ? Non, je lui ai répondu : « C'est peut-être toi qui l'as vu la première, mais c'est moi qui le verrai la dernière. » De près, elle te trouvait l'air méchant, mais j'ai rétorqué : « Tu as bien regardé ses yeux ? Il n'y a rien de méchant en eux. »

Teddy avait arrêté la douche, puis s'était enfin retourné. Sa femme avait réussi à se mettre du savon partout, avait-il remarqué. Des traînées mousseuses s'étalaient sur sa peau.

– Tu veux te rincer ?

Elle avait fait non de la tête.

Il avait drapé une serviette autour de sa taille avant de se raser devant le lavabo. Dolores était restée adossée au mur, à le regarder pendant que le savon séchait sur elle, laissant des traces blanches sur son corps.

– Pourquoi tu ne t'essuies pas ? avait-il demandé. Tu pourrais au moins enfiler un peignoir.

– Tout a disparu, maintenant.

– Faux, rien n'a disparu. On croirait des sangsues blanches collées partout sur toi.

– Je ne parlais pas du savon, Teddy.

– De quoi, alors ?

– Du Coconut Grove. Il est parti en fumée pendant que tu étais là-bas.

– Oui, ma chérie, je l'ai appris.

– Là-bas, avait-elle chantonné d'un ton insouciant pour tenter d'alléger la tension entre eux. Là-bas...

Elle avait toujours eu une très jolie voix. Le soir où il était revenu de la guerre, ils s'étaient offert une

chambre à Parker House, et après l'amour il l'avait
entendue chanter pour la première fois depuis le lit
– elle fredonnait *Buffalo Girls* dans la salle de bains
tandis que la vapeur s'insinuait sous la porte.

– Hé...

– Oui ?

Il avait surpris le reflet de son profil gauche dans
le miroir. La vue des traces de savon sur sa peau le
contrariait au plus haut point. Elles suggéraient le
viol, sans qu'il puisse se l'expliquer.

– Tu vois quelqu'un d'autre, Teddy ?

– Quoi ?

– Réponds-moi.

– Merde, mais qu'est-ce que tu racontes ? Je *travaille*, Dolores.

– J'ai touché ta bite sous la...

– N'emploie pas ce mot, bonté divine !

– ... douche et tu n'as même pas bandé.

– Dolores. (Il s'était détourné du miroir.) Tu me
parlais de bombes. De la fin du monde.

Elle avait haussé les épaules, comme si cette
remarque n'avait aucun rapport avec leur conversation du moment. Un pied appuyé contre le mur derrière elle, elle avait passé un doigt à l'intérieur de sa
cuisse pour en chasser les gouttes d'eau.

– Tu ne me baises plus.

– Dolores, je ne plaisante pas. Je ne veux pas que
tu utilises ce genre de vocabulaire chez nous.

– Alors, j'en ai conclu que tu la baisais, elle.

– Je ne baise personne, O.K. ? Maintenant, s'il te
plaît, arrête de prononcer ce mot.

– Lequel ? avait-elle lancé en effleurant sa toison
pubienne. « Baiser » ?

– Oui.

Il avait levé une main. De l'autre, il avait continué
à se raser.

– Parce que c'est un gros mot ?

147

– Comme si tu ne le savais pas.

En faisant remonter le rasoir le long de sa gorge, il avait entendu crisser les poils sous la mousse.

– Alors c'est quoi, les autres mots ?

– Hein ?

Il avait plongé le rasoir dans le lavabo, puis l'avait secoué.

– Comment pourrais-je parler de mon corps sans t'amener à serrer les poings ?

– Je n'ai pas serré les poings.

– Oh si.

Après en avoir terminé avec sa gorge, Teddy avait essuyé le rasoir sur une serviette et l'avait ensuite appliqué près de son oreille gauche.

– Non, ma chérie. Je t'assure.

Il avait croisé dans le miroir les yeux de Dolores.

– Que faut-il que je dise, alors ? avait-elle demandé en caressant d'une main ses cheveux, et de l'autre ses poils pubiens. Tu peux la lécher, tu peux l'embrasser, tu peux la fourrer. Tu peux même voir un bébé en sortir. Mais tu ne veux pas la nommer ?

– Dolores...

– Chatte.

Le rasoir lui avait entaillé si profondément la chair qu'il avait cru l'os de la mâchoire atteint. La douleur lui avait agrandi les yeux et s'était propagée comme un courant électrique dans tout le côté gauche de son visage. Puis de la mousse à raser avait dégouliné dans la plaie et quelque chose avait alors explosé dans sa tête. Le sang s'était mêlé aux nuages blancs sur son visage avant de goutter dans le lavabo rempli d'eau.

Elle s'était approchée de lui avec une serviette, mais il l'avait repoussée sans ménagement cette fois, aspirant de l'air entre ses dents tandis que la souffrance se frayait un chemin jusqu'à ses yeux et lui brûlait le cerveau, que son sang continuait à couler

148

et qu'il avait envie de pleurer. Pas à cause de sa blessure. Ni de sa gueule de bois. Mais parce qu'il n'avait aucune idée de ce qui arrivait à sa femme – la première fille avec qui il avait dansé au Coconut Grove. Il n'avait aucune idée de ce qu'elle était en train de devenir ou de ce que le monde était en train de devenir avec tous ses fléaux – sales petites guerres, haines féroces, espions à Washington et à Hollywood, masques à gaz dans les écoles de village, abris antiatomiques dans les sous-sols. Mais d'une certaine manière, tout était lié dans son esprit – sa femme, le monde, son alcoolisme, la guerre à laquelle il avait participé parce qu'il croyait sincèrement qu'elle mettrait un terme à tout cela...

Son sang coulait toujours dans le lavabo. Enfin, Dolores avait murmuré :

– Pardon, pardon, pardon...

Il avait fini par prendre la serviette qu'elle lui tendait pour la seconde fois, mais il n'avait pas pu la toucher ni même la regarder. Il entendait les larmes dans sa voix, il les savait présentes dans ses yeux et sur son visage, et il haïssait cet endroit pourri, obscène, qu'était désormais la planète.

D'après les journaux, la dernière chose qu'il aurait dite à sa femme était qu'il l'aimait.

C'était un mensonge.

Ce qu'il lui avait vraiment dit ?

Une main sur la poignée, une troisième serviette pressée contre sa mâchoire, il l'avait sentie scruter ses traits.

– Bon sang, Dolores, t'as vraiment intérêt à te ressaisir. T'as des responsabilités. Tâche d'y penser un peu, O.K., et de remettre tes putains d'idées en place.

Voilà les dernières paroles qu'elle avait entendues de sa bouche. Il avait refermé la porte et descendu l'escalier, avant de s'immobiliser sur la dernière marche. Un instant, il avait songé à remonter. À remonter, à rentrer dans l'appartement, à arranger les choses entre eux. Ou, du moins, à les rendre plus douces.

Les rendre plus douces, oui. Ç'aurait été merveilleux.

La femme à la cicatrice rouge foncé en travers de la gorge avançait vers eux le long de la galerie, poignets et chevilles entravés, un aide-soignant à chaque bras. Elle avait l'air heureuse et imitait le cri d'un canard en essayant de battre des coudes.

– Qu'est-ce qu'elle a fait ? demanda Chuck.

– Celle-là ? répliqua l'aide-soignant. Oh, c'est la vieille Maggie. Maggie Croissant-de-Lune, qu'on l'appelle. Elle va en hydro, c'est tout. Mais on peut pas prendre de risques avec elle.

Lorsque Maggie s'arrêta près des deux marshals, les aides-soignants firent une timide tentative pour l'obliger à continuer, mais elle se rejeta en arrière et planta fermement les talons dans le sol. L'un des hommes leva les yeux vers le ciel en soupirant.

– Elle donne dans le prosélytisme, maintenant. Vous entendez ?

Maggie les dévisagea, la tête penchée vers la droite et agitée de petits mouvements, comme celle d'une tortue flairant l'air hors de sa carapace.

– Je suis le chemin, affirma-t-elle. Je suis la lumière. Et je ne cuirai pas vos foutues tourtes. Pas question. C'est clair ?

– Très, répondit Chuck.

– Comme de l'eau de roche, renchérit Teddy. Pas de tourtes.

– Vous êtes venus ici, vous resterez ici. (Elle huma l'air.) C'est votre avenir, votre passé aussi ; ça tourne en boucle comme la lune tourne en boucle autour de la terre.

– Oui, m'dame.

Elle se pencha vers eux pour les renifler. D'abord Teddy, puis Chuck.

– Ils ont des secrets, vous savez. C'est ce qui nourrit cet enfer.

– Ça et les tourtes, souligna Chuck.

Elle lui sourit, et durant un moment ce fut comme si un esprit lucide avait pris possession d'elle et faisait briller ses prunelles.

– Riez, dit-elle à Chuck. C'est bon pour l'âme. Riez.

– D'accord, concéda-t-il. Je n'oublierai pas.

D'un doigt recourbé, elle lui effleura le nez.

– Je veux me souvenir de vous comme ça. En train de rire.

Sur ces mots, elle se remit en marche. Les aides-soignants l'imitèrent, et tous trois longèrent la galerie avant de franchir une porte latérale pour rentrer dans l'hôpital.

– Elle est rigolote, commenta Chuck.

– Tout à fait le genre de femme qu'on présenterait volontiers à maman.

– Oui, sauf qu'après elle la truciderait et cacherait le cadavre dans une remise, mais n'empêche... (Chuck alluma une cigarette.) Laeddis.

– Il a tué ma femme.

– Vous me l'avez dit. Comment ?

– Il était pyromane.

– Vous me l'avez dit aussi.

– C'était le gardien de l'immeuble. Il s'était engueulé avec le propriétaire, qui l'avait flanqué à la porte. À l'époque, on savait juste que c'était un incendie criminel. Allumé intentionnellement. Laeddis était sur la liste des suspects, mais les flics ont mis un bon moment à le retrouver, et entre-temps il s'était forgé un alibi. Même moi, je doutais de sa culpabilité.

– Qu'est-ce qui vous a fait changer d'avis ?

– Il y a un an, en ouvrant le journal, je suis tombé sur lui. Il avait mis le feu à l'école où il était employé. Même histoire : ils l'avaient viré et il était revenu se venger. Il avait poussé à fond la chaudière au sous-sol pour qu'elle explose. Exactement le même mode opératoire. Identique en tous points. Il n'y avait pas de mômes dans l'école, mais la directrice était restée travailler tard. Elle a péri. Laeddis a été jugé, il a affirmé entendre des voix, ou des trucs du même style, et ils l'ont interné à Shattuck. Il s'est passé quelque chose là-bas, je ne sais pas quoi, et il a été transféré ici il y a six mois.

– Mais personne ne l'a vu.

– Du moins, personne dans les pavillons A et B.

– On peut donc supposer qu'il est dans le C.

– Ouais.

– Ou mort.

– Possible. Raison de plus pour chercher le cimetière.

– Partons du principe qu'il n'est pas mort, O.K. ?

– O.K.

– Si vous le retrouvez, Teddy, vous comptez faire quoi ?

– Je n'en sais rien.

– Ne me racontez pas de conneries, chef.

Deux infirmières venaient vers eux, talons claquant sur le sol, corps pressés contre le mur pour éviter la pluie.

– Vous êtes trempés, les gars ! observa l'une d'elles.

– Complètement, vous croyez ? lança Chuck.

La plus proche du mur, une fille minuscule aux courts cheveux noirs, pouffa. En s'éloignant, elle leur jeta un coup d'œil par-dessus son épaule.

– Les marshals sont toujours aussi coquins ?
– Ça dépend.
– De ?
– La qualité du personnel.

Elles s'immobilisèrent quelques secondes puis, ayant saisi la plaisanterie, la brune enfouit son visage dans l'épaule de sa compagne. Toutes deux éclatèrent de rire et poursuivirent leur chemin vers la porte de l'hôpital.

Bon sang, comme il enviait Chuck ! songea Teddy. La conviction qu'il mettait dans ses propos. Son aisance à flirter. Son penchant de GI décontracté pour les jeux de mots aussi rapides qu'absurdes. Mais par-dessus tout, il lui enviait la spontanéité de son charme.

Le charme n'était pas quelque chose de naturel pour Teddy. Après la guerre, il était devenu encore plus artificiel. Après Dolores, il n'en avait plus été question du tout.

Le charme était le luxe de ceux qui croyaient encore à la légitimité fondamentale des choses. À la pureté et aux clôtures blanches autour de la maison familiale.

– Vous savez, dit-il à Chuck, ce matin-là, la dernière fois où j'ai vu ma femme, elle a fait allusion à l'incendie du Coconut Grove.

– Ah bon ?

– C'est là qu'on s'était rencontrés. Au Grove. Elle partageait sa chambre avec une fille riche et on m'a laissé entrer parce qu'ils accordaient une réduction aux militaires. C'était juste avant que j'embarque. J'ai dansé avec elle toute la nuit. Même le fox-trot.

Chuck tendit le cou à son tour pour le regarder.

– Vous avez dansé le fox-trot ? J'ai beau essayer de vous imaginer, je...

– Hé, crétin, vous auriez dû la voir ce soir-là...
Vous auriez bondi partout comme un lapin si elle
vous l'avait demandé.

– Donc, vous l'avez rencontrée au Coconut
Grove.

Teddy hocha la tête.

– Il a brûlé quand j'étais... Où déjà? En Italie,
peut-être. Oui, c'est ça. J'étais en Italie à l'époque,
et l'incident lui a paru, je ne sais pas, symbolique, je
suppose. Elle avait une peur bleue du feu.

– Pourtant, elle est morte dans un incendie, murmura Chuck.

– Un comble, pas vrai?

Teddy s'efforça de refouler une image d'elle lors
de cette ultime matinée, un pied appuyé contre le
mur de la salle de bains, le corps dénudé, éclaboussé
d'une écume blanche desséchée.

– Teddy?

Celui-ci regarda son coéquipier.

Chuck ouvrit les mains.

– Je suis avec vous sur ce coup-là, O.K.? Quoi
qu'il arrive. Vous voulez retrouver Laeddis pour le
tuer? D'accord, je suis partant.

– Je suis partant... (Teddy sourit.) Je n'avais pas
entendu cette expression depuis...

– Mais, chef? J'ai besoin de savoir à quoi
m'attendre. Je ne blague pas, là. Si on déconne, on
risque de finir devant la Commission Kefauver, un
truc comme ça. Tout le monde nous observe, ces
temps-ci. Tous autant qu'on est. On est surveillés.
Le monde rapetisse à vue d'œil. (Chuck repoussa de
son front des mèches de cheveux en bataille.) J'ai le
sentiment que vous connaissez cet endroit et que
vous m'avez caché des tas de choses. J'ai le sentiment que vous êtes venu avec l'intention de causer
des dégâts.

Affectant un air innocent, Teddy porta une main
à son cœur.

– Je suis sérieux, chef, insista Chuck.

– On est déjà mouillés.

– Et alors ?

– Justement. Quelle importance si on se mouille un peu plus ?

Après avoir franchi la grille, ils longèrent la côte. La pluie voilait le paysage autour d'eux. Des vagues hautes comme des maisons s'abattaient sur les rochers. Elles s'élançaient vers le ciel, puis se fracassaient pour laisser la place aux suivantes.

– Je ne veux pas le tuer ! cria Teddy pour couvrir le vacarme.

– Non ?

– Non.

– Je ne suis pas sûr de vous croire.

Teddy haussa les épaules.

– Si c'était *ma* femme ? reprit Chuck. Moi, je le massacrerais.

– J'en ai assez de tuer. Pendant la guerre, j'en ai éliminé tellement que j'ai perdu le compte. On se demande comment c'est possible, hein, Chuck ? Pourtant, c'est vrai.

– N'empêche. C'était votre femme, Teddy.

Devant eux, un amoncellement de rochers noirs aux arêtes saillantes s'élevait vers le sous-bois. Les deux hommes les escaladèrent pour gagner l'intérieur des terres.

– Écoutez, lança Teddy lorsqu'ils eurent atteint un petit plateau et un cercle de hauts arbres qui bloquaient une partie de la pluie, je donne toujours la priorité à l'enquête. On va tâcher de découvrir ce qui est arrivé à Rachel Solando. Et si je croise Laeddis dans l'intervalle, tant mieux. Je lui dirai que je le sais coupable de la mort de ma femme. Je lui dirai aussi que je l'attends sur le continent quand il sortira d'ici. Et que, moi vivant, il ne pourra jamais respirer librement.

– C'est tout ?

– C'est tout.

Chuck s'essuya les yeux avec sa manche et repoussa une nouvelle fois une mèche égarée sur son front.

– Vous ne me ferez jamais avaler ça, affirma-t-il. Jamais.

Le regard de Teddy se porta au sud du cercle d'arbres, vers le sommet d'Ashecliffe et ses lucarnes en sentinelle.

– À votre avis, reprit Chuck, Cawley ne se doute pas de ce qui vous a vraiment amené ici ?

– Je suis *vraiment* ici à cause de Rachel Solando.

– Mais merde, Teddy, si le meurtrier de votre femme a été interné à Ashecliffe, c'est facile de...

– Laeddis n'a pas été *condamné* pour ça. Rien ne permet d'établir un lien entre lui et moi. Absolument rien.

Chuck s'assit sur une pierre émergeant du sol, puis baissa la tête pour se protéger le visage de la pluie.

– Bon, revenons-en au cimetière. Pourquoi on n'essaierait pas de le localiser, maintenant qu'on est dehors ? Si on repère une stèle au nom de « Laeddis », ce sera déjà une demi-victoire.

Teddy contemplait de nouveau le cercle d'arbres formant une masse obscure.

– D'accord.

– Qu'est-ce qu'elle vous a dit, au fait ? s'enquit Chuck avant de se relever.

– Qui ?

– Cette patiente. (Chuck claqua des doigts.) Bridget. Elle m'a envoyé chercher de l'eau, tout à l'heure. Elle voulait vous dire quelque chose, je l'ai deviné.

– Faux.

– Ah oui ? Vous mentez. Elle...

– Elle a *écrit* quelque chose, l'interrompit Teddy en tapotant les poches de son pardessus à la recherche de son calepin.

L'ayant récupéré au fond d'une poche intérieure, il le feuilleta.

Chuck, qui s'était mis à siffloter, enfonçait maintenant les pieds dans le sol meuble en imitant le pas de l'oie.

Lorsque Teddy atteignit la page désirée, il ordonna :

– Suffit, Adolf !

– Alors, vous avez trouvé ? demanda Chuck en s'approchant.

Teddy inclina la tête, puis tourna le calepin pour que son coéquipier puisse voir la page et le seul mot qui y figurait, griffonné en pattes de mouche et déjà estompé par la pluie :

fuyez

9

Ils découvrirent les pierres à environ cinq cents mètres de la côte, alors que le ciel chargé de nuages couleur d'ardoise s'assombrissait rapidement. Ils avaient franchi plusieurs passages détrempés où foisonnaient des graminées ramollies, rendues glissantes par la pluie, et à force de crapahuter ils étaient tous les deux couverts de boue.

Un champ s'étendait en contrebas, aussi plat que le fond des nuages, nu à l'exception de quelques buissons, de grosses feuilles charriées par les bourrasques et d'une multitude de petites pierres dont Teddy supposa d'abord qu'elles avaient été elles aussi portées par le vent. En descendant, il s'arrêta cependant à mi-parcours pour mieux les examiner.

Elles étaient disposées en tas serrés, séparés d'environ quinze centimètres. Teddy posa une main sur l'épaule de Chuck en les désignant d'un geste.

– Vous comptez combien de tas ? demanda-t-il.

– Hein ?

– Les cailloux, là-bas. Vous les voyez ?

– Oui.

– Ils forment des tas. Vous en comptez combien ?

Chuck le dévisagea comme si la foudre lui était tombée sur la tête.

– C'est juste de la caillasse.

– Non, sérieusement, Chuck.

Celui-ci le regarda encore quelques secondes sans se départir de son expression, puis il reporta son attention sur le champ. Enfin, il déclara :

– J'en compte onze.

– Moi aussi.

La boue céda soudain sous le pied de Chuck. Il dérapa en rejetant d'instinct en arrière un bras que Teddy rattrapa et maintint fermement pour permettre à son coéquipier de rétablir son équilibre.

– On continue à descendre ? lança Chuck avec une légère grimace de contrariété.

Ils se frayèrent un chemin jusqu'au bas de la pente, et en s'approchant des piles de pierres Teddy s'aperçut qu'elles formaient deux lignes parallèles. Certaines étaient plus petites. Quelques-unes se composaient de trois ou quatre cailloux, d'autres en réunissaient au moins dix, sinon vingt.

Il s'avança entre les deux rangées, s'immobilisa et se tourna vers Chuck.

– On s'est trompés.

– Comment ça ?

– Là, entre ces deux piles... (Teddy attendit pour poursuivre que son compagnon l'ait rejoint.) Il y a une seule pierre, ici. Ce n'est pas un hasard.

– Avec un vent pareil ? Elle a dû dégringoler d'un autre tas, c'est tout.

– Elle est équidistante des autres piles. Quinze centimètres à gauche de celle-ci, quinze centimètres à droite de celle-là. Même chose dans la rangée suivante : au total, il y a deux fois des pierres isolées.

– Et alors ?

– Alors, il y a treize tas, Chuck.

– D'après vous, c'est *elle* qui les aurait placées là ? Vous y croyez vraiment ?

– Quelqu'un l'a fait, en tout cas.

– Ce serait encore un code ?

Teddy s'accroupit, ramena sur sa tête l'arrière de son pardessus et en étendit les pans devant lui pour protéger son calepin de la pluie. Puis, progressant en crabe, il alla d'une pile à l'autre pour recenser le nombre de pierres et l'inscrire sur sa feuille. Lorsqu'il eut terminé, il avait noté treize nombres : 18-1-4-9-5-4-23-1-12-4-19-14-5.

– C'est peut-être une combinaison, suggéra Chuck. Celle du plus gros cadenas du monde, pourquoi pas ?

Après avoir refermé son calepin, Teddy le rangea dans sa poche.

– Ouais, elle est bonne.

– Merci, merci, ironisa Chuck. Je donnerai deux représentations par soirée dans les Catskills. Venez me voir, d'accord ?

Teddy rajusta son pardessus, et quand il se releva les gouttes le martelèrent de nouveau furieusement. Le vent faisait désormais entendre sa voix.

Ils se dirigèrent vers le nord, entre les falaises à droite et Ashecliffe quelque part à gauche, dissimulé par les bourrasques de pluie. Les rafales devinrent de plus en plus fortes au cours de la demi-heure suivante, obligeant les deux hommes à se serrer l'un contre l'autre pour s'entendre parler, les amenant à tanguer comme des ivrognes.

– Cawley vous a demandé si vous étiez dans les services de renseignement, à l'armée. Vous lui avez menti ?

– Oui et non, répondit Teddy. J'ai été démobilisé après avoir servi dans l'armée de terre.

– Comment l'aviez-vous intégrée ?

– Après mon service, on m'a envoyé dans les transmissions.

– Et après ?

– Formation intensive au War College, et là-dessus, oui, les services de renseignement.

160

– Que s'est-il passé pour que vous retourniez dans l'armée de terre ?

– J'ai merdé. (Teddy dut hausser le ton pour se faire entendre.) Je n'ai pas réussi à déchiffrer un code. Les coordonnées des positions ennemies.

– Y a eu des dégâts ?

Teddy eut l'impression de réentendre les bruits provenant de la radio. Cris, grésillements, lamentations, grésillements, staccato des mitraillettes, suivis par d'autres cris, d'autres lamentations, d'autres grésillements. Et la voix d'un jeune garçon s'élevant soudain en arrière-fond : « Y a une partie de moi que je vois plus ! »

– Environ la moitié d'un bataillon, cria Teddy. Servie sur un plateau comme un pain de viande.

Durant un moment, seul le vent résonna à ses oreilles, puis Chuck hurla :

– Désolé ! C'est terrible !

Ils gravirent un tertre, et les bourrasques au sommet faillirent les renverser, mais Teddy agrippa Chuck par le coude et tous deux avancèrent en baissant la tête. Ils continuèrent ainsi un bon moment, courbés pour résister aux assauts du vent, de sorte qu'ils ne remarquèrent pas tout de suite les pierres tombales. Ils progressaient laborieusement, la vue brouillée par la pluie, quand Teddy heurta une stèle inclinée en arrière ; un brusque tourbillon acheva de la déterrer, et elle se coucha par terre, exposant l'inscription qui y était gravée :

JACOB PLUGH

SECOND MAÎTRE
1832-1858

Un arbre s'effondra sur leur gauche avec un craquement semblable à celui produit par une hache fendant un toit de tôle. Chuck brailla « Attention, merde ! » quand des éclats de bois soulevés par le vent volèrent devant leurs yeux.

Ils traversèrent le cimetière en levant les bras pour se protéger le visage, cernés par la poussière, les feuilles et les branches d'arbres devenues vivantes et électriques. Presque aveuglés, ils tombèrent à plusieurs reprises, jusqu'au moment où Teddy distingua une grande forme grise devant eux. Il tendit la main dans cette direction, mais ses paroles furent emportées et une grosse masse solide lui passa si près de la tête qu'il la sentit lui frôler les cheveux. Les deux hommes se mirent à courir, les jambes battues par les rafales, cinglées par les mottes de terre arrachées au sol.

Un tombeau. Avec une porte métallique à moitié sortie de ses gonds et des herbes folles le long du soubassement. Au moment où Teddy tirait la porte, un brusque coup de vent le déséquilibra et l'expédia vers la gauche ; le battant se libéra de la charnière inférieure brisée, émit un grincement strident et se rabattit contre le mur. Teddy s'étala dans la boue et parvint à se redresser, mais le vent lui fouetta les épaules et il retomba sur un genou en face de l'ouverture sombre. Rassemblant ses forces, il plongea dans la gadoue et rampa à l'intérieur.

– Vous aviez déjà vu ça ? demanda Chuck un instant plus tard, tandis que, debout sur le seuil, ils regardaient l'île se déchaîner.

Les bourrasques de pluie s'étaient chargées de terre et de feuilles, de branches et de pierres, et elles criaient comme une harde de sangliers furieux en labourant le sol.

– Jamais, répondit Teddy.

Tous deux reculèrent à l'intérieur du tombeau.

Dans la poche de son pardessus, Chuck découvrit une boîte d'allumettes encore sèches ; il en alluma trois d'un coup en formant avec son corps un rempart contre le vent, et ils constatèrent que la dalle de ciment au centre de la pièce était dénuée de cercueil – peut-être avait-il été volé ou déplacé au cours des années ayant suivi l'inhumation. Un banc en pierre avait été creusé dans le mur de l'autre côté de la dalle ; les deux hommes s'en approchèrent au moment où les allumettes s'éteignaient. Ils s'y assirent tandis que le vent continuait à s'engouffrer par l'ouverture et à taper la porte contre le mur.

– Pourtant, c'est assez beau, non ? lança Chuck. La nature prise de folie, la couleur indéfinissable du ciel... Vous avez vu comment cette stèle a fait la culbute ?

– Je l'ai un peu poussée, mais c'était impressionnant, c'est vrai.

– Waouh.

Chuck essora ses revers de pantalon jusqu'à ce que des flaques se forment sous ses pieds, puis secoua sa chemise trempée.

– On n'aurait peut-être pas dû s'éloigner de l'hôpital. Si ça se trouve, il va falloir attendre que ça passe. Ici, je veux dire.

Teddy hocha la tête.

– Je ne m'y connais pas beaucoup en tempêtes, mais j'ai bien l'impression que celle-ci n'en est qu'au stade de l'échauffement.

– Si le vent change de direction, ce fichu cimetière tout entier va nous débouler dessus.

– Je préfère être ici plutôt que dehors.

– D'accord, mais se réfugier sur une hauteur en pleine tempête ? Ça vous paraît malin, vous ?

– Pas très, non.

– C'est arrivé si vite... Il pleuvait des cordes, et puis tout d'un coup nous voilà comme Dorothy emportée au pays d'Oz.

– C'était une tornade.

– Quoi ?

163

– Au Kansas.

– Ah.

Les gémissements à l'extérieur grimpèrent dans les aigus, et Teddy entendit le vent frapper de toutes ses forces l'épais mur de pierre derrière lui, au point qu'il finit par sentir dans son dos la paroi frémir sous l'impact.

– Elle s'échauffe, répéta-t-il.

– À votre avis, comment réagissent les dingues en ce moment même ?

– Ils hurlent aussi.

Ils gardèrent le silence un moment, le temps de fumer chacun une cigarette. Teddy repensait à cette journée sur le bateau paternel, à cette première fois où il avait pris conscience de l'indifférence totale de la nature envers lui, de sa toute-puissance aussi, et il se représenta le vent comme une créature avec une tête d'épervier et un bec crochu qui descendait en piqué vers le tombeau en poussant des cris de rage. Un monstre en colère qui transformait les vagues en tours, réduisait les maisons en confettis et pouvait le propulser jusqu'en Chine.

– En 42, j'étais en Afrique du Nord, commença Chuck. On a eu droit à des tempêtes de sable. Mais ça n'avait rien de comparable. Remarquez, on oublie vite. C'était peut-être aussi violent.

– Ça, je peux le supporter. Je veux dire, d'accord, je n'irais pas me balader dehors par un temps pareil, mais c'est toujours mieux que le froid. Dans les Ardennes, bon Dieu, votre souffle gelait devant vous. Je m'en souviens encore. J'avais les doigts tellement glacés qu'ils me brûlaient. Vous imaginez ?

– En Afrique du Nord, c'était la chaleur. Les gars tombaient comme des mouches. Tout d'un coup. Certains faisaient des infarctus. J'ai tiré sur ce type un jour, et il avait la peau tellement ramollie par la chaleur qu'il a regardé la balle sortir de

164

l'autre côté de son corps. (Chuck tapota le banc avec son doigt.) Il l'a regardée sortir, répéta-t-il doucement. Je le jure devant Dieu.

– C'est le seul que vous ayez tué ?

– Oui. Et vous ?

– C'est tout le contraire. J'en ai tué beaucoup, j'ai vu mourir la plupart. (Teddy appuya sa tête contre le mur et leva les yeux vers le plafond.) Si j'avais un fils, j'ignore si je le laisserais partir au front. Même pour une guerre comme celle-là, où on n'avait pas le choix. À mon avis, on ne devrait exiger ça de personne.

– Exiger quoi ?

– De tuer.

Chuck ramena un genou contre sa poitrine.

– Mes parents, ma petite amie, certains de mes copains réformés à la visite médicale, ils me posent tous la question. Vous voyez ce que je veux dire ?

– Oh, oui.

– Quel effet ça fait ? C'est ça qui les intéresse. Et vous, vous avez envie de répondre : « Je ne sais pas quel effet ça fait. C'est arrivé à quelqu'un d'autre. Moi, je regardais la scène d'en haut, ou d'ailleurs. » (Il tendit les mains.) Je ne peux pas l'expliquer autrement. Ça vous paraît stupide ?

– À Dachau, les soldats S.S. se sont rendus à nos troupes, se remémora Teddy. Ils étaient cinq cents. Il y avait aussi des journalistes sur place, mais ils avaient vu tous les cadavres entassés à la gare. Ils percevaient exactement la même odeur que nous. Ils nous regardaient, et croyez-moi, ils voulaient qu'on fasse ce qu'on a fait. Quant à nous, on en crevait d'envie. Alors, on les a exécutés, tous ces putains de Boches. On les a désarmés, alignés contre les murs, et on les a fusillés. Trois cents hommes mitraillés d'un coup. Après, on est passés près d'eux pour loger une balle dans la tête de ceux

165

qui respiraient encore. Le crime de guerre par excellence, pas vrai, Chuck ? Pourtant, c'était la mort *la plus douce* qu'on pouvait leur infliger. Tous ces foutus reporters nous applaudissaient des deux mains. Les prisonniers du camp étaient tellement heureux qu'ils en chialaient. Alors, on leur a livré quelques soldats. Ils les ont littéralement taillés en pièces. À la fin de cette journée, on avait éliminé cinq cents individus de la surface de la terre. Tous assassinés. Il n'était pas question de légitime défense ni de considérations militaires. C'étaient des meurtres, purement et simplement. De toute façon, on ne s'était même pas posé la question. Ils méritaient un sort tellement plus terrible... Bon, d'accord, mais à partir de là, comment peut-on vivre avec ça ? Comment peut-on raconter à sa femme, à ses parents et à ses gosses qu'on a trempé là-dedans ? Qu'on a exécuté des hommes désarmés ? Qu'on a abattu des gamins ? Des gamins ennemis, en uniforme, mais des gamins quand même ? La réponse, c'est qu'on ne peut pas en parler. Ils ne comprendraient pas. Parce que même si on a agi pour une raison valable, c'était mal. Et ça ne disparaît jamais.

Au bout d'un moment, Chuck murmura :

– Au moins, c'était pour une raison valable. Vous avez déjà vu certaines de ces pauvres loques qui reviennent de Corée ? Elles ne savent toujours pas ce qu'elles ont été faire là-bas. On a arrêté Adolf. On a sauvé des millions de vies, pas vrai ? Nous, on a fait quelque chose, Teddy.

– C'est vrai. Parfois, ça suffit.

– Il le faut bien, non ?

Un arbre entier passa devant la porte, racines dressées vers le ciel telles des cornes.

– Vous avez vu ?

– Ouais. Il va se réveiller en plein milieu de l'océan en se disant : « Hé, une minute. Y a un truc qui cloche. »

166

– « Je devrais me trouver là-bas... »

– « J'ai attendu des années pour que cette colline ressemble à quelque chose... »

Ils rirent doucement dans la pénombre en regardant l'île déferler devant eux comme dans un rêve fiévreux.

– Alors, qu'est-ce que vous savez sur cet endroit, chef ?

Teddy haussa les épaules.

– Pas grand-chose. Pas assez. Mais suffisamment pour me flanquer la frousse.

– Chouette. Si vous, vous avez la frousse, le commun des mortels est censé ressentir quoi ?

Un sourire vint aux lèvres de Teddy.

– Une terreur abjecte ? suggéra-t-il.

– O.K. Considérez-moi comme mort de trouille.

– À en croire la rumeur, il s'agit d'un établissement expérimental. Je vous le répète, on y pratique une thérapie radicale. Il est financé en partie par le Commonwealth, en partie par le Bureau des Prisons fédérales, mais surtout par un fonds de l'HUAC[1] créé en 51.

– Oh, de mieux en mieux ! Ou comment lutter contre les cocos depuis une île dans le port de Boston. Pour le coup, vous pouvez me dire comment on s'y prend ?

– En pratiquant des expériences sur l'esprit. Je suppose, du moins. Ils établissent des rapports sur leurs découvertes, qu'ils remettent aux anciens copains OSS de Cawley à la CIA, peut-être. Je n'en sais trop rien. Vous avez déjà entendu parler de la phencyclidine ?

Chuck fit non de la tête.

– Du LSD ? De la mescaline ?

1. House Un-American Activities Committee : commission sur les activités antiaméricaines, créée en 1938 pour combattre les influences nazie, fasciste et communiste. (*N.d.T.*)

– Négatif sur toute la ligne.

– Ce sont des hallucinogènes, expliqua Teddy. Des drogues qui provoquent des hallucinations.

– Pigé.

– Même administrées à des doses infimes, elles amènent les gens tout à fait sains d'esprit comme vous et moi à voir de drôles de choses.

– Des arbres déracinés volant devant la porte, par exemple ?

– Justement, non. Si on les voit tous les deux, c'est que ça n'a rien d'une hallucination. En cas de crise, tout le monde voit des trucs différents. Imaginez que vous regardiez vos bras, là, et qu'ils se transforment en cobras ouvrant grand la gueule pour vous dévorer la tête ?

– Mmm, j'en déduirais que je suis dans un sale état.

– Ou si ces gouttes de pluie devenaient des flammes ? Si un buisson se métamorphosait en fauve prêt à vous bondir dessus ?

– Je me dirais que je suis encore plus atteint que je ne le croyais. Que je n'aurais jamais dû quitter mon lit. Mais, hé, d'après vous, un médicament pourrait me convaincre que ce genre de conneries est réel ?

– Non seulement il le « pourrait », mais il le fera, Chuck. Selon le dosage, vous commencerez à halluciner.

– Sacrées drogues, hein ?

– Oh oui. Prises en grande quantité, elles ont des effets soi-disant identiques à une grave schizophrénie. Comment il s'appelait, déjà ? Ce type, tout à l'heure, Ken. Celui qui avait un rhume dans les pieds. Il y croit dur comme fer. Quant à Leonora Grant, ce n'est pas vous qu'elle voyait, mais Douglas Fairbanks.

– Vous oubliez Charlie Chaplin, mon cher.

– Je vous ferais bien une imitation, mais je ne connais pas sa voix !

– Bonne remarque, chef. Vous pourrez passer en première partie de mon spectacle dans les Catskills.

– On a recensé des cas de schizophrènes se lacérant le visage parce qu'ils étaient persuadés que leurs mains les attaquaient – qu'elles étaient des bêtes sauvages, sans doute, un truc comme ça. Ils voient des choses qui n'existent pas, entendent des voix inaudibles pour les autres, se jettent du haut d'un bâtiment parce qu'ils l'imaginent en feu, etc. Les hallucinogènes provoquent des hallucinations similaires.

Chuck pointa un doigt vers Teddy.

– Vous me paraissez bien savant, tout d'un coup.

– Que voulez-vous que je vous dise ? J'ai étudié le sujet. À votre avis, Chuck, qu'est-ce qui se passerait si vous donniez des hallucinogènes à des malades atteints de schizophrénie extrême ?

– Personne ne ferait une chose pareille.

– Ça se pratique, et c'est parfaitement légal. Seuls les humains souffrent de schizophrénie. Pas les rats, ni les lapins, ni les vaches. Alors, comment tester les traitements, d'après vous ?

– Sur des humains.

– Bravo. Monsieur a gagné un cigare.

– Un vrai de vrai ?

– Comme vous voudrez.

Chuck se leva, posa les mains sur la dalle de pierre et se perdit dans la contemplation de la tempête.

– Si je comprends bien, on donne à des schizophrènes des médicaments qui les rendent encore plus schizophrènes ?

– C'est un premier groupe de cobayes, oui.

– Parce qu'il y en a un autre ?

– Des personnes normales à qui on donne des hallucinogènes pour savoir comment réagit leur cerveau.

– Vous me racontez des craques.

– Ça n'a rien d'un secret, mon vieux. Assistez donc à un séminaire de psychiatrie, un de ces jours. Je l'ai fait.

– Et vous dites que c'est légal ?

– Bien sûr, répondit Teddy. Tout comme l'étaient les travaux sur l'eugénique.

– Dans ce cas, on ne peut pas intervenir.

Teddy se pencha vers la dalle.

– Exact. Pour le moment, je n'ai pas l'intention d'arrêter qui que ce soit. On m'a chargé de rassembler des informations, c'est tout.

– Une petite minute... On vous a « chargé » d'une mission ? Merde, Teddy, jusqu'où ça va nous entraîner, tout ça ?

Un soupir échappa à Teddy, qui tourna la tête vers son compagnon.

– Loin, mon vieux.

– Bon, fit Chuck en levant une main. Reprenez tout depuis le début, O.K. ? Comment vous êtes-vous retrouvé impliqué là-dedans ?

– Tout a commencé avec Laeddis, expliqua Teddy. Il y a environ un an. Je suis allé à Shattuck sous prétexte de l'interroger. J'avais inventé une histoire comme quoi un de ses complices était recherché par les autorités fédérales et que je le pensais capable de m'aider à le localiser. Le problème, c'est que Laeddis n'était pas là. On l'avait déjà transféré à Ashecliffe. J'ai téléphoné, mais apparemment personne n'avait entendu parler de lui.

– Et ?

– Et ça m'a intrigué. J'ai passé quelques coups de fil à certains hôpitaux psychiatriques en ville ; tout le monde connaissait Ashecliffe mais personne ne voulait rien me dire. Je me suis entretenu avec le directeur de l'hôpital Renton pour les malades dangereux.

Je l'avais rencontré à plusieurs reprises, et je lui ai demandé : « Mais enfin, Bobby, c'est quoi tous ces mystères ? C'est à la fois un hôpital et une prison, exactement comme votre établissement. » Il a secoué la tête et m'a répondu : « Écoutez, Teddy, là-bas, c'est complètement différent. Un centre classé top secret. Ultra-confidentiel. À votre place, je n'y mettrais pas les pieds. »

– Pourtant, vous l'avez fait, souligna Chuck. Et moi, je me retrouve avec vous.

– Ce n'était pas prévu. Le responsable m'a ordonné de choisir un équipier, alors j'en ai choisi un.

– Donc, vous n'attendiez qu'un prétexte pour venir.

– En gros, c'est ça. Mais je n'étais même pas sûr que ça se produirait un jour. Je veux dire, même si un patient s'échappait, je n'avais aucun moyen de savoir si je serais en ville à ce moment-là. Ou si c'est à moi qu'on confierait l'enquête. Il y avait une tonne de « si ». J'ai eu de la chance.

– De la chance ? Merde !

– Pourquoi ?

– Ça n'a rien à voir avec la chance, chef. La chance, ça ne marche pas comme ça. Le monde ne marche pas comme ça. Vous croyez vraiment que c'est un hasard si on vous a confié cette opération ?

– Bien sûr. Ça paraît un peu fou, mais...

– Quand vous avez téléphoné à Ashecliffe pour la première fois, vous vous êtes présenté ?

– Naturellement.

– Dans ce cas...

– Ça remonte à un an, Chuck.

– Et alors ? Vous imaginez qu'ils n'ont pas gardé une trace de votre appel ? Surtout dans le cas d'un patient dont ils affirment ne rien savoir ?

– Ça fait douze mois, je vous le répète.

– Bon sang, Teddy... (Chuck pressa ses paumes sur la dalle en prenant une profonde inspiration.) Supposons qu'ils fassent des trucs pas catholiques sur cette île, reprit-il à voix basse. Et s'ils vous avaient eu à l'œil avant même que vous débarquiez ? Et s'ils vous avaient *attiré* ici ?

– C'est du délire, Chuck.

– Du délire ? Alors, où est Rachel Solando ? Est-ce qu'on a le moindre indice susceptible de prouver son existence ? On nous a juste montré la photo d'une femme et un dossier qui aurait très bien pu être fabriqué de toutes pièces.

– Mais enfin, Chuck, même s'ils avaient inventé cette histoire, même s'ils avaient tout mis en scène, comment auraient-ils pu prévoir qu'on me confierait l'affaire ?

– Vous vous êtes renseigné, Teddy. Vous avez fait des recherches sur cet hôpital, vous avez posé des questions... Ils ont installé une clôture électrique autour d'une unité de traitement. Ils ont aménagé un pavillon hospitalier dans un ancien fort militaire. Ils traitent moins d'une centaine de patients dans un établissement qui pourrait en accueillir trois cents. Cet endroit me fout une trouille de tous les diables, Teddy. Aucun autre hôpital ne veut en parler, et ça ne vous alerte pas ? Le médecin-chef a des liens avec l'OSS, l'argent provient d'une caisse noire alimentée par l'HUAC. Tout, ici, proclame : « Opération gouvernementale. » Et vous refusez d'envisager la possibilité que ce ne soit pas vous qui vous soyez intéressé à eux l'année passée, mais eux qui se soient intéressés à vous ?

– Combien de fois devrai-je vous le répéter, Chuck : comment auraient-ils pu savoir qu'on me confierait l'affaire Solando ?

– Vous êtes bouché, ou quoi ?

Teddy se raidit en fixant son équipier d'un regard sévère.

– Désolé, fit Chuck en levant une main. Ça me rend nerveux, O.K. ?

– O.K.

– Tout ce que je voulais dire, chef, c'est qu'ils se doutaient bien que vous saisiriez la première occasion de venir ici. Le meurtrier de votre femme est interné entre ces murs. Il leur suffisait de prétexter une évasion. Ils savaient que vous n'hésiteriez pas à traverser le port, en sautant à la perche si nécessaire.

Brusquement, la porte fut arrachée à sa dernière charnière. Violemment projetée contre le chambranle, elle heurta la pierre avec force puis s'éleva au-dessus du cimetière et disparut dans le ciel.

Les deux hommes contemplèrent le seuil en silence. Enfin, Chuck murmura :

– Vous et moi, on a bien vu la même chose, pas vrai ?

– Ils se servent d'êtres humains comme cobayes. Ça ne vous fait rien ?

– Ça me fout la trouille, Teddy. Mais qu'est-ce que vous en savez ? Vous m'avez dit qu'on vous avait chargé de rassembler des informations. Qui est « on » ?

– Durant notre première rencontre avec Cawley, vous l'avez entendu mentionner le sénateur ?

– Oui.

– C'est le sénateur Hurly, un démocrate du New Hampshire. Il dirige une sous-commission sur le financement public de la santé mentale. Il a vu les sommes allouées à cet établissement, et ça ne lui a pas plu. De mon côté, j'ai rencontré ce type, George Noyce. Il avait séjourné ici. Dans le pavillon C. Il avait quitté l'île depuis deux semaines quand il est entré dans ce bar d'Attleboro où il s'est mis à poignarder les clients. Des inconnus. En taule, il délirait sur les dragons du pavillon C. Son avocat voulait plaider la folie. S'il y avait bien un cas où ça s'imposait, c'était celui de Noyce. Il est complètement ravagé. Mais il a viré son avocat, puis s'est présenté devant le juge en plaidant coupable et en le suppliant de l'envoyer en prison, n'importe quelle prison, et pas simplement à l'hôpital. Au bout d'un an derrière les barreaux, il a commencé à retrouver ses esprits, et petit à petit il s'est mis à raconter des histoires sur Ashecliffe. Des trucs dingues en apparence, mais que le sénateur soupçonne ne pas être aussi dingues qu'on veut bien le croire.

Chuck s'assit sur la dalle, alluma une cigarette et la fuma en considérant Teddy.

– Comment le sénateur a-t-il fait pour vous trouver et comment avez-vous fait tous les deux pour trouver Noyce ? lança-t-il enfin.

L'espace d'un instant, Teddy pensa voir des faisceaux lumineux décrire des arcs de cercle dans la tourmente à l'extérieur.

– À vrai dire, c'est l'inverse qui s'est produit. Noyce m'a trouvé, et moi, j'ai trouvé le sénateur. Par l'intermédiaire de Bobby Farris, le directeur de Renton. Il m'a téléphoné un matin en me demandant si je m'intéressais toujours à Ashecliffe. Je lui ai répondu que oui, et il m'a parlé de ce détenu à Dedham qui n'en avait que pour Ashecliffe. Alors, j'ai rendu visite plusieurs fois à Noyce là-bas. Il m'a avoué qu'une année, quand il était à la fac, il était devenu rudement nerveux à l'approche des examens. Il a insulté un prof, passé le poing à travers la vitre de son dortoir... Bref, il a fini par voir un psy. Avant même d'avoir compris ce qui lui arrivait, il acceptait de participer à un test pour se faire un peu d'argent de poche. Un an plus tard, il avait laissé tomber ses études, il était complètement schizophrène, il délirait à tous les coins de rues, voyait des choses... La totale, quoi.

– Donc, voilà un gamin tout à fait normal qui...

De nouveau, Teddy distingua des lumières dans la tempête, et il s'approcha de l'entrée pour en avoir le cœur net. Des éclairs ? Possible, même s'il n'en avait pas encore remarqué jusque-là.

– Aussi normal qu'on puisse l'être. D'accord, il avait peut-être des problèmes pour – comment ils disent ici, déjà ? – « gérer sa colère », mais l'un dans l'autre, il était parfaitement sain d'esprit. Or, un an plus tard, il avait perdu la tête. Un jour, il a vu ce gars dans Park Square, et il l'a pris pour le prof qui lui avait conseillé de voir un psy. En deux mots – et Dieu sait qu'il en faudrait plus –, il l'a salement amoché. Alors, on l'a expédié à Ashecliffe. Dans le pavillon A. Mais il n'y est pas resté longtemps. Comme il était devenu extrêmement violent à ce stade, ils l'ont transféré dans le pavillon C. Après, ils l'ont bourré d'hallucinogènes et ils l'ont regardé sombrer dans la folie et se battre contre les dragons venus le dévorer. Le résultat a dû dépasser leurs espérances, je suppose, parce qu'au bout du compte, juste pour le calmer, ils l'ont opéré.

– Ah bon ?

Teddy hocha la tête.

– Il a subi une lobotomie transorbitale. Tenez, vous allez rire, Chuck. On vous bombarde d'électrochocs, et ensuite on vous transperce les yeux avec, écoutez bien, une sorte de pic à glace. Je ne plaisante pas. Pas d'anesthésie. Ils tâtonnent ici et là, ils vous enlèvent quelques fibres nerveuses dans le cerveau, et voilà, c'est fini. Un vrai jeu d'enfant.

– Mais le Code de Nuremberg [1] interdit...

– ... toute expérience sur les humains strictement dans l'intérêt de la science, oui. Je me suis dit qu'on

1. Code établi par le tribunal militaire américain à Nuremberg en 1947 à l'issue de la Seconde Guerre mondiale et prescrivant le respect de certaines règles lors d'expérimentations biomédicales. (*N.d.T.*)

allait pouvoir se référer à Nuremberg. Le sénateur aussi. Mais non. L'expérience est autorisée si elle a pour cible directe la maladie d'un patient. Du moment que les docteurs affirment : « Hé, on veut juste l'aider, ce malheureux, pour voir si certaines drogues peuvent provoquer la schizophrénie et d'autres la guérir », ils sont inattaquables au regard de la loi.

– Attendez un peu, là, l'interrompit Chuck. Vous m'avez dit que Noyce avait subi une lobotomie trans... euh...

– Transorbitale, oui.

– Mais si cette intervention, toute barbare qu'elle soit, avait pour but de le calmer, comment se fait-il qu'il ait tabassé un type à Park Square ?

– De toute évidence, ça n'a pas marché.

– C'est courant ?

Teddy aperçut encore les arcs lumineux, et cette fois il pensa distinguer le vrombissement d'un moteur par-delà les hurlements du vent.

– Marshals !

La voix était à peine audible, mais ils l'entendirent tous les deux.

Chuck laissa pendre ses jambes dans le vide, sauta de la dalle et rejoignit Teddy à l'entrée du tombeau. Ils virent des phares tout au bout du cimetière, perçurent les grésillements d'un mégaphone et le sifflement strident du larsen, puis un cri :

– Marshals ! Si vous êtes là, faites-nous signe ! C'est McPherson, le directeur adjoint. Marshals !

– Incroyable, murmura Teddy. Ils nous ont retrouvés.

– C'est une île, chef. Ils nous retrouveront toujours.

Teddy regarda son partenaire. Pour la première fois depuis leur rencontre, il décelait de la peur dans les yeux de Chuck, qui tentait de serrer les mâchoires pour la refouler.

– Ça va aller, mon vieux, l'encouragea-t-il.

– Marshals ! Vous êtes là ?

– Je ne sais pas, répondit Chuck.

– Moi, si, affirma Teddy, qui n'en était cependant pas convaincu. Ne me lâchez pas d'une semelle, O.K. ? On va quitter cette putain d'île, Chuck. Vous pouvez compter là-dessus.

Ils abandonnèrent leur refuge pour s'avancer dans le cimetière. Les rafales les heurtèrent de plein fouet telle une équipe d'attaquants sur un terrain de foot, mais ils firent front et, épaule contre épaule, bras soudés, ils titubèrent vers la lumière.

10

– Vous êtes cinglés ou quoi ?

Le cri de McPherson fut emporté par le vent tandis que la jeep cahotait sur le semblant de piste qui longeait le bord occidental du cimetière.

Assis sur le siège du passager, le directeur adjoint fixait de ses yeux rougis les deux marshals à l'arrière, toute trace de son charme de cow-boy texan désormais envolée avec la tempête. Le chauffeur ne leur avait pas été présenté. C'était un jeune gars au visage étroit et au menton pointu ; Teddy ne distinguait rien d'autre sous la capuche de son ciré. Il conduisait cependant avec assurance à travers les broussailles et les débris laissés par la tourmente, comme s'ils n'étaient pas là.

– On vient d'apprendre qu'on est passés d'une tempête tropicale à un ouragan. Avec des vents actuellement d'environ cent cinquante kilomètres/heure. À minuit, on s'attend à ce qu'ils montent jusqu'à deux cents. Et vous, vous ne trouvez rien de mieux à faire que de partir en balade ?

– Comment l'avez-vous appris ? demanda Teddy.

– Par le biais de la radio amateur. Encore quelques heures, et elle nous lâchera aussi, c'est certain.

– Sûrement.

– On devrait être en train de renforcer la protection du site en ce moment même, mais il a fallu qu'on parte à votre recherche...

Après avoir assené une grande claque sur le dossier de son siège, McPherson se tourna vers le pare-brise, mettant fin à la conversation.

Brusquement, la jeep bondit par-dessus une bosse ; durant une fraction de seconde, Teddy ne vit plus que le ciel et ne sentit plus rien sous les roues. Enfin, les pneus mordirent de nouveau la terre ferme, le conducteur négocia un virage serré en pente abrupte et Teddy découvrit sur leur gauche les eaux bouillonnantes de l'océan parcourues d'éruptions blanches larges comme des champignons atomiques.

Ils continuèrent à dévaler la piste, franchirent une succession de petites collines et débouchèrent en plein milieu d'un bouquet d'arbres – Teddy et Chuck, ballottés à l'arrière, s'agrippaient aux sièges comme ils le pouvaient –, avant de traverser un paillis fait de copeaux de bois et d'aiguilles de pin face à la demeure de Cawley, puis d'atteindre la route d'accès. Le temps de passer à la vitesse supérieure, et le chauffeur fonçait vers la grille d'entrée.

– On vous emmène voir le Dr Cawley, déclara McPherson en leur jetant un coup d'œil par-dessus son épaule. À mon avis, vous allez avoir droit à un sacré sermon, les gars.

– Bah, ça ne peut pas être pire que les sermons de maman, conclut Chuck.

Ils prirent une douche au sous-sol du dortoir du personnel, où on leur prêta des tenues d'aides-soignants tandis que leurs propres vêtements étaient envoyés à la laverie de l'hôpital. Dans la salle de bains, Chuck se peigna avec soin, puis contempla sa chemise et son pantalon blancs en lançant :

– Souhaitez-vous consulter la carte des vins, cher monsieur ? Ce soir, nous vous proposons le bœuf Wellington. Je vous assure, c'est excellent.

Trey Washington passa la tête dans l'entrebâillement de la porte et réprima un sourire en les découvrant ainsi accoutrés.

– Faut que je vous emmène voir le Dr Cawley.

– On est dans le pétrin ?

– Oh, si peu...

– Ravi de vous revoir, messieurs ! s'exclama le Dr Cawley à leur arrivée.

Les yeux brillants, il paraissait d'humeur magnanime. Trey laissa les deux marshals à l'entrée de la salle de réunion au dernier étage de l'hôpital.

Il y avait une foule de médecins dans la pièce, certains en blouse blanche, d'autres en costume ; tous avaient pris place autour d'une longue table en teck sur laquelle étaient disposés des lampes de bureau à abat-jour vert et des cendriers noirs débordant de cigarettes ou de cigares – la seule pipe étant celle de Naehring, assis tout au bout.

– Chers confrères, je vous présente les marshals dont nous avons parlé. M. Daniels et M. Aule.

– Où sont vos vêtements ? demanda l'un des médecins.

– Bonne question, n'est-ce pas ? répondit Cawley d'un ton enjoué laissant supposer à Teddy qu'il s'amusait comme un petit fou.

– Nous avons été pris dans la tempête, expliqua Teddy.

– Vous avez affronté ça ? lança un médecin en indiquant les hautes fenêtres.

Recouvertes d'épaisses bandes de ruban adhésif, elles semblaient respirer doucement, exhaler leur souffle dans la salle. Les vitres vibraient sous le martèlement de la pluie, et le bâtiment tout entier, soumis à la pression des vents furieux, émettait force craquements.

– J'en ai bien peur, déclara Chuck.

– Si vous voulez bien vous asseoir, messieurs, dit Naehring. Nous en aurons bientôt terminé.

Il s'adressa à Cawley pendant que les deux policiers s'installaient à l'extrémité de la table.

– Écoute, John, nous avons besoin d'un consensus sur ce point.

– Tu connais ma position.

– Et nous la respectons tous, c'est évident, mais si les neuroleptiques ont la capacité de provoquer une baisse du taux de 5-HTP, ou sérotonine, alors nous n'avons guère le choix, il me semble. Nous devons continuer les recherches. La première patiente concernée – cette, euh, Doris Walsh – satisfait à tous les critères. Je ne vois pas où est le problème.

– Je m'inquiète juste du prix à payer.

– Il sera beaucoup moins lourd qu'une intervention chirurgicale, tu le sais bien.

– Je voulais parler de l'éventualité d'endommager le noyau basal et le cortex cérébral. Les premières études réalisées en Europe ont fait apparaître des risques de dysfonctionnements neurologiques semblables à ceux provoqués par les encéphalites et les attaques.

D'un geste, Naehring balaya l'objection.

– Tous ceux qui sont pour la requête du Dr Brotigan, levez la main.

Dans l'assemblée, seuls le Dr Cawley et un autre médecin s'abstinrent, constata Teddy.

– Bon, il me semble que nous pouvons parler de consensus, déclara Naehring. Nous suggérerons donc au conseil d'administration de financer les recherches du Dr Brotigan.

Un jeune homme, sans doute Brotigan, adressa plusieurs hochements de tête reconnaissants à ses confrères. Mâchoire carrée, joues lisses, le jeune Américain typique. Tout à fait le genre de gars à surveiller, songea Teddy, tant il devait être sûr de combler les plus folles ambitions de ses parents.

– Alors, reprit Naehring, qui ferma le classeur posé devant lui en regardant Teddy et Chuck à l'autre bout de la table, quelles sont les nouvelles, marshals ?

Cawley se leva, puis s'approcha du buffet bas pour se servir une tasse de café.

– À ce qu'on raconte, vous avez été tous les deux retrouvés dans un tombeau.

Des rires étouffés fusèrent dans l'assistance et plusieurs médecins portèrent un poing à leur bouche.

– Quel meilleur endroit où se réfugier en cas de tempête, franchement ? répliqua Chuck.

– Ici. Au sous-sol, de préférence.

– On a entendu dire que les vents allaient peut-être atteindre deux cents kilomètres/heure.

Le dos tourné à ses interlocuteurs, Cawley opina.

– Ce matin même, Newport, dans l'État de Rhode Island, a perdu trente pour cent de ses habitations.

– Pas celle des Vanderbilt, j'espère ! ironisa Chuck.

Cawley alla se rasseoir.

– Provincetown et Truro ont été touchées cet après-midi. Personne n'a la moindre idée de l'étendue des dégâts, car les routes sont coupées et les communications aussi. Mais apparemment, l'ouragan se dirige droit vers nous.

– Trente ans que la côte Est n'a pas connu un tel cataclysme, observa un médecin.

– L'air est saturé d'électricité statique, renchérit Cawley. C'est pour cette raison que le standard a sauté hier soir et que les radios fonctionnent plus ou moins bien. S'il s'abat sur nous, je me demande bien ce qui lui résistera.

– D'où la nécessité, et je me permets d'insister sur ce point, de prendre des mesures de contention vis-à-vis de tous les patients de la Zone bleue, décréta Naehring.

– La Zone bleue ? répéta Teddy. C'est quoi ?

– Le pavillon C, expliqua Cawley. Où sont enfermés les malades qu'on estime dangereux pour eux-mêmes, cet établissement et la société en général. (Il se tourna vers Naehring.) On ne peut pas faire ça. Au cas où les locaux seraient inondés, ils seraient condamnés à périr noyés. Tu ne l'ignores pas.

– Pour en arriver là, il faudrait une sacrée quantité d'eau !

– On est en plein milieu de l'océan, contra Cawley. Un ouragan nous fonce dessus, avec des vents de deux cents kilomètres/heure. Dans ces conditions, la possibilité d' « une sacrée quantité d'eau » ne me paraît pas exclue, loin de là. On va doubler le nombre de gardes pour exercer une surveillance permanente des patients de la Zone bleue. Tous sans exception. Mais on ne peut pas les attacher à leur lit, voyons ! Ils sont déjà enfermés dans leur cellule. Ce serait excessif, vous ne croyez pas ?

– C'est un pari, John.

La remarque avait été formulée d'un ton posé par un homme brun assis au milieu d'une rangée de ses confrères. Un peu plus tôt, il avait été le seul avec Cawley à ne pas lever la main pour approuver ce dont ils avaient parlé avant l'arrivée de Teddy et de Chuck. Il n'arrêtait pas de faire rentrer et sortir la pointe de son stylo à bille, et son regard restait rivé sur le plateau devant lui, mais à en juger par son intonation, il était dans le camp de Cawley.

– Un vrai pari, reprit-il. Que se passera-t-il en cas de coupure de courant ?

– Il y a toujours le générateur de secours.

– Mais au cas où il nous lâcherait aussi, toutes les cellules s'ouvriront.

– Je vous rappelle que nous sommes sur une île, se défendit Cawley. Où voulez-vous qu'ils aillent ? Ils ne risquent pas de prendre le ferry pour filer à Boston et semer la pagaille là-bas ! Si nous décidons de les entraver quand même, messieurs, et s'il y a une inondation, ils mourront tous. Ce qui nous fait vingt-quatre personnes. Imaginez qu'en plus – Dieu nous en garde – les quarante-deux autres patients de l'hôpital soient blessés ou tués... Bon sang, vous pourriez vivre avec ça sur la conscience ? Eh bien, pas moi !

Lorsque Cawley regarda successivement chacun des hommes autour de la table, Teddy décela soudain en lui un potentiel de compassion qu'il n'avait pas senti auparavant. Il n'avait aucune idée de la raison qui avait poussé le médecin à leur permettre d'assister à cette réunion, mais il commençait à le croire cruellement en manque d'alliés dans cette pièce.

– Docteur ? lança-t-il. Excusez-moi de vous interrompre...

– Je vous en prie, marshal. C'est nous qui vous avons fait venir.

« Sans blague ! » faillit répliquer Teddy.

– Lorsque nous avons parlé ce matin du code utilisé par Rachel Solando...

– Tout le monde sait de quoi il s'agit ?

– La Loi des Quatre, répondit Brotigan avec un sourire que Teddy aurait volontiers effacé d'un bon coup de poing. C'est trop drôle, ce truc-là.

– Lorsque nous en avons parlé, donc, reprit Teddy, vous m'avez avoué n'avoir aucune idée sur la signification de la dernière ligne.

– « Qui est soixante-sept ? », intervint Naehring. C'est ça ?

Teddy acquiesça, puis s'adossa à sa chaise en guettant une réaction dans l'assemblée.

Mais tous les regards fixés sur lui ne reflétaient que la perplexité.

– Vous ne voyez pas ? insista-t-il. Vraiment ?

– On ne voit pas quoi, marshal ?

C'était l'ami de Cawley qui avait posé la question – un certain Miller, lut Teddy sur sa blouse blanche.

– Eh bien, il y a soixante-six patients dans cet établissement.

Les autres le dévisagèrent comme autant de gosses à une fête d'anniversaire attendant avec impatience le prochain tour de passe-passe du clown magicien.

– Quarante-deux patients pour les pavillons A et B. Vingt-quatre dans le pavillon C. Total, soixante-six.

Teddy vit le jour se faire dans quelques esprits, mais pour la plupart les médecins avaient toujours l'air déconcertés.

– Soixante-six, répéta-t-il. La question « Qui est soixante-sept ? » nous laisse donc supposer la présence d'un soixante-septième patient.

Silence, ponctué par quelques échanges de regards.

– Je ne vous suis pas, dit enfin Naehring.

– Qu'est-ce qui vous bloque ? Rachel Solando suggère la possibilité d'un soixante-septième patient sur l'île, c'est tout.

– Sauf qu'il n'y a pas de soixante-septième patient, répliqua Cawley, les mains posées sur la table devant lui. Votre idée est excellente, marshal, et elle permettrait sans doute de résoudre l'énigme si elle correspondait à la réalité. Mais vous aurez beau vous obstiner, deux plus deux ne feront jamais cinq. S'il n'y a que soixante-six patients sur l'île, l'hypothèse d'un soixante-septième n'est pas pertinente. Vous comprenez ?

– Non, déclara Teddy en s'efforçant de rester calme. Je ne comprends pas.

Avant de reprendre la parole, son interlocuteur parut choisir ses mots avec soin, comme s'il cherchait à s'exprimer le plus simplement possible.

– Bon, si cette tempête n'avait pas éclaté, dit-il enfin, nous aurions accueilli deux nouveaux patients ce matin. Ce qui aurait porté le nombre de nos malades à soixante-huit. Ou alors, si l'un d'eux était mort la nuit dernière – ce qui n'est pas le cas, heureusement –, nous n'en aurions plus que soixante-cinq. Le total est susceptible de changer tous les jours en fonction des circonstances.

– N'empêche, le soir où Rachel Solando a rédigé cette note...

– Il y avait soixante-six patients, je vous le concède. Dont elle. Mais il nous en manque toujours un, n'est-ce pas ? Vous voulez à toute force résoudre la quadrature du cercle, marshal.

– Pourtant, c'était bien le sens de son message, non ?

– Je m'en rends compte, oui. Mais elle s'est trompée. Il n'y a pas de soixante-septième patient à Ashecliffe.

– Nous autoriseriez-vous, mon coéquipier et moi, à consulter le dossier des malades ?

La question suscita un certain nombre de froncements de sourcils et d'expressions scandalisées autour de la table.

– Absolument pas, décréta Naehring.

– Ce n'est pas possible, marshal. Désolé.

Teddy baissa les yeux, conscient du ridicule de sa tenue blanche. Elle le faisait ressembler à un vendeur de glaces. Et lui conférait tout autant d'autorité. D'ailleurs, s'il leur servait des crèmes glacées, peut-être aurait-il plus de chances de les amadouer, qui sait ?

– Nous n'avons pas accès aux dossiers du personnel ni à ceux des patients, déclara-t-il au bout de quelques instants. Dans ces conditions, comment voulez-vous qu'on retrouve la fugitive ?

Naehring changea de position sur sa chaise et inclina la tête sur le côté.

La main de Cawley, qui tenait une cigarette, se figea près de ses lèvres.

Plusieurs médecins échangèrent des commentaires à voix basse.

Teddy jeta un coup d'œil à Chuck.

– Ne me regardez pas comme ça, chuchota ce dernier. Je suis dépassé, là.

– Le directeur ne vous a rien dit ? lança enfin Cawley.

– On n'a jamais eu l'occasion de le rencontrer. C'est McPherson qui nous a récupérés.

– Bon sang de bonsoir...

– Quoi ?

Les yeux écarquillés, le psychiatre dévisagea chacun de ses confrères.

– Quoi ? Qu'est-ce qu'il y a ? répéta Teddy.

Cawley relâcha son souffle, puis considéra les deux marshals.

– Nous l'avons retrouvée.

– Pardon ?

Le médecin prit le temps de tirer une bouffée de sa cigarette.

– Rachel Solando. Nous l'avons retrouvée cet après-midi. Elle est ici, messieurs. De l'autre côté de cette porte, au bout du couloir.

D'un même mouvement, Teddy et Chuck tournèrent la tête vers la porte en question.

– Vous pouvez vous reposer, à présent, marshals. Votre quête est terminée.

11

Cawley et Naehring les accompagnèrent le long d'un couloir carrelé de noir et blanc, puis leur firent franchir la double porte donnant sur le pavillon principal de l'hôpital. Ils passèrent devant le bureau des infirmières sur leur gauche et tournèrent à droite pour entrer dans une vaste salle éclairée par de longues rampes fluorescentes et divisée en box que délimitaient des rideaux accrochés à des tringles en forme de U. Elle était là, assise sur un lit, vêtue d'une blouse vert pâle qui lui arrivait juste au-dessus du genou. Ses cheveux noirs fraîchement lavés, rejetés en arrière, lui dégageaient le front.

– Rachel ? dit le Dr Cawley. Nous sommes venus avec quelques amis. J'espère que ça ne vous dérange pas.

Sans répondre, elle lissa le tissu sur ses cuisses, puis porta vers Teddy et Chuck un regard d'enfant étonné.

Il n'y avait pas la moindre marque sur elle.

Sa peau avait la couleur du grès. Son visage, ses bras et ses jambes étaient intacts. Aucune égratignure n'était visible sur ses pieds nus, comme si les branches, les épines et les rochers les avaient miraculeusement épargnés.

– Que puis-je faire pour vous ? demanda-t-elle à Teddy.

– Madame Solando, nous sommes venus vous...

– Vendre quelque chose.

– Pardon ?

– Vous n'êtes pas venus me vendre quelque chose, j'espère. Je ne voudrais pas me montrer grossière, mais c'est mon mari qui prend toutes les décisions.

– Non, madame. Nous ne sommes pas venus vous vendre quelque chose.

– Tant mieux. Alors, que puis-je faire pour vous ?

– Pourriez-vous me dire où vous avez passé la journée d'hier ?

– J'étais ici. Chez moi. (Elle tourna la tête vers Cawley.) Qui sont ces hommes ?

– Des officiers de police, Rachel.

– Jim a eu un accident ?

– Non, répondit Cawley. Non, pas du tout. Jim va très bien.

– Ce sont les enfants, alors ? (Rachel balaya la pièce du regard.) Ils sont sortis jouer dans le jardin. Ils n'ont pas fait de bêtises, au moins ?

– Non, madame Solando, la rassura Teddy. Il n'y a aucun problème avec vos enfants ou avec votre mari. (Il jeta un coup d'œil à Cawley, qui marqua son approbation d'un signe de tête.) Nous avons juste, hum, entendu dire qu'un individu subversif rôdait dans les parages hier. On l'a vu distribuer des tracts communistes dans votre rue.

– Mon Dieu ! s'exclama-t-elle. Il en a donné aux enfants ?

– Pas à notre connaissance, non.

– Il était dans le quartier, vous dites ? Dans notre rue ?

– J'en ai bien peur, madame. J'espérais que vous pourriez nous relater vos activités d'hier ; ainsi, nous saurons si vous avez croisé la route de ce monsieur.

– Vous m'accusez d'être communiste ?

Elle se redressa en serrant le drap dans ses poings crispés.

L'expression dont Cawley gratifia Teddy était éloquente : C'est vous qui vous êtes mis tout seul dans ce pétrin. À vous de vous en sortir.

– Communiste, vous ? Bien sûr que non, madame. Quel individu sain d'esprit pourrait penser une chose pareille ? Vous êtes aussi américaine que Betty Grable. Seul un aveugle ne s'en apercevrait pas.

D'une main, Rachel lâcha le drap pour se frotter le genou.

– Pourtant, je ne ressemble pas à Betty Grable.

– Uniquement par votre patriotisme évident. Non, je vous comparerais plutôt à Teresa Wright, madame, si vous me le permettez. Comment s'appelait ce film qu'elle a fait avec Joseph Cotten, déjà ? Il y a quoi, dix ou douze ans ?

– *L'ombre d'un doute.* J'en ai entendu parler, répondit-elle avec un sourire à la fois gracieux et sensuel. Jim s'est battu pendant cette guerre, vous savez. Quand il est rentré, il a dit que le monde était libre aujourd'hui parce que les Américains l'avaient défendu. Maintenant, les gens ont compris que la méthode américaine était la seule valable.

– Amen, conclut Teddy. Moi aussi, j'ai participé à cette guerre.

– Vous avez connu mon Jim ?

– Je ne crois pas, madame. Mais je suis sûr que c'était quelqu'un de bien. Il était dans l'armée ?

Elle fronça le nez.

– Non, c'était un marine.

– *Semper fi* [1]... Écoutez, madame Solando, il est important pour nous de récapituler tous les faits et gestes de cet individu subversif. Bien sûr, il est très possible que vous ne l'ayez pas vu. C'est quelqu'un

_____

1. « Toujours fidèles ! », devise des marines. (*N.d.T.*)

190

de particulièrement retors. Par conséquent, si vous acceptez de nous parler de votre emploi du temps d'hier, nous pourrons recouper ces informations avec ce que nous savons de ses agissements et déterminer si vous vous êtes croisés.

– Comme des bateaux dans la nuit ?

– Exactement. Vous comprenez ?

– Oh, oui.

Elle s'assit sur le lit, et quand elle ramena ses jambes sous elle, Teddy éprouva un élancement dans le bas-ventre.

– Dans ce cas, pourriez-vous me parler de votre journée ?

– Voyons voir... D'abord, j'ai préparé le petit déjeuner pour Jim et les enfants. Après, j'ai emballé le déjeuner de Jim. Jim est parti, et ensuite j'ai envoyé les enfants à l'école et j'ai décidé d'aller nager dans le lac.

– Vous faites ça souvent ?

– Non. (Elle éclata de rire en se penchant en avant, comme s'il lui avait posé la question pour flirter.) Je me sentais juste, comment dire, pas vraiment dans mon assiette. Vous avez déjà eu cette impression ? Celle de ne pas être dans votre assiette ?

– Bien sûr.

– Voilà, c'est ce que je ressentais. Alors, j'ai enlevé tous mes vêtements et je me suis baignée dans le lac jusqu'à ce que mes bras et mes jambes deviennent aussi lourds que des bûches. Là-dessus, je suis sortie de l'eau, je me suis séchée, rhabillée et j'ai fait une longue promenade sur les berges. Ah oui, j'ai aussi fait des ricochets et construit plusieurs châteaux de sable. Pas des gros.

– Combien ? Vous vous en souvenez ? demanda Teddy, conscient du regard de Cawley fixé sur lui.

Les yeux levés vers le plafond, elle s'absorba dans ses réflexions.

– Oui, murmura-t-elle.

– Combien ?

– Treize.

– C'est beaucoup.

– Il y en avait des tout petits. Pas plus gros qu'une tasse de thé.

– Et ensuite, qu'avez-vous fait ?

– J'ai pensé à toi.

Naehring jeta un coup d'œil à Cawley de l'autre côté du lit, puis il se tourna vers Teddy en ouvrant les mains, manifestement tout aussi surpris qu'eux par le brusque changement de ton.

Le sourire de Rachel révéla deux rangées de petites dents blanches d'où émergeait un minuscule bout de langue rose.

– Parce que tu es mon Jim à moi, idiot. Tu es mon soldat. (Elle se redressa sur ses genoux, attrapa la main de Teddy et se mit à la caresser.) Elle est tellement rugueuse... J'aime tes mains calleuses. J'adore cette sensation râpeuse sur ma peau. Tu m'as manqué, Jim. Tu n'es jamais là.

– Je travaille beaucoup, répondit Teddy.

– Assieds-toi, ordonna-t-elle en l'attrapant par le bras.

Comme Cawley l'encourageait du regard, Teddy se laissa attirer sur le lit et s'installa à côté d'elle. L'expression hantée de ses yeux sur la photographie avait disparu – du moins pour le moment – et d'aussi près il était impossible d'ignorer sa beauté. Il émanait d'elle une impression générale de fluidité – grands yeux sombres à l'éclat limpide, mouvements empreints d'une telle langueur qu'elle semblait nager dans l'air, courbes douces des lèvres et du menton évoquant des fruits juteux.

– Tu travailles trop, murmura-t-elle en approchant ses doigts de la gorge de Teddy comme pour lisser le nœud de sa cravate.

– Il faut bien gagner notre bifteck !

– Oh, on ne s'en sort pas trop mal, répliqua-t-elle, et il sentit son souffle lui caresser le cou. On a de quoi se débrouiller.

– Pour le moment, oui. Mais je dois penser à l'avenir.

– Moi, je n'y pense jamais. Tu te rappelles ce que disait papa ?

– Non, j'ai oublié.

Elle lui caressa les cheveux le long de la tempe.

– « L'avenir, c'est un truc qu'on achète à crédit. » Moi, je préfère payer comptant. (Elle laissa échapper un petit rire et se rapprocha encore, lui frôlant l'arrière de l'épaule avec ses seins.) Non, mon chéri, on doit vivre au jour le jour. Profiter de l'instant.

Dolores tenait autrefois des propos semblables. Leurs lèvres et leurs cheveux étaient également similaires, au point que si Rachel venait encore plus près, il pourrait presque la confondre avec sa femme. Elles allaient jusqu'à dégager cette même sensualité vibrante dont Teddy ignorait encore aujourd'hui – même après toutes leurs années de vie commune – si Dolores en avait eu conscience.

Il s'efforça de se rappeler ce qu'il était censé lui demander. Il devait la ramener vers le sujet qui les préoccupait. L'inciter à lui raconter la journée de la veille ; oui, c'était ça, il fallait qu'elle lui relate ce qui s'était passé après la promenade autour du lac et les châteaux de sable.

– Qu'est-ce que tu as fait après ta promenade ? interrogea-t-il.

– Tu le sais très bien.

– Non.

– Oh, tu veux me l'entendre dire, c'est ça ?

Elle se pencha encore de façon à amener son visage légèrement en dessous de celui de Teddy et leva vers lui ses grands yeux sombres. Il sentit le souffle de Rachel s'insinuer entre ses lèvres.

– Tu ne t'en souviens vraiment pas, Jim ?

– Non, je t'assure.

– Menteur.

– Pas du tout, je suis sérieux.

– Je ne te crois pas. Si tu as réellement oublié ça, James Solando, tu te prépares de sérieux ennuis.

– Raconte-moi quand même, chuchota Teddy.

– Tu veux juste me l'entendre dire.

– C'est vrai, je veux juste te l'entendre dire.

Elle lui caressa la joue, puis le menton, et ce fut d'une voix plus éraillée qu'elle reprit la parole :

– Je suis revenue encore mouillée et tu m'as séchée avec ta langue.

Teddy lui encadra le visage de ses mains avant qu'elle ne puisse réduire à néant la distance entre eux. Ses doigts lui glissèrent le long des tempes, ses pouces effleurèrent des mèches encore humides, et il la regarda droit dans les yeux.

– Qu'est-ce que tu as fait d'autre, hier ? demanda-t-il dans un souffle.

Il vit soudain ses yeux limpides se voiler. Elle avait peur, il l'aurait juré. Des gouttes de sueur perlèrent sur sa lèvre supérieure et entre ses sourcils. Des frémissements lui parcoururent la peau.

Elle le scrutait avec intensité, à présent, les yeux de plus en plus écarquillés, de plus en plus papillotants.

– Je t'ai enterré, révéla-t-elle.

– Non, puisque je suis là.

– Je t'ai enterré, Jim. Dans un cercueil vide parce que ton corps a explosé au-dessus de l'Atlantique nord. J'ai enterré tes plaques d'identification parce que c'est tout ce qu'ils ont retrouvé. Ton corps, ton corps superbe, a été brûlé et dévoré par les requins.

– Rachel, intervint Cawley.

– Comme de la vulgaire viande, ajouta-t-elle.

– Non, répéta Teddy.

– De la viande noircie, carbonisée.

– Non, ce n'était pas moi.

– Ils ont tué Jim. Mon Jim est mort. Alors, qui es-tu, bordel ?

Elle se libéra violemment de son étreinte, rampa jusqu'au bout du lit et se retourna pour le regarder.

– Qui c'est, ce salopard ?

Un doigt pointé vers Teddy, elle lui cracha à la figure.

Teddy se sentait comme paralysé. Il ne pouvait que la dévisager, hypnotisé par cette colère qui déferlait dans ses yeux comme une vague.

– T'avais l'intention de tirer un coup, soldat ? C'est ça ? De fourrer ta bite en moi alors que les enfants jouaient dehors ? C'était ça, ton idée ? Fous le camp ! T'entends ? Fous le camp tout de...

Rachel se jeta sur lui, une main levée au-dessus de la tête, et Teddy n'eut que le temps de sauter du lit. Deux aides-soignants accoururent, d'épaisses sangles de cuir passées sur les épaules, l'attrapèrent par les bras et l'allongèrent de force sur le lit.

Teddy avait conscience des violents tremblements qui l'agitaient, de la sueur qu'exsudaient tous ses pores. La voix de Rachel s'enfla encore, résonnant dans tout le pavillon :

– Espèce de sale violeur ! Espèce de sale putain de violeur ! Quand mon mari reviendra, il te tranchera la gorge ! T'as compris ? Il te coupera ta tête de tordu et on boira ton sang ! On se baignera dedans, pauvre malade !

Un aide-soignant s'étendit en travers de son corps pendant qu'un autre lui attrapait les deux chevilles dans son énorme main ; ils firent glisser les sangles à travers les fentes pratiquées dans les montants du lit, les posèrent sur la poitrine de Rachel et sur ses tibias, puis les insérèrent dans les fentes de l'autre côté, les tendirent et verrouillèrent les attaches, qui

195

produisirent un petit bruit sec en se refermant. Enfin, les deux hommes reculèrent.

– Rachel, appela Cawley d'une voix douce, presque paternelle.

– Vous n'êtes que des putains de violeurs, tous autant que vous êtes ! Où sont mes bébés ? Où sont mes bébés ? Rendez-moi mes bébés, bande de fumiers ! Rendez-les-moi !

Elle poussa un cri qui déchira la colonne de Teddy comme une balle tirée à bout portant, avant de se soulever du matelas avec tant de force que les sangles claquèrent contre les barreaux.

– Nous reviendrons vous voir plus tard, Rachel, dit Cawley.

Pour toute réponse, il eut droit lui aussi à un crachat que Teddy entendit s'écraser par terre. Puis Rachel cria de nouveau, la lèvre inférieure ensanglantée ; sans doute s'était-elle mordue, pensa-t-il. Cawley fit signe aux trois hommes de le suivre. Quand Teddy se retourna une dernière fois, il vit Rachel le regarder droit dans les yeux tandis qu'elle se cambrait au maximum et continuait de hurler, les tendons saillant sur sa gorge, la bouche luisante de sang et de salive mêlés – de hurler comme si tous les morts du siècle enjambaient la fenêtre et s'approchaient de son lit.

Il y avait un bar dans le bureau de Cawley. Le médecin s'y dirigea sitôt entré dans la pièce, mais quand il bifurqua vers la droite, Teddy le perdit momentanément de vue, comme s'il avait disparu derrière un voile de gaze.

Non, pas maintenant, songea-t-il. Pas maintenant, je vous en prie.

– Où l'avez-vous retrouvée, docteur ?

– Sur la plage, près du phare. En train de lancer des galets dans la mer.

Cawley se matérialisa de nouveau, mais seulement parce que Teddy avait tourné la tête à gauche alors que le médecin continuait vers la droite. Lorsqu'il accentua le mouvement de rotation, le voile de gaze recouvrit d'abord la bibliothèque encastrée dans le mur, puis la fenêtre. Il se frotta l'œil droit, espérant se tromper malgré tout, mais son geste ne servit à rien, et soudain il le sentit s'ouvrir sur le côté gauche de son visage – un canyon rempli de lave en fusion qui prenait naissance à l'intérieur de son crâne, juste en dessous de sa raie. Au début, il crut la sensation provoquée par les hurlements de Rachel, par l'écho du vacarme terrible qui résonnait encore en lui, mais il n'y avait pas que ça ; les élancements fusaient maintenant comme si on lui enfonçait lentement une dizaine d'épées dans la boîte crânienne. Incapable de réprimer une grimace, il porta les doigts à sa tempe.

– Marshal ?

Teddy leva les yeux à grand-peine, pour découvrir Cawley derrière sa table de travail, à côté d'une forme floue sur sa gauche.

– Oui ? murmura-t-il.

– Vous êtes d'une pâleur mortelle.

– Ça va, chef ? demanda Chuck, qui venait d'apparaître près de lui.

– Bien, bien, articula Teddy.

Lorsque Cawley posa son verre de scotch sur son bureau, le bruit résonna avec la force d'un coup de feu.

– Asseyez-vous, lui ordonna le médecin.

– Je vais bien, répéta Teddy, mais les mots avaient tracé un chemin de feu entre son cerveau et sa langue.

Les os de Cawley craquèrent comme autant de bûches embrasées quand il s'adossa à la table en face de Teddy.

– C'est une migraine ?

Teddy tenta de se concentrer sur la silhouette brouillée du médecin. Il aurait bien voulu confirmer, mais l'expérience lui avait appris à ne jamais bouger la tête pendant une crise.

– Ou... oui.

– Je m'en suis douté en vous voyant vous frotter la tempe.

– Oh.

– Vous en avez souvent ?

– Une demi-douzaine... (La bouche subitement desséchée, Teddy attendit quelques secondes que la salive revienne.) Une demi-douzaine de fois par an.

– Vous avez de la chance, observa Cawley. Dans une certaine mesure, du moins.

– Comment ça ?

– Certains souffrent de migraines environ une fois par semaine.

Quand il se redressa, son corps produisit de nouveau ce crépitement semblable à celui du bois en train de brûler. Teddy l'entendit ensuite déverrouiller une petite armoire.

– Comment ça se manifeste, exactement ? demanda le médecin. Perte partielle de la vue, bouche desséchée, tête en feu ?

– Bingo.

– Depuis tant d'années qu'on étudie le cerveau, personne n'a encore réussi à expliquer d'où elles provenaient. Vous vous rendez compte ? On sait qu'en général elles attaquent le lobe pariétal et entraînent un épaississement du sang. En soi, c'est à peine perceptible, mais si le phénomène se produit dans un organe aussi délicat et élaboré que le cerveau, ça devient explosif. C'est tout de même incroyable, non ? Après tout ce temps, toutes ces recherches, on n'en sait pas plus aujourd'hui sur les causes de la migraine ou ses effets à long terme que sur la façon de soigner un banal rhume.

Cawley lui tendit un verre d'eau et lui plaça deux comprimés jaunes dans la paume.

– Ça devrait faire l'affaire. Vous resterez sans doute assommé une heure ou deux, mais quand vous émergerez, vous vous sentirez beaucoup mieux. Vous serez comme neuf.

Teddy regarda les deux cachets, puis le verre d'eau qu'il avait le plus grand mal à tenir dans sa main.

Il voulut ensuite fixer sur Cawley son œil valide, mais le médecin était baigné par une lumière si blanche et si crue qu'elle irradiait littéralement de ses épaules et de ses bras.

Quoi qu'il advienne..., dit soudain une voix dans sa tête.

Des doigts aux ongles acérés déchiquetèrent le côté gauche de son crâne avant de déverser à l'intérieur un shaker entier de punaises, et Teddy siffla en aspirant de l'air entre ses dents serrées.

– Bon sang, chef.

– Ne vous inquiétez pas, marshal, ça va passer.

La voix résonna de nouveau : Quoi qu'il advienne, Teddy...

Quelqu'un introduisit une barre d'acier au milieu des punaises, et Teddy plaqua le dos de sa main sur son œil tandis que des larmes en jaillissaient et que son estomac se soulevait.

... n'avale pas ces cachets.

Son estomac mit le cap au sud et glissa vers sa hanche droite en même temps que des flammes venaient lécher les bords de la fissure dans sa tête. Si les choses empiraient encore, songea confusément Teddy, il allait finir par se mordre la langue.

N'avale pas ces putains de cachets ! hurla la voix qui parcourait le canyon embrasé en agitant un drapeau pour rallier les troupes.

Brusquement, Teddy se voûta et vomit.

– Chef, chef... Ça va ?

– Dites donc, c'est du sérieux, commenta Cawley.

Rassemblant ses forces, Teddy redressa la tête.

N'avale pas...

Il avait les joues mouillées de larmes.

... ces...

Quelqu'un avait inséré une scie dans le canyon.

... putains...

La scie entama un lent mouvement de va-et-vient.

... de cachets.

Teddy serra les dents quand son estomac se contracta une nouvelle fois. Il essaya de se concentrer sur le verre dans sa main et remarqua une tache bizarre sur son pouce qu'il mit sur le compte d'une altération de ses perceptions.

N'avalepascescachets.

La scie attaqua longuement les plis blanc rosé de son cerveau, et Teddy lutta pour refouler un hurlement tandis que ceux de Rachel rivalisaient d'intensité avec les grondements du feu dans sa tête. Il la revit quand elle l'avait regardé droit dans les yeux, il lui sembla sentir son souffle lui effleurer les lèvres tandis qu'il lui encadrait le visage entre ses paumes et lui caressait les tempes avec ses pouces, et cette foutue scie qui n'arrêtait pas d'aller et venir...

N'avalepascesputainsdecachets

Il pressa la main contre sa bouche, envoya les comprimés loin vers sa gorge, prit une gorgée d'eau pour les faire descendre jusqu'à son œsophage, puis vida le verre.

– Après coup, vous me direz merci, croyez-moi, déclara Cawley.

Chuck, réapparu près de Teddy, lui remit un mouchoir dont il se servit pour s'essuyer le front et la bouche, avant de le laisser tomber par terre.

– Aidez-moi, marshal, dit Cawley.

À eux deux, ils soulevèrent Teddy et le firent pivoter. Il distingua alors une porte noire devant lui.

– Ne le répétez à personne, expliqua le médecin, mais il y a une pièce derrière où je pique parfois un petit roupillon. Bon, d'accord, une fois par jour. On va vous y installer, marshal, et vous dormirez le temps que la crise passe. Dans deux heures, vous serez frais comme un gardon.

Soutenu par les deux hommes, Teddy contemplait ses mains pendantes. Elles avaient l'air toutes drôles, comme ça, en train de se balancer au-dessus de son sternum. Quant à ses pouces, ils reflétaient tous les deux la même illusion d'optique. Qu'est-ce que ça pouvait bien être, bon sang ? Il aurait aimé se gratter, mais Cawley ouvrait déjà la porte, et Teddy jeta un ultime coup d'œil aux traces sur ses doigts.

Des traînées noires.

Comme du cirage, songea-t-il tandis que les deux hommes le portaient jusque dans la pièce sombre.

Comment ai-je pu récolter du cirage sur les pouces ?

12

Jamais encore il n'avait eu de rêves aussi terribles.

Pour commencer, il se vit marcher dans les rues de Hull – des rues qu'il avait sillonnées d'innombrables fois, de sa jeunesse à l'âge adulte. Il passa devant son ancienne école, devant la petite épicerie où il achetait jadis des chewing-gums et des milkshakes, devant la maison des Dickerson, celle des Pakaski, des Murray, des Boyd, des Vernon et des Constantine. Sans rencontrer âme qui vive. Il n'y avait personne nulle part. Sur la ville tout entière, complètement déserte, régnait un silence de mort. Teddy ne percevait même pas la rumeur de l'océan, alors qu'à Hull on l'entendait partout.

C'était terrible de voir la ville ainsi, totalement abandonnée. Il finit par s'asseoir sur le muret bordant Ocean Avenue, les yeux rivés sur la plage vide, mais il eut beau attendre, pas un seul individu ne se montra. Ils étaient tous morts, comprit-il, morts et enterrés depuis longtemps. Lui-même n'était qu'un fantôme revenu après des siècles dans une ville fantôme. Elle n'existait plus. Il n'existait plus. Il n'y avait plus rien.

Teddy déboucha ensuite dans un immense vestibule de marbre rempli de gens, de civières, de poches d'intraveineuses, et il se sentit aussitôt soulagé. Même s'il ignorait où il se trouvait, au moins, il n'était pas seul. Trois enfants – deux garçons et une fille – déboulèrent devant lui. Ils portaient tous des blouses d'hôpital, et à l'évidence la fillette avait peur. Elle agrippait ses frères par la main en répétant : « Elle est là. Elle va nous rattraper ! »

Andrew Laeddis se pencha vers Teddy pour lui allumer sa cigarette. « Hé, sans rancune, vieux ! » lui glissa-t-il.

C'était un triste spécimen de la race humaine – corps noueux, sec comme un coup de trique, tête branlante dotée d'un menton deux fois trop long, chicots tordus, touffes hirsutes de cheveux blonds dressées sur un crâne rose couvert de croûtes –, mais Teddy se réjouissait de sa présence. Il ne connaissait personne d'autre dans la pièce.

« Je me suis dégoté une bouteille, ajouta Laeddis. Si t'as envie d'un canon, tout à l'heure, hésite pas. » Il assortit ses paroles d'un clin d'œil, lui donna une bonne claque dans le dos et prit les traits de Chuck sans que Teddy en conçoive le moindre étonnement.

« Il faut qu'on y aille, dit Chuck. L'heure tourne, mon ami.

– Ma ville est abandonnée. Tout le monde est parti. »

Sur ce, Teddy s'élança, car elle venait d'apparaître – Rachel Solando, un couperet à la main, hurlant comme une folle tandis qu'elle traversait la salle de bal. Avant qu'il ait pu réagir, elle avait plaqué au sol les trois enfants, et le couperet s'abattait encore et encore ; Teddy se figea, en proie à une étrange fascination, sachant qu'il ne pouvait plus rien faire à ce stade : les trois petits étaient morts.

Rachel leva les yeux vers lui. Elle avait le visage et le cou mouchetés de sang.

« Aide-moi, l'implora-t-elle.

« – Quoi ? Non, je pourrais avoir des ennuis.

– Aide-moi, et je deviendrai Dolores. Je serai ta femme. Elle te reviendra.

– D'accord. »

Il s'approcha d'elle, et à eux deux, ils se débrouillèrent pour soulever les trois cadavres, franchir la porte de derrière et les porter jusqu'au lac. Ils ne les jetèrent pas à l'eau. Non, ils y mirent beaucoup de douceur. Ils les allongèrent à la surface puis attendirent qu'ils coulent. L'un des deux garçonnets émergea soudain en agitant la main. « Tout va bien, déclara Rachel. Il ne sait pas nager. »

De la grève, ils regardèrent l'enfant sombrer de nouveau, et Rachel lui enlaça la taille en murmurant : « Tu seras mon Jim. Je serai ta Dolores. Nous aurons d'autres bébés. »

L'idée paraissait aller de soi, et Teddy se demanda pourquoi il n'y avait pas pensé plus tôt.

Il la suivit lorsqu'elle retourna à Ashecliffe, où ils rencontrèrent Chuck. Tous trois empruntèrent alors un couloir interminable.

« Elle m'emmène voir Dolores, confia Teddy à Chuck. Je rentre à la maison, vieux.

– Formidable ! Je suis content pour vous. Moi, je ne quitterai jamais l'île.

– Ah bon ?

– Non, mais ce n'est pas grave, chef. Je vous assure. Ma place est ici. C'est mon foyer.

– Mon foyer, c'est Rachel.

– Dolores, plutôt.

– Euh, oui. J'ai dit quoi ?

– Vous avez dit Rachel.

– Oh. Désolé. Vous croyez vraiment que votre place est ici ? »

Chuck acquiesça d'un mouvement de tête.

« Je ne suis jamais parti. Je ne partirai jamais. Tenez, regardez mes mains, chef. »

Teddy les examina. Elles lui parurent normales. Il en fit part à Chuck.

« Non, objecta ce dernier. Elles ne me vont pas. Parfois, elles se transforment en souris.

– Ah. Eh bien, je suis heureux que vous soyez chez vous.

– Merci, chef. »

Sur ce, il lui assena à son tour une bonne claque dans le dos et se métamorphosa en Cawley. Comme Rachel était maintenant loin devant eux, Teddy marcha à pas redoublés.

« Vous ne pouvez pas tomber amoureux d'une femme qui a assassiné ses enfants, lança le médecin.

– Mais si, affirma Teddy. C'est juste que vous ne comprenez pas.

– Quoi ? (Cawley ne remuait pas les jambes ; il flottait dans l'air pour se maintenir à la hauteur de Teddy.) Qu'est-ce que je ne comprends pas ?

– Je suis incapable de rester seul. De supporter la solitude. Pas dans ce monde pourri. J'ai besoin d'elle. C'est ma Dolores.

– Faux. C'est Rachel.

– Je le sais, mais on a conclu un marché. Elle sera ma Dolores, je serai son Jim. C'est un bon compromis.

– Ah. »

Ils virent les trois enfants se précipiter vers eux dans le couloir. Ils étaient trempés et criaient à tue-tête.

« Quel genre de mère peut commettre un tel acte ? » demanda Cawley.

Teddy regarda les petits courir sur place. Ils les avaient maintenant dépassés, Cawley et lui, et quelque chose avait changé dans l'air, parce qu'ils agitaient leurs jambes mais sans avancer.

« Tuer ses propres enfants ? reprit le médecin.

– Elle ne voulait pas faire ça. Elle a peur, c'est tout.

« – Comme moi ? répliqua Cawley, sauf que ce n'était plus lui, mais Peter Breene. Elle a peur, alors elle assassine ses enfants, et c'est normal ?

– Non. Ou plutôt, oui. Je ne vous aime pas, Peter.

– Et alors ? »

Teddy lui appuya contre la tempe son revolver de service.

« Vous savez combien de personnes j'ai exécutées ? murmura-t-il, le visage ruisselant de larmes.

– Ne tirez pas, le supplia Peter. Je vous en prie. »

Mais Teddy pressa la détente et vit la balle ressortir de l'autre côté. Les trois enfants, qui avaient assisté à toute la scène, hurlèrent de plus belle.

« Mince ! lâcha Peter en s'adossant au mur, une main appuyée sur le point d'entrée de la blessure. Devant les gosses, en plus ? »

À cet instant, ils l'entendirent. Un cri strident résonna dans l'obscurité devant eux. C'était Rachel. Elle revenait. Encore dissimulée par les ténèbres, elle se ruait dans leur direction.

« Aide-nous, gémit la fillette.

– Je ne suis pas votre papa. Ce n'est pas mon rôle.

– Alors, je vais t'appeler papa, d'accord ?

– D'accord », répondit Teddy avec un soupir, avant de la prendre par la main.

Accompagnés par les deux garçonnets, ils cheminèrent au sommet des falaises dominant la côte de Shutter Island, puis s'aventurèrent dans le cimetière, où Teddy trouva une miche de pain, du beurre de cacahouètes et de la confiture. Il s'en servit pour leur préparer des sandwichs dans le tombeau, à la plus grande joie de la fillette assise sur ses genoux, qui dévora le sien avec appétit. Ensuite, Teddy l'emmena dehors pour lui montrer la stèle de son père, de sa mère et aussi la sienne :

EDWARD DANIELS

MAUVAIS MARIN
1920-1957

« Pourquoi t'es un mauvais marin ? demanda-t-elle.

– Je n'aime pas l'eau.

– Moi non plus. Ça fait de nous des amis, tu crois ?

– Possible.

– T'es mort, puisque t'as un machin-truc-bidule.

– Une pierre tombale.

– C'est ça.

– Alors, c'est que je dois être mort. Il n'y avait personne dans ma ville.

– Moi aussi, tu sais, je suis morte.

– Je sais, oui. Désolé.

– Tu l'as pas arrêtée.

– Je n'ai pas pu ! Le temps que je la rejoigne, elle avait déjà... Enfin...

– Oh, non...

– Quoi ?

– La revoilà ! »

Rachel était apparue dans le cimetière, près de la stèle que Teddy avait renversée pendant la tempête. Elle prenait son temps. Elle était si belle, avec ses cheveux mouillés, dégoulinants de pluie... Elle avait troqué son couperet contre une hache avec un long manche, qu'elle traînait derrière elle.

« Teddy, s'il te plaît, dit-elle. Ils sont à moi.

– Peut-être, mais je ne peux pas te les rendre.

– Ce sera différent, cette fois.

– Comment ça ?

– Je vais bien, maintenant. J'ai conscience de mes responsabilités. Je me suis ressaisie. »

Teddy éclata en sanglots.

« Je t'aime tellement...

– Je t'aime aussi, bébé. Oh oui. »

Elle s'approcha de lui pour l'embrasser – elle l'embrassa vraiment, lui encadrant le visage de ses mains, entremêlant sa langue à la sienne, laissant un gémissement sourd monter de sa gorge et se perdre dans la bouche de Teddy. Elle l'embrassa encore et encore, avec une fougue grandissante, et l'amour qu'il ressentait pour elle grandissait en même temps.

« Rends-moi la petite », ordonna-t-elle soudain.

Docilement, il s'exécuta. D'une main, Rachel attrapa la fillette, et de l'autre, elle ramassa la hache.

« Je reviens tout de suite, O.K. ?

– Pas de problème. »

En guise d'adieu, Teddy agita la main en direction de l'enfant. Elle ne comprenait pas, il le savait. Mais c'était pour son bien, il le savait aussi. Parfois, on doit prendre des décisions difficiles quand on est adulte, des décisions dont les jeunes ne sont pas en mesure de saisir le sens. Mais on le fait pour eux. Alors, Teddy continua d'agiter la main, même si son geste ne suscitait aucune réaction chez elle tandis que sa mère l'entraînait vers le tombeau. Elle se contentait de le fixer d'un regard vidé de toute lueur d'espoir, résigné à ce monde, à ce sacrifice, la bouche toujours barbouillée de confiture et de beurre de cacahouètes.

– Oh, mon Dieu !

Teddy se redressa en sursaut, les joues inondées de larmes, avec le sentiment d'avoir rassemblé toutes ses forces pour se réveiller, extirper son cerveau de ce cauchemar et le ramener à la conscience. Mais il le sentait toujours, ce rêve, tout proche, les portes grandes ouvertes pour l'accueillir de nouveau. Il n'avait qu'à refermer les paupières et poser la tête sur l'oreiller pour y retourner.

– Ça va mieux, marshal ?

Il cligna plusieurs fois des yeux dans la pénombre.

– Qui est là ?

Cawley alluma une petite lampe. Elle était posée près de son fauteuil dans un coin de la pièce.

– Désolé. Je n'avais pas l'intention de vous effrayer.

Teddy s'assit au bord du lit.

– Je suis là depuis combien de temps ?

Le médecin lui adressa un sourire penaud.

– Les comprimés étaient plus forts que je ne le pensais. Vous avez perdu conscience pendant quatre heures.

– Merde, marmonna Teddy en se frottant les paupières.

– Vous avez eu des cauchemars, marshal. Des cauchemars terribles, apparemment.

– Je me retrouve dans un asile psychiatrique sur une île isolée alors que la tempête fait rage, je vous signale.

– *Touché* [1]. Quand je suis arrivé ici, il m'a fallu au moins un mois avant de pouvoir profiter d'une bonne nuit de sommeil. Qui est Dolores ?

– Pardon ?

– Vous n'arrêtiez pas de répéter son nom.

– J'ai la bouche sèche.

Cawley se détourna dans son fauteuil pour prendre un verre d'eau sur la table à côté de lui.

– Un des effets secondaires, j'en ai peur, dit-il en le donnant à Teddy. Tenez.

Teddy en vida le contenu en quelques gorgées.

– Comment va la tête ?

À cet instant seulement, Teddy se rappela pourquoi on l'avait amené dans cette pièce, et il entreprit de procéder à un état des lieux. Vision claire. Plus

1. En français dans le texte.

de punaises dans le cerveau. Vague sensation de nausée, mais supportable. Quelques élancements au niveau de la tempe droite, plutôt faibles, guère plus douloureux qu'une ecchymose vieille de trois jours.

– Ça va, répondit-il. Sacrés cachets que vous m'avez refilés !

– Nous avons pour mission de toujours satisfaire le client, marshal. Alors, qui est Dolores ?

– Ma femme. Elle est morte. Et, non, docteur, je n'ai pas encore accepté cette réalité. Ça vous convient, comme réponse ?

– Tout à fait. Je vous présente mes condoléances. Elle est morte brutalement ?

La question arracha un petit rire à Teddy.

– Quoi ? Qu'est-ce que j'ai dit ?

– Je ne suis pas vraiment d'humeur à me faire psychanalyser, toubib.

Le médecin croisa les jambes, puis alluma une cigarette.

– Et moi, je n'essaie pas de vous bousiller la tête, marshal, je vous assure. Mais tout à l'heure, il s'est produit quelque chose d'étrange avec Rachel. Je négligerais gravement mon devoir de thérapeute si je ne me demandais pas quel genre de démons vous hantent.

– Comment ça, il s'est produit quelque chose d'étrange ? J'ai juste joué le rôle qu'elle attendait de moi.

Cawley s'esclaffa.

– Allons, marshal, trêve d'hypocrisie ! Si on vous avait laissés seuls tous les deux, vous croyez vraiment qu'à notre retour on vous aurait retrouvés habillés ?

– Je suis officier de police, docteur. J'ignore ce que vous pensez avoir vu, mais vous vous trompez.

– D'accord, d'accord, répondit le psychiatre en levant une main apaisante. Si vous l'affirmez...

– Je l'affirme.

Son interlocuteur se cala le dos dans son fauteuil, puis fuma sa cigarette sans quitter Teddy des yeux. Celui-ci entendait le vacarme de la tempête au-dehors, la sentait pousser les murs, s'insinuer par les interstices sous le toit. Au bout d'un moment, comme Cawley demeurait toujours silencieux, manifestement dans l'expectative, il expliqua :

– Elle a péri dans un incendie. Vous n'imaginez même pas à quel point elle me manque. Si j'étais en train de me noyer, l'oxygène me manquerait moins. (Il haussa les sourcils.) Voilà. Vous êtes content ?

Le médecin se pencha pour lui offrir une cigarette et la lui allumer.

– Je suis tombé amoureux d'une femme en France, révéla-t-il. Ne dites rien à mon épouse, hein ?

– Bien sûr que non.

– Je l'aimais comme on aime... Non, en fait, il n'existe rien de comparable, conclut-il d'une voix où perçait la surprise. Ce genre de sentiment n'a pas d'équivalent, n'est-ce pas ?

Teddy fit non de la tête.

– C'est un don en soi, ajouta Cawley en observant les méandres de la fumée, le regard fixé sur un point hors de cette pièce, de l'autre côté de l'océan.

– Qu'est-ce que vous fabriquiez en France ?

Un sourire naquit sur les lèvres de Cawley, qui brandit un doigt espiègle en direction de Teddy.

– Ah, je vois.

– Bref, ce soir-là, elle devait me rejoindre, poursuivit le médecin. Elle se dépêchait, je suppose. Il pleuvait. Elle a glissé. C'est tout.

– Elle a quoi ?

– Elle a glissé.

– Et ? lança Teddy sans comprendre.

– Et rien. Elle a glissé et perdu l'équilibre. Elle est tombée tête la première. Et elle s'est tuée. Vous

vous rendez compte ? En pleine guerre. Alors qu'on pouvait mourir de tant de façons. Mais elle, elle a glissé.

Teddy décela une authentique souffrance sur ses traits, même après toutes ces années, une stupéfaction mêlée d'incrédulité, comme s'il n'en revenait toujours pas d'avoir été le dindon d'une farce aussi monstrueuse.

– Parfois, reprit Cawley d'un ton posé, j'arrive à passer trois heures d'affilée sans penser à elle. Parfois aussi, des semaines entières s'écoulent sans que je me souvienne de son parfum, de son regard quand elle devinait qu'on trouverait le temps de se voir un soir, de ses cheveux et de la manière dont elle jouait avec ses mèches quand elle lisait. Parfois... (Il écrasa sa cigarette.) J'ignore où est allée son âme – peut-être y avait-il un passage sous son corps, qui s'est ouvert lorsqu'elle est morte, et qu'elle l'a emprunté ? Je retournerais à Paris demain si j'étais sûr que ce passage pouvait se rouvrir pour me laisser la rejoindre.

– Comment s'appelait-elle ?

– Marie.

Le seul énoncé de ce prénom parut prélever un lourd tribut sur lui, constata Teddy, qui tira une bouffée de sa cigarette et laissa la fumée s'échapper paresseusement d'entre ses lèvres.

– Dolores remuait beaucoup dans son sommeil, commença-t-il. Et sept fois sur dix – je vous assure, je n'exagère pas –, elle m'expédiait sa main dans la figure. Sur la bouche, sur le nez. *Plaf*, je m'en prenais une bonne. Alors, je la repoussais, cette main, vous comprenez ? De temps en temps, avec une certaine brutalité. Je dormais bien, et puis, tout d'un coup, *vlan*, elle me réveillait. Merci beaucoup, chérie. Mais certains soirs, il m'est arrivé de ne pas l'enlever. De l'embrasser, de la humer, que sais-je encore. De m'imprégner d'elle, quoi. Si je pouvais sentir encore une fois cette main sur mon visage, toubib ? Je donnerais n'importe quoi pour ça.

Les murs grondaient, la nuit était battue par les vents.

Cawley le regardait comme on regarde des enfants au coin d'une rue animée.

– Je suis plutôt bon dans mon domaine, marshal. Je suis un égotiste, je le reconnais. J'ai un QI hors normes, et depuis tout gosse, je suis capable de cerner les autres mieux que personne. Ne voyez surtout pas d'offense dans ce que je vais vous dire, mais avez-vous envisagé la possibilité d'une tendance suicidaire chez vous ?

– Encore heureux que vous n'ayez pas eu l'intention de m'offenser !

– Mais vous avez envisagé cette possibilité ?

– Oui, avoua Teddy. C'est pour cette raison que j'ai arrêté de boire, docteur.

– Vous vous doutiez...

– ... que si je ne le faisais pas, je finirais par mordre le canon de mon flingue.

Le médecin acquiesça.

– Au moins, vous ne vous leurrez pas.

– Non, ça, on ne peut pas me le reprocher.

– Quand vous partirez, je vous indiquerai des noms, si vous voulez. Des spécialistes de tout premier plan. Ils vous aideront.

Teddy fit non de la tête.

– Les marshals ne consultent pas les psys. Désolé. Au cas où ça s'ébruiterait, je serais obligé de prendre une retraite anticipée.

– D'accord, je n'insiste pas. Mais, marshal ?

Celui-ci leva les yeux.

– Si vous continuez comme ça, il ne sera plus question de « si ». Il sera juste question de « quand ».

– Vous n'en savez rien.

– Détrompez-vous, marshal. Je me suis spécialisé dans le traumatisme de la perte et la culpabilité du survivant. Comme j'en souffre moi-même, ceci explique cela. Je vous ai vu sonder le regard de Rachel Solando il y a quelques heures, et j'ai vu un être qui voulait mourir. Votre supérieur, au bureau fédéral, m'a confié que vous étiez le plus décoré de tous ses hommes. D'après lui, vous êtes revenu de la guerre avec suffisamment de médailles pour remplir une malle. C'est vrai ?

En guise de réponse, Teddy haussa les épaules.

– Il a ajouté que vous aviez combattu dans les Ardennes et que vous faisiez partie des forces de libération à Dachau.

Nouveau haussement d'épaules.

– Et là-dessus, votre femme meurt dans des circonstances brutales ? À votre avis, marshal, quelle accumulation de violence un individu peut-il endurer avant de s'effondrer ?

– Aucune idée, toubib. Je me pose moi-même la question.

Cawley se pencha encore pour le gratifier d'une petite tape sur le genou.

– Venez chercher ces noms avant de partir, d'accord ? J'aimerais vous savoir toujours de ce monde dans cinq ans, marshal.

Teddy contempla la main sur son genou, puis affronta le regard du médecin.

– J'aimerais aussi, murmura-t-il.

13

Il retrouva Chuck dans le sous-sol du dortoir des hommes, où on avait installé des lits de camp pour tout le monde en attendant la fin de la tempête. Pour y accéder, Teddy avait emprunté différents passages souterrains reliant tous les bâtiments du site. C'était un aide-soignant nommé Ben qui lui avait servi de guide – une véritable montagne de chair blanche et flasque –, lui faisant franchir quatre grilles verrouillées et trois postes de contrôle, et dans ce labyrinthe on ne pouvait pas se douter que le monde se déchaînait au-dessus d'eux. À la grande surprise de Teddy, les longs couloirs gris et mal éclairés présentaient une ressemblance troublante avec celui de son rêve. Ils n'étaient ni interminables ni ponctués de brusques bancs d'obscurité, mais ils se caractérisaient par la même couleur gris acier et il y régnait la même fraîcheur.

La vue de Chuck lui causa un certain embarras. Il n'avait jamais été victime d'une telle crise de migraine en public, et en se rappelant avoir vomi, il se sentit submergé par la honte. Réduit à l'impuissance la plus totale, il avait dû se laisser soulever de sa chaise comme un bébé.

Pourtant, lorsque Chuck lui lança « Hé, chef ! » de l'autre côté de la pièce, Teddy s'étonna du soulagement qu'il ressentait. Il avait demandé à se charger seul de l'enquête, mais n'y avait pas été autorisé. Sur le moment, ça l'avait contrarié, mais à présent, après deux jours passés dans cet endroit, après l'épisode du tombeau et tous ces rêves tordus, il devait bien admettre qu'il se réjouissait d'avoir un compagnon.

Quand ils se serrèrent la main, Teddy se remémora la remarque de Chuck dans son cauchemar – « Je ne quitterai jamais l'île » –, il éprouva une drôle de sensation, comme si le spectre d'un moineau lui traversait la poitrine en battant des ailes.

– Comment ça va, chef ? s'enquit son coéquipier en lui posant une main sur l'épaule.

– Mieux, répondit Teddy avec un petit sourire gêné. Encore un peu secoué, mais l'un dans l'autre, ça va.

Chuck s'écarta de deux aides-soignants qui, adossés à un pilier, fumaient une cigarette.

– Merde, reprit-il à voix basse, vous m'avez vraiment flanqué les jetons, chef. J'ai cru que vous aviez une crise cardiaque, ou une attaque, un truc comme ça.

– Non, juste une migraine.

– *Juste* une migraine ? (Il baissa encore la voix et entraîna Teddy vers le mur de ciment beige à l'extrémité sud de la salle, loin des autres.) Au début, j'ai pensé que vous faisiez semblant, vous savez, comme si vous aviez dans l'idée d'accéder aux fichiers.

– J'aimerais bien être aussi retors !

Les yeux brillants, Chuck fixa Teddy d'un regard pénétrant.

– En tout cas, ça m'a donné à réfléchir.

– Vous n'avez tout de même pas...

– Hé, si.

– Vous vous y êtes pris comment ?

216

– J'ai raconté à Cawley que j'allais rester avec vous. Et je suis resté. Au bout d'un moment, on l'a appelé et il a quitté son bureau.

– Vous en avez profité pour chercher les dossiers ?

Chuck inclina la tête.

– Qu'est-ce que vous avez trouvé ? demanda Teddy.

– Ben, pas grand-chose, avoua son collègue, la mine déçue. Je n'ai pas réussi à ouvrir les classeurs de rangement. Ils sont équipés de serrures que je n'avais jamais vues jusque-là. Dieu sait pourtant que des serrures, j'en ai forcé ! C'est vrai, j'aurais pu forcer celles-là, mais j'aurais laissé des marques. Vous voyez ce que je veux dire ?

– Oui. Vous avez bien fait.

– Mais je... (Quand Chuck salua un aide-soignant qui passait près d'eux, Teddy eut l'impression surréaliste d'avoir été transporté dans un vieux film avec Cagney, où dans la cour les détenus complotaient pour s'évader.) J'ai fouillé son bureau.

– Vous avez quoi ?

– C'est dingue, hein ? Vous me taperez sur les doigts plus tard.

– Je vous refilerai une médaille, plutôt !

– Je n'en mérite pas tant, chef. Je n'ai rien découvert, à part son agenda. Mais justement, j'y ai relevé un détail bizarre : les journées d'hier, d'aujourd'hui, de demain et d'après-demain étaient réservées. Il les avait entourées au stylo noir.

– À cause de la tempête, sans doute. Il devait savoir qu'elle atteindrait l'île.

– Non, il a écrit quelque chose en travers des quatre cases. Vous voyez ce que je veux dire ? Comme vous griffonneriez « Vacances à Cape Cod ». Vous me suivez ?

– Tout à fait.

Trey Washington s'avançait nonchalamment vers eux, un gros cigare fiché entre les lèvres, le crâne et les vêtements trempés par la pluie.

– Hé, marshals, vous faites bande à part ? lança-t-il.

– Ben tiens, répliqua Chuck.

– Vous étiez dehors ? demanda Teddy.

– Mouais. Ça barde drôlement, là-haut. On a mis des sacs de sable partout sur le site et cloué des planches sur toutes les fenêtres. Merde. Les gars, ils arrivaient même pas à rester debout. (Il sortit son Zippo pour rallumer son cigare, puis se tourna vers Teddy.) Ça va, marshal ? Le bruit court dans le camp que vous avez eu une sorte d'attaque.

– Ah oui ? Et quel genre d'attaque, au juste ?

– Oh, si je vous racontais toutes les versions qui circulent, on y passerait la nuit !

Teddy sourit.

– J'ai des migraines. Des migraines terribles.

– J'avais une tante qu'en avait aussi des gratinées. Elle s'enfermait dans sa chambre, éteignait tout, baissait les stores et on la voyait plus pendant vingt-quatre heures.

– Croyez-moi, elle a toute ma sympathie.

Trey tira sur son cigare.

– Ben, y a belle lurette qu'elle est morte et tout, mais je lui en parlerai ce soir dans mes prières. Remarquez, c'était une vraie peau de vache, migraines ou pas. Elle nous collait des raclées, à mon frangin et à moi, avec une canne en hickory. Sans raison, des fois. Alors, je lui demandais : « Qu'est-ce j'ai fait de mal, tatie ? » Et elle, elle me répondait : « Je sais pas, mais t'es en train de *penser* à faire quelque chose de mal. » Face à une femme pareille, comment vous réagissez, hein ?

Comme il paraissait vraiment attendre une réponse, Chuck proposa :

– Vous détalez.

Le cigare toujours dans la bouche, l'aide-soignant émit un « Hé, hé, hé » assourdi.

– Z'avez sacrément raison. Oui, m'sieur. (Il soupira.) Bon, je vais me sécher. À plus tard.

– À plus tard.

La salle se remplissait peu à peu d'hommes ayant bravé la tourmente ; ils secouaient leurs cirés noirs et leurs chapeaux de rangers également noirs pour en chasser les gouttes, toussaient, fumaient et se passaient des flasques sans se cacher plus que ça.

Teddy et Chuck, adossés au mur beige, reprirent leur conversation d'une voix neutre.

– Pour en revenir à ces mots sur l'agenda... commença Teddy.

– Mouais.

– Il n'avait pas écrit « Vacances à Cape Cod », je suppose.

– Non.

– Alors, quoi ?

– « Patient soixante-sept ».

– C'est tout ?

– C'est tout.

– Mais ça suffit, pas vrai ?

– Je serais assez de cet avis.

Il n'arrivait pas à dormir. Il écoutait les hommes ronfler, souffler, inhaler et exhaler. Certains avaient une respiration sifflante, quelques-uns parlaient dans leur sommeil. L'un d'eux marmonna « T'aurais dû me le dire. C'est tout. Juste prononcer les mots... », un deuxième se plaignit d'avoir du « popcorn coincé dans la gorge ». Il y en avait qui repoussaient leurs draps, d'autres qui se tournaient et se retournaient, d'autres encore qui se redressaient juste le temps de bourrer leur oreiller de coups de poing avant de se laisser retomber sur le matelas. Au bout d'un moment, les différents sons créaient une sorte de rythme régulier qui rappela à Teddy celui d'un hymne assourdi.

Les bruits en provenance du dehors étaient assourdis eux aussi, et pourtant il distinguait la rumeur des vents qui labouraient le sol et faisaient trembler les fondations. Il en vint à regretter l'absence de fenêtres dans cette pièce ; au moins, il aurait pu voir les éclairs, distinguer l'étrange luminosité dont la tempête devait s'accompagner.

Il songea à son entrevue avec Cawley.

Si vous continuez comme ça, il ne sera plus question de « si ». Il sera juste question de « quand ».

Était-il suicidaire ?

Sans doute. Il ne pouvait se rappeler un seul jour depuis la mort de Dolores où il n'avait pas pensé la rejoindre. Parfois, les choses allaient même plus loin. Parfois, il lui semblait que rester en vie s'apparentait à la plus grande des lâchetés. Pourquoi continuer à faire des courses, remplir le réservoir de la Chrysler, se raser, enfiler des chaussettes, prendre sa place dans une file d'attente, choisir une cravate, repasser une chemise, se laver la figure, se peigner, encaisser un chèque, renouveler son permis, lire le journal, manger – seul, toujours tout seul –, aller au cinéma, acheter un disque, régler les factures, recommencer à se raser, à se laver, à dormir, à se réveiller...

... si rien de tout cela ne lui permettait de se rapprocher d'elle ?

Il était censé aller de l'avant, il le savait. Se remettre peu à peu. Tourner la page. Ses quelques rares amis et proches le lui avaient dit, et s'il était lui-même placé en position d'observateur extérieur, il ordonnerait sans hésiter à cet autre Teddy de se ressaisir, de faire face et de ne pas baisser les bras.

Mais pour y parvenir, il lui fallait trouver un moyen de ranger Dolores sur une étagère, de la laisser accumuler la poussière dans l'espoir que cette même poussière finirait par adoucir le souvenir qu'il gardait d'elle. Par voiler son image. Jusqu'au jour où elle lui apparaîtrait moins comme la réminiscence d'une femme ayant réellement existé que comme celle d'un rêve familier.

Ils me disent : « Oublie-la, il faut que tu l'oublies », mais dans quel but ? Profiter de cette putain de vie ? Comment pourrais-je t'oublier ? Jusque-là, je n'ai pas réussi, alors comment suis-je censé m'y prendre ? Comment suis-je censé te laisser disparaître ? C'est tout ce que je te demande. Je voudrais te serrer encore dans mes bras, sentir ton odeur, et oui, je voudrais aussi que tu t'en ailles doucement. Je t'en prie, oh je t'en prie, va-t'en...

Jamais il n'aurait dû avaler ces comprimés, pensat-il. Il était trois heures du matin et il se sentait parfaitement réveillé. Au point qu'il lui semblait entendre de nouveau sa voix à la texture un peu éraillée, teintée d'un léger accent bostonien qui affectait surtout ses *r* à la fin des mots ; ainsi, quand Dolores lui murmurait qu'elle l'aimait, c'était « pourrr toujourrrs ». Un sourire lui vint aux lèvres ; il l'entendait, il revoyait ses dents, ses cils, ses regards alanguis du dimanche matin révélant un appétit charnel tout d'indolence.

Le soir où il l'avait rencontrée au Coconut Grove... L'orchestre jouait un set endiablé dominé par les cuivres, l'air était devenu argenté à cause de la fumée, et tout le monde était sur son trente et un – marins et soldats dans leur plus bel uniforme blanc, bleu ou gris, civils arborant des cravates à motif floral chatoyant et des costumes croisés dont la poche de poitrine s'ornait d'un carré de soie. Des feutres neufs traînaient dans tous les coins. Quant aux femmes... Les femmes étaient partout. Elles dansaient même sur le trajet jusqu'aux toilettes. Elles dansaient au milieu des tables, pirouettaient quand elles allumaient une cigarette ou ouvraient leur poudrier, virevoltaient jusqu'au bar, renversaient la tête en éclatant de rire, et leurs cheveux soyeux, brillants comme du satin, reflétaient la lumière lorsqu'elles bougeaient.

Teddy était venu avec Frankie Gordon, un autre sergent des services de renseignement, et quelques gars devant embarquer la semaine suivante, mais il les avait abandonnés à la minute même où il l'avait remarquée. Sans même attendre que Frankie ait terminé sa phrase, il s'était engagé sur la piste de danse, l'avait perdue de vue quelques instants à l'occasion d'une bousculade – les danseurs s'écartant soudain pour ménager de la place à un marin et à une blonde en robe blanche que son cavalier fit rouler par-dessus son dos, expédia au-dessus de sa tête et rattrapa au vol avant de la renvoyer vers le sol tandis que la foule applaudissait à tout rompre –, et enfin, il avait de nouveau aperçu sa robe violette.

Une robe magnifique, dont la couleur avait tout de suite accroché son regard. Mais il y avait d'autres robes magnifiques ce soir-là, trop nombreuses pour qu'on puisse en faire le compte, et en réalité, ce n'était pas elle qui avait attiré son attention, mais plutôt la façon dont elle la portait. Nerveuse, embarrassée, elle en effleurait le tissu avec un soupçon d'appréhension. L'ajustait et la réajustait sans cesse. S'assurait que les épaulettes étaient bien en place.

Elle l'avait empruntée. Ou louée. Mais elle n'avait jamais porté de robe semblable auparavant, c'était évident. Et elle ne savait pas si le regard des hommes et des femmes autour d'elle exprimait le désir, l'envie ou la pitié.

Elle avait croisé celui de Teddy au moment où elle tripotait la bretelle de son soutien-gorge. Aussitôt, elle avait baissé les yeux, tandis qu'une vive rougeur colorait sa gorge, puis les avait relevés, et Teddy lui avait souri en songeant : Moi aussi, je me sens stupide dans cette tenue. Il aurait aimé qu'elle puisse lire dans ses pensées. Et peut-être que son vœu avait été exaucé, puisqu'elle lui avait adressé un sourire en retour – un sourire plus reconnaissant que coquet –, et Teddy n'avait pas regretté d'avoir planté là Frankie qui lui parlait des magasins d'alimentation pour bétail dans l'Iowa, quelque chose comme ça, mais lorsqu'il avait enfin franchi le rempart de danseurs en nage, il s'était rendu compte qu'il ne savait pas quoi lui dire. Comment engager la conversation ? « Jolie robe » ? « Puis-je vous offrir un verre » ? « Vous avez de beaux yeux » ?

– Vous êtes perdu ? avait-elle lancé.

À son tour, il avait baissé les yeux. Elle était petite – environ un mètre soixante, talons compris – et d'une beauté à couper le souffle. Oh, elle n'était pas parfaite, comme tant d'autres filles aux traits réguliers et aux coiffures impeccables. Il y avait quelque chose de brouillon dans son visage – des yeux un peu trop écartés, peut-être, une bouche si large qu'elle en paraissait presque incongrue dans sa figure menue, un menton aux contours incertains.

– Un peu, avait-il répondu.

– Vous cherchez quelqu'un ?

Sans même réfléchir, il avait répondu :

– Vous.

Quand ses yeux s'étaient agrandis, il avait noté un petit défaut – une tache couleur bronze – dans l'iris gauche, et un sentiment d'horreur l'avait assailli à la pensée qu'il venait de tout gâcher en agissant comme un vulgaire Roméo, trop suave, trop sûr de lui.

Vous.

Qu'est-ce qu'il lui avait pris de dire ça ? Qu'est-ce qui avait pu lui passer par... ?

– Eh bien... avait-elle commencé.

Il avait envie de fuir. Il n'osait même plus la regarder.

– ... au moins, vous n'avez pas eu à aller trop loin.

Teddy avait senti s'épanouir sur son visage un sourire béat, dont il avait deviné le reflet dans les yeux qu'elle levait vers lui. Un sourire d'idiot. De niais. D'imbécile heureux.

– Non, mademoiselle. C'est vrai.

– Mon Dieu, mon Dieu, avait-elle dit en reculant pour le regarder, son verre de martini pressé contre sa poitrine.

– Oui ?

– Vous vous sentez aussi déplacé que moi, n'est-ce pas, soldat ?

Appuyé contre la vitre du taxi où elle avait pris place avec son amie Linda Cox – qui, penchée en avant, donnait l'adresse au chauffeur –, Teddy avait murmuré :

– Dolores.

– Edward.

Il avait éclaté de rire.

– Quoi ?

– Rien, avait-il répondu en levant une main.

– Non, quoi ?

– Jamais personne ne m'appelle Edward, à part ma mère.

– Teddy, alors.

Il avait adoré la façon dont elle avait prononcé le mot.

– Oui.

– Teddy, avait-elle répété, comme pour s'y habituer.

– Hé, c'est quoi, ton nom de famille ?

– Chanal.

Il avait arqué un sourcil étonné.

– Je sais, avait-elle répliqué. Ça ne me va pas du tout. C'est tellement prétentieux...

– Je peux te téléphoner ?

– T'as la mémoire des chiffres ?

La question avait amené un sourire sur les lèvres de Teddy.

– À vrai dire...

– Baker-quatre-trois-quatre-six.

Alors, il s'était penché un peu plus pour lui chuchoter des choses à l'oreille, et aujourd'hui encore, il ne supportait pas de se les remémorer. Parce que c'était pur. Sans doute le sentiment le plus pur qu'il ait jamais éprouvé.

Il était resté sur le trottoir tandis que le taxi s'éloignait, et l'image de son visage tout près du sien – de l'autre côté de la vitre du taxi ou sur la piste de danse – avait bien failli lui court-circuiter le cerveau, en chasser le souvenir de son nom et de son numéro de téléphone.

C'est donc ça l'amour, avait-il songé. Un sentiment sans aucune logique – après tout, il la connaissait à peine. Mais un sentiment qui s'imposait de lui-même. Il venait de rencontrer la femme que, d'une certaine manière, il connaissait avant même d'être né. La somme de tous les rêves qu'il n'avait jamais osé caresser.

Dolores. Elle devait penser à lui en ce moment même, sur la banquette arrière du taxi, s'imprégner de lui comme il s'imprégnait d'elle.

Dolores.

L'incarnation de tous ses désirs, et aujourd'hui, elle avait un nom.

Teddy se retourna sur son lit, posa la main sur le sol et tâtonna à la recherche de son calepin et d'une boîte d'allumettes. Quand il les eut récupérés, il craqua la première sur son pouce et l'approcha de la page qu'il avait annotée avant d'arriver au cimetière. Il dut utiliser quatre allumettes pour associer aux nombres les lettres correspondantes :

18-1-4-9-5-4-19-1-12-4-23-14-5
R-A-D-I-E-D-S-A-L-D-W-N-E

Mais ensuite, il ne lui fallut pas longtemps pour résoudre l'énigme. Deux allumettes plus tard, il contemplait le nom sous ses yeux tandis que la flamme consumait le bâtonnet :

Andrew Laeddis.

Conscient de la chaleur près de ses doigts, il tourna la tête vers Chuck, couché deux lits plus loin, en espérant que sa carrière n'aurait pas à souffrir de ce qui allait suivre. En principe, non. Lui-même assumerait l'entière responsabilité de ses actes. Chuck ne devrait pas avoir de problème. Il dégageait une sorte d'aura particulière – l'impression que quoi qu'il advienne, Chuck Aule s'en sortirait toujours.

Teddy reporta son attention sur la page et y jeta un ultime coup d'œil avant que l'allumette ne s'éteigne.

Je vais te retrouver aujourd'hui même, Andrew. Pour Dolores. Je lui dois bien ça.

Je vais te retrouver.

Et je te tuerai de mes propres mains.

Troisième jour

Le soixante-septième patient

14

Les deux résidences à l'extérieur du mur d'enceinte – celle du directeur et celle de Cawley – avaient subi de gros dégâts. La maison de Cawley avait perdu la moitié de son toit, dont les tuiles avaient été éparpillées sur tout le site de l'hôpital comme pour infliger une leçon d'humilité aux hommes. Chez le directeur, un arbre avait traversé la fenêtre du salon, pourtant protégée par des planches de contreplaqué clouées à l'encadrement ; les racines, comme le reste, se retrouvaient maintenant au beau milieu de la pièce.

Le parc, jonché de coquillages et de branches, était noyé sous trois centimètres d'eau. Les tuiles de Cawley y côtoyaient quelques cadavres de rats et quantité de pommes détrempées – tous recouverts de sable. À voir le soubassement de l'hôpital, on aurait pu croire que quelqu'un l'avait attaqué au marteau-piqueur. Le pavillon A comptait quatre carreaux en moins et plusieurs sections du revêtement sur le toit s'étaient incurvées vers l'arrière, évoquant des coques de cheveux. Deux des cottages du personnel étaient réduits en miettes, plusieurs autres avaient basculé sur le côté. Il manquait également des vitres dans les dortoirs des infirmières et des aides-soignants, que l'eau avait endommagés en certains endroits. Quant au pavillon B, miraculeusement épargné, il était intact. Partout sur l'île, Teddy découvrit des arbres décapités dont les branches dénudées se dressaient vers le ciel telles des épées.

L'air était de nouveau immobile, l'atmosphère lourde et menaçante. Comme affaiblie, la pluie tombait en une fine bruine régulière. Des poissons morts s'entassaient sur la grève. Lorsque les deux marshals avaient émergé du bâtiment en début de matinée, un flet solitaire gisait sur la galerie, suffoquant, agitant les nageoires, contemplant tristement la mer d'un œil gonflé.

Teddy et Chuck virent McPherson et un garde redresser une jeep tombée sur le flanc. Elle n'accepta de démarrer qu'à la cinquième tentative. Ses deux occupants franchirent en trombe les grilles, et quelques instants plus tard Teddy les aperçut qui dévalaient la pente derrière l'hôpital en direction du pavillon C.

Cawley pénétra dans le parc, s'arrêta pour ramasser un morceau de sa toiture qu'il examina un moment avant de le laisser retomber sur le sol submergé. Son regard survola Teddy et Chuck à deux reprises avant qu'il ne les reconnaisse avec leur tenue blanche d'aide-soignant, leur ciré noir et leur chapeau de ranger. Il les gratifia d'un petit sourire ironique et semblait sur le point de les rejoindre lorsqu'un médecin, stéthoscope autour du cou, sortit de l'hôpital et courut vers lui.

– Le deuxième nous a lâchés, annonça-t-il. On n'arrive pas à le remettre en route. Ces deux malades sont dans un état critique, John. Ils risquent de mourir.

– Où est Harry ?

– Il essaie de le relancer, mais en vain. Impossible d'obtenir de la tension. À quoi sert un générateur de secours s'il ne nous est d'aucun secours ?

– Bon, on va aller voir ça.

Les deux hommes retournèrent à l'hôpital.

– Leur générateur de secours ne fonctionne plus ? s'étonna Teddy.

– Apparemment, ça peut se produire en cas d'ouragan.

– Vous avez vu de la lumière quelque part ?

Chuck jeta un coup d'œil aux fenêtres alentour.

– Non.

– Vous croyez que tout le système électrique a sauté ?

– Possible.

– Donc, les clôtures ne seraient plus alimentées...

Une pomme flottait près du pied de Chuck. Il s'en empara, balança son bras en arrière, leva la jambe en l'air et envoya le projectile droit dans le mur.

– *Strike !* s'écria-t-il, avant de pivoter vers Teddy. Mouais, à mon avis, les clôtures sont H.S.

– Comme tout le dispositif de sécurité électrique. Les grilles d'entrée. Celles des cellules.

– Ben dites donc ! (Chuck ramassa une autre pomme, la jeta au-dessus de sa tête et la rattrapa derrière son dos.) Vous avez envie de visiter le fort, hein ?

Teddy inclina la tête.

– La journée me paraît idéale pour ça.

Le directeur, accompagné par trois gardes, apparut au volant d'une jeep, faisant gicler l'eau sous les pneus. De toute évidence, la vue de Teddy et de Chuck traînant dans le parc le contraria. À l'instar de Cawley un peu plus tôt, il les prenait lui aussi pour des aides-soignants, comprit Teddy, et il n'appréciait pas de les savoir ainsi désœuvrés, sans râteau ni pompe à eau. Pourtant, il détourna la tête et poursuivit son chemin, sans doute concentré sur des préoccupations plus importantes. Teddy, qui n'avait pas encore entendu le son de sa voix, se

231

demanda si elle était aussi sombre que ses cheveux ou aussi claire que sa peau.

– Autant y aller tout de suite, alors, déclara Chuck. Ça ne durera pas éternellement.

Aussitôt, Teddy se dirigea vers la grille.

– Je siffloterais bien, dit Chuck, parvenu à sa hauteur, mais j'ai la bouche trop sèche.

– Vous avez peur ? répliqua Teddy d'un ton léger.

– Le mot est faible, chef. J'ai le trouillomètre à zéro, oui ! ajouta-t-il en visant une autre partie du mur avec sa pomme.

Le garde posté devant la grille avait un visage de gamin et de petits yeux cruels.

– Tous les aides-soignants dépendent de M. Willis, au service administratif. Vous faites partie de l'équipe de nettoyage, dit-il.

Les deux marshals jetèrent un coup d'œil à leur tunique et pantalon blancs respectifs.

– Des œufs Benedict, lâcha Chuck.

Teddy opina.

– Merci. Je me posais la question, justement. Et pour le déjeuner ?

– Sandwich au corned-beef.

Sans plus tarder, Teddy montra son badge au garde.

– Nos affaires sont encore à la laverie.

L'homme examina l'insigne, puis tourna la tête vers Chuck.

Avec un soupir, celui-ci sortit son portefeuille et l'ouvrit d'un coup sec sous le nez du jeunot.

– Pourquoi vous voulez aller de l'autre côté de ce mur ? La fugitive a été retrouvée, non ?

Toute tentative d'explication, raisonna Teddy, ne ferait que les placer en situation de faiblesse et renforcer le pouvoir de ce petit con. Or des petits cons comme lui, Teddy en avait côtoyé des dizaines dans sa compagnie pendant la guerre. La plupart n'étaient pas rentrés chez eux, et il s'était souvent demandé s'il y avait eu quelqu'un pour les pleurer. On ne pouvait pas communiquer avec les types de ce genre, on ne pouvait rien leur apprendre non plus. Mais on pouvait leur rabattre le caquet quand on avait compris qu'une seule chose leur inspirait du respect : l'autorité.

– On part en promenade, décréta Teddy.

– Vous n'avez pas d'autorisation.

– Oh si. (Teddy se rapprocha du garde jusqu'à l'obliger à lever les yeux. Il était désormais si près de lui qu'il percevait son souffle.) Nous sommes des marshals fédéraux dans un établissement fédéral. Autrement dit, c'est comme si Dieu en personne nous l'avait donnée, cette autorisation. On n'a pas de comptes à vous rendre. On n'a pas d'explications à vous fournir. On peut décider de vous tirer une balle dans la queue, mon garçon, et je vous garantis qu'aucun tribunal dans ce pays ne voudra en entendre parler. (Il se pencha encore un peu.) Alors, maintenant, vous allez ouvrir cette putain de grille.

Le jeunot s'efforçait de ne pas baisser les yeux. Il déglutit avec peine, puis essaya de durcir son expression.

– Je répète, dit Teddy. Ouvrez cette...

– O.K.

– Comment ? Je n'ai rien entendu.

– Oui, monsieur.

Durant quelques secondes encore, Teddy darda sur lui un œil noir. Enfin, il souffla bruyamment par les narines.

– Parfait, mon garçon. Et voilà.

– Et voilà, répéta machinalement le garde, la pomme d'Adam plus saillante que jamais.

Il fit jouer la clé dans la serrure, tira la grille, et Teddy s'éloigna sans un regard en arrière.

Les deux policiers bifurquèrent à droite et longèrent le mur d'enceinte un certain temps avant que Chuck ne déclare :

– Bien vu, le coup du « Et voilà ».

Teddy tourna la tête vers lui.

– Ouais, j'ai trouvé ça marrant.

– Vous deviez être sacrément casse-couilles, dans l'armée.

– J'étais sergent de bataillon avec un tas de mômes sous mes ordres. La moitié d'entre eux sont morts sans avoir jamais baisé. Vous n'imposez pas le respect par la douceur, Chuck, vous l'imposez en les faisant chier dans leur froc !

– Oui, sergent. C'est bien vrai. (Chuck fit claquer ses talons en une parodie de salut militaire.) Dites, malgré la coupure de courant, vous vous rappelez que c'est un fort qu'on s'apprête à infiltrer ?

– Je n'avais pas oublié.

– Vous avez une idée pour entrer ?

– Pas la moindre.

– Vous croyez qu'il y a des douves ? lança Chuck. Ce serait quelque chose.

– Peut-être même qu'ils vont déverser des cuves d'huile bouillante du haut des remparts.

– Et des archers, hein ? S'ils avaient posté des archers, Teddy...

– Zut, dire qu'on n'a pas pris nos cottes de mailles !

Ils enjambèrent un arbre tombé par terre, puis s'enfoncèrent dans le sol bourbeux, rendu glissant par les feuilles mouillées. À travers la végétation en lambeaux devant eux, ils distinguaient le fort et ses hauts murs gris, ainsi que les ornières creusées par les jeeps ayant sillonné les lieux toute la matinée.

– Ce garde avait au moins raison sur un point, observa Chuck.

– Comment ça ?

234

– Maintenant que Rachel a été retrouvée, notre autorité ici – du moins telle qu'elle était jusqu'à présent – n'a plus cours. Si on se fait choper, je ne vois pas comment on pourra leur fournir une explication plausible.

Une douleur sourde palpitait derrière les yeux de Teddy, que n'arrangeait pas la vue de tous ces feuillages déchiquetés, de cette explosion de verts alentour. Il se sentait épuisé, en proie à un léger vertige. La nuit précédente, il n'avait eu droit qu'à quatre heures d'un sommeil artificiel peuplé de cauchemars. La pluie crépitait sur son chapeau et s'accumulait dans le creux au bord. Une sorte de bourdonnement presque imperceptible résonnait en permanence dans son cerveau. Au cas où le ferry arriverait aujourd'hui – ce dont il doutait, à vrai dire –, il n'avait qu'une envie : sauter à bord et ficher le camp. Quitter pour toujours cette putain d'île. Mais sans éléments concrets – une preuve à montrer au sénateur Hurly ou le certificat de décès de Laeddis –, toute cette expédition ne serait qu'un énorme échec. Non seulement il continuerait de flirter avec le suicide, mais il aurait sur la conscience un poids supplémentaire : celui de n'avoir rien pu faire pour provoquer un changement.

Il ouvrit son calepin.

– Ces pierres laissées par Rachel, commença-t-il. Voilà, j'ai déchiffré le code, ajouta-t-il en le donnant à Chuck.

Celui-ci approcha le carnet de son torse en le protégeant d'une main.

– Donc, il est ici.

– Il est ici.

– C'est le patient soixante-sept, vous croyez ?

– Je pencherais pour cette hypothèse, oui.

Teddy s'immobilisa près d'un amoncellement de rochers en plein milieu d'une pente boueuse.

– Retournez là-bas, Chuck. Rien ne vous oblige à vous mêler de ça.

Son coéquipier le regarda en tapotant le calepin sur sa paume.

– On est des marshals, Teddy. Et qu'est-ce qu'ils ont l'habitude de faire, les marshals ?

La question amena un sourire sur les lèvres de Teddy.

– Ils enfoncent les portes.

– Les premiers, souligna Chuck. On enfonce les portes les premiers. Quand le temps presse, on n'attend pas que ces flics de la ville bouffeurs de beignets arrivent en renfort. On enfonce cette foutue porte.

– Exact.

– Dans ce cas, où est le problème ? lança Chuck.

Il rendit le calepin à Teddy et tous deux se dirigèrent vers le fort.

Alors que rien ne les séparait plus de l'édifice sinon un bouquet d'arbres et un petit champ au-delà, un seul regard leur suffit pour évaluer la situation.

– On est baisés, déclara Chuck, résumant la pensée de Teddy.

Des sections entières du grillage surmonté de barbelés qui entourait normalement le fort avaient été balayées par la tempête. Certaines gisaient sur le sol, d'autres avaient été projetées contre les arbres et le reste était affaissé, en grande partie inutile.

Mais des gardes armés, dont plusieurs en jeep, quadrillaient sans relâche le périmètre. Un contingent d'aides-soignants rassemblait les débris autour du site et un autre groupe se chargeait de dégager un gros arbre qui s'était abattu sur le mur. Si le bâtiment n'était pas précédé de douves, seule une petite porte métallique rouge au milieu de la façade en permettait l'accès. Des hommes montaient la garde sur les remparts, des fusils appuyés contre la poitrine ou l'épaule. Les quelques fenêtres carrées ouvertes dans la pierre étaient munies de barreaux. Il n'y avait aucun patient, enchaîné ou pas, à l'extérieur. Juste des gardes et des aides-soignants en nombre égal.

Teddy vit deux des gardes sur le toit s'écarter brusquement et plusieurs aides-soignants s'approcher des créneaux pour crier à leurs collègues au sol de reculer. Puis ils soulevèrent une moitié d'arbre qu'ils portèrent à grand-peine jusqu'au bord, et poussèrent et tirèrent jusqu'à ce qu'elle repose en équilibre instable. Ensuite, ils disparurent, sans doute pour aller se poster à l'arrière du tronc, qu'ils firent encore avancer dans le vide de quelques dizaines de centimètres ; enfin il s'inclina et des cris enthousiastes retentirent de tous côtés lorsqu'il dégringola le long du mur et s'écrasa au sol. Les aides-soignants reparurent en haut des remparts et contemplèrent leur œuvre en échangeant poignées de main et claques sur l'épaule.

– Il doit bien y avoir une conduite quelque part, non ? fit Chuck. Pour évacuer l'eau ou les ordures vers la mer ? On pourrait essayer de passer par là.

– Non, répondit Teddy. Inutile. On va entrer par la porte.

– Oh, la même méthode que Rachel pour sortir du pavillon B ? Je comprends. On va avaler un peu de sa potion magique pour se rendre invisibles. Excellente idée, chef.

Quand il fronça les sourcils, Teddy lui effleura le col de son ciré.

– On n'est pas habillés comme des marshals, Chuck. Vous saisissez ?

Son coéquipier jeta un coup d'œil aux aides-soignants autour du fort et arrêta son regard sur l'un d'eux, qui venait de franchir la porte rouge en tenant une tasse de café d'où s'élevaient de fins serpentins de fumée sous le crachin.

– Amen, conclut-il. Amen, mon frère.

Ils allumèrent des cigarettes en bavardant de tout et de rien tandis qu'ils se dirigeaient vers le fort.

Au milieu du champ, ils croisèrent un garde armé – fusil logé nonchalamment sous le bras, canon pointé vers le sol.

– On nous a envoyés ici pour une histoire d'arbre sur le toit, un truc comme ça.

L'homme tourna brièvement la tête vers le bâtiment.

– Pas la peine. Ils s'en sont déjà occupés.

– Ah bon. Tant pis, lança Chuck, qui fit mine de rebrousser chemin.

– Hé, pas si vite, le rappela le garde. Le boulot, c'est pas ça qui manque ici.

Les deux marshals revinrent sur leurs pas.

– Vous avez déjà une trentaine de gars dehors, pour réparer la clôture et le mur, souligna Teddy.

– N'empêche, à l'intérieur, c'est une sacrée pagaille. Faudrait plus qu'une tempête pour renverser une masse pareille, mais elle a quand même fait des dégâts à l'intérieur. Voyez ce que je veux dire ?

– Ouais, on voit, affirma Teddy.

– Où est l'équipe de nettoyage ? demanda Chuck au garde affalé contre le mur près de la porte.

Du pouce, l'homme leur indiqua l'intérieur du fort, ouvrit la porte et les laissa entrer dans le hall.

– Je ne voudrais pas paraître pessimiste, murmura Chuck, mais c'était un peu trop facile.

– Arrêtez de réfléchir, répliqua Teddy. Des fois, il arrive qu'on ait de la veine.

La porte se referma derrière eux.

– De la veine ? répéta Chuck d'une voix légèrement tremblante. Bon, ben, on va dire ça.

– On va dire ça, confirma Teddy.

La première chose qui le frappa, ce furent les odeurs. Les émanations d'un puissant désinfectant qui faisait de son mieux pour couvrir les relents de vomi, d'excréments, de sueur et surtout d'urine.

Le bruit leur parvint ensuite par vagues depuis le fond du bâtiment et les étages supérieurs : le martèlement de cavalcades, des ordres qui se répercutaient sur les murs épais et dans l'atmosphère saturée d'humidité, de brusques piaillements suraigus qui vrillaient les tympans pour s'éteindre presque aussitôt, le brouhaha ininterrompu de plusieurs voix parlant en même temps.

– Vous avez pas le droit ! hurla quelqu'un. Vous pouvez pas faire ça, bordel ! Vous entendez ? Vous pouvez pas. Foutez le...

Ils ne distinguèrent pas la suite.

Au-dessus d'eux, au niveau de la courbe d'un escalier de pierre, un homme chantait *Cent bouteilles de bière sur le mur*. Il venait d'évoquer la soixante-dix-septième et abordait la soixante-seizième.

Deux grosses Thermos de café étaient posées sur une table de jeu, près de plusieurs piles de gobelets en plastique et de quelques bouteilles de lait. Un garde assis à une autre table au pied de l'escalier observait les nouveaux venus en souriant.

– C'est la première fois ? lança-t-il.

Teddy fixa son regard sur lui tandis que de nouveaux bruits succédaient aux premiers, comme si l'endroit tout entier n'était qu'une vaste orgie de sons assaillant les oreilles de toutes parts.

– Exact. On a entendu des trucs, mais...

– Vous vous y ferez, leur assura le garde. On se fait à tout.

– C'est bien vrai.

– Bon, si vous bossez pas sur le toit, vous pouvez laisser vos cirés et vos chapeaux dans la pièce derrière moi.

– Ils nous ont dit de nous occuper du toit.

– Vous vous êtes mis quelqu'un à dos, ou quoi? (L'homme tendit la main.) Prenez l'escalier. Presque tous les dingos sont rentrés dans leur cellule, mais y en a encore quelques-uns qu'on n'a pas rattrapés. Si vous en voyez un, vous gueulez, d'accord? Mais vous avisez pas d'essayer de le maîtriser. C'est pas le pavillon B, ici. Vu? Ces fils de pute hésiteront pas une seconde à vous tuer. Compris?

– Compris.

Ils avaient déjà gravi quelques marches lorsque le garde s'écria :

– Hé, une minute!

Les deux marshals se retournèrent.

L'homme souriait, un doigt pointé vers eux.

Ils attendirent.

– Je vous connais, les gars, dit-il d'une voix presque chantante.

Teddy ne répondit pas. Chuck non plus.

– Mais si, je vous connais!

– Ah bon? articula enfin Teddy.

– Ben ouais. Vous êtes les deux andouilles obligées de réparer le toit sous cette foutue pluie!

Le doigt toujours tendu vers eux, il partit d'un grand rire en assenant une claque sur la table avec son autre main.

– Sûr, c'est nous, répliqua Chuck. Ha, ha, ha.

– Ha, ha, ha, répéta le garde.

À son tour, Teddy brandit l'index vers lui.

– Vous avez gagné, vieux, railla-t-il en se tournant de nouveau vers les marches. Ouais, vous êtes trop fort pour nous.

240

Le rire idiot du garde les accompagna dans l'escalier.

Ils marquèrent une pause au premier étage. Ils se trouvaient face à une vaste salle au plafond voûté recouvert de cuivre martelé et au sol de couleur sombre tellement poli qu'il brillait comme un miroir. Même s'il lançait une balle de base-ball ou une pomme, comme Chuck un peu plus tôt, songea Teddy, il n'atteindrait pas l'autre bout de la pièce. Elle était totalement déserte. En franchissant la grille entrouverte, Teddy éprouva une drôle de sensation, comme si des souris lui couraient le long des côtes, tant la salle lui rappelait celle de son rêve – celle où Laeddis lui avait proposé de boire un coup, où Rachel avait massacré ses enfants. Le décor avait beau être différent – dans son rêve, il y avait de hautes fenêtres masquées par des rideaux épais, des flots de lumière, un parquet et d'énormes lustres –, il en émanait une impression générale similaire.

Quand Chuck lui abattit une main sur l'épaule, Teddy sentit des gouttes de sueur dégouliner dans son cou.

– Je répète, chuchota son coéquipier avec un faible sourire, c'est trop facile. Où est le garde censé surveiller cette grille ? Pourquoi n'est-elle pas verrouillée ?

Soudain, Teddy revit Rachel hurlant comme une possédée, cheveux en bataille et bave aux lèvres, se précipiter dans cette pièce armée d'un couperet.

– Je n'en sais rien.

– C'est un piège, chef, lui glissa Chuck à l'oreille.

Teddy fit quelques pas. Sa tête l'élançait. À cause du manque de sommeil. De la pluie. Des cris assourdis et des bruits de course au-dessus de lui. Les deux garçonnets et la petite fille s'étaient tenus par la main en jetant des regards affolés derrière eux. Ils tremblaient.

De nouveau, le chant du patient lui parvint :
« ... Prenez-en une, faites-la circuler, il ne reste que cinquante-quatre bouteilles de bière sur le mur. »

Ils lui passèrent devant les yeux, ces trois enfants, nageant dans l'air mouvant, et Teddy eut brusquement la vision de ces comprimés jaunes que Cawley lui avait placés dans la paume la veille au soir. Une vague de nausée le submergea.

« Cinquante-quatre bouteilles de bière sur le mur, cinquante-quatre bouteilles de bière sur le mur... »

— On ne peut pas rester, Teddy. Il faut qu'on se tire d'ici. Quelque chose cloche. Vous le sentez, je le sens aussi.

À l'autre bout de la pièce, un homme franchit le seuil d'un bond.

Il était pieds nus et seulement vêtu d'un pantalon de pyjama blanc. Il avait le crâne rasé, mais la faible luminosité ambiante ne permettait pas de distinguer ses traits.

— Salut ! lança-t-il.

Teddy pressa le pas.

— Chat ! s'exclama-t-il, avant de s'enfuir.

Chuck rattrapa son coéquipier.

— Bonté divine, chef !

Il était là. Laeddis. Quelque part dans ce bâtiment. Teddy en avait l'intime conviction.

Parvenus à l'extrémité de la salle, ils débouchèrent sur un palier de pierre ; d'un côté, les marches s'enfonçaient dans l'obscurité, de l'autre elles s'élevaient vers les cris et les vociférations à présent beaucoup plus sonores, auxquels se mêlaient désormais des claquements métalliques et le cliquetis des chaînes.

— Billings ! brailla quelqu'un. Ça suffit, mon garçon ! Tu te calmes maintenant, d'accord ? Tu n'iras nulle part, de toute façon. Tu m'entends ?

Brusquement, Teddy perçut une respiration à côté de lui. Il tourna la tête à gauche et découvrit Crâne Rasé à quelques centimètres.

– Chat! fit le patient.

De l'index, il lui toucha le bras.

– Gagné, répliqua Teddy.

– Ben évidemment, je suis tout près. Y te suffirait de bouger la main, et ce serait moi le chat, et moi je bougerais la mienne, et ce serait encore toi, et on pourrait continuer comme ça pendant des heures, peut-être même toute la journée, et on pourrait devenir chat à tour de rôle, encore et encore, et même pas s'arrêter pour manger, ni pour dîner, et ça finirait jamais.

– Tu crois que ce serait drôle?

– Tu sais ce qu'il y a là-bas? (De la tête, le malade indiqua l'escalier.) Dans la mer?

– Des poissons.

– Des poissons, tout juste, confirma Crâne Rasé en opinant avec vigueur. Excellent. Des poissons, oui. Des tas de poissons. Bon, c'est très bien, les poissons, mais quoi encore, hein? Des sous-marins. Mouais, c'est ça. Des sous-marins soviétiques. À trois ou quatre cents kilomètres de la côte. On en a entendu parler, pas vrai? On nous l'a dit. C'est sûr. Et nous, on s'est habitués à l'idée. On a oublié. Je veux dire, « Bon, d'accord, y a des sous-marins. Merci pour le tuyau. » Ils font partie de notre existence. Personne n'ignore qu'ils sont là, mais on n'y pense plus. O.K.? Pourtant, ils sont bien là, armés de torpilles. Ils visent New York et Washington. Et aussi Boston. Mais pour l'instant, ils bougent pas, ils se contentent de rester dans la mer en attendant. Ça te chiffonne pas?

Teddy entendait Chuck respirer lentement à côté de lui, se demandant manifestement ce qu'il allait bien pouvoir répondre.

– Comme tu l'as dit, j'ai choisi de ne pas trop y penser.

– Mmm... (Crâne Rasé frotta la barbe naissante sur son menton.) On apprend des tas de trucs, ici. Ça t'étonne ? Pourtant, c'est vrai. Quand y a un nouveau qui arrive, il nous en raconte de belles. Les gardes parlent. Vous autres, les aides-soignants, vous parlez aussi. Alors, forcément, on est au courant de ce qui se passe dehors. Les tests avec la bombe H, les atolls. Tu sais comment ça marche, une bombe à hydrogène ?

– Avec de l'hydrogène ?

– Excellent. T'es malin, toi. Ouais, rudement malin. (De nouveau, le patient acquiesça de la tête.) Avec de l'hydrogène, c'est ça. Mais c'est pas du tout pareil que les autres bombes. Quand t'en lâches une, même une bombe atomique, elle explose. Tu vois ? Bien sûr qu'elle explose. Mais une bombe à hydrogène, elle implose. Elle se concentre sur elle-même, elle subit une série de réactions internes, elle se désintègre. Et toutes ces réactions ? Ben, ça conduit à une augmentation de densité. Tu comprends, la violence de sa propre destruction crée un autre monstre entièrement nouveau. Tu saisis ? Dis, tu piges ? Plus les réactions internes sont importantes, plus le processus d'autodestruction est violent, et plus ça libère de l'énergie. Et après, hein ? Hein ? Ben, ça fait un sacré *Braoum* ! Juste... un grand *bang, boum, crash*. En s'anéantissant, elle se diffuse. L'implosion née de son explosion est cent fois, mille fois, un million de fois plus destructrice que celle de n'importe quelle autre bombe dans toute l'histoire de l'humanité. C'est notre legs aux générations futures. Surtout, oublie jamais ça. (Il tapota le bras de Teddy à plusieurs reprises, en petites touches légères, comme s'il pianotait un rythme avec ses doigts.) Voilà, touché ! C'est encore toi le chat ! Doublement toi ! Youpi !

Il s'élança dans l'escalier obscur et ils l'entendirent encore crier « Braoum ! » en descendant.

« ... quarante-neuf bouteilles de bière ! Prenez-en une... »

Teddy se tourna vers Chuck. Le visage inondé de sueur, il relâcha doucement son souffle.

– Vous aviez raison, Chuck. On se tire.

– Bien dit, chef.

L'appel leur parvint du haut de la cage d'escalier.

– À l'aide ! Vite, bordel !

Les deux marshals levèrent les yeux. Deux hommes dévalaient les marches comme des boulets de canon. L'un portait l'uniforme bleu des gardes, l'autre la tenue blanche des patients, et ils dégringolèrent l'un sur l'autre dans la courbe de l'escalier au niveau de la marche la plus large. Le patient libéra une de ses mains, enfonça ses ongles dans la joue de son adversaire juste en dessous de l'œil gauche et arracha brutalement un morceau de peau. Le garde hurla en rejetant la tête en arrière.

Teddy et Chuck se précipitèrent. La main du patient plongeait de nouveau vers le visage sanguinolent, mais Chuck parvint à lui saisir le poignet.

Quand il voulut se frotter l'œil, le garde étala du sang jusqu'à son menton. Teddy perçut leur souffle saccadé, les échos lointains de la rengaine sur les bouteilles de bière – le chanteur en était maintenant à la quarante-deuxième et arriverait bientôt à la quarante et unième –, et soudain, il vit le type en dessous de lui bander ses muscles en ouvrant grand la bouche.

– Chuck, attention !

Avec force, il frappa le malade au front pour l'empêcher de planter ses dents dans le poignet de son coéquipier.

– Dégagez-vous, ordonna Teddy au garde. Allez, dégagez-vous.

Le jeune homme se libéra des jambes du patient, puis grimpa deux marches. Teddy s'approcha du malade et lui pressa l'épaule pour le maintenir sur la pierre. Au moment où il jetait un coup d'œil à Chuck, la matraque fendit l'air entre eux en sifflant et réduisit en bouillie le nez du patient.

Teddy sentit le corps sous lui se relâcher.

– Nom de Dieu ! s'écria Chuck.

Le garde balança de nouveau son bras, mais Teddy se détourna pour bloquer le coup avec son coude.

– Hé ! Hé, du calme ! lança-t-il à l'individu au visage ensanglanté en face de lui. Il est K.O., d'accord ? Ça suffit !

Mais le jeunot, rendu fou furieux par l'odeur de son propre sang, resserra sa prise sur la matraque.

– Regardez-moi ! intervint Chuck. Regardez-moi !

Les yeux du garde se portèrent enfin vers lui.

– Reculez. Vous entendez ? Reculez tout de suite ! Ce patient est maîtrisé.

Chuck relâcha le poignet du malade, dont le bras retomba mollement sur sa poitrine. Puis il s'adossa au mur.

– Vous entendez ? répéta-t-il à voix basse.

Le garde baissa les yeux et laissa pendre sa matraque. Il pressa un morceau de sa chemise sur sa joue, avant de contempler le tissu maculé de sang.

– Il m'a défiguré.

Teddy se pencha vers lui pour examiner la plaie. Il avait vu pire, bien pire ; ce jeune gars n'allait pas en mourir ni rien. Mais ce n'était pas beau à voir. Aucun médecin ne serait capable de le recoudre proprement.

– Vous vous en tirerez sans trop de dégâts, déclara-t-il. Il faudra juste quelques points de suture.

246

Au-dessus d'eux résonnèrent plusieurs chocs sourds, comme si des corps et des meubles s'effondraient.

– Vous avez une mutinerie sur les bras ? s'enquit Chuck.

Son interlocuteur souffla fort par la bouche jusqu'à recouvrer quelques couleurs.

– C'est presque ça, oui.

– Les détenus ont pris le contrôle de l'asile ? poursuivit Chuck d'un ton léger.

Le jeune homme les examina avec attention.

– Pas encore.

Chuck retira de sa poche un mouchoir qu'il lui tendit.

Après l'avoir remercié d'un signe de tête, le garde l'appliqua sur la plaie.

De nouveau, Chuck saisit le poignet du patient pour lui prendre le pouls. Ensuite, il lui souleva les paupières.

– Il survivra, déclara-t-il.

– On va le ramener dans sa cellule, dit Teddy.

Ils passèrent les bras du patient autour de leurs épaules, puis suivirent le garde dans l'escalier. Le malade ne pesait pas lourd, mais l'escalier était long ; de plus, ses pieds ne cessaient de heurter les contre-marches. Quand ils parvinrent enfin au sommet, le garde se retourna vers eux, l'air soudain plus âgé, peut-être même un peu plus intelligent.

– Vous êtes les deux marshals, pas vrai ?

– Pardon ?

Il hocha la tête.

– Ouais, c'est ça. Je vous ai vus quand vous êtes arrivés. (Il gratifia Chuck d'un petit sourire.) Cette cicatrice sur votre joue, on l'oublie pas comme ça...

Un soupir échappa à Chuck.

– Qu'est-ce que vous fabriquez ici ? interrogea le jeune homme.

247

– On est venus vous éviter d'être défiguré.

Le garde écarta le mouchoir, l'étudia un instant, puis le pressa de nouveau sur la blessure.

– Ce type que vous portez, là ? C'est Paul Vingis. Originaire de Virginie Occidentale. Il a assassiné sa belle-sœur et ses deux nièces pendant que son frangin se battait en Corée. Il a conservé les cadavres à la cave pour se faire plaisir de temps en temps, si vous voyez ce que je veux dire... Alors que les corps pourrissaient.

Teddy dut résister à l'envie de repousser le bras de Vingis et de le balancer en bas des marches.

– La vérité, reprit le jeune garde après s'être éclairci la gorge, c'est qu'il m'aurait fait la peau.

Il avait les yeux rouges, constatèrent les deux hommes en croisant son regard.

– Comment vous appelez-vous ?

– Baker. Fred Baker.

Teddy lui serra la main.

– Fred ? On est contents d'avoir pu vous aider.

Le dénommé Fred fixa la pointe de ses chaussures souillées de sang.

– Encore une fois, qu'est-ce que vous fabriquez ici ?

– On visite, répondit Teddy. On en a juste pour quelques minutes.

Baker s'accorda un moment de réflexion, durant lequel Teddy eut l'impression que l'aboutissement des événements qui s'étaient succédé au cours des deux dernières années de sa vie – la perte de Dolores, sa traque incessante de Laeddis, la découverte de cet endroit, sa rencontre avec George Noyce et ses histoires de drogues et de lobotomies expérimentales, ses contacts avec le sénateur Hurly, son attente patiente du jour où il pourrait enfin traverser le port comme ils avaient attendu de traverser la Manche jusqu'en Normandie – dépendait de ce qu'allait répondre ce gamin.

– Vous savez, dit Baker, j'ai bossé dans pas mal d'endroits difficiles. Des prisons, un pénitencier à sécurité maximale, un autre hôpital pour malades dangereux... (Il contempla la porte et ses yeux s'agrandirent comme s'il allait bâiller, sauf qu'il n'ouvrit pas la bouche.) Ouais, enchaîna-t-il, j'en ai connu pas mal, des endroits comme ça. Mais ici ? (Il les dévisagea tour à tour.) Ils ont complètement réécrit les règles, ici.

Teddy tenta de déchiffrer l'expression de Fred Baker, mais celui-ci ne lui opposa qu'un regard distant, éteint, trop sage pour son âge.

– Quelques minutes ? lança-t-il enfin. O.K., allez-y. Avec tout ce bordel, personne ne remarquera rien. Alors, vous vous baladez quelques minutes, et après, vous fichez le camp. Compris ?

– Compris, répondit Chuck.

– Mais, hé... (Baker esquissa un petit sourire au moment de poser la main sur la poignée.) Tâchez de ne pas vous faire tuer pendant ces quelques minutes, d'accord ? Ce serait sympa.

15

La porte donnait sur le quartier cellulaire – un vaste espace aux murs et au sol de granit qui s'étendait sur toute la longueur du fort, rythmé à intervalles réguliers par des arcades de trois mètres de large sur quatre mètres cinquante de haut. Deux grandes fenêtres, une à chaque extrémité, constituaient la seule source de lumière ; de l'eau gouttait du plafond, formant des flaques un peu partout. Les cellules, à droite et à gauche, étaient plongées dans l'obscurité.

– Le générateur principal a lâché vers quatre heures du matin, expliqua Baker. Les grilles sont équipées d'un système de verrouillage électrique. C'est une de nos plus récentes innovations. Sacrée bonne idée, hein ? Résultat, toutes les cellules se sont ouvertes à quatre heures. Heureusement, on peut toujours actionner les serrures à la main, si bien qu'on a réussi à faire rentrer à peu près tous les patients, mais l'un d'eux s'est débrouillé pour récupérer un passe. Il n'arrête pas de nous glisser entre les doigts en se faufilant d'une cellule à l'autre.

– Il ne serait pas chauve, par hasard ?

Baker lui jeta un coup d'œil.

– Chauve ? Ouais. C'est lui qui manque à l'appel. Forcément. Son nom, c'est Litchfield.

– Il est en train de jouer à chat perché dans l'escalier par lequel on est arrivés. Dans la partie inférieure.

Le garde les escorta jusqu'à la troisième cellule sur la droite, qu'il ouvrit.

– Balancez-le là-dedans.

Ils eurent du mal à se repérer dans le noir, jusqu'au moment où, enfin, Baker alluma une lampe électrique et en dirigea le faisceau vers l'intérieur. Les deux marshals allongèrent Vingis sur le matelas. Des gémissements montaient de sa gorge et le sang formait des bulles au bord de ses narines.

– Bon, j'ai besoin de renforts pour rattraper Litchfield, déclara Baker. C'est au sous-sol qu'on garde les types à qui on n'ose même pas servir les repas sans la présence d'au moins six gardes. S'ils s'échappent, on est bons pour rejouer Fort Alamo.

– Occupez-vous d'abord de l'assistance médicale, dit Chuck.

Baker, qui venait enfin de trouver une partie de mouchoir intacte, la pressa sur sa blessure.

– Pas le temps, marmonna-t-il.

– Pour *lui*, riposta Chuck.

Le garde les dévisagea quelques secondes.

– Bon, d'accord, je vais chercher un toubib. Mais vous deux, vous allez filer d'ici en un temps record, O.K.?

– O.K. Envoyez-lui un médecin, recommanda Chuck en sortant de la cellule.

– C'est comme si c'était fait, répondit le garde, qui verrouilla la grille derrière eux.

Il s'éloigna en trottinant, contourna trois de ses collègues qui traînaient un géant barbu vers sa cellule et disparut.

– Qu'est-ce que vous en pensez? demanda Teddy.

251

Tout au bout des arcades, il vit un homme agrippé aux barreaux de la fenêtre, et aussi quelques gardes armés d'un tuyau d'arrosage. Ses yeux commençaient à s'accoutumer à la pénombre ambiante, mais les cellules formaient toujours des blocs d'obscurité.

– Il y a forcément des dossiers quelque part, répondit Chuck. Ne serait-ce que pour les informations médicales et les références de base. Vous essayez de trouver Laeddis, j'essaie de trouver les dossiers ?

– Vous avez une idée de l'endroit où ils sont entreposés ?

Chuck jeta un bref regard en direction de la porte.

– À en juger par les bruits, plus on monte, moins c'est dangereux. J'ai dans l'idée que le service administratif est là-haut.

– O.K. On se donne rendez-vous où et quand ?

– Dans quinze minutes ?

Les gardes avaient branché le tuyau d'arrosage, qu'ils orientèrent vers le malade accroché aux barreaux ; sous la puissance du jet, celui-ci lâcha prise et fut projeté sur le sol.

Certains patients applaudirent dans leurs cellules, d'autres laissèrent échapper des plaintes sourdes – tellement déchirantes qu'elles rappelèrent à Teddy celles des soldats tombés au champ de bataille.

– Quinze minutes, donc. On se rejoint dans le hall ?

– Tope-là.

Ils échangèrent une poignée de main. Chuck avait la paume moite et la lèvre supérieure humide.

– Gare à vos fesses, Teddy.

Un patient ouvrit à la volée la porte derrière eux et les dépassa à toute allure. Il avait les pieds nus, maculés de crasse, et il courait comme s'il s'entraînait pour un combat professionnel – à longues fou-

252

lées souples accompagnées de coups de poing contre un adversaire imaginaire.

– Je vais tâcher, répliqua Teddy avec un sourire.

– À bientôt, alors.

– C'est ça, à bientôt.

Chuck se dirigea vers la porte, puis se retourna. Teddy esquissa un hochement de tête qui se voulait rassurant.

Au moment où son coéquipier tirait le battant, deux aides-soignants en profitèrent pour entrer dans le quartier cellulaire. Chuck disparut dans l'escalier.

– Z'auriez pas vu le Grand Espoir Blanc dans le coin, par hasard ? demanda l'un des nouveaux venus à Teddy.

Celui-ci tourna la tête vers le patient qui dansait sur place en mimant une combinaison de coups.

D'un même mouvement, les trois hommes s'avancèrent vers lui.

– C'est un ancien boxeur ? interrogea Teddy.

L'aide-soignant sur sa gauche, un grand Noir d'un certain âge, expliqua :

– Oh, vous venez de la plage, c'est ça ? Les pavillons pour touristes ? Mmm... Ben, Willy, là-bas, il croit qu'il s'entraîne pour un combat à Madison Square contre Joe Louis. Et le pire, c'est qu'il est pas si mauvais !

Ils se rapprochaient du malade, dont Teddy vit les poings labourer l'air devant lui.

– À nous trois, on n'y arrivera jamais, murmura-t-il.

Le Noir lâcha un petit rire.

– Un seul suffira, pas de problème. Je suis son manager. Vous le saviez pas ?

À l'adresse du boxeur, il lança :

– Hé, Willy ! T'as besoin d'un massage, mon vieux. Y reste qu'une heure avant le match.

– J'en veux pas, de ton massage, répondit Willy en entamant une série de directs rapides.

– J'ai pas tellement envie que mon gagne-pain me claque entre les doigts à cause d'une crampe, figure-toi !

– J'en ai eu que la fois où j'ai rencontré Jersey Joe.

– Ben justement, rappelle-toi comment ça s'est terminé.

Cette fois, les bras de Willy retombèrent le long de ses flancs.

– T'as pas tort.

– Allez, en salle d'entraînement, par là, ordonna l'aide-soignant en indiquant d'un grand geste une cellule sur la gauche.

– O.K., mais tu me touches pas. J'aime pas qu'on me touche avant le combat. Tu le sais.

– Oh oui, je le sais, cogneur. (Il ouvrit la grille.) Vas-y, entre.

Willy s'exécuta.

– On l'entend déjà, pas vrai ? La foule, là-bas.

– T'as fait salle comble, mon vieux. T'as fait salle comble.

Teddy et le second aide-soignant poursuivirent leur chemin.

– Moi, c'est Al, dit l'homme en lui tendant une main brune que Teddy serra.

– Salut, Al. Je m'appelle Teddy. Content de te connaître.

– Pourquoi t'es habillé comme ça, Teddy ?

Celui-ci jeta un coup d'œil au ciré.

– Je suis dans l'équipe chargée de réparer le toit. Mais j'ai aperçu un patient dans l'escalier et je l'ai poursuivi jusqu'ici. Je me suis dit que vous aviez peut-être besoin d'un coup de main.

Un paquet d'excréments atterrit sur le sol juste devant ses pieds et un gloussement résonna dans l'une des cellules. Teddy continua d'avancer, le regard fixe, sans ralentir l'allure.

– Essaie de marcher au milieu, lui conseilla Al. De toute façon, ça empêche pas de recevoir des trucs au moins une fois par semaine. Tu vois ton gars quelque part ?

– Non, je...

– Ah, merde.

– Quoi ?

– Je viens de voir le mien.

Il accourait vers eux, trempé jusqu'aux os ; derrière lui, les gardes lâchèrent le tuyau d'arrosage pour se lancer à ses trousses. C'était un petit rouquin au visage couvert de points noirs pareils à une nuée de mouches et aux yeux presque aussi rouges que ses cheveux. Il vira à droite au tout dernier moment, visant une issue qu'il était le seul à distinguer. Al projeta les bras vers lui, mais le rouquin se laissa tomber à genoux pour les éviter, roula par terre et se releva en un clin d'œil.

L'aide-soignant s'élança derrière lui, puis les gardes dépassèrent Teddy en brandissant des matraques, aussi trempés que le fugitif.

Teddy se joignait déjà à la chasse à l'homme, uniquement mû par l'instinct, quand un chuchotement lui parvint :

– Laeddis.

Il se figea au milieu de la salle, aux aguets. Rien. Les gémissements collectifs, interrompus momentanément par l'apparition du petit rouquin, recommençaient à s'élever – une sorte de bourdonnement sourd ponctué de temps à autre par le raclement des tinettes.

Une nouvelle fois, Teddy songea à ces comprimés jaunes. Si Cawley les soupçonnait vraiment, Chuck et lui, de...

– Laed. Dis.

Cette fois, il se tourna vers les trois cellules sur sa droite. Toutes plongées dans l'obscurité. Il attendit, sachant l'homme en train de l'épier, se demandant si c'était Laeddis lui-même.

– T'étais censé me sauver.

La voix provenait soit de la cellule du milieu, soit de celle de gauche. Ce n'était pas Laeddis. Il n'y avait pas le moindre doute là-dessus. Le timbre lui était cependant familier.

Teddy s'approcha des barreaux de la cellule centrale en fouillant ses poches. Il en retira une boîte d'allumettes, en frotta une sur le grattoir, et lorsqu'elle s'enflamma il distingua à l'intérieur un petit lavabo et un homme à la poitrine creuse agenouillé sur sa paillasse, occupé à écrire sur le mur. Un parfait inconnu, constata Teddy quand le patient tourna la tête vers lui.

– Si ça ne vous dérange pas, je préfère travailler dans le noir, monsieur. Merci, merci beaucoup.

Au moment où il reculait, Teddy remarqua que le mur gauche de la cellule était couvert d'inscriptions. Des milliers de lignes denses, minutieusement tracées, en remplissaient toute la surface, et les lettres formaient des mots si petits qu'il était impossible de les déchiffrer à moins d'avoir le nez dessus.

Il se déplaça vers la cellule de gauche au moment où l'allumette s'éteignait entre ses doigts. La voix, désormais toute proche, affirma :

– Tu m'as laissé tomber.

Ce fut d'une main tremblante que Teddy craqua une deuxième allumette. Mais le bâtonnet se brisa contre le bord de la boîte.

– Tu m'avais dit que je ne reviendrais jamais ici. Tu m'avais promis.

Teddy tenta d'en craquer une troisième, qui s'envola de l'autre côté des barreaux, non embrasée.

– Tu m'as menti.

La quatrième crissa sur le grattoir, et la flamme jaillit enfin. Teddy s'approcha encore de la grille pour scruter l'intérieur de la cellule. L'homme assis sur le matelas contre le mur gauche se tenait voûté, la tête entre les genoux, les mains autour des chevilles. Il avait les tempes grisonnantes et le sommet du crâne orné d'une tonsure. Pour tout vêtement, il ne portait qu'un caleçon blanc. Sa peau était parcourue de frissons.

Teddy s'humecta les lèvres et le palais.

– Hé...

– Ils m'ont ramené. Ils disent que je leur appartiens.

– Je ne vois pas votre visage.

– Ils disent que je suis rentré à la maison.

– Si vous pouviez relever la tête...

– Ils disent que je suis ici chez moi. Que je ne partirai jamais.

– Montrez-moi votre visage.

– Pourquoi ?

– S'il vous plaît.

– Tu ne reconnais pas ma voix ? Après toutes ces conversations qu'on a eues ?

– Levez la tête.

– Je pensais que tout ça, c'était peut-être pas uniquement professionnel. Qu'on était peut-être devenus plus ou moins copains. Ton allumette va bientôt s'éteindre, au fait.

Teddy ne pouvait détacher son regard du cercle de peau dénudée, des membres tremblants.

– Écoutez, mon vieux...

– Que j'écoute quoi, hein ? Que j'écoute quoi ? Qu'est-ce que t'as à me raconter ? Des mensonges, c'est tout.

– Je ne...

– T'es qu'un menteur.

– Non. Montrez-moi votre...

La flamme lui brûla l'extrémité de l'index et le côté du pouce ; il lâcha l'allumette.

La cellule devant lui se retrouva plongée dans le noir. Il entendit les ressorts du lit grincer, un tissu rêche frotter contre la pierre, des os craquer.

– Laeddis, répéta l'inconnu.

Sa voix provenait maintenant du côté droit, estima Teddy.

– Il n'a jamais été question de chercher la vérité.

Teddy prit cette fois deux allumettes dans la boîte.

– Jamais.

Lorsqu'il les craqua, Teddy découvrit le lit déserté. Il déplaça sa main vers la droite. L'homme, debout dans un coin, lui tournait le dos.

– Je me trompe ?

– À quel sujet ? demanda Teddy.

– La vérité.

– Oui.

– Non.

– Bien sûr qu'il s'agit de chercher la vérité. De dénoncer les...

– Non, c'est de toi qu'il s'agit. Et de Laeddis. Il n'a jamais été question d'autre chose. Moi, je n'étais qu'un accessoire. Un moyen d'arriver à tes fins.

L'inconnu fit volte-face, puis s'avança vers lui. Il avait le visage littéralement pulvérisé. Une masse gonflée de chairs violettes, noires et rouge cerise. Un pansement blanc en forme de X lui recouvrait le nez.

– Oh, mon Dieu, murmura Teddy.

– Ça te plaît ?

– Qui vous a fait ça ?

– Toi.

– Mais enfin, comment aurais-je pu... ?

George Noyce se plaqua contre les barreaux. Ses lèvres enflées, grosses comme des pneus de vélo, étaient noires de points de suture.

– Après tous tes beaux discours... Après tous tes putains de beaux discours, me voilà revenu dans cet enfer. À cause de toi.

Teddy se rappela la dernière fois où il l'avait vu dans le parloir de la prison. Malgré son teint blafard de détenu, il avait l'air en bonne santé, plein de vie, délivré d'une bonne partie de ses démons. Il lui avait même raconté une blague – un truc à propos d'un Italien et d'un Allemand qui entraient dans un bar à El Paso.

– Regarde-moi, ordonna George Noyce. Tourne pas la tête. T'as jamais eu l'intention de dénoncer ce qui se passait ici.

– C'est faux, George, répliqua Teddy en s'efforçant de s'exprimer d'un ton calme.

– Oh non.

– C'est faux, répéta Teddy. À ton avis, comment j'ai occupé cette dernière année de ma vie ? J'ai tout planifié, George. J'ai organisé ce qui est en train d'arriver. Ici. Maintenant.

– Va te faire foutre !

Le cri frappa Teddy comme une gifle en pleine figure.

– Va te faire foutre ! hurla de nouveau George. T'as passé un an à tout planifier, tu dis ? À planifier un meurtre, c'est tout. Celui de Laeddis. Tu m'as entraîné dans ton putain de jeu à la con. Et regarde où ça m'a mené ! Ici. Je suis revenu ici. Je peux plus le supporter. Je peux plus supporter ce foutu musée de l'horreur. Tu m'entends ? J'en peux plus !

– George, s'il te plaît. Comment sont-ils arrivés jusqu'à toi ? On ne peut pas entrer dans une prison et embarquer un détenu comme ça. Il faut des mandats de transfert. Des entretiens psychiatriques. Des dossiers, George. De la paperasse.

George éclata de rire. Le visage encadré par deux barreaux, il haussa les sourcils à plusieurs reprises.

– Tu veux que je te dise un secret ?

Teddy avança d'un pas.

– Ça vaut le coup.

– Je t'écoute, George.

Celui-ci lui cracha au visage.

Après avoir reculé, Teddy lâcha les allumettes et s'essuya le front avec sa manche.

– Tu sais ce que c'est, la spécialité de ce bon vieux Dr Cawley ?

De nouveau, Teddy se passa une main sur le front et l'arête du nez. Ils étaient secs.

– Culpabilité du survivant, répondit-il. Traumatisme de la perte.

– Ooooh non. (Un petit gloussement sec s'échappa des lèvres de Noyce en même temps que les mots.) C'est la violence. En particulier chez les mâles de l'espèce. Il fait une étude.

– Non, ça, c'est le projet de Naehring.

– De Cawley, rectifia George. Tout vient de Cawley. Il se débrouille pour qu'on lui envoie ici les malades et les criminels les plus violents de tout le pays. D'après toi, pourquoi il y a si peu de patients, hein ? Entre nous, tu crois vraiment que quelqu'un va s'emmerder à examiner les mandats de transfert d'un meurtrier avec des antécédents de violence et de troubles psychologiques ? Franchement, t'es naïf à ce point ?

Teddy craqua deux nouvelles allumettes.

– Je ne sortirai plus jamais, reprit Noyce. J'ai réussi une fois, c'est vrai. Mais c'est fini.

– Calme-toi, George, calme-toi. Comment sont-ils arrivés jusqu'à toi ?

– Ils *savaient*, bon Dieu ! T'as toujours pas pigé ça ? Ils étaient au courant de tout. Tous tes projets. C'est un jeu, tu saisis ? Une remarquable mise en scène. Tout ça, ajouta-t-il en esquissant un geste circulaire, c'est pour toi.

Un sourire vint aux lèvres de Teddy.

– Ils auraient déclenché un ouragan juste pour moi ? Ils sont rudement forts !

Noyce garda le silence.

– Explique-moi ça, George.

– Je peux pas.

– Je m'en doutais. Bon, on va tâcher de laisser la paranoïa au vestiaire, d'accord ?

– T'as beaucoup été seul ? lança Noyce en le regardant droit dans les yeux.

– Hein ?

– Est-ce qu'il y a eu un moment où tu t'es retrouvé seul depuis le début de cette histoire ?

– Tout le temps, répondit Teddy.

– Complètement seul ? insista George en arquant un sourcil.

– Oui, avec mon coéquipier.

– Tiens donc. Et c'est qui, ton coéquipier ?

Du pouce, Teddy indiqua le couloir derrière lui.

– Il s'appelle Chuck. Il...

– Laisse-moi deviner, l'interrompit Noyce. T'avais jamais bossé avec lui avant, pas vrai ?

Teddy eut soudain l'impression de sentir le bâtiment peser sur lui de tout son poids. Un grand froid s'était insinué en haut de ses bras. Pendant quelques instants, il fut incapable de prononcer une parole, comme si les transmissions étaient coupées entre son cerveau et sa langue.

Enfin, il parvint à articuler :

– C'est un marshal de Seattle...

– Mais *t'avais jamais bossé avec lui avant*.

– Ça n'a rien à voir. Je connais les hommes. Je connais ce gars. Je lui fais confiance.

– Sur la base de quoi ?

Il n'y avait pas de réponse simple à cette question. Qui aurait pu expliquer d'où venait la confiance ? Parfois, elle était là ; parfois, elle ne l'était pas. Pendant la guerre, Teddy avait rencontré des hommes auxquels il aurait confié sa vie sur le champ de bataille, mais pas son portefeuille une fois les combats terminés. Il en avait rencontré d'autres auxquels il aurait confié son portefeuille *et* sa femme, mais jamais le soin de protéger ses arrières dans une bataille ou au moment de franchir une porte.

Chuck aurait pu refuser de l'accompagner ; il aurait pu rester dans le dortoir, roupiller pendant que les autres nettoyaient et attendre bien tranquillement le ferry. Après tout, ils avaient rempli leur mission : Rachel Solando avait été retrouvée. Chuck n'avait aucune raison de le suivre dans sa quête de Laeddis ou ses tentatives pour prouver qu'Ashecliffe était une insulte au serment d'Hippocrate. Pourtant, il était là.

– Je lui fais confiance, s'obstina Teddy. Je ne sais pas comment formuler ça autrement.

Le regard de Noyce se chargea de tristesse.

– Alors, ils ont gagné.

Teddy secoua les allumettes, puis les lâcha. Il prit la dernière dans la boîte. Noyce, toujours près des barreaux, renifla.

– Je t'en prie, murmura-t-il soudain, et Teddy comprit qu'il pleurait. Je t'en prie...

– Quoi ?

– Je t'en prie, me laisse pas crever ici.

– Tu ne crèveras pas ici, George.

– Ils vont m'emmener au phare, tu le sais bien.

– Comment ça ?

– Ils vont me charcuter le cerveau.

Lorsque Teddy craqua l'allumette, il vit à la lueur de la flamme que Noyce, tremblant de plus belle, agrippait les barreaux de toutes ses forces ; des larmes jaillissaient de ses yeux gonflés et ruisselaient sur son visage boursouflé.

– Ils ne...

– Vas-y, O.K. ? l'interrompit Noyce. Va te rendre compte par toi-même. Et si t'en reviens vivant, tu me raconteras ce qu'ils trafiquent là-bas. Vas-y.

– Je vais y aller, George. D'accord. Je te sortirai de là.

George Noyce baissa la tête et appuya son crâne nu contre les barreaux en pleurant silencieusement. Teddy se souvint une nouvelle fois de leur dernière entrevue au parloir, quand George lui avait dit : « Si jamais je devais retourner là-bas, je me foutrais en l'air. » Lui-même avait alors répondu : « Ça n'arrivera pas. »

Il s'était trompé, de toute évidence.

Parce que George était bien là. Vaincu, brisé, terrorisé.

– Regarde-moi, chuchota Teddy.

George leva la tête.

– Je vais te sortir de là. Tiens bon. Ne fais rien d'irréparable, surtout. Tu m'entends ? Tiens bon. Je reviendrai te chercher.

Le détenu sourit à travers ses larmes, puis remua lentement la tête.

– Tu ne peux pas tuer Laeddis et révéler la vérité en même temps. Il faut que tu choisisses. Tu comprends ?

– Où est-il ?

– Dis-moi que tu comprends.

– Je comprends. Où est-il ?

– Tu dois choisir.

– Je ne tuerai personne, George. Crois-moi.

En cet instant, tandis qu'il contemplait Noyce de l'autre côté des barreaux, Teddy se savait sincère. Si cela devait lui permettre de ramener chez lui cette pauvre loque, cette malheureuse victime, il renoncerait à sa vendetta. Pas définitivement, non. Il la remettrait à plus tard. En espérant que Dolores lui pardonnerait.

– Je ne tuerai personne, répéta-t-il.

– Menteur.

– Non.

– Elle est morte. Laisse-la partir.

George Noyce avança de nouveau entre les barreaux son visage mi-souriant mi-désespéré et fixa Teddy de ses doux yeux bouffis.

Teddy la perçut soudain en lui, comme une force qui lui comprimait douloureusement la gorge. Il la revoyait au début du mois de juillet, nimbée d'une brume de chaleur, baignée par cette lumière orange foncé qui colore une ville les soirs d'été juste après le coucher du soleil, levant les yeux au moment où il se garait devant chez eux tandis que les gosses reprenaient leur partie de base-ball au milieu de la rue et que le linge mis à sécher claquait au-dessus de leurs têtes ; le menton calé sur une main, une cigarette dans l'autre, tout près de son oreille, elle le regardait, et pour une fois il lui avait apporté des fleurs, parce qu'elle était tout simplement sa femme, l'amour de sa vie, qui le regardait approcher comme si elle voulait mémoriser chaque détail de lui, de son pas, de ses fleurs et de cet instant, et il aurait voulu lui demander quel bruit faisait le cœur quand il éclatait de bonheur, quand la seule vue d'un être vous comblait plus que la nourriture, l'eau ou l'air ne le pourraient jamais, quand vous aviez l'impression d'être né pour vivre un seul et unique moment et que, sans raison, vous le saviez soudain arrivé.

« Laisse-la partir », avait dit Noyce.

– Je ne peux pas, répondit enfin Teddy.

Sa propre voix lui parut éraillée, trop aiguë, et il sentit sa poitrine enfler sous la pression des hurlements qu'il retenait.

Noyce se pencha le plus possible en arrière sans lâcher les barreaux et inclina la tête de côté jusqu'à ce que son oreille touche son épaule.

– Alors, tu ne quitteras jamais l'île.

Teddy garda le silence.

Au bout d'un moment, Noyce poussa un profond soupir, comme si les paroles qu'il s'apprêtait à prononcer étaient tellement dénuées d'intérêt qu'il risquait de s'endormir debout.

– On l'a fait sortir du pavillon C. S'il n'est pas non plus dans le A, c'est qu'il est là-bas.

Il guetta la réaction de Teddy.

– Dans le phare, donc.

Noyce hocha la tête en même temps que la dernière allumette s'éteignait.

Pendant une bonne minute, Teddy demeura immobile, à scruter l'obscurité. Puis il entendit de nouveau grincer les ressorts lorsque Noyce s'allongea.

Il se détourna.

– Hé !

Teddy s'arrêta, le dos à la grille.

– Que Dieu te protège.

16

En retraversant le quartier cellulaire, il découvrit Al qui l'attendait. L'aide-soignant, au milieu du couloir de granit, le regardait d'un œil paresseux.

– T'as rattrapé ton gars ? lança Teddy.

Al vint se ranger à sa hauteur.

– Sûr. Ce salopard nous a fait cavaler, mais ici, tu peux pas aller bien loin de toute façon.

Ils avancèrent dans le corridor en prenant soin de rester au centre. Teddy avait encore l'impression d'entendre Noyce lui demander s'il s'était déjà retrouvé tout seul. Depuis combien de temps Al le surveillait-il ? Il repensa à ces trois jours à Ashecliffe en essayant de se souvenir d'un moment où il avait été complètement seul. Même quand il allait aux toilettes, il utilisait celles du personnel, où il y avait toujours un homme dans la cabine voisine ou qui patientait devant la porte.

Mais Chuck et lui s'étaient aventurés plusieurs fois sur l'île tous les deux...

Chuck.

Que savait-il au juste sur lui ? Teddy visualisa le visage de son coéquipier, le revit sur le ferry, en contemplation devant l'océan...

Un gars fantastique, qui inspirait d'emblée la sympathie, possédait une facilité innée pour communiquer avec les autres – le genre de gars, en somme, qu'on avait envie de fréquenter. Venu de Seattle. Transféré depuis peu. Un sacré joueur de poker. Vouant à son père une haine féroce – un détail qui ne cadrait pas avec le reste de sa personnalité. Quelque chose d'autre, cependant, turlupinait Teddy... Quelque chose, mais quoi ?

Une certaine gaucherie. Oui, c'était ça. Mais non, il n'y avait rien de gauche chez Chuck. Il était l'aisance incarnée. « Ça glisse comme une fiente d'oie », pour reprendre une expression qu'affectionnait autrefois le père de Teddy. Non, décidément, il n'y avait pas le moindre soupçon de gaucherie chez cet homme. Pourtant... N'y avait-il pas eu un bref instant où Chuck lui avait paru maladroit dans ses mouvements ? À présent, Teddy en avait la certitude. Mais il ne se rappelait pas en quelles circonstances.

Et puis, quoi qu'il en soit, cette idée était ridicule. Il faisait confiance à Chuck. Il avait fouillé le bureau de Cawley, après tout.

Tu l'as vu faire ?

En ce moment même, Chuck risquait sa carrière pour accéder au dossier de Laeddis.

Comment le sais-tu ?

Quand ils atteignirent la porte, Al déclara :

– Retourne vers l'escalier et monte les marches. T'auras pas de mal à trouver le toit.

– Merci.

Avant d'ouvrir, Teddy attendit quelques secondes pour voir combien de temps Al allait traîner dans les parages.

Mais sur un hochement de tête, l'aide-soignant s'éloigna dans le quartier cellulaire, et Teddy sut qu'il ne s'était pas trompé. Personne ne l'espionnait. Pour Al, Teddy n'était qu'un collègue de plus. Noyce était paranoïaque. C'était compréhensible – à sa place, qui ne le serait pas ? –, mais on ne pouvait interpréter autrement sa réaction.

Al continuait d'avancer. Teddy tourna la poignée et ouvrit la porte ; il n'y avait ni aides-soignants ni gardes postés sur le palier. Il était seul. Complètement seul. Sans surveillance. Il laissa le battant se refermer derrière lui et se préparait à descendre l'escalier quand il vit Chuck à l'endroit où ils étaient tombés sur Baker et Vingis. La cigarette pincée entre les doigts, il tira de rapides bouffées en regardant Teddy approcher. Puis, quand celui-ci l'eut rejoint, il se mit aussitôt en marche. D'un pas soutenu.

– Je croyais qu'on avait rendez-vous dans le hall...

– Ils sont ici, répondit Chuck lorsque son collègue le rattrapa.

Les deux hommes débouchèrent dans le vaste hall.

– Qui ?

– Le directeur et Cawley. Ne ralentissez pas, surtout. Il va falloir qu'on vole.

– Ils vous ont vu ?

– Je ne sais pas. Je sortais de la salle des archives au deuxième quand je les ai aperçus au bout du couloir. Au moment où Cawley tournait la tête, je suis passé par l'issue de secours donnant sur l'escalier.

– Dans ce cas, ça n'a pas dû les alerter.

Chuck courait presque, désormais.

– Un aide-soignant avec un ciré et un chapeau de ranger qui sort de la salle des archives dans le service administratif ? Oh, vous avez raison, je suis sûr qu'on n'est pas repérés.

Les lumières au-dessus de leurs têtes se rallumèrent dans un concert de crépitements mouillés, comme des os qui casseraient sous l'eau. Des charges électriques commencèrent à bourdonner dans l'air ; elles furent accueillies par une cacophonie de cris, de sifflets et de gémissements si puissante que, pendant une fraction de seconde, le bâtiment parut s'élever tout autour d'eux, puis retomber doucement sur le sol. Des sirènes d'alarme se déclenchèrent, répercutées par les sols et les murs de pierre.

– Chouette, le courant est revenu, observa Chuck.

Dans l'escalier, ils croisèrent quatre gardes qui gravissaient les marches à toute allure, et ils se serrèrent contre le mur pour les laisser passer.

Celui assis à la table de jeu, toujours à son poste, était au téléphone. Il les regarda descendre d'un œil légèrement vitreux, puis soudain ses traits s'animèrent et il dit « Ne quittez pas » dans le combiné avant de s'adresser aux deux marshals à l'instant où ceux-ci abordaient la dernière marche.

– Hé, vous, attendez une minute !

Des groupes déambulaient dans le vestibule – aides-soignants, gardes, deux patients entravés souillés de boue. Teddy et Chuck se mêlèrent à eux et contournèrent un homme qui, en s'écartant de la table où était posée une cafetière, faillit envoyer sa tasse dans la poitrine de Chuck.

– Hé ! Vous deux ! Hé !

Ils ne ralentirent pas l'allure, et Teddy vit certaines personnes se retourner, se demandant à qui s'adressait le garde.

Encore quelques secondes, et ces mêmes personnes se concentreraient sur eux.

– J'ai dit : « Arrêtez-vous ! »

Teddy plaqua une main sur la porte pour la pousser.

Elle ne bougea pas.

– Hé !

À cet instant seulement, il remarqua la poignée en cuivre – un ananas semblable à ceux de la maison de Cawley –, et l'agrippa. Elle était toute mouillée.

– Il faut que je vous parle !

Teddy tourna la poignée, puis ouvrit. Deux gardes montaient les marches du perron. Teddy leur tint la porte après le passage de Chuck, et celui de gauche le remercia d'un signe de tête. Quand ils furent entrés, Teddy relâcha le battant et les deux policiers s'éloignèrent du bâtiment.

Sur leur gauche, ils aperçurent un groupe d'aides-soignants vêtus comme eux, qui fumaient et buvaient du café sous le crachin ; certains étaient adossés au mur, tous plaisantaient ou soufflaient des nuages de fumée dans l'air. Teddy et Chuck se dirigèrent vers eux, guettant le moment où la porte se rouvrirait, où de nouveaux cris s'élèveraient.

– Vous avez trouvé Laeddis ? demanda Chuck.

– Non. Mais j'ai trouvé Noyce.

– Quoi ?

– Vous avez bien entendu.

Ils adressèrent quelques signes de tête aux aides-soignants. Après un échange de sourires et de saluts de la main, Teddy demanda du feu à l'un des hommes, puis les deux marshals continuèrent de longer le mur – un mur qui semblait s'étirer sur au moins cinq cents mètres – en s'efforçant d'ignorer les appels qui leur étaient peut-être destinés et les canons des fusils visibles aux créneaux à quinze mètres au-dessus d'eux.

Parvenus à l'extrémité du mur, ils tournèrent à gauche pour déboucher dans le champ détrempé. On avait déjà remplacé des sections de clôture, constatèrent-ils, et des hommes remplissaient de ciment liquide les trous des poteaux. L'étendue était maintenant complètement close, leur interdisant toute possibilité de fuite de ce côté.

Quand ils revinrent sur leurs pas, Teddy comprit que le seul moyen de sortir consistait à aller tout droit. Trop d'yeux les remarqueraient s'ils évitaient les gardes pour prendre une autre direction.

– On y va au culot, chef ?

– Ouais, on fonce.

Il ôta son chapeau, imité aussitôt par Chuck, puis ils se débarrassèrent de leurs cirés qu'ils mirent sur leur bras, et s'avancèrent sous la bruine. Le même garde était là pour les accueillir.

– On ne ralentit pas, glissa Teddy à Chuck.

– Compris.

En approchant, Teddy tenta de déchiffrer l'expression sur le visage du jeunot. Mais celui-ci ne lui opposa qu'une mine impassible, soit parce qu'il s'ennuyait, soit parce qu'il se préparait à un nouveau conflit.

Teddy lui adressa au passage un bref signe de la main.

– Ils ont des camions, maintenant, déclara le garde.

Les deux hommes ne s'arrêtèrent pas. Teddy pivota et, tout en reculant, demanda :

– Comment ça, des camions ?

– Ben oui, pour vous ramener. Si vous voulez attendre, l'un d'eux vient de partir y a cinq minutes. Y va pas tarder à revenir.

– Nan, on préfère marcher.

Une lueur fugace brilla dans le regard du garde. C'était peut-être un tour de son imagination, pensa Teddy, ou alors ce petit jeune savait reconnaître un bobard quand on lui en servait un.

– Merci quand même.

Sur ce, Teddy lui tourna le dos et, toujours accompagné par Chuck, se dirigea vers les arbres avec l'impression que le garde les suivait des yeux, que le fort tout entier les suivait des yeux. Peut-être Cawley et le directeur se tenaient-ils sur le perron en cet instant, ou sur le toit. Et qu'ils les observaient.

Lorsqu'ils atteignirent la lisière de la forêt, personne ne cria ni ne tira en l'air pour les obliger à

271

stopper, et ils s'enfoncèrent dans la masse de troncs épais et de feuillages déchiquetés.

– Oh, putain, marmonna Chuck. Oh, putain de putain.

Teddy s'assit sur un rocher, conscient de la sueur qui inondait son corps et trempait sa tenue blanche. Il nageait dans l'euphorie. Son cœur battait toujours à grands coups sourds, ses yeux le brûlaient, sa nuque et l'arrière de ses épaules étaient parcourus de picotements, mais c'était, exception faite de l'amour, le sentiment le plus merveilleux du monde.

Celui d'avoir réussi à s'évader.

Il plongea son regard dans celui de Chuck jusqu'au moment où ils éclatèrent de rire tous les deux.

– Quand on a tourné à gauche tout à l'heure, et que j'ai vu cette clôture réparée, lança Chuck, je me suis dit « Oh, merde », on est cuits.

Teddy s'allongea sur la pierre, en proie à une intense sensation de liberté qu'il n'avait plus éprouvée depuis l'enfance. Il contempla le ciel qui commençait à apparaître derrière les nuages gris fumée. L'air courait sur sa peau comme une caresse. Il percevait l'odeur des feuilles mouillées, de la terre mouillée, de l'écorce mouillée, ainsi que le faible chuchotement des dernières gouttes de pluie. Il aurait voulu fermer les yeux et se réveiller de l'autre côté du port, à Boston, dans son lit.

Il faillit sombrer dans une douce somnolence, ce qui lui rappela à quel point il était fatigué. Il se redressa, pêcha une cigarette dans la poche de sa chemise et emprunta le briquet de Chuck. Puis, à genoux, il déclara :

– À partir de maintenant, on doit s'attendre à ce qu'ils découvrent notre intrusion. S'ils ne sont pas déjà au courant.

Chuck acquiesça.

– Baker vendra la mèche, c'est certain.

– Ce garde près de l'escalier... À mon avis, on l'avait averti de notre présence.

– Peut-être qu'il voulait simplement nous faire signer le registre de sortie.

– Dans un cas comme dans l'autre, on se souviendra de nous.

La corne de brume du Boston Light lança son cri plaintif à travers le port. Ce son-là, Teddy l'avait entendu tous les soirs à Hull quand il était gosse. C'était comme l'expression d'une solitude absolue. Un son qui vous donnait envie de vous raccrocher à quelque chose, à quelqu'un, un oreiller, soi-même, n'importe quoi.

– Noyce, donc, reprit Chuck.

– Tout juste.

– Il est vraiment là.

– En chair et en os.

– Mais bon sang, Teddy, comment c'est possible ?

Alors, Teddy lui parla de George Noyce, de la terrible raclée qu'il avait reçue, de son animosité, de sa peur, de ses tremblements, de ses larmes. Il ne lui cacha rien, sauf ce que Noyce lui avait suggéré sur son coéquipier. Chuck l'écouta, hochant la tête de temps à autre, le regardant comme un enfant regarde les moniteurs autour du feu de camp pendant qu'on raconte la dernière histoire de croquemitaine.

Et au fond, songea Teddy, c'était peut-être bien d'une histoire de ce genre qu'il s'agissait.

Quand il eut terminé, Chuck demanda :

– Vous le croyez ?

– Il est là. C'est incontestable.

– Il a peut-être souffert de nouveaux troubles psychologiques ? Des vrais, je veux dire. Il a des antécédents. Si ça se trouve, sa présence ici est tout à fait légitime. Ses nerfs ont lâché en prison, et les

273

types ont décrété : « Hé, c'est un ancien patient d'Ashecliffe. On n'a qu'à le renvoyer là-bas. »

– Possible. Mais la dernière fois où je l'ai vu, il m'a paru parfaitement sain d'esprit.

– C'était quand ?

– Il y a un mois.

– Beaucoup de choses peuvent changer, en un mois.

– Exact.

– Et pour le phare, Teddy ? Vous pensez vraiment qu'il y a plein de savants fous là-dedans, en train de planter des antennes dans le crâne de Laeddis en ce moment même ?

– Je suis sûr qu'ils n'entoureraient pas d'une clôture une simple unité de traitement.

– D'accord. Mais c'est un peu grand-guignolesque, là, non ?

Teddy fronça les sourcils.

– Je n'ai pas la moindre foutue idée de ce que ça signifie.

– Particulièrement horrible, répondit Chuck. Comme dans les contes pour enfants. *Bouh !* Le genre de truc qui fait froid dans le dos, quoi.

– Je comprends. C'est quoi, l'expression, déjà ?

– Grand-guignolesque. Ça vient du français. Toutes mes excuses.

Il sembla à Teddy que le sourire de Chuck était un peu forcé, qu'il cherchait un moyen de changer de sujet.

– Vous avez étudié le français pendant vos études à Portland ?

– Seattle, rectifia Chuck.

– Ah oui. (Teddy plaça une main sur sa poitrine.) Toutes *mes* excuses.

– J'aime bien le théâtre, vous voyez. C'est un terme emprunté à la scène.

– Vous savez que j'ai connu un gars au bureau de Seattle ?

– Ah bon ?

Chuck tapota ses poches d'un air distrait.

– Mouais. Vous l'avez sans doute connu aussi.

– Sûrement. Vous voulez voir ce que j'ai récupéré dans le dossier de Laeddis ?

– Il s'appelait Joe. Joe... (Teddy fit claquer ses doigts.) Aidez-moi, là. J'ai le nom sur le bout de la langue. Joe, hum, Joe...

– Les Joe ne manquent pas, là-bas, l'interrompit Chuck en fourrant la main dans sa poche arrière.

– Je croyais que c'était un petit bureau.

– Ah, voilà.

D'un coup sec, Chuck retira sa main. Elle était vide. Le morceau de papier plié qui lui avait glissé des doigts émergeait de sa poche, constata Teddy.

– Joe Fairfield, annonça-t-il. (Il était toujours troublé par la façon dont la main de Chuck avait jailli de la poche. Maladroitement.) Ça vous dit quelque chose ?

– Non, répondit Chuck en tendant de nouveau le bras derrière lui.

– Je suis pourtant sûr qu'on l'a transféré là-bas.

Son collègue haussa les épaules.

– Je n'ai jamais entendu ce nom-là.

– Ou alors, c'était à Portland. J'ai tendance à mélanger les deux.

– J'avais remarqué.

Enfin, Chuck attrapa le papier, et soudain Teddy le revit le jour de leur arrivée, quand il avait bataillé avec le rabat de son holster avant de remettre son arme au garde. En général, ce n'était pourtant pas le genre de manœuvre qui posait problème à un marshal. Parce qu'elle pouvait lui coûter la vie pendant une mission.

Chuck lui tendit la feuille.

– C'est un formulaire d'admission. Celui de Laeddis. Je n'ai trouvé que ça et son dossier médical. Pas de rapports d'incidents, pas de notes relatives à des séances, pas de photos. C'est bizarre.

– Bizarre, oui.

Chuck lui présentait toujours sa main, le document plié entre ses doigts.

– Prenez-le, Teddy.

– Non, gardez-le.

– Vous ne voulez pas y jeter un coup d'œil?

– Je l'examinerai plus tard.

Il dévisagea Chuck et laissa le silence se prolonger entre eux.

– Quoi? demanda enfin son coéquipier. Vous me regardez d'un drôle d'air parce que je ne sais pas qui est ce foutu Joe Machin-Chose?

– Je ne vous regarde pas d'un drôle d'air, Chuck. Je vous le répète, je confonds souvent Portland et Seattle.

– O.K. Alors...

– On se remet en route.

Teddy se redressa. Chuck resta assis encore quelques secondes, les yeux rivés sur la feuille dans sa main. Puis il contempla les arbres, leva la tête vers Teddy et la pencha en direction de la côte.

La corne de brume résonna de nouveau.

À son tour, Chuck se remit debout. Il replaça le papier dans sa poche.

– D'accord, dit-il. Parfait. Allez-y, passez le premier.

Voyant Teddy partir vers l'est à travers bois, il lança :

– Vous allez où? Ashecliffe, c'est de l'autre côté.

– Je ne vais pas à Ashecliffe, répondit Teddy en lui jetant un coup d'œil par-dessus son épaule.

Chuck semblait contrarié, peut-être même effrayé.

– Alors, où on va, Teddy?

Celui-ci sourit.

– Visiter le phare, Chuck.

– Où on est ? demanda Chuck.

– Paumés.

En sortant du sous-bois, au lieu de se retrouver en face de la clôture entourant le phare, comme ils s'y attendaient, ils constatèrent qu'ils s'étaient beaucoup éloignés vers le nord. L'ouragan avait transformé la forêt en bayou et les deux hommes avaient été obligés de multiplier les détours à cause des arbres tombés ou inclinés en travers du chemin. Teddy se doutait bien qu'ils dévieraient un peu, mais à en juger par ses dernières estimations, ils étaient remontés presque jusqu'au cimetière.

Il voyait le fort, pourtant. Son tiers supérieur émergeait de derrière une longue élévation de terrain, un autre bouquet d'arbres et un fouillis de végétation verte et brune. Juste après le champ où ils se tenaient s'étendait un marais et, au-delà, des rochers noirs déchiquetés formaient une barrière naturelle empêchant d'accéder à la pente. La seule façon d'y arriver, Teddy le savait, c'était de retourner dans les bois en espérant repérer l'endroit où ils avaient pris la mauvaise direction sans avoir à rebrousser chemin jusqu'à leur point de départ.

Il fit part à Chuck de ses observations.

À l'aide d'un bâton, celui-ci ôta de son pantalon les bardanes qui s'y étaient accrochées.

– On pourrait aussi faire le tour et revenir par l'est, suggéra-t-il. Vous vous rappelez quand on était avec McPherson, hier soir ? Le chauffeur a emprunté un semblant de route. Regardez, c'est sûrement le cimetière, sur cette colline, là-bas. Alors, qu'est-ce que vous en dites ? On fait le tour ?

– C'est sûrement une meilleure idée que d'affronter de nouveau cette jungle.

– Oh, la balade ne vous a pas plu ? (Chuck se passa une main dans la nuque.) Moi, j'adore les moustiques. En fait, je suis sûr qu'il me reste encore un ou deux endroits sur la figure où ils ne m'ont pas piqué.

C'étaient les premières paroles qu'ils échangeaient depuis plus d'une heure, et Teddy avait conscience de leurs efforts pour crever la bulle de tension entre eux.

Mais il resta silencieux trop longtemps. Chuck finit par se remettre en route le long du champ, plus ou moins vers le nord-ouest ; une nouvelle fois, l'île les repoussait en direction de la côte.

Tout en marchant, Teddy contemplait le dos de Chuck. C'était son coéquipier, avait-il dit à Noyce. Il lui faisait confiance, avait-il ajouté. Mais pourquoi ? Parce qu'il n'avait pas le choix. On ne pouvait pas demander à un homme d'accomplir seul une telle mission.

S'il disparaissait, s'il ne revenait pas de l'île, le sénateur Hurly s'inquiéterait. On pouvait compter sur lui. Sans aucun doute. Ses questions seraient prises en compte. Elles seraient entendues. Mais dans le contexte politique actuel, la voix d'un démocrate relativement peu connu originaire d'un petit État de la Nouvelle-Angleterre résonnerait-elle avec assez de force ?

Les marshals étaient solidaires entre eux. Ils enverraient certainement des hommes à sa recherche. Mais le problème, c'était le temps, songea Teddy. Arriveraient-ils sur l'île avant qu'Ashecliffe et ses médecins aient irrémédiablement altéré le marshal Teddy Daniels ? Fait de lui un autre George Noyce ? Ou pire, un autre dingue comme celui qui jouait à chat ?

Il l'espérait, en tout cas, car plus il regardait le dos de Chuck, plus il acquérait la certitude d'être seul dans cette entreprise. Complètement seul.

– Encore des cailloux, chef. Merde.

Ils se tenaient sur un étroit promontoire bordé à droite par un à-pic tombant dans la mer et à gauche, en contrebas, par une petite plaine couverte de broussailles. Le vent forcissait peu à peu tandis que le ciel virait à l'ocre et que l'air se chargeait d'embruns.

Les piles de pierres étaient disposées parmi les broussailles. Il y en avait sept, sur deux rangées, protégées de tous côtés par les parois de cette cuvette naturelle.

– Quoi, on les ignore ? lança Teddy.

Chuck leva la main vers le ciel.

– Dans deux heures, le soleil sera couché. On n'est pas encore arrivés au phare, au cas où vous ne l'auriez pas remarqué. Ni au cimetière. On n'est même pas sûrs de pouvoir y accéder d'ici. Et vous, vous voulez descendre compter des cailloux.

– Mais si c'était un code...

– Quelle importance, à ce stade ? On a la preuve que Laeddis est ici. Vous avez vu Noyce. Tout ce qu'on a à faire, c'est de rentrer chez nous avec cette information. Cette preuve. Et on aura terminé notre job.

Il avait raison, Teddy le savait.

Du moins, s'ils étaient bien dans le même camp.

Mais s'ils ne l'étaient pas, et s'il s'agissait d'un code que Chuck voulait l'empêcher de voir...

– Dix minutes pour descendre, dix pour remonter, déclara-t-il.

Chuck s'assit avec lassitude sur la roche sombre, avant de sortir de sa poche une cigarette.

– D'accord. Mais moi, je vous attends.

– Comme vous voudrez.

Son coéquipier protégea de ses mains la cigarette pour l'allumer.

– Justement.

Teddy vit la fumée s'insinuer entre les doigts recourbés de Chuck et partir à la dérive vers la mer.

– À tout à l'heure, dit-il.

Chuck lui avait tourné le dos.

– Tâchez de ne pas vous rompre le cou.

Il fallut à Teddy sept minutes pour parvenir à destination – trois de moins que prévu –, car il glissa à plusieurs reprises sur le sol meuble et sablonneux. Il aurait dû avaler plus qu'une tasse de café ce matin-là, songea-t-il. Son estomac vide gargouillait et le manque de sucre dans son sang, associé au manque de sommeil, lui donnait le tournis et faisait apparaître des taches noires devant ses yeux.

Il compta les pierres, puis inscrivit dans son calepin le total de chaque tas en lui assignant la lettre correspondante :

5(E)-20(T)-3(C)-9(I)-15(O)-20(T)-19(S)

Après avoir refermé le calepin, il le rangea dans sa poche de poitrine et entama l'ascension de la pente sableuse, s'aidant de ses mains dans les parties les plus abruptes, emportant des touffes entières de graminées lorsqu'il dérapait et glissait. Il mit vingt-cinq minutes à remonter ; à ce moment-là, le ciel avait pris une nuance bronze foncé et Teddy comprit que Chuck avait vu juste, quel que soit son camp : la lumière déclinait vite et cette séance d'exercice n'avait été qu'une perte de temps, même si le code avait une signification quelconque.

Ils ne pourraient probablement plus gagner le phare, à présent. De toute façon, s'ils y arrivaient, qu'adviendrait-il de lui ? Au cas où Chuck collaborerait réellement avec eux, il se retrouverait lui-même dans la position d'un oiseau fonçant droit vers une vitre.

Teddy leva la tête, vit le sommet de la pente, le bord saillant du promontoire, la voûte bronze du ciel au-dessus, et il pensa : C'est peut-être fini, Dolores. Je ne peux peut-être rien t'offrir de mieux pour le moment.

Laeddis va vivre. Ashecliffe continuera d'exister. On devra se contenter de savoir qu'on a déclenché un processus – un processus qui, en fin de compte, pourrait aboutir à l'anéantissement de tout le système.

Il découvrit une faille au sommet de la pente, une étroite ouverture sous le promontoire, suffisamment érodée pour qu'il puisse s'y appuyer, poser les deux mains sur la roche plate au-dessus et hisser son torse, puis ses jambes sur la saillie.

Allongé sur le flanc, il contempla la mer en face de lui. Tellement bleue à cette heure de la journée, tellement brillante en cette fin d'après-midi. Couché ainsi, le visage caressé par la brise, environné par cette eau qui semblait s'étendre à l'infini sous le ciel de plus en plus sombre, il se sentait terriblement petit, incroyablement humain aussi. Mais ça n'avait rien d'une impression débilitante. Au contraire, elle l'emplissait d'une étrange fierté revigorante. Il faisait partie de cet univers. Il n'en était qu'un élément infime, d'accord. Mais la partie d'un tout, uni à lui. Et en vie.

Une joue appuyée sur la roche, il jeta un coup d'œil de l'autre côté du promontoire, et c'est à ce moment-là seulement qu'il constata la disparition de Chuck.

17

Le corps de Chuck, léché par les vagues, gisait au pied de la falaise.

Agrippé au bord du promontoire, Teddy fit glisser ses jambes dans le vide, puis chercha avec ses pieds une prise sur les rochers noirs jusqu'à avoir la quasi-certitude qu'ils supporteraient son poids. Il relâcha son souffle alors qu'il n'avait même pas eu conscience de le retenir, laissa ses bras passer doucement par-dessus le surplomb et sentit soudain une pierre bouger sous son pied droit et sa cheville partir vers la gauche ; il plaqua aussitôt son dos contre la muraille, et par chance les fragments de roche résistèrent sous lui.

Il pivota lentement, se baissa jusqu'à se retrouver accroché comme un crabe à la paroi et commença à descendre. Il n'avait aucun moyen d'aller plus vite. Certains blocs étaient solidement ancrés dans la muraille, tels les boulons dans la coque d'un navire de guerre. D'autres n'étaient retenus que par ceux en dessous, mais il était impossible de savoir lesquels avant d'avoir tenté de prendre appui sur eux.

Au bout d'une dizaine de minutes, Teddy repéra l'une des Lucky Strike de Chuck à moitié fumée ; l'extrémité en était aussi noire et pointue que la mine d'un crayon de charpentier.

Qu'est-ce qui avait bien pu provoquer sa chute ? Le vent avait forci, mais pas au point de renverser un homme.

Teddy songea à Chuck là-haut, tout seul, fumant cette cigarette au cours des dernières minutes de sa vie, puis à tous ces êtres auxquels il s'était attaché, décédés alors qu'il devait continuer. Dolores, bien sûr. Son propre père, disparu dans les profondeurs de ce même océan. Sa mère, quand il avait seize ans. Tootie Vicelli, abattu en Sicile d'une balle dans la bouche, adressant à Teddy un rictus étrange, comme s'il avait avalé un machin au goût surprenant, des filets de sang dégoulinant au coin des lèvres. Martin Phelan, Jason Hill, ce grand mitrailleur polonais originaire de Pittsburg aussi – comment s'appelait-il, déjà ? Yardak. Oui, c'était ça. Yardak Gilibiowski. Et le blondinet qui les avait fait tant rire en Belgique... Il avait reçu à la jambe une blessure sans gravité apparente, jusqu'au moment où les autres s'étaient rendu compte que rien ne pouvait stopper l'hémorragie. Sans parler de Frankie Gordon, qu'il avait laissé tomber au Coconut Grove ce soir-là. Deux ans plus tard, Teddy avait écrasé sa cigarette sur le casque de Frankie en le traitant de « bouseux de l'Iowa », Frankie avait répondu : « T'as pas ton pareil pour balancer des vannes... » et il avait marché sur une mine. Teddy avait toujours un éclat dans le mollet gauche.

À présent, c'était au tour de Chuck.

Saurait-il un jour s'il avait eu tort de se méfier de lui ? se demanda Teddy. S'il aurait dû lui accorder au moins le bénéfice du doute ? Chuck, qui l'avait fait rire, qui avait rendu tellement plus facile à supporter la pression des trois jours écoulés. Chuck, qui ce matin encore avait réclamé des œufs Benedict pour le petit déjeuner et un sandwich au corned-beef pour le déjeuner.

Teddy leva les yeux vers le bord du promontoire. D'après ses estimations, il était maintenant à mi-parcours ; le ciel avait pris une teinte bleu foncé semblable à celle de la mer et s'assombrissait rapidement.

Qu'est-ce qui avait pu précipiter Chuck au pied de la falaise ?

Rien de naturel.

Sauf s'il avait laissé tomber un objet. Sauf s'il avait voulu le rattraper. Sauf si, comme lui-même en cet instant, il avait tenté de descendre l'à-pic en cherchant un appui sur des pierres en équilibre instable.

Il marqua une pause pour reprendre son souffle, le visage inondé de sueur. Avec la plus grande prudence, il libéra une de ses mains pour l'essuyer sur sa jambe de pantalon. Puis il assura de nouveau sa prise et fit de même avec l'autre main. Au moment où il agrippait une saillie pointue, il découvrit le morceau de papier.

Celui-ci, coincé entre une pierre et une racine brune toute tordue, se soulevait au gré du vent marin. Teddy ôta sa main de l'arête rocheuse pour le saisir ; il n'avait pas besoin de le déplier pour savoir de quoi il s'agissait.

Le formulaire d'admission de Laeddis.

Il le glissa dans la poche arrière de son pantalon en se rappelant la façon dont, un peu plus tôt, la feuille avait émergé pareillement de celle de Chuck, et il comprit pourquoi son collègue s'était aventuré le long de cette paroi.

Pour récupérer ce document.

Pour l'aider, lui, Teddy.

Les cinq derniers mètres de la muraille se composaient de gros boulders semblables à des œufs noirs géants recouverts de varech. Parvenu à leur hauteur, Teddy se retourna de façon à pouvoir placer les bras derrière lui et prendre appui sur ses mains pour poursuivre la descente. En se frayant un chemin parmi les rochers, il aperçut des rats dissimulés dans les crevasses.

Enfin, il franchit le dernier et se retrouva au bord de l'eau. Ayant repéré Chuck, il se dirigea vers lui, pour découvrir à sa grande stupeur que ce n'était pas du tout un corps humain mais seulement un rocher décoloré par le soleil disparaissant à moitié sous un entrelacs de longues algues noires.

Merci... Teddy ne savait même pas qui remercier. Il n'avait sous les yeux qu'un vulgaire caillou. Chuck n'était pas mort.

Il approcha ses mains de sa bouche pour appeler son collègue. Il cria son nom encore et encore, en entendit l'écho se répercuter sur les rochers, s'envoler avec la brise, et il guetta le moment où la tête de Chuck apparaîtrait au bord du promontoire.

Peut-être se préparait-il lui aussi à descendre chercher son coéquipier. Peut-être était-il là-haut en ce moment même, prêt à affronter la muraille de pierre.

Teddy s'époumona jusqu'à en avoir la gorge douloureuse.

Puis il se tut, certain qu'à tout instant il allait entendre Chuck lui répondre. La pénombre était telle à présent qu'il ne distinguait plus le sommet de la falaise. Il perçut le souffle du vent. Le bruit des rats dans les fissures entre les boulders. Le criaillement d'une mouette. Le mugissement des flots. Quelques minutes plus tard, la corne de brume du Boston Light résonna de nouveau.

Peu à peu, son regard s'accoutuma à l'obscurité grandissante, et il remarqua alors des yeux fixés sur lui. Des dizaines de paires d'yeux. Les rats postés sur les boulders l'observaient sans la moindre crainte. La nuit, la côte devenait leur territoire ; pour eux, il était l'intrus.

Mais si Teddy avait peur de l'eau, il ne redoutait pas les rats, ces sales petites bestioles visqueuses. Il pourrait toujours tirer sur eux, pour voir combien continueraient à le braver ainsi, une fois quelques-uns de leurs copains réduits en bouillie.

Sauf qu'il n'avait plus son revolver et que le nombre de rongeurs avait déjà doublé depuis qu'il avait remarqué leur présence. Leurs longues queues serpentines fouettaient la pierre. Conscient de l'océan qui lui léchait les talons, de tous ces regards braqués sur lui, Teddy commençait à éprouver – même si ce n'était pas de la peur – une sorte de picotement le long de la colonne vertébrale, une sensation de démangeaison au niveau des chevilles.

Il se mit à marcher lentement sur le littoral ; ils étaient des centaines, constata-t-il, massés sur les rochers au clair de lune comme des phoques au soleil. Il les vit dégringoler des boulders pour gagner le sable où il s'était lui-même tenu quelques instants plus tôt, et il reporta son attention devant lui pour évaluer ce qui restait de plage.

Pas grand-chose. Une autre falaise s'avançait dans la mer environ dix mètres plus loin, formant un rempart infranchissable ; à droite, au milieu de l'eau, il avisa une île qu'il n'avait pas distinguée jusque-là. À la lueur de la lune, elle ressemblait à une grosse savonnette brune arrimée à la surface de façon précaire. Le premier jour, se rappela Teddy, il avait contemplé l'océan du haut de ces mêmes falaises. Il n'y avait pas d'île à cet endroit. Il en était certain.

Alors, d'où avait-elle surgi ?

Il les entendit encore. Quelques-uns se battaient, mais la plupart faisaient cliqueter leurs griffes sur la roche et poussaient de petits cris stridents. Teddy sentit la démangeaison dans ses chevilles remonter vers ses genoux et l'intérieur de ses cuisses.

En jetant un coup d'œil derrière lui, il découvrit que le sable avait disparu sous leurs rangs serrés.

Il leva la tête vers la paroi rocheuse, soulagé de voir la lune presque pleine et les innombrables étoiles qui brillaient dans le ciel. Et soudain, il repéra une tache de couleur aussi irréelle que l'île absente du paysage deux jours plus tôt.

Elle était orange. À mi-hauteur de la falaise devant lui. Orange vif. Au milieu d'une muraille noire. Bien après le coucher du soleil.

Alors que Teddy la contemplait, elle vacilla, diminua d'intensité, recouvra son éclat, s'affaiblit, grandit de nouveau. Comme si elle palpitait.

Pareille à une flamme.

Il y avait une grotte, comprit Teddy. Ou, du moins, une crevasse de bonne taille. Et quelqu'un se trouvait à l'intérieur. Chuck. Forcément. Peut-être qu'il était bel et bien parti à la recherche de ce papier. Peut-être qu'il s'était blessé et, au lieu de continuer à descendre, qu'il avait poursuivi son chemin parallèlement à la côte.

Teddy ôta son chapeau et se dirigea vers le boulder le plus proche. Une demi-douzaine de paires d'yeux le regardèrent approcher ; il les chassa à grands coups de couvre-chef, et les affreux petits corps sursautèrent, se contorsionnèrent et abandonnèrent finalement leur poste pour se précipiter sur le sable. Teddy grimpa rapidement au sommet du rocher, passa sur le suivant en expédiant quelques coups de pied à la ronde, puis sauta de l'un à l'autre en constatant que les rats étaient de moins en moins nombreux à mesure qu'il progressait. Il n'y en avait plus aucun sur les derniers œufs de pierre, et bientôt il entreprit l'escalade de la paroi rocheuse, les mains toujours en sang après son expédition précédente.

Par chance, l'ascension se révéla moins difficile. La muraille était beaucoup plus haute et large que la première, mais s'élevait par paliers et présentait des saillies importantes.

Il lui fallut néanmoins une heure et demie pour atteindre son but. Il lui semblait que les étoiles l'observaient à l'instar des rats un peu plus tôt et que l'image de Dolores se dissipait peu à peu. Il ne parvenait plus à la visualiser, à imaginer son visage, ses mains ou sa bouche trop large. Il la sentait s'éloigner de lui pour la première fois depuis qu'elle était morte, et il comprit que le phénomène était provoqué par l'épuisement physique, le manque de sommeil et de nourriture. Néanmoins, elle l'avait quitté. Abandonné au clair de lune.

Mais non, il l'entendait. Il avait beau ne pas la voir, il l'entendait parler dans sa tête. Elle lui disait : « Continue, Teddy. Continue. Tu as le droit de vivre. »

Les choses se réduisaient-elles à ça ? Après deux années passées à toucher le fond, à contempler le soir son revolver sur la table basse du salon tandis qu'assis sur le canapé il écoutait Tommy Dorsey ou Duke Ellington, à entretenir la certitude qu'il ne pourrait pas avancer d'un pas de plus dans cette putain d'existence, à ressentir son absence avec tant de force qu'il en avait un jour ébréché une de ses incisives tant il avait serré les dents pour étouffer ce besoin d'elle qui le submergeait, le moment était-il enfin arrivé où il allait commencer à l'oublier ?

Je ne t'ai pas rêvée, Dolores. Je le sais. Mais en cet instant, c'est comme si je l'avais fait.

Tant mieux, Teddy. Tant mieux. Tu dois me laisser partir, maintenant.

C'est vraiment ce que tu veux ?

Oui, bébé.

Je vais essayer, d'accord ?

D'accord.

La lueur orange tremblotait toujours. Il en percevait la chaleur, à présent. Une chaleur faible, mais bien réelle. Il plaça une main sur le rebord au-dessus de lui, vit un reflet ambré jouer sur son poignet, se hissa sur le surplomb et découvrit une ouverture aux parois escarpées sur lesquelles dansaient des ombres. Enfin, il se redressa. Sa tête touchait presque la voûte de la grotte ; celle-ci s'incurvait vers la droite. Il se laissa guider par la lumière qui, constata-t-il bientôt, provenait d'un feu de bois au fond d'un petit trou creusé dans le sol. Une femme se tenait de l'autre côté des flammes, les mains derrière le dos.

– Qui êtes-vous ? demanda-t-elle.

– Je m'appelle Teddy Daniels.

Elle avait de longs cheveux et portait la tenue des patientes : tunique rose pâle, pantalon resserré à la taille par un lien coulissant, pantoufles.

– D'accord, mais qu'est-ce que vous faites ?

– Je suis flic.

Quand elle inclina la tête, Teddy distingua quelques mèches grises dans sa chevelure.

– C'est vous, le marshal ?

Teddy opina.

– Pourriez-vous me montrer vos mains ? lança-t-il.

– Pourquoi ?

– Parce que j'aimerais savoir ce que vous tenez.

– Pourquoi ?

– Parce que j'aimerais savoir si je cours le risque d'être blessé.

Elle se fendit d'un petit sourire.

– Ça me paraît normal.

– Heureux de vous l'entendre dire.

L'inconnue ramena les mains devant elle. Elle serrait dans ses doigts un long scalpel chirurgical.

– Je préfère ne pas m'en séparer, si vous n'y voyez pas d'inconvénient.

Teddy écarta les bras.

– Comme vous voudrez.

– Vous savez qui je suis ?

– Une patiente d'Ashecliffe, non ?

Inclinant de nouveau la tête de côté, elle effleura sa tunique.

– Ciel, mais comment avez-vous deviné ? ironisat-elle.

– Bon, d'accord. Vous marquez un point.

– Vous êtes tous aussi perspicaces, dans la police ?

– Écoutez, je n'ai rien mangé depuis des heures. Mes facultés fonctionnent un peu au ralenti.

– Vous avez réussi à dormir ?

– Pardon ?

– Depuis votre arrivée sur l'île, vous avez beaucoup dormi ?

– Pas très bien, si c'est ce que vous entendez par là.

– Tout juste.

Elle releva ses jambes de pantalon, puis s'assit par terre en lui faisant signe de l'imiter.

Teddy s'exécuta, les yeux fixés sur elle.

– Vous êtes Rachel Solando, n'est-ce pas ? La vraie, je veux dire.

En guise de réponse, elle haussa les épaules.

– Vous avez tué vos enfants, reprit-il.

Elle se servit de son scalpel pour pousser une bûche dans le feu.

– Je n'ai jamais eu d'enfants.

– Non ?

– Non. Je n'ai même jamais été mariée. Vous serez sans doute étonné d'apprendre que je n'étais pas seulement une patiente de cet établissement.

– Comment ça ?

Lorsqu'elle déplaça un autre bout de bois, celui-ci roula au milieu du feu dans un concert de crépitements ; des étincelles jaillirent au-dessus du brasier et s'éteignirent avant d'atteindre la voûte.

– Je faisais partie du personnel, révéla-t-elle. Depuis la fin de la guerre.

– Vous étiez infirmière ?

Elle le contempla un moment.

– J'étais médecin, marshal. La première doctoresse à intégrer l'équipe médicale de l'hôpital Drummond, dans le Delaware. La première à intégrer celle d'Ashecliffe. Vous avez devant vous une authentique pionnière, cher monsieur.

Ou une patiente en plein délire, songea Teddy.

Il croisa soudain le regard de l'inconnue. Un regard à la fois doux, prudent et entendu.

– Vous me croyez folle, hein ?

– Non.

– C'est normal, remarquez. Que penser d'une femme qui vit dans une grotte ?

– Vous n'êtes peut-être pas là sans raison.

Elle esquissa un sourire sans joie en remuant la tête.

– Je ne suis pas folle. Oh non. Mais vous allez me répondre que c'est exactement ce que dirait une folle, n'est-ce pas ? C'est toute l'absurdité kafkaïenne de la situation. Si vous n'êtes pas fou, mais qu'on vous a présenté comme tel au reste du monde, toutes vos protestations ne servent qu'à conforter les autres dans leur opinion. Vous me suivez ?

– Plus ou moins.

– Imaginez un syllogisme qui prendrait comme point de départ le principe suivant : « Les fous nient leur folie. » D'accord ?

– Oui.

– O.K., deuxième partie : « Or Bob nie sa folie. » Troisième partie, celle du « donc » : « Donc, Bob est fou. » (Elle posa le scalpel par terre près de son genou, puis remua le feu avec un bâton.) Si on vous juge dément, alors tous les actes qui devraient prouver le contraire sont interprétés comme ceux d'un dément. Vos saines protestations constituent un *déni*. Vos craintes légitimes deviennent de la *paranoïa*. Votre instinct de survie est qualifié de *mécanisme de défense*. C'est sans issue. L'équivalent d'une condamnation à mort, en quelque sorte. Une fois que vous êtes ici, vous n'en sortez plus. Personne ne quitte le pavillon C. Personne. Oh, quelques-uns ont essayé, c'est vrai. Quelques-uns en sont même sortis. Mais on les a opérés. Du cerveau. *Tchac*, à travers l'œil. Il s'agit d'une pratique médicale barbare, inconcevable, ce que je n'ai pas manqué de leur dire. Je me suis battue contre eux. J'ai écrit des tas de lettres. Rien ne les empêchait de me renvoyer, vous savez ? De me congédier, de m'autoriser à prendre un poste de professeur ou même à exercer hors de cet État, mais ça ne leur convenait pas. Ils ne pouvaient pas me laisser partir. Oh non...

Elle devenait de plus en plus agitée à mesure qu'elle parlait, donnant de grands coups de bâton dans le feu, s'adressant plus à ses genoux qu'à Teddy.

– Vous étiez vraiment médecin ? demanda-t-il.

– Oh oui. J'étais médecin. (Elle détacha son regard de ses genoux et du morceau de bois.) Je le suis toujours, d'ailleurs. Oui, je faisais partie de l'équipe médicale. Et puis, j'ai commencé à poser des questions sur la nécessité de commander d'importantes quantités d'amytal de sodium et d'hallucinogènes opiacés. J'ai commencé à m'interroger – à voix haute, hélas – sur certaines procédures chirurgicales qui me paraissaient pour le moins expérimentales.

– Qu'est-ce qu'ils ont l'intention de faire au juste ?

Elle le gratifia d'un sourire crispé tout de guingois.

– Vous n'en avez vraiment pas la moindre idée ?

– Je sais qu'ils enfreignent le Code de Nuremberg.

– Qu'ils l'enfreignent ? Ils l'ignorent, purement et simplement !

– Ils utilisent des méthodes de soin radicales.

– Radicales, c'est certain. Mais il n'est pas question de soigner, marshal. Vous n'ignorez pas comment est financé cet hôpital, je suppose ?

– Par l'HUAC.

– Sans parler de diverses caisses noires. Bref, l'argent afflue de toutes parts. Maintenant, dites-moi comment naît la douleur.

– Tout dépend de l'endroit où vous êtes blessé.

– Non. (Elle secoua la tête avec vigueur.) Ça n'a aucun rapport avec la chair. Le cerveau envoie des neurotransmetteurs à des récepteurs spécifiques. C'est lui qui contrôle la douleur, la peur, le sommeil, l'empathie, la faim. Tout ce qu'on associe d'ordinaire au cœur, à l'âme ou au système nerveux dépend en fait de lui. Absolument tout.

– Et... ?

– Et s'il était possible de le contrôler à son tour ? suggéra-t-elle, les yeux brillants.

– Le cerveau ?

Elle confirma d'un signe.

– De recréer un homme de façon à ce qu'il n'ait plus besoin de dormir, qu'il n'éprouve plus la douleur, ni l'amour, ni la compassion. Un homme qu'on ne pourrait pas soumettre à un interrogatoire, car sa mémoire aurait été effacée. (Elle remua de nouveau le feu avant de plonger son regard dans celui de Teddy.) Ils créent des morts vivants, marshal. Des morts vivants appelés à envahir le monde extérieur pour accomplir leur œuvre.

– Mais pour en arriver à un pouvoir pareil, à des connaissances suffisantes...

– Il faudra encore des années, reconnut-elle. Oh oui. Le processus durera encore des décennies avant d'aboutir, marshal. Au début, ils ont commencé à peu près comme les Soviétiques, par le lavage de cerveau. Et des privations répétées. De la même façon que les nazis ont pratiqué des expériences sur les juifs afin de tester les effets d'une chaleur et d'un froid extrêmes, et utilisé leurs conclusions pour aider les soldats du Reich. Mais voyez-vous, marshal, dans un demi-siècle d'ici, quand les initiés considéreront les progrès accomplis, ils diront : « C'est ainsi que tout a débuté. Les nazis ont utilisé les juifs. Les Soviétiques ont utilisé les prisonniers dans les goulags. Ici, en Amérique, nous avons utilisé les patients de Shutter Island. »

Teddy garda le silence. Rien ne lui venait à l'esprit.

Elle reporta son attention sur le feu.

– Ils ne vous laisseront pas repartir. Vous le savez, n'est-ce pas ?

– Je suis marshal fédéral. Comment pourraient-ils m'en empêcher ?

Cette remarque arracha un sourire ironique à son interlocutrice, qui fit mine d'applaudir.

– J'étais moi-même une psychiatre estimée de mes confrères et issue d'une famille respectée. Autrefois, je pensais que ça suffirait. Je suis navrée d'avoir à vous le dire, mais ça n'a pas été le cas. Je peux vous poser une question ? Avez-vous subi des traumatismes dans le passé ?

– Comme tout le monde, non ?

– Oui, bien sûr. Mais nous ne sommes pas en train de parler des autres, ni de considérations d'ordre général. Nous sommes en train d'évoquer un cas bien particulier : le vôtre. Souffrez-vous de certaines faiblesses psychologiques susceptibles d'être exploitées ? S'est-il produit un événement, ou plusieurs, dans votre vie que l'on pourrait considérer comme des facteurs déterminants ayant entraîné chez vous la perte de la raison ? Des facteurs qui, quand vous serez interné dans cette institution – et vous le serez, je vous le garantis –, amèneront vos amis et collègues à dire : « Bien sûr. Ses nerfs ont lâché. C'en était trop. À sa place, qui n'aurait pas flanché ? Il ne s'est jamais remis de la guerre. Ni de la mort de sa mère. Sans compter... Etc., etc. » Alors ?

– Qui n'a pas eu à affronter ce genre de drames ? objecta Teddy.

– Justement, marshal. Vous ne comprenez pas ? Évidemment que ça s'applique à chacun de nous, et ils ne manqueront pas de se servir des mêmes arguments contre vous. Comment va votre tête, au fait ?

– Ma tête ?

Elle se mordilla la lèvre inférieure en opinant à plusieurs reprises.

– Oui, le machin là-haut, au-dessus de votre cou. Vous n'avez pas eu de rêves bizarres, ces derniers temps ?

– Si.

– Des céphalées ?

– Je suis sujet aux migraines.

– Non.

– Je vous assure.

– Vous avez avalé des comprimés depuis votre arrivée ? De l'aspirine, peut-être ?

– Oui.

– Vous n'avez pas l'impression d'être dans une sorte d'état second, marshal ? Pas tout à fait vous-même ? Oh, vous vous dites sans doute que ce n'est pas bien grave ; vous ne vous sentez pas vraiment dans votre assiette, c'est tout. Votre cerveau ne réagit pas aussi vite que d'habitude ? Peut-être, mais vous n'avez pas bien dormi, après tout. Un lit inconnu, un endroit inconnu, une tempête... C'est bien ce que vous pensez, n'est-ce pas ?

Teddy acquiesça.

– Vous avez pris vos repas au mess, j'imagine. Vous avez bu leur café. J'espère au moins que vous avez fumé vos propres cigarettes.

– Celles de mon coéquipier, en fait.

– Vous n'en avez jamais accepté une d'un médecin ou d'un aide-soignant ?

Il sentit soudain peser dans sa poche de poitrine les cigarettes remportées au poker cette nuit-là. Il se rappela aussi celle offerte par Cawley le soir de son arrivée, beaucoup plus sucrée que tous les tabacs auxquels il avait goûtés.

De toute évidence, elle lut sa réponse sur son visage.

– Il faut en moyenne trois à quatre jours pour que les neuroleptiques sédatifs atteignent un taux sanguin efficace, expliqua-t-elle. Dans l'intervalle, vous ne vous apercevez de rien ou presque. Parfois, les patients ont des contractures. On peut éventuellement les mettre sur le compte de migraines, surtout si le malade en souffre depuis longtemps. Mais elles sont rares. La plupart du temps, ils ont surtout pour effet d'amener le patient à...

– Arrêtez de me traiter de « patient ».

– ... faire des rêves d'un réalisme saisissant durant des laps de temps plus importants qu'à l'accoutumée – des rêves qui s'entremêlent et se chevauchent jusqu'à former une trame narrative digne d'un roman écrit par Picasso. L'autre effet notable, c'est que le patient ressent une certaine impression de, oh, de confusion. Ses pensées ont tendance à lui échapper. Mais comme il ne dort pas bien, voyez-vous, et comme en plus il a tous ces rêves étranges, ça ne paraît pas anormal qu'il fonctionne un peu au ralenti. Et non, marshal, je ne vous qualifiais pas de « patient ». Vous n'en êtes pas encore un. Je parlais de la situation en général.

– Si j'évite à partir de maintenant la nourriture, les cigarettes, le café et les comprimés, est-ce que ça peut limiter les dégâts ?

Elle rejeta ses cheveux en arrière et les rassembla dans sa nuque.

– Je crains que non, malheureusement.

– Supposons que je ne puisse pas quitter cette île avant demain. Supposons que les drogues aient commencé à agir. Comment pourrai-je m'en rendre compte ?

– Les manifestations les plus évidentes seront un dessèchement de la bouche associé paradoxalement à une tendance irrépressible à baver et, oh oui, à des tremblements. À peine plus que des frémissements, au début, en fait. Ils naissent à la base du pouce et se concentrent un moment dans cette région avant de prendre possession de vos mains.

Prendre possession.

– Quoi d'autre ? articula-t-il.

– Sensibilité inhabituelle à la lumière, céphalées unilatérales gauches, difficultés d'élocution. Vous vous mettrez à bégayer.

Teddy entendait s'enfler la rumeur de l'océan en contrebas ; la marée montait, les vagues venaient se briser sur les rochers.

– Qu'est-ce qu'ils font dans le phare ? demanda-t-il.

Mains aux épaules, elle se pencha vers le feu.

– Des interventions chirurgicales.

– Mais ils pourraient tout aussi bien les faire à l'hôpital, non ?

– Sur le cerveau.

– Là encore, ils pourraient...

Elle riva son regard aux flammes.

– Il s'agit de chirurgie exploratoire, marshal. Pas le genre « Tiens, si on lui ouvrait le crâne pour réparer ce qui cloche ? » Non. Plutôt le genre « Tiens, si on lui ouvrait le crâne pour voir ce qui se passe quand on appuie là-dessus ? » Le genre illégal, marshal. Le genre « On s'inspire de l'exemple nazi ». (Elle sourit.) C'est là-bas qu'ils essaient de donner naissance à leurs morts vivants.

– Qui est au courant ? Sur l'île, je veux dire.

– Pour le phare ?

– Oui.

– Tout le monde.

– Vous voulez rire ! Même les aides-soignants ? Même les infirmières ?

L'inconnue fixa sur Teddy un regard posé, limpide.

– Tout le monde, répéta-t-elle.

Il ne se rappelait pas s'être endormi, mais il avait dû sombrer dans l'inconscience, car elle le secouait, à présent.

– Vous devez partir, dit-elle. Ils me croient morte. Ils pensent que je me suis noyée. S'ils se lancent à votre recherche, ils risquent de me retrouver. Désolée, mais vous devez partir.

Teddy se leva et se frotta les joues juste en dessous des yeux.

– Il y a une route, là-haut, ajouta-t-elle. À l'est au sommet de la falaise. Suivez-la, et elle vous ramènera vers l'ouest et la maison du commandant. C'est à environ une heure de marche.

– Êtes-vous Rachel Solando ? Celle que j'ai rencontrée n'était pas la vraie ; elle jouait la comédie.

– Comment le savez-vous ?

Il repensa à ses pouces le soir précédent. Il les regardait toujours quand Chuck et le Dr Cawley l'avaient allongé sur le lit. Mais à son réveil, ils étaient immaculés. Du cirage, avait-il songé tout d'abord, avant de se rappeler qu'il lui avait touché le visage...

– Elle s'était teint les cheveux, répondit-il. Récemment.

– Allez-vous-en, maintenant.

Elle le fit doucement pivoter vers l'ouverture.

– Si j'ai besoin de revenir... commença-t-il.

– Je ne serai plus là. Je me déplace toute la journée. Chaque soir, je dois trouver une nouvelle cachette.

– Mais je pourrais vous emmener avec moi, loin de...

Avec un sourire triste, elle lui caressa les tempes.

– Vous n'avez pas écouté un mot de ce que je vous ai raconté, hein?

– Bien sûr que si.

– Vous ne quitterez jamais cette île. Vous êtes des nôtres, désormais.

Elle lui pressa l'épaule avec plus d'insistance en le poussant vers le bord.

Au moment de sortir, Teddy tourna la tête vers elle.

– J'ai un ami. Il était avec moi ce soir, mais on a été séparés. Vous ne l'auriez pas vu?

De nouveau, elle lui adressa ce même sourire triste.

– Vous n'avez pas d'amis, marshal.

18

Lorsqu'il atteignit enfin la maison de Cawley, il ne pouvait pratiquement plus marcher.

Il passa derrière la demeure, puis remonta l'allée vers la grille principale avec l'impression que la distance avait quadruplé dans la journée. Soudain, un homme émergea de l'ombre, vint se ranger près de lui et, le prenant par le bras, déclara :

– Nous commencions à nous demander quand vous daigneriez enfin réapparaître.

Le directeur.

Il avait le teint cireux, aussi lisse que s'il était verni, et vaguement translucide. Ses ongles, de la même couleur blanc jaunâtre que sa peau, étaient particulièrement longs – à la limite de devenir crochus –, mais entretenus avec soin. L'aspect le plus troublant de toute sa personne, cependant, c'étaient ses yeux d'un bleu lustré, reflétant un étrange étonnement. Comme ceux d'un bébé.

– Ravi de faire enfin votre connaissance, monsieur le directeur. Comment allez-vous ?

– Oh, je suis en pleine forme. Et vous ?

– Je ne me suis jamais senti mieux de toute ma vie.

Le directeur lui pressa le bras.

– Heureux de l'apprendre. Vous étiez parti en balade ?

– Eh bien, puisque la fugitive a été retrouvée, je me suis dit que j'allais en profiter pour visiter un peu.

– Ça vous a changé les idées, j'espère.

– Absolument.

– Parfait. Avez-vous rencontré des indigènes ?

Teddy mit quelques instants à comprendre. Le bourdonnement dans sa tête résonnait en permanence, à présent. Ses jambes le soutenaient à peine.

– Oh, vous voulez parler des rats...

Cette réponse lui valut une bonne bourrade dans le dos.

– Les rats, oui ! Ils ont quelque chose d'étonnamment majestueux, vous ne trouvez pas ?

– Ce ne sont que des rats, répondit Teddy en le regardant droit dans les yeux.

– De la vermine, c'est vrai. Oui, je comprends. Mais cette façon qu'ils ont de s'asseoir sur leur arrière-train, de vous observer quand ils vous savent à distance prudente, de filer à toute vitesse, de disparaître dans un trou en un clin d'œil... (Il leva la tête vers les étoiles.) Bon, d'accord, « majestueux » n'est peut-être pas le terme approprié. Pourquoi pas « utile », alors ? Ce sont des créatures exceptionnellement utiles.

Ils avaient atteint la grille principale. Le directeur, qui tenait toujours Teddy par le bras, le fit pivoter vers la maison de Cawley et la mer au-delà.

– Avez-vous apprécié ce récent don de Dieu ? demanda-t-il.

Teddy le contempla longuement. Derrière ces yeux trop parfaits se cachait un esprit malade, devina-t-il.

– Oui, le don de Dieu, répéta le directeur en indiquant d'un geste le site dévasté. Sa violence. Quand je suis descendu au rez-de-chaussée, chez moi, et que j'ai découvert cet arbre dans mon salon, j'ai eu l'impression de voir la main divine tendue vers moi. Pas au sens littéral, bien sûr. Mais au sens figuré. Dieu aime la violence. Vous comprenez cela, n'est-ce pas ?

– Non. Non, je ne comprends pas.

Le directeur avança de quelques pas, puis se retourna.

– Pourquoi y en aurait-il autant, sinon ? Elle est en nous. Elle vient de nous. Elle est encore plus naturelle pour nous que le simple fait de respirer. Nous déclenchons des guerres. Nous faisons des sacrifices. Nous pillons, nous déchirons la chair de nos frères. Nous remplissons de cadavres pourrissants d'immenses champs de bataille. Et tout cela pourquoi ? Pour Lui montrer que nous avons retenu Ses enseignements.

Teddy le vit caresser la reliure du petit livre pressé contre son abdomen. Enfin, le directeur sourit, révélant des dents jaunies.

– Dieu nous a offert les tremblements de terre, les ouragans, les tornades. Il nous a offert toutes ces montagnes qui déversent sur nous des torrents de feu. Tous ces océans qui engloutissent les navires. Il nous a offert la nature, cette meurtrière au sourire fallacieux. Il nous a offert la maladie pour qu'au moment de notre agonie, nous pensions qu'Il nous a dotés d'orifices uniquement pour sentir la vie s'en écouler. Il nous a offert le désir, la fureur, la cupidité et un cœur souillé pour que nous puissions répandre la violence en Son honneur. Il n'existe pas d'ordre moral aussi pur que cette tempête à laquelle nous venons d'assister. D'ailleurs, l'ordre moral n'existe pas. Tout se réduit à cette seule question : ma violence est-elle capable de l'emporter sur la vôtre ?

– Je ne suis pas sûr de...

– En est-elle capable ? répéta-t-il en se rappro-
chant, au point de souffler au visage de Teddy une
bouffée de son haleine fétide.

– Capable de quoi ?

– Ma violence est-elle capable de l'emporter sur
la vôtre ?

– Je ne suis pas violent.

Le directeur cracha par terre, près de leurs pieds.

– Vous êtes un homme d'une rare violence. Je le
sais, parce que je suis moi-même un homme d'une
rare violence. Ne vous fatiguez pas à nier votre soif
de sang, fiston. Et par la même occasion, ne me fatiguez pas non plus. S'il n'y avait plus de contraintes
sociales, et si je représentais votre seul repas possible, vous n'hésiteriez pas à me fendre le crâne à
coups de pierre pour vous repaître de ma cervelle.
(Il se pencha en avant.) Et si je vous enfonçais mes
dents dans l'œil, là, maintenant, pourriez-vous
m'arrêter avant que je vous l'arrache ?

Teddy décela de l'allégresse dans ces yeux de
bébé. Il imagina le cœur du directeur battant dans sa
poitrine, noir comme du charbon.

– Essayez donc, le défia-t-il.

– Vous avez saisi l'idée, chuchota le directeur.

Conscient d'un brusque afflux de sang dans ses
veines, Teddy s'efforça de se camper plus fermement sur ses pieds.

– Oui, reprit le directeur. « Mes chaînes et moi
sommes devenus amis. »

– Pardon ?

Teddy se surprit à chuchoter lui aussi, le corps
tout entier parcouru d'inexplicables picotements.

– Byron, déclara le directeur. Vous vous en sou-
viendrez ?

En le voyant reculer, Teddy sourit.

– Vous êtes un sacré phénomène, hein ?

Il eut droit en retour à un fin sourire.

– Il est persuadé que ça ne pose aucun problème.

– Quoi ?

– Vous. Votre petit jeu. Il pense que c'est relativement inoffensif. Pas moi.

– Ah bon ?

– Non.

Le directeur laissa retomber son bras, fit de nouveau quelques pas, puis croisa les mains derrière son dos, amenant le livre près de ses reins. Enfin, il se retourna, écarta les jambes à la manière militaire et considéra Teddy.

– Vous m'avez dit que vous étiez parti en balade, mais vous ne m'abusez pas. Je vous connais bien, fiston.

– On vient juste de se rencontrer.

– Ceux de notre espèce se connaissent depuis des siècles. Je n'ignore rien de vous. Je sais que vous êtes triste. Croyez-moi. (Il pinça les lèvres avant de contempler la pointe de ses chaussures.) La tristesse ne me dérange pas. C'est pathétique chez un homme, mais ça ne m'affecte pas. Non, voyez-vous, ce qui me dérange plus, c'est que vous êtes dangereux.

– Chacun a le droit de penser ce qu'il veut.

Le visage du directeur s'assombrit.

– Faux. Les hommes sont des imbéciles. Ils mangent, ils boivent, ils libèrent des gaz, ils forniquent et ils procréent – ce qui est d'ailleurs tout à fait regrettable, car le monde serait un endroit bien plus supportable si nous étions moins nombreux. Des retardés, des bâtards, des cinglés et des individus sans moralité – voilà ce que nous produisons. La souillure que nous répandons sur cette terre. Aujourd'hui, dans le Sud, ils font leur possible pour mettre les nègres au pas. Mais je vais vous dire une chose : j'ai moi-même séjourné dans le Sud, et il n'y a que des nègres là-bas. Des nègres blancs, des nègres noirs, des négresses. Et non seulement il y a des nègres partout, mais en plus ils ne sont pas plus utiles que des chiens à deux pattes. Et encore, au moins, les chiens sont capables de flairer une piste de temps à autre. Vous-même, vous êtes un nègre, fiston. Une raclure. Je le sens.

Il s'était exprimé d'une voix étrangement légère, presque féminine.

– De toute façon, dès demain matin vous n'aurez plus à vous soucier de moi, n'est-ce pas, monsieur le directeur ?

Celui-ci sourit.

– Exact, fiston.

– Je serai hors de votre vue, loin de cette île.

Son interlocuteur s'approcha de lui. Son sourire s'évanouissait peu à peu. Il fixa Teddy de son regard de bébé.

– Vous n'irez nulle part, fiston.

– Permettez-moi de vous contredire.

– Oh, ne vous gênez pas.

Le directeur se pencha, huma l'air à gauche du visage de Teddy, puis à droite.

– Vous sentez quelque chose ?

– Mmm... (Il recula.) Je crois bien que c'est l'odeur de la peur, fiston.

– Dans ce cas, je vous conseille de prendre une douche. Pour enlever toute cette merde dont vous êtes couvert.

Le silence entre eux se prolongea jusqu'au moment où le directeur déclara :

– Souvenez-vous de ces chaînes, espèce de nègre. Elles sont vos amies. Et sachez que j'attends avec impatience notre dernière danse. Ah, j'espère bien que ce sera un vrai massacre !

Sur ces mots, il se détourna et remonta l'allée jusque chez lui.

Le dortoir des hommes était désert. Il n'y avait personne à l'intérieur. Parvenu dans sa chambre, Teddy accrocha son ciré dans la penderie et chercha du regard un signe prouvant que Chuck était revenu, mais il n'en trouva aucun.

Il faillit s'asseoir sur le lit, pour se raviser en songeant qu'il risquait de s'endormir comme une masse et de ne se réveiller qu'au matin. Alors, il se rendit dans la salle de bains, s'aspergea le visage d'eau fraîche et se passa un peigne humide dans les cheveux. Ses os l'élançaient comme si on les avait raclés, son sang lui paraissait aussi épais qu'un milk-shake, il avait le teint gris et les yeux rougis, irrités. Il s'envoya encore quelques bonnes giclées d'eau froide à la figure, puis se sécha et sortit dans le parc.

Sans rencontrer âme qui vive.

L'air saturé d'humidité se réchauffait, et dans cette atmosphère moite, grillons et cigales s'en donnaient à cœur joie. Teddy déambula sur le site en espérant contre toute logique que Chuck était arrivé avant lui et qu'il errait lui aussi à la recherche de son collègue.

Un garde était posté près de la grille. Teddy distingua de la lumière dans les chambres, mais aucune présence humaine. Il se dirigea vers l'hôpital, gravit les marches du perron et tenta en vain d'ouvrir la porte. Elle était verrouillée. Des charnières grincèrent derrière lui ; il se retourna juste à temps pour voir le garde pousser la grille et rejoindre son camarade de l'autre côté. Dans le silence qui suivit, il entendit ses semelles couiner sur le ciment lorsqu'il recula.

Il se laissa choir sur les marches. Au diable la théorie de Noyce. Teddy Daniels se retrouvait bel et bien seul, sans le moindre doute possible. Condamné à rester dans l'enceinte de l'hôpital, d'accord. Mais sans personne pour le surveiller, apparemment.

Au bout d'un moment, il se releva, contourna le bâtiment et sentit sa poitrine se gonfler de joie à la vue d'un aide-soignant assis sur la terrasse, en train de fumer une cigarette.

Celui-ci, un grand gamin noir dégingandé, leva les yeux à son approche. Teddy sortit de sa poche une cigarette.

– T'as du feu ?

– Sûr.

Teddy se pencha vers la flamme, remercia l'aide-soignant d'un sourire, mais au moment où il se redressait, il se rappela ce que la femme dans la grotte lui avait confié au sujet des cigarettes et il prit bien soin de ne pas avaler la fumée.

– Comment ça va, ce soir ? demanda-t-il.

– Bien, m'sieur. Et vous ?

– Ça va. Où sont-ils tous passés ?

Du pouce, le gamin indiqua le bâtiment derrière lui.

– Là-dedans. Y a une réunion importante. Mais je sais pas trop pourquoi.

– Les médecins et les infirmières y participent ?

L'aide-soignant hocha la tête.

– Certains patients aussi, ajouta-t-il. Et la plupart des aides-soignants. Moi, je me suis retrouvé coincé ici parce qu'y a un problème avec le loquet de ce côté. Mais sinon, y sont tous là-bas.

Teddy fit de nouveau mine de tirer sur sa cigarette en priant pour que le gamin ne remarque rien. Il en était à se demander s'il ne devrait pas essayer d'entrer au bluff, de se faire passer pour un employé du pavillon C, peut-être, quand il vit par la fenêtre derrière le gosse des gens se presser dans le hall en direction de la sortie.

Il remercia encore l'aide-soignant de lui avoir donné du feu, puis contourna de nouveau l'édifice. Des groupes s'étaient massés à l'entrée, bavardant et allumant des cigarettes. Il vit Kerry Marino glisser quelques mots à l'oreille de Trey Washington en lui posant une main sur l'épaule ; Trey rejeta la tête en arrière et partit d'un grand rire.

Teddy s'apprêtait à les rejoindre lorsque Cawley l'appela du haut des marches.

– Marshal !

Celui-ci s'immobilisa. Le médecin descendit du perron, lui effleura le coude et l'entraîna vers le mur d'enceinte.

– Où étiez-vous ?

– Je visitais l'île, répondit Teddy.

– Ah oui ?

– Oui.

– Et vous avez découvert des choses amusantes ?

– Surtout des rats.

– En effet, ce n'est pas ce qui manque, ici.

– Où en sont les travaux de réfection du toit ?

Cawley poussa un profond soupir.

– J'ai dû mettre des seaux un peu partout dans la maison pour récupérer l'eau. Le grenier est fichu, tout comme le plancher de la chambre d'amis. Ma femme va en faire une maladie. Sa robe de mariée était rangée là-haut, sous les combles.

– Où est-elle, maintenant ? Votre femme, je veux dire.

– À Boston. Nous avons un appartement là-bas. Avec les enfants, ils avaient besoin de respirer un peu, alors ils ont pris une semaine de vacances. Il y a des moments, parfois, où cet endroit vous pèse.

– Je ne suis là que depuis trois jours, docteur, et il me pèse déjà.

Un léger sourire aux lèvres, Cawley hocha la tête.

– Mais vous allez partir, n'est-ce pas ? Vous allez rentrer chez vous, marshal, maintenant que Rachel a été retrouvée. Le ferry arrive en général à onze heures du matin. Vous devriez débarquer à Boston vers midi.

– Mmm, je m'en réjouis déjà.

– Je comprends, oui. (Cawley se passa une main sur le crâne.) Je ne voudrais pas vous offenser, marshal, mais en vérité...

– Ah, ça recommence.

– Non, non, protesta Cawley en levant une main. Je n'avais pas l'intention d'émettre la moindre opinion sur votre état émotionnel. Non, je voulais juste dire que votre présence ici a provoqué une certaine agitation chez pas mal de nos patients. Vous voyez le genre ? Attention, la police est là. Résultat, quelques-uns sont un peu tendus.

– Désolé.

– Bah, vous n'y êtes pour rien. C'est à cause de ce que vous représentez, marshal. Ça n'a rien de personnel.

– Tant mieux.

Cawley s'adossa un mur, plia une jambe et appuya son pied contre la pierre ; en cet instant, avec sa blouse toute fripée et sa cravate desserrée, il avait l'air aussi vidé que l'était Teddy.

– Une rumeur a circulé cet après-midi dans le pavillon C, selon laquelle un individu non identifié vêtu comme un aide-soignant se serait introduit dans le quartier cellulaire.

– Ah bon ?

Le médecin tourna la tête vers lui.

– Incroyable, n'est-ce pas ?

– Je n'en reviens pas, docteur.

Celui-ci ôta une peluche de sa cravate, puis secoua les doigts pour s'en débarrasser.

– Figurez-vous que ledit inconnu possédait de toute évidence l'art et la manière de maîtriser les hommes dangereux.

– Non...

– Si, si, je vous assure.

– Et il a fait autre chose ?

– Eh bien... (Cawley se redressa, ôta sa blouse et la plia sur son bras.) Ravi de constater que j'ai suscité votre intérêt.

– Oh, rien ne vaut quelques potins, quelques petites histoires croustillantes à se mettre sous la dent...

– Tout à fait d'accord. Bref, d'après ce qu'on m'a rapporté – mais je ne suis malheureusement pas en mesure de confirmer ce fait –, notre inconnu se serait longuement entretenu avec un schizophrène paranoïde nommé George Noyce.

– Ah.

– Comme vous dites.

– Mais ce, euh...

– George Noyce.

– George Noyce, donc. Il a des hallucinations ?

– Il est complètement délirant. Il débite sans arrêt des histoires invraisemblables qui provoquent une certaine agitation chez...

– Encore cette expression.

– Désolé. Eh bien, disons qu'il a tendance à irriter son entourage. En fait, il y a deux semaines, il est allé tellement loin qu'un de nos patients, fou de rage, l'a attaqué.

– Inimaginable.

Le médecin haussa les épaules.

– Ça arrive, hélas.

– Mais qu'est-ce qu'il raconte, dans ses histoires ?

D'un geste, Cawley balaya l'air.

– Oh, les hallucinations paranoïdes habituelles. Comme quoi le monde entier lui en veut, etc., etc. (Il leva la tête vers Teddy en allumant une cigarette et ses yeux se mirent à briller quand la flamme les éclaira.) Alors comme ça, vous allez nous quitter.

– Je suppose, oui.

– Par le premier ferry.

Teddy le gratifia d'un sourire glacial.

– Du moment que quelqu'un nous réveille...

Cawley lui rendit son sourire.

– Ça ne devrait pas poser de problème, marshal.

– Parfait.

– Parfait, oui. Cigarette ? demanda Cawley.

Il lui présenta le paquet, mais Teddy déclina l'offre.

– Non, merci.

– Vous essayez d'arrêter ?

– De réduire, plutôt.

– Vous avez sans doute raison. J'ai lu dans des revues que le tabac était responsable de toutes sortes de choses terribles.

– C'est vrai ?

– Le cancer, en particulier.

– Il y a tellement de façons de mourir, de nos jours...

– Très juste. Mais aussi de plus en plus de façons de soigner les gens.

– Vous croyez ?

– Je ne ferais pas ce métier si je n'en étais pas persuadé, répliqua Cawley en soufflant un filet de fumée au-dessus de sa tête.

– Vous avez déjà eu un patient nommé Andrew Laeddis ?

Cawley laissa retomber son menton sur sa poitrine.

– Ce nom ne me dit rien.

– Vous êtes sûr ?

– Pourquoi ? Ça devrait ? demanda le médecin en haussant les épaules.

Teddy fit non de la tête.

– Je le connaissais, c'est tout. Il...

– Comment ?

311

– Pardon ?

– Comment le connaissiez-vous ?

– On s'est rencontrés pendant la guerre.

– Oh.

– Bref, j'ai entendu des bruits circuler comme quoi il aurait perdu la boule et aurait été interné ici.

Cawley tira une longue bouffée de sa cigarette.

– Vous avez peut-être mal entendu.

– Possible.

– Hé, vous ne seriez pas le seul, marshal ! Moi-même, j'ai cru vous entendre dire « nous », tout à l'heure.

– Hein ?

– « Nous », répéta Cawley. Première personne du pluriel.

Teddy porta une main à sa poitrine.

– En parlant de moi ?

Le médecin opina.

– J'ai cru vous entendre dire : « Du moment que quelqu'un nous réveille. » *Nous* réveille.

– Oui, c'est bien ce que j'ai dit. Évidemment. À propos, vous ne l'auriez pas vu ?

Cawley haussa les sourcils.

– Répondez-moi, docteur. Il est ici ?

Un petit rire échappa à son interlocuteur.

– Quoi ? lança Teddy. Qu'est-ce qu'il y a de drôle ?

– Eh bien, j'avoue que je suis un peu déconcerté.

– Par quoi ?

– Vous, marshal. C'est encore une de vos plaisanteries bizarres ?

– Comment ça, une plaisanterie ? Je vous ai juste demandé s'il était ici.

– Mais qui, à la fin ? s'écria Cawley avec une pointe d'exaspération.

– Chuck.

– Chuck ?

– Oui, mon coéquipier. Chuck.

La cigarette toujours fichée entre les doigts, Cawley s'écarta du mur.

– Vous n'avez pas de coéquipier, marshal. Vous êtes venu seul.

19

– Hé, une minute...

Teddy s'interrompit brusquement. Il lui semblait sentir cette chaude nuit d'été peser sur ses paupières. Cawley, qui s'était rapproché, l'observait avec attention.

– Parlez-moi encore de votre coéquipier, marshal.

Le regard curieux dont il accompagna sa demande était sans doute l'expression la plus froide que Teddy ait jamais vue. Inquisitrice, intelligente, farouchement impassible. C'était le regard d'un homme honnête dans un vaudeville, affectant de ne pas connaître le dénouement de l'histoire.

Il était Ollie dans le duo Ollie/Stan. Un bouffon affublé de bretelles trop grandes et d'un tonneau en guise de pantalon. Le dernier à comprendre la plaisanterie.

– Marshal ? répéta Cawley en avançant encore un peu, comme s'il était sur le point d'attraper un papillon.

S'il protestait, songea Teddy, s'il exigeait de savoir où se trouvait Chuck, ou même s'il continuait de mentionner Chuck, il jouerait leur jeu.

Les yeux de Cawley pétillaient de malice, constata-t-il.

314

– « Les fous nient leur folie », dit-il.
Le médecin fit un pas.
– Pardon ?
– « Or Bob nie sa folie. »
Cette fois, Cawley croisa les bras.
– « Donc, Bob est fou. »
Un sourire éclaira le visage de Cawley.
Teddy le lui rendit.
Ils restèrent comme ça un moment, la brise nocturne circulant avec un doux bruissement parmi les
arbres dont la cime dépassait du mur.
– Vous savez, reprit enfin Cawley, tête basse, en
taquinant l'herbe de la pointe de sa chaussure, j'ai
bâti quelque chose de précieux, ici. Mais il arrive
aussi que certaines choses précieuses fassent l'objet
d'un malentendu. Tout le monde voudrait des
résultats rapides. Nous sommes fatigués d'avoir
peur, fatigués d'être tristes, fatigués de nous sentir
débordés, fatigués de nous sentir fatigués. Nous
aimerions que tout redevienne comme avant, qu'il
soit possible de revenir à ce bon vieux temps dont
nous ne nous souvenons même pas et, paradoxalement, nous fonçons vers l'avenir à toute vitesse. La
patience et la tolérance sont les grandes sacrifiées
du progrès. Ce n'est pas nouveau. Oh non. Il en a
toujours été ainsi. (Il releva la tête.) Alors, j'ai
beau avoir pas mal d'amis influents, j'ai sans doute
tout autant d'ennemis influents. Des gens prêts à
m'enlever le contrôle de ce que j'ai réalisé. Mais je
ne les laisserai pas faire sans me battre, vous
comprenez ?
– Je comprends, docteur.
– Bien. (Cawley décroisa les bras.) Alors, que
disiez-vous à propos de votre coéquipier ?
– Quel coéquipier ? répliqua Teddy.

Lorsque Teddy arriva dans la chambre, il trouva Trey Washington allongé sur son lit, en train de lire un vieux numéro de *Life*.

Il jeta un coup d'œil à la couchette de Chuck. Le lit avait été refait minutieusement ; en voyant le drap et la couverture tirés avec soin, on ne se serait jamais douté que quelqu'un avait dormi là deux nuits plus tôt.

Ses propres vêtements – costume, chemise et cravate –, revenus de la laverie et protégés par une housse en plastique, étaient accrochés dans la penderie. Teddy enleva sa tenue d'aide-soignant, puis se rhabilla pendant que Trey feuilletait son magazine.

– Comment ça va, ce soir, marshal ?

– Pas trop mal.

– Bien, bien.

Trey refusait obstinément de le regarder, remarqua Teddy. Il gardait les yeux fixés sur sa revue, dont il tournait sans arrêt les mêmes pages.

Teddy récupéra ses effets, plaça dans la poche intérieure de son pardessus le formulaire d'admission de Laeddis ainsi que son calepin. Puis, assis sur la couchette de Chuck en face de Trey, il noua sa cravate, laça ses chaussures et attendit.

L'aide-soignant tourna encore une page.

– Va faire rudement chaud, demain.

– Ah bon ?

– Une chaleur d'enfer. Les patients aiment pas ça.

– Oh.

Trey remua la tête et se concentra de nouveau sur le magazine.

– Non, m'sieur. Ça leur donne des démangeaisons, des trucs de ce genre. En plus, avec la pleine lune demain soir, ce sera encore pire. On n'a vraiment pas besoin de ça.

– Pourquoi ?

– Pourquoi quoi, marshal ?

– La pleine lune. Vous croyez qu'elle influence les gens ?

– J'en suis sûr.

Avisant une pliure sur l'une des pages, Trey la lissa du bout de l'index.

– Comment ?

– Ben, quand on y pense, la lune agit sur les marées, pas vrai ?

– Exact.

– Elle exerce une sorte d'attraction sur l'eau, quelque chose comme ça.

– Je suis d'accord.

– Le cerveau humain contient plus de cinquante pour cent d'eau.

– Sans blague ?

– Sans blague. Alors, si Madame la Lune est capable de bousculer l'océan, imaginez ce qu'elle peut remuer dans la tête.

– Vous travaillez ici depuis combien de temps, monsieur Washington ?

Celui-ci acheva de défroisser la page, puis la tourna.

– Oh, ça fait un bail. Depuis que j'ai quitté l'armée, en 46.

– Ah bon ? Vous étiez dans l'armée ?

– Ouais. J'y suis allé pour avoir un fusil et ils m'ont refilé une casserole. J'ai combattu les Allemands avec ma bouffe dégueulasse, moi, m'sieur.

– C'était vraiment une saloperie, cette guerre.

– Ça, c'est sûr, marshal. S'ils nous avaient laissé nous battre avant, tout aurait été terminé en 44.

– Ce n'est pas moi qui vous contredirai.

– Z'avez pas mal roulé votre bosse, hein ?

– Tout juste. J'ai vu du pays.

– Et vous en pensez quoi ?

– Différentes langues, même merde partout.

– C'est bien vrai.

– Vous savez de quoi le directeur m'a traité ce soir, monsieur Washington ?

– Ben non. De quoi ?

– De nègre.

Trey leva les yeux.

– Il a fait quoi ?

– Il a dit qu'il y avait trop de rebuts dans le monde – des bâtards, des nègres, des retardés. Il a dit que pour lui, je n'étais qu'un nègre parmi d'autres.

– Et ça vous a pas plu ? (Trey partit d'un petit rire qui mourut sitôt échappé de ses lèvres.) Mais vous savez pas ce que c'est que d'être un nègre.

– J'en ai bien conscience, Trey. Pourtant, cet homme est votre patron, non ?

– Non, c'est pas mon patron. Moi, je bosse dans la partie hôpital. Le Grand Diable Blanc ? Il est dans la partie prison.

– N'empêche, c'est votre patron.

– Non. (Trey se redressa en prenant appui sur un coude.) C'est pas mon patron, vous entendez ? On est d'accord, marshal ?

Teddy haussa les épaules.

Cette fois, Trey balança les jambes hors de son lit et s'assit.

– Qu'est-ce que vous essayez de faire, marshal ? De me foutre en rogne ?

Pour toute réponse, Teddy se borna à secouer la tête.

– Alors, pourquoi vous voulez pas me croire quand je vous dis que je bosse pas pour ce fumier de Blanc ?

– Mais en cas de nécessité, s'il vous donnait des ordres ? Eh bien, vous vous précipiteriez vers lui en remuant la queue.

– Je quoi ?

– Vous lui obéiriez. Comme un gentil petit tou-tou.

Trey se passa une main sur la mâchoire en consi-dérant Teddy, un rictus incrédule aux lèvres.

– Sans vouloir vous offenser, ajouta Teddy.

– Oh non. Bien sûr.

– J'ai remarqué que sur cette île, les gens avaient une façon bien particulière de forger leur propre vérité. Ils doivent se dire que s'ils répètent suffisam-ment souvent que c'est comme ça, c'est que c'est comme ça.

– Je bosse pas pour ce type.

– Voilà. Encore une vérité typique de cette île, répliqua Teddy en pointant le doigt vers lui.

L'aide-soignant semblait prêt à le frapper.

– Vous voyez, reprit Teddy, ils se sont réunis, ce soir. Ensuite, le Dr Cawley est venu me dire que je n'avais jamais eu de coéquipier. Si je vous pose la question maintenant, vous allez me répondre la même chose, j'en suis sûr. Vous refuserez d'admettre que vous vous êtes assis à côté de lui, que vous avez joué au poker avec lui et que vous avez blagué avec lui. Vous refuserez d'admettre que vous l'avez entendu vous répondre que la seule façon de réagir face à votre méchante vieille tante, c'était de détaler. Ou qu'il a dormi dans ce lit. N'est-ce pas, monsieur Washington ?

Celui-ci baissa les yeux.

– J'ignore de quoi vous parlez, marshal.

– Oh, je sais, je sais. Je n'ai jamais eu de coéqui-pier. C'est la nouvelle vérité, maintenant. Ce qui a été décidé. Je n'ai jamais eu de coéquipier et il n'est pas quelque part sur cette île. Blessé. Ou mort. Ou enfermé dans le pavillon C, voire dans le phare. Je n'ai jamais eu de coéquipier. Vous voulez bien me le répéter, pour que tout soit clair ? Je n'ai jamais eu de coéquipier. Allez-y. Essayez.

– Vous n'avez jamais eu de coéquipier, déclara Trey en le regardant.

– Et vous, vous ne travaillez pas pour le directeur.

Trey pressa ses mains sur ses genoux. Cette discussion lui portait sur les nerfs, c'était évident. Ses yeux s'étaient embués et son menton tremblait.

– Faut que vous fichiez le camp, murmura-t-il.

– Je m'en doute.

– Non. (Trey secoua la tête avec vigueur.) Vous avez pas la moindre idée de ce qui se passe réellement ici. Oubliez ce que vous avez entendu. Oubliez ce que vous croyez savoir. Ils vont vous coincer. Et y aura plus moyen de revenir en arrière quand ils vous auront fait ce qu'ils ont prévu. Plus aucun moyen.

– Alors, expliquez-moi, l'implora Teddy.

Mais l'aide-soignant continua de remuer la tête en signe de dénégation.

– Je peux pas faire ça. Je peux pas. Regardez-moi. (Trey haussa les sourcils et écarquilla les yeux.) Je peux pas faire ça, marshal. Vous êtes tout seul. Et si j'étais vous, je compterais pas trop sur le ferry.

Teddy étouffa un petit rire.

– Je ne vois déjà pas comment sortir du parc, alors pour ce qui est de quitter l'île... De toute façon, même si j'y arrivais, mon coéquipier est...

– Laissez tomber votre coéquipier, siffla Trey entre ses dents. Il est parti, O.K. ? Et il reviendra pas. Vous avez intérêt à filer. Occupez-vous de vos fesses, et seulement de vos fesses.

– Je suis retenu ici, Trey.

Celui-ci se leva, s'approcha de la fenêtre et s'absorba dans la contemplation de la nuit ou de son propre reflet, Teddy n'aurait su le dire.

– Vous remettrez jamais les pieds à Shutter Island. Et vous direz jamais à personne ce que je vous ai raconté.

Il jeta un coup d'œil par-dessus son épaule.

– On est d'accord ?

– On est d'accord, répondit Teddy.

– Le ferry sera là demain à dix heures. Il quittera l'île pour Boston à onze heures tapantes. Un homme qui s'embarquerait clandestinement sur ce rafiot, il aurait des chances de traverser le port. Sinon, faudrait qu'il attende deux ou trois jours de plus jusqu'à ce que ce chalut, le *Betsy Ross*, il s'approche de la côte sud et passe certains trucs par-dessus bord. (De nouveau, il tourna la tête vers Teddy.) Le genre de trucs qu'on est pas censés avoir sur l'île. Mais attention, le *Betsy Ross* accostera pas. Non, m'sieur. Alors, notre homme, faudrait qu'il nage jusqu'à lui.

– Où voulez-vous que je me cache pendant trois jours, bon sang ? Je ne la connais pas, cette foutue île ! Contrairement au directeur et à ses hommes. Ils n'auront aucun mal à me retrouver.

Trey demeura silencieux quelques instants.

– Bon, ben, y reste plus que le ferry, dit-il enfin.

– O.K., le ferry. Mais je fais comment pour sortir du site ?

– Merde, vous allez peut-être pas le croire, mais c'est votre jour de chance. La tempête a tout bousillé, en particulier le système électrique. On a réparé presque tous les fils sur le mur. Presque.

– Quelles parties sont encore hors tension ?

– Celles dans l'angle sud-ouest. Ces deux-là sont mortes, à l'endroit où le mur forme un angle à quatre-vingt-dix degrés. Si vous touchez aux autres, vous serez rôti comme un poulet. Alors, tâchez de pas vous prendre un court-jus en glissant. Pigé ?

– Pigé.

Trey adressa un hochement de tête à son reflet dans la vitre.

– Je vous conseille de filer, maintenant. Le temps presse.

Teddy se leva.

– Et Chuck ?

– Y a pas de Chuck, rétorqua Trey. O.K. ? Y a jamais eu de Chuck. Quand vous serez retourné là-bas, vous parlerez de Chuck autant que vous en aurez envie. Mais ici ? Ce type-là, il a jamais existé.

Tandis qu'il contemplait l'angle sud-ouest du mur, il lui vint à l'esprit que Trey pouvait avoir menti. S'il posait la main sur ces fils, s'il les agrippait fermement alors qu'ils étaient alimentés, on retrouverait son cadavre le lendemain matin au pied du mur, aussi racorni qu'un steak vieux d'un mois. Ainsi, le problème serait résolu. Trey serait nommé employé de l'année, et qui sait, ça lui vaudrait peut-être une montre en or.

Il explora les alentours jusqu'à dénicher une longue branche, puis se tourna vers une partie du fil électrifié à droite de l'angle. Il prit son élan, courut vers l'obstacle et bondit. À peine avait-il abattu la branche sur le fil que celui-ci crachait une flamme ; le morceau de bois s'embrasa aussitôt. Teddy, au pied du mur, regarda la branche. La flamme s'éteignit, mais le bois continua de se consumer.

Sans se décourager, il renouvela l'expérience, mais du côté gauche de l'angle. Rien n'arriva.

Il reprit son souffle et sauta une nouvelle fois pour frapper le fil. Et une nouvelle fois, rien ne se produisit.

Un poteau métallique se dressait à l'endroit où les deux parties du mur se rencontraient ; Teddy fit trois essais avant de réussir à l'attraper. À la troisième tentative, il assura sa prise et se hissa jusqu'au sommet du mur. Ses épaules touchèrent le fil, puis ses genoux, puis ses avant-bras ; chaque fois, il crut sa dernière heure arrivée.

Mais non. Parvenu au sommet, il ne lui resta plus qu'à se laisser glisser de l'autre côté.

Les pieds dans les feuilles éparpillées par la tempête, il se retourna pour contempler Ashecliffe.

Il était venu ici chercher la vérité, mais il ne l'avait pas trouvée. Il était venu chercher Laeddis, mais il ne l'avait pas trouvé non plus. Et en cours de route, il avait perdu Chuck.

Il aurait néanmoins tout le temps de s'appesantir sur ses regrets quand il serait rentré à Boston. Sur ses regrets, ses remords et sa honte. Tout le temps aussi de considérer les différentes solutions possibles, de s'entretenir avec le sénateur Hurly et de concevoir un plan d'attaque. Alors, il reviendrait. Vite. Cela ne faisait aucun doute dans son esprit. Avec un peu de chance, il serait armé de mandats de perquisition. Et il effectuerait la traversée sur un foutu ferry fédéral. À ce moment-là seulement, il libérerait sa colère. À ce moment-là seulement, il s'autoriserait un vertueux courroux.

Mais dans l'immédiat, il se sentait juste soulagé d'être encore vivant de l'autre côté du mur.

Soulagé, mais aussi terrifié.

Le trajet jusqu'à la grotte lui prit une heure et demie, et lorsqu'il l'atteignit, ce fut pour constater que la femme avait disparu. Le feu se réduisait désormais à quelques braises encore chaudes auprès desquelles il s'installa malgré la touffeur grandissante.

Teddy guetta son retour, espérant qu'elle était juste partie chercher du bois, mais sachant bien, tout au fond de son cœur, qu'elle ne reviendrait pas. Peut-être pensait-elle qu'il s'était fait prendre et qu'il avait déjà révélé l'emplacement de sa cachette au directeur et à Cawley. Ou alors – c'était sans doute déraisonnable, mais Teddy se laissa aller à envisager cette possibilité –, Chuck l'avait rencontrée lui aussi, et ils s'étaient réfugiés tous les deux dans un endroit qu'elle estimait plus sûr.

Lorsque le feu s'éteignit, Teddy se débarrassa de sa veste, s'en enveloppa les épaules et le torse, puis appuya la tête contre la paroi rocheuse. Exactement comme la veille au soir, la dernière image qu'il emporta dans son sommeil fut celle de ses pouces.

Ils étaient parcourus de tressaillements.

Quatrième jour

Le mauvais marin

20

Tous les morts et considérés comme tels allaient chercher leurs affaires.

Ils se trouvaient dans une cuisine, leurs manteaux étaient accrochés à des patères et le père de Teddy récupéra son vieux caban, l'enfila, en ajusta les manches, puis aida Dolores à passer le sien.

« Tu sais ce que j'aimerais pour Noël ? lança-t-il à Teddy.

– Non, 'pa.

– Une cornemuse. »

Il voulait un sac et des clubs de golf, comprit Teddy.

« Comme Ike ?

– Tout juste », répondit son père, qui tendit à Chuck son pardessus.

Chuck l'enfila. C'était un beau pardessus. En cachemire d'avant-guerre. La cicatrice de Chuck s'était volatilisée, mais il avait toujours ces mains délicates qui semblaient appartenir à quelqu'un d'autre. Il les brandit devant Teddy en agitant les doigts.

« Vous étiez parti avec la doctoresse ? » demanda Teddy.

Son partenaire fit non de la tête.

« Non, je suis trop bien élevé ! Je suis allé aux courses.

– Vous avez gagné ?

– J'ai perdu gros.

– Désolé.

– Embrassez votre femme pour moi, ajouta Chuck. Sur la joue. »

Teddy écarta sa mère et Tootie Vicelli qui lui souriait de toutes ses dents ensanglantées, et en déposant un baiser sur la joue de Dolores, il demanda :

« Pourquoi es-tu toute mouillée, bébé ?

– Je suis sèche comme un squelette, dit-elle au père de Teddy.

– Si j'avais la moitié de mon âge, répliqua ce dernier, je vous épouserais, ma mignonne. »

Ils étaient tous trempés jusqu'aux os, constata Teddy. Même sa mère, même Chuck. L'eau dégoulinait de leurs manteaux, formant des flaques partout sur le sol.

Chuck lui remit trois bûches.

« Pour le feu, expliqua-t-il.

– Merci. »

Teddy s'en empara, pour oublier presque aussitôt où il les avait posées.

« Foutus lapins, grommela Dolores en se grattant l'estomac. À quoi ils servent, bon sang ? »

Andrew Laeddis et Rachel Solando entrèrent dans la pièce. Ils ne portaient pas de manteau. À vrai dire, ils ne portaient rien du tout. Laeddis fit passer une bouteille de whisky par-dessus la mère de Teddy, avant d'attirer Dolores dans ses bras, et Teddy aurait sans doute été jaloux si Rachel ne s'était pas agenouillée devant lui pour lui baisser sa braguette et le prendre dans sa bouche. Son père, sa mère, Chuck et Tootie Vicelli lui adressèrent tous un petit signe de la main en partant, puis Laeddis et Dolores reculèrent ensemble d'un pas chancelant vers la chambre à coucher, où Teddy les entendit haleter et batailler avec les vêtements de Dolores, et tout lui parut soudain absolument parfait, absolument merveilleux. Il aida Dolores devant lui à se redresser pendant que Laeddis et Rachel baisaient comme des fous, et il embrassa sa femme en plaçant une main sur le trou dans son ventre. « Merci », dit-elle. Il la prit par-derrière, repoussa les bûches sur le plan de travail dans la cuisine, et vit le directeur et ses hommes avaler une grande lampée du whisky apporté par Laeddis. Le directeur salua d'un clin d'œil approbateur la technique de Teddy, lui porta un toast et lança à ses hommes :

– Il a des couilles, ce nègre blanc ! Alors, vous tirez à vue dès que vous l'apercevez. C'est clair ? Sans la moindre hésitation. S'il quitte l'île, gentle-men, permettez-moi de vous dire que nous l'avons dans l'os.

Teddy se débarrassa de la veste sur ses épaules avant de ramper vers l'ouverture de la grotte.

Le directeur et ses hommes se tenaient sur la saillie rocheuse juste au-dessus de lui. Le soleil était haut dans le ciel. Des mouettes criaillaient.

Il était huit heures, constata Teddy en jetant un coup d'œil à sa montre.

– Ne prenez pas de risques, poursuivit le directeur. Cet homme a été formé au combat, testé au combat et endurci au combat. Il est bardé de déco-rations, en particulier la Purple Heart et la Oak Leaf with Clusters. En Sicile, il a tué deux gars à mains nues.

Ces informations figuraient dans son dossier mili-taire, Teddy le savait. Mais comment le directeur avait-il pu y avoir accès ?

– Il manie le couteau comme personne et c'est un as du corps à corps. Alors, conservez vos distances. À la première occasion, vous l'abattez comme un vulgaire chien à deux pattes.

Malgré la situation, Teddy se surprit à sourire. Combien de fois les hommes du directeur avaient-ils eu droit à l'image du chien à deux pattes ?

Trois gardes descendaient déjà en rappel le long de la façade rocheuse. Teddy s'écarta vivement de l'ouverture, puis s'en rapprocha pour les regarder atteindre la plage. Quelques minutes plus tard, ils remontaient.

– Il n'est pas en bas, monsieur, déclara l'un d'eux au directeur.

Teddy les écouta un moment fouiller les alentours du promontoire et de la route, et lorsqu'il n'entendit plus rien, il laissa s'écouler encore une heure avant de quitter la grotte pour s'assurer que personne n'était resté en faction là-haut et qu'il ne tomberait pas sur l'un des membres du groupe lancé à ses trousses.

Il était neuf heures et demie lorsqu'il s'engagea enfin sur la route au sommet de la falaise ; il la suivit en direction de l'ouest en s'efforçant de marcher d'un bon pas, tout en guettant les bruits susceptibles de lui indiquer la présence d'hommes devant ou derrière lui.

Trey ne s'était pas trompé dans ses prévisions météo. La chaleur était déjà étouffante. Teddy ôta sa veste, la plia sur son bras, desserra sa cravate juste assez pour la faire passer par-dessus sa tête, puis la fourra dans sa poche. Il avait la bouche complètement desséchée et les yeux irrités par la sueur.

Brusquement, il revit Chuck enfiler son manteau en songe, et l'image lui fit plus de mal que celle de Laeddis en train de tripoter Dolores. Avant l'apparition de Rachel et de Laeddis, il n'y avait que des morts dans ce rêve. Sauf Chuck. Mais son pardessus était accroché avec les autres et il était parti en même temps que tout le monde. Teddy détestait la signification de cette vision. Si les hommes du directeur avaient attaqué Chuck sur le promontoire, ils avaient forcément agi pendant que lui-même revenait de la petite plaine en contrebas. Et quiconque s'était faufilé jusqu'à lui avait fait du sacré bon boulot, parce que Chuck n'avait pas crié.

Jusqu'à quel point fallait-il être puissant pour éliminer non pas un, mais deux marshals ?

Suprêmement puissant.

Si leur plan consistait à faire basculer Teddy dans la folie, il ne pouvait en aller de même pour Chuck. Personne ne pourrait jamais croire que deux marshals avaient perdu la raison en l'espace de quatre jours. Donc, Chuck aurait un accident. Un malencontreux accident causé par la tempête, selon toute vraisemblance. De fait, s'ils étaient vraiment malins – et à l'évidence, ils l'étaient –, peut-être même présenteraient-ils la mort de Chuck comme l'événement ayant poussé Teddy par-delà le point de non-retour.

Il y avait une sorte de logique diabolique dans ce raisonnement.

Mais s'il ne parvenait pas à quitter l'île, pensa Teddy, le bureau fédéral n'accepterait jamais cette explication, aussi plausible soit-elle, sans envoyer des hommes à leur recherche.

Et que découvriraient-ils ?

Teddy contempla ses poignets et ses pouces. Les tremblements avaient empiré. Quant à son esprit, il n'était pas plus clair après une nuit de sommeil. Il avait la tête dans du coton, la langue pâteuse. Si, à l'arrivée des marshals, les drogues avaient réellement pris possession de lui, on le trouverait sans doute en train de baver sur son peignoir et de déféquer sous lui. La version des faits donnée par les autorités d'Ashecliffe serait alors validée.

La sirène du ferry retentit au moment où Teddy parvenait au sommet d'une dénivellation. Voyant le bateau virer dans le port et commencer à reculer vers le ponton, il accéléra l'allure. Dix minutes plus tard, il distinguait l'arrière de la maison de Cawley à travers les arbres.

Lorsqu'il quitta la route pour s'engager dans les bois, il entendit les hommes décharger la cargaison du ferry : choc sourd des caisses jetées sur le ponton, claquements métalliques des diables, bruits de pas sur les planches. En atteignant le dernier bouquet d'arbres, il aperçut quelques aides-soignants sur le débarcadère, les deux pilotes appuyés contre le bastingage à la poupe et des gardes – des tas de gardes, la crosse de leur fusil calée sur la hanche, les yeux fouillant les bosquets et le terrain devant l'hôpital.

Une fois les opérations de déchargement terminées, les aides-soignants s'éloignèrent en tirant leurs chariots, mais les gardes demeurèrent en poste. Leur seule mission de la matinée, comprit Teddy, consistait à l'empêcher d'embarquer.

Il rebroussa chemin à travers bois jusqu'à la demeure de Cawley. Des hommes s'activaient dans les étages supérieurs ; l'un d'eux, de dos, avait grimpé sur le toit fortement incliné. Teddy découvrit la voiture sous l'auvent jouxtant la façade ouest. Une Buick Roadmaster de 1947. Carrosserie marron, intérieur de cuir blanc. Cirée et lustrée avec soin un jour seulement après la tempête. Un véhicule cher au cœur de son propriétaire.

En ouvrant la portière côté conducteur, Teddy fut assailli par une forte odeur de cuir – presque comme s'il était neuf. Dans la boîte à gants, il trouva plusieurs pochettes d'allumettes, qu'il récupéra.

Après avoir sorti sa cravate, il attacha une petite pierre à l'extrémité la plus étroite, dévissa le bouchon du réservoir, puis laissa glisser la bande de tissu à l'intérieur jusqu'à ce que seul émerge le large pan fleuri.

Il se souvint de Dolores lui offrant cette cravate, la lui passant sur les yeux, s'asseyant sur ses genoux.

– Désolé, ma chérie, murmura-t-il. Je l'aime parce que tu me l'as donnée, mais je peux te le dire, maintenant : Dieu, qu'elle est moche !

Teddy leva la tête en esquissant un sourire contrit, puis craqua une allumette pour enflammer la pochette entière, dont il se servit pour embraser la cravate.

Avant de s'enfuir à toutes jambes.

Il se trouvait au milieu des bois lorsque la voiture explosa. Des cris s'élevèrent près de la maison, et en se retournant il vit des boules de feu monter vers le ciel. Une série de déflagrations s'ensuivit tandis que toutes les fenêtres étaient soufflées les unes après les autres.

Parvenu à la lisière de la forêt, il roula sa veste et la fourra sous des rochers. En contrebas, les gardes et l'équipage du ferry se précipitaient vers le chemin menant à la maison de Cawley, constata-t-il. S'il voulait agir, c'était maintenant ou jamais. Sans s'accorder le temps de réfléchir, surtout. Sinon, il ne le ferait pas.

Il s'élança à découvert, courut le long de la côte, et juste avant d'atteindre le ponton, où quiconque revenant vers le bateau ne manquerait pas de le voir, il bifurqua vers la gauche et se jeta dans l'eau.

Elle était glacée. Il avait espéré que la chaleur de la journée l'aurait réchauffée un peu, mais ce n'était pas le cas ; le froid lui causa un choc semblable à une décharge électrique et lui coupa le souffle. Pourtant, il continua de patauger en s'efforçant de ne pas penser à ce qui rôdait dans les flots autour de lui – des anguilles, des méduses, des crabes et peut-être même des requins, qui sait ? L'idée pouvait paraître ridicule, mais il avait entendu dire que les requins attaquaient parfois l'homme à une profondeur d'un mètre seulement, et c'était à peu près le niveau où il se trouvait, puisque l'eau lui arrivait à la taille. Mais soudain, des cris retentirent près de la demeure de Cawley ; ignorant le martèlement de son cœur dans sa poitrine, Teddy plongea sous la surface.

La fillette de son rêve flottait en dessous de lui, les yeux ouverts, l'air résigné.

Il secoua la tête et, à son grand soulagement, elle disparut ; à sa place, il discerna la quille du ferry – une sorte d'épaisse bande noire ondoyant dans les flots verts –, et après avoir nagé jusqu'à elle, il l'agrippa à deux mains, la suivit sur toute sa longueur puis s'obligea à refaire surface lentement. Il sentit la caresse du soleil sur son visage tandis qu'il reprenait son souffle et il tenta de chasser de son esprit l'image d'une créature attirée par la vue de ses jambes pendantes, se demandant bien de quoi il s'agissait, s'approchant pour les effleurer...

L'échelle se trouvait exactement à l'endroit où il le pensait. Juste devant lui. Il attrapa le troisième barreau et s'y cramponna. Les hommes retournaient vers le débarcadère, à présent ; leurs pas lourds résonnèrent sur les planches, puis la voix du directeur claqua comme un coup de fouet :

– Fouillez le bateau.

– Mais enfin, monsieur, on n'est partis que...

– Vous avez quitté votre poste et vous osez contester mes ordres ?

– Non, monsieur. Désolé, monsieur.

Sous le poids des gardes montés à bord, la coque s'enfonça de plusieurs centimètres, et l'échelle suivit le mouvement. Teddy les entendit aller et venir, ouvrir des portes et déplacer des meubles. Quelque chose se glissa soudain entre ses jambes telle une main ; il serra les dents, crispa ses doigts sur les barreaux et se força à faire le vide dans sa tête, refusant d'imaginer ce que cela pouvait être. Enfin, « ça » s'éloigna et il relâcha son souffle.

– Ma voiture. Il a... il a bousillé ma voiture ! s'écria Cawley, hors d'haleine.

– Cette fois, c'est allé suffisamment loin comme ça, docteur, décréta le directeur.

– Nous étions convenus que la décision finale m'appartenait.

– Si cet homme s'échappe...

– Il ne s'échappera pas.

– Vous avez l'air bien sûr de vous. Pourtant, jamais vous n'auriez pensé qu'il transformerait votre bagnole en feu d'artifice, n'est-ce pas ? Nous devons tout de suite mettre un terme à cette opération afin de limiter les dégâts.

– J'ai travaillé trop dur pour renoncer maintenant.

– Si cet homme quitte l'île, docteur, gronda le directeur, il signe notre perte à tous !

La voix de Cawley s'enfla à son tour.

– Il ne quittera pas cette putain d'île !

Les deux hommes gardèrent le silence quelques instants. Teddy les sentit se déplacer sur le pont.

– Très bien, docteur. Mais le ferry restera ici jusqu'à ce qu'on l'ait retrouvé.

Toujours immobile, Teddy avait les pieds tellement glacés qu'ils le brûlaient.

– Boston exigera des explications, reprit enfin Cawley.

Teddy ferma la bouche pour empêcher ses dents de s'entrechoquer.

– Eh bien, vous n'aurez qu'à leur en donner, rétorqua le directeur. En attendant, le ferry ne bouge pas.

Quelques secondes s'écoulèrent, durant lesquelles Teddy sentit une pression à l'arrière de son genou gauche.

– Comme vous voudrez, dit enfin Cawley.

À la seconde pression, Teddy balança la jambe en arrière ; le bruit des éclaboussures lui parut résonner avec la force d'un coup de feu.

Des pas se firent entendre à la proue.

– Il n'est pas à bord, monsieur. Nous avons fouillé partout.

– Alors, où a-t-il bien pu passer ? demanda le directeur. Quelqu'un a une idée ?

– Merde !

– Oui, docteur ?

– Il est parti vers le phare.

– Cette pensée m'a aussi traversé l'esprit.

– Je m'en charge.

– Prenez des hommes.

– J'ai dit que je m'en chargeais. Nous avons déjà des hommes sur place.

– Pas suffisamment.

– Je vous le répète, je m'en charge.

Cawley s'éloigna. Ses chaussures claquèrent sur le débarcadère, puis produisirent un son plus étouffé sur le sable.

– Phare ou pas, déclara le directeur, ce bateau ne va nulle part. Demandez au pilote de vous remettre les clés de contact et apportez-les-moi.

Il effectua à la nage la plus grande partie du trajet.

Après avoir abandonné le ferry, il se dirigea vers la côte jusqu'au moment où il se retrouva suffisamment près du fond sablonneux pour pouvoir avancer en s'aidant de ses mains. Enfin, il releva la tête et risqua un coup d'œil par-dessus son épaule. Il avait mis quelques centaines de mètres entre lui et les gardes qui formaient maintenant un cercle autour du ponton.

Il se laissa de nouveau couler et reprit sa progression au fond de l'eau, préférant ne pas courir le risque de se mouvoir à la surface en faisant jaillir de l'écume, jusqu'au moment où le littoral forma une courbe. Après l'avoir contournée, Teddy s'aventura sur la plage et, frissonnant, s'assit un moment au soleil pour essayer de se réchauffer. Il tenta ensuite de rallier sa destination à pied, mais finit par se heurter à une avancée rocheuse qui l'obligea à retourner dans l'eau. Résigné, il attacha ensemble ses chaussures par les lacets, les passa autour de son cou et repartit à la nage, l'esprit envahi par la vision des ossements paternels gisant quelque part dans les profondeurs, de requins aux nageoires profilées fouettant l'eau de leur queue, de barracudas exhibant des rangées de dents blanches. S'il s'imposait ces épreuves maintenant, il le savait, c'était parce qu'il le fallait, parce que le froid l'avait engourdi et qu'il n'avait pas d'autre solution – sans compter qu'il serait peut-être obligé de renouveler l'expérience dans deux ou trois jours, quand le *Betsy Ross* se délesterait d'une partie de sa cargaison près de la pointe méridionale de l'île. Or la seule façon de surmonter sa peur était de l'affronter, il l'avait appris pendant la guerre, mais s'il s'en sortait, il se jura de ne plus jamais, jamais s'aventurer dans l'océan. Il se sentait épié, palpé par cette masse liquide plus ancienne que les dieux et plus fière encore du nombre de ses victimes.

Il devait être environ treize heures lorsqu'il aperçut le phare. Il n'en était pas tout à fait sûr, car il avait laissé sa montre dans la poche de sa veste, mais le soleil lui parut à peu près dans la position correspondante. Il regagna la rive au pied de l'escarpement rocheux sur lequel se dressait la tour, puis s'allongea sur un boulder, le temps que ses tremblements cessent et que sa peau bleutée reprenne une couleur normale.

Si Chuck était là-dedans, il l'emmènerait avec lui, quel que soit son état. Mort ou vif, il ne l'abandonnerait pas.

Alors, c'est toi qui mourras.

C'était la voix de Dolores. Elle avait raison, il ne l'ignorait pas. S'il devait attendre encore deux jours l'arrivée du *Betsy Ross*, et si Chuck n'était pas en pleine possession de ses facultés physiques et mentales, ils ne réussiraient jamais à échapper à leurs poursuivants. On les traquerait...

Un sourire lui vint aux lèvres malgré lui.

... comme de vulgaires chiens à deux pattes.

Je ne peux pas le laisser, Dolores. Si je ne le trouve pas, c'est autre chose. Mais c'est mon coéquipier.

Tu le connais à peine.

N'empêche, c'est mon coéquipier. S'il est là-dedans, s'ils lui font du mal, s'ils le retiennent contre sa volonté, je dois l'aider.

Au péril de ta vie?

Au péril de ma vie, oui.

Alors, j'espère qu'il n'est pas là.

Enfin, il se laissa glisser du boulder et suivit un chemin sableux couvert de coquillages qui sinuait entre les graminées. Soudain, il lui vint à l'esprit que le Dr Cawley s'était trompé en le jugeant suicidaire. Au fond, ce qu'il ressentait tenait plutôt d'un désir de mort. Des années durant, c'est vrai, il n'avait pas vu la nécessité de vivre. Mais pas celle de mourir non plus. De sa propre main, qui plus est? Même lors de ses nuits les plus solitaires, les plus désespérées, cette solution lui avait toujours semblé tellement pathétique. Tellement embarrassante. Tellement pitoyable...

Le garde sursauta – aussi surpris par l'apparition de Teddy que Teddy l'était par la sienne –, la braguette toujours ouverte, le fusil rejeté derrière l'épaule. Machinalement, il commença par remonter sa braguette, puis se ravisa, mais déjà Teddy le frappait au niveau de la pomme d'Adam. Le garde porta les mains à sa gorge tandis que Teddy se baissait et balançait sa jambe vers lui, l'atteignant à l'arrière de la cuisse. Déséquilibré, l'homme partit à la renverse et tomba sur le dos. Aussitôt, Teddy lui expédia un grand coup de pied dans l'oreille droite. Les yeux du garde se révulsèrent, sa bouche s'ouvrit et il demeura immobile.

Teddy se pencha vers lui, saisit la lanière du fusil et retira l'arme de sous son corps. Il respirait encore, constata-t-il. Bon, il ne l'avait pas tué.

Et à présent, il avait une arme.

Il s'en servit pour maîtriser le deuxième garde, celui posté devant la clôture. Quand il le désarma, ce dernier – un gamin, à vrai dire, presque encore un bébé – murmura :

– Vous allez me tuer ?

– Bien sûr que non, fiston, répondit Teddy, avant de l'assommer d'un coup de crosse sur la tempe.

Une petite baraque se dressait de l'autre côté de la clôture. Teddy alla y jeter un coup d'œil, pour ne découvrir à l'intérieur que plusieurs lits de camp, quelques revues érotiques, une Thermos de café froid et deux uniformes de garde accrochés à une patère derrière la porte.

Il se dirigea ensuite droit vers le phare, se servit de son fusil pour pousser la porte et déboucha dans un local de ciment nu, humide et froid, aux murs couverts de salpêtre. Il n'y avait rien, absolument rien dans cette pièce à part un escalier en colimaçon.

Teddy s'y engagea et, parvenu à l'étage suivant, il découvrit une deuxième pièce tout aussi vide que la première, et il sut alors avec certitude qu'il devait y avoir un sous-sol dans cet endroit – une salle immense, peut-être reliée à l'hôpital par une série de passages souterrains –, parce que jusque-là, eh bien, ce n'était rien d'autre qu'un phare abandonné.

Une sorte de raclement résonna soudain au-dessus de sa tête. Il poursuivit son ascension et, parvenu au sommet de la dernière volée de marches, il se retrouva en face d'une lourde porte métallique qu'il sentit céder légèrement lorsqu'il y appuya le canon de son fusil.

Le raclement résonna de nouveau, et cette fois Teddy perçut une odeur de cigarette en même temps que le grondement de l'océan et le souffle du vent. Si le directeur avait été suffisamment malin pour placer des gardes à l'intérieur, de chaque côté de cette porte, alors lui-même était un homme mort, songea-t-il.

Fuis, bébé.

Je ne peux pas.

Pourquoi?

Parce que tout va se jouer maintenant.

Tout quoi?

Tout.

Je ne vois pas comment...

Toi. Moi. Laeddis. Chuck. Noyce, le pauvre couillon. Tout va se jouer maintenant. Soit c'est la fin pour eux, soit c'est la fin pour moi.

Mais ses mains, bébé. Les mains de Chuck. Tu n'as pas vu?

Non. Quoi?

Ses mains, Teddy. C'est comme si elles ne lui allaient pas.

Teddy comprenait ce qu'elle voulait dire. Il savait que quelque chose d'important lui échappait au sujet des mains de Chuck, mais il n'avait pas le temps d'y réfléchir pour le moment.

Il faut que je franchisse cette porte maintenant, ma chérie.

O.K. Fais attention.

Teddy s'accroupit à gauche du battant. Il plaça la crosse du fusil contre son torse, posa la main droite par terre pour assurer son équilibre, puis balança son pied gauche dans la porte. Celle-ci s'écarta en grand ; Teddy s'élança dans l'ouverture, prit appui sur un genou, épaula le fusil et visa l'homme en face de lui.

Cawley.

Assis derrière une table de travail, le dos tourné à une petite fenêtre carrée donnant sur l'étendue bleu et argent de l'océan dont l'odeur iodée emplissait la pièce, les cheveux soulevés par la brise.

Le médecin n'eut pas l'air surpris. Ni effrayé. Il tapota sa cigarette sur le bord du cendrier devant lui, puis demanda tranquillement :

« Pourquoi es-tu tout mouillé ? »

21

De grands draps roses étaient tendus sur les murs derrière Cawley, retenus par des morceaux d'adhésif fripés collés en travers des coins. Sur la table devant lui se trouvaient plusieurs classeurs, une radio de l'armée, le formulaire d'admission de Laeddis, le calepin de Teddy et aussi sa veste. Calé sur une chaise, surmonté d'un petit micro orienté vers le centre de la pièce, un magnétophone à bobines tournait. Un cahier relié de cuir noir était ouvert devant le médecin. Celui-ci prit le temps de griffonner quelques mots sur une page avant de déclarer :

– Je vous en prie, asseyez-vous.

– Qu'est-ce que vous avez dit ?

– J'ai dit, asseyez-vous.

– Mais avant ?

– Vous le savez parfaitement.

Teddy ôta son fusil de son épaule mais continua de le pointer sur Cawley en franchissant le seuil.

– Il est vide, ajouta le médecin en retournant à ses notes.

– Quoi ?

– Le fusil. Il n'est pas chargé. Compte tenu de votre grande expérience des armes à feu, comment avez-vous pu ne pas le remarquer ?

342

Sans un mot, Teddy vérifia la chambre. Elle était vide. Juste pour en avoir le cœur net, il visa le mur à sa gauche et tira ; seul résonna le claquement sec du percuteur.

– Posez-le donc là-bas, dans le coin, lui enjoignit Cawley.

Teddy plaça le fusil sur le sol et tira la chaise à lui, mais il resta debout.

– Qu'est-ce qu'il y a sous ces draps ? s'enquit-il.

– Nous y viendrons. Pour le moment, asseyez-vous. Et détendez-vous. Tenez. (Le médecin ramassa par terre une grande serviette qu'il lui lança.) Séchez-vous un peu, vous allez prendre froid.

Après s'être essuyé les cheveux, Teddy ôta sa chemise, la roula en boule et la jeta par terre, puis se passa la serviette sur le torse avant de tendre la main vers sa veste.

– Vous permettez, docteur ?

Cawley leva les yeux.

– Allez-y, ne vous gênez pas.

Teddy enfila le vêtement, et s'installa enfin sur le siège.

Le médecin écrivit encore quelques mots en faisant crisser son stylo sur le papier.

– Les gardes sont sérieusement blessés ?

– Je ne crois pas, non.

Sur un hochement de tête, Cawley délaissa son stylo, approcha la radio et fit tourner la manivelle pour l'alimenter. Il souleva le combiné, poussa d'une chiquenaude le bouton d'émission et parla dans le micro :

– Oui, il est là. Demandez au Dr Sheehan d'examiner nos hommes avant de monter.

Sur ces mots, il raccrocha.

– Oh, le mystérieux Dr Sheehan, commenta Teddy. Laissez-moi deviner : il est arrivé ce matin, par le ferry, c'est ça ?

Cawley esquissa un mouvement de dénégation.

– Il n'a jamais quitté l'île.

– Oh, il se cachait au vu et au su de tous.

Avec un léger haussement d'épaules, Cawley ouvrit les mains.

– C'est un brillant psychiatre. Jeune, mais plein de potentiel. C'était notre idée à tous les deux.

Teddy sentit soudain un élancement dans le cou juste en dessous de l'oreille gauche.

– Ah bon ? Et vous êtes satisfait du résultat, jusque-là ?

Cawley souleva une page du cahier, jeta un rapide coup d'œil à la suivante, puis la laissa retomber.

– Pas très, avoua-t-il. J'avais de plus grands espoirs.

Quand il regarda Teddy, celui-ci reconnut sur son visage une expression qu'il lui avait déjà vue durant la réunion avec les autres médecins juste avant la tempête ; le problème, c'est qu'elle ne cadrait ni avec le reste de sa personne, ni avec cette île, ni avec ce phare, ni avec ce jeu terrible dans lequel ils étaient engagés.

C'était de la compassion.

En d'autres circonstances, il en aurait mis sa main à couper.

Il détourna les yeux, examina la petite pièce et étudia un instant les draps sur les murs.

– Alors, c'est ça ? lança-t-il.

– C'est ça, confirma Cawley. Le phare. Le Saint Graal. La vérité que vous cherchiez avec tant d'acharnement. Vos attentes sont-elles enfin comblées ?

– Je n'ai pas encore vu le sous-sol.

– Il n'y en a pas. Vous êtes dans un phare.

Teddy contempla le calepin posé sur la table entre eux.

– C'est à vous, oui, précisa le médecin. Nous l'avons retrouvé avec votre veste dans les bois près de chez moi. Vous avez fait sauter ma voiture.

– Désolé, répondit Teddy en haussant les épaules.

– Je l'aimais beaucoup.

– Oui, c'est l'impression que j'ai eue.

– Je me rappelle encore le jour où je l'ai choisie chez le concessionnaire, au printemps 47. Je me suis dit : Mon vieux John, voilà une affaire de réglée. Tu es tranquille pour au moins quinze ans. (Il poussa un profond soupir.) J'étais tellement content ce jour-là !

Cette fois, Teddy leva les mains.

– Toutes mes excuses.

Son interlocuteur remua la tête.

– Vous avez vraiment cru que nous vous laisserions embarquer sur le ferry ? Même si vous aviez fait sauter toute l'île pour créer une diversion, que se serait-il passé, à votre avis ?

Teddy garda le silence.

– Vous étiez seul, et tous les hommes ce matin n'avaient qu'une mission : vous empêcher de monter sur ce bateau. Franchement, je ne comprends pas votre raisonnement.

– C'était l'unique moyen de partir. Il fallait que je tente ma chance.

Cawley le dévisagea d'un air déconcerté, puis murmura :

– J'adorais cette bagnole, bon sang.

– Vous n'auriez pas de l'eau ?

Le médecin parut méditer la question quelques secondes. Enfin, il se retourna, révélant une cruche et deux verres posés sur le rebord de la fenêtre derrière lui. Il fit le service, puis tendit un des verres à Teddy.

Celui-ci le vida d'un trait.

– Vous avez la bouche sèche, hein ? C'est comme une démangeaison sur votre langue que rien ne peut calmer, même si vous buvez énormément ? (Il poussa la cruche sur la table et regarda Teddy se resservir.) Vos mains tremblent. C'est de pire en pire. Comment va votre tête ?

Au même moment, Teddy eut l'impression qu'un câble chauffé à blanc s'insinuait derrière son œil gauche, s'étirait jusqu'à sa tempe et se tendait entre le haut de son crâne et sa mâchoire.

– Pas trop mal, prétendit-il.

– Ça ne va pas durer.

– Je sais, affirma Teddy avant d'avaler encore un peu d'eau. Cette femme dans la grotte, la doctoresse, elle m'a prévenu.

Un sourire aux lèvres, Cawley s'adossa à son fauteuil et tapota la pointe de son stylo sur son cahier.

– Allons bon. Qui est-ce encore ?

– Je ne connais pas son nom, mais elle a travaillé ici, avec vous.

– Oh. Et qu'est-ce qu'elle vous a dit, exactement ?

– D'après elle, les neuroleptiques mettent quatre jours à atteindre un taux sanguin efficace. Elle m'a parlé du dessèchement de la bouche, des maux de tête, des tremblements.

– Elle en savait, des choses.

– Mmm.

– Ça ne vient pas des neuroleptiques.

– Ah non ?

– Non.

– De quoi, alors ?

– Phénomène de manque.

– Un manque de quoi ?

La question arracha un autre sourire à Cawley, dont le regard se fit distant ; il ouvrit le calepin de Teddy à la dernière page annotée et le poussa vers lui.

– C'est votre écriture ?

– Oui, répondit Teddy après y avoir jeté un coup d'œil.

– Le dernier code ?

– Le dernier, je ne sais pas, mais en tout cas, c'est un code.

– Et vous ne l'avez pas déchiffré.

– Je n'en ai pas eu l'occasion, figurez-vous. Les choses ont été un peu mouvementées, ces derniers temps, au cas où vous ne l'auriez pas remarqué.

– Bien sûr, bien sûr. (Cawley posa un doigt sur la page.) Vous pourriez le faire maintenant ?

5(E)-20(T)-3(C)-9(I)-15(O)-20(T)-19(S)

Le câble derrière son œil le brûlait toujours.

– Je ne suis pas vraiment au mieux de ma forme, avoua Teddy.

– Mais c'est tellement simple... Sept lettres en tout.

– Je préférerais attendre que ma tête soit un peu moins douloureuse.

– Entendu.

– Je serais en manque de quoi, docteur ? Qu'est-ce que vous m'avez donné ?

Cawley fit craquer ses jointures, puis se carra dans son fauteuil en bâillant.

– De la chlorpromazine. Elle a de nombreux effets secondaires, je le crains. Je n'y suis pas trop favorable, à vrai dire. J'espérais pouvoir vous mettre sous imipramine avant cette dernière série d'incidents, mais je suis bien obligé d'y renoncer. (Il se pencha en avant.) En temps normal, je ne suis pas un grand fan de la pharmacologie, mais dans votre cas, je ne vois pas d'autre solution.

– L'imipramine, c'est ça ?

– Certains l'appellent aussi Tofranil.

Teddy sourit.

– Et la chlorpro...

– ... mazine, oui. Tout à fait. Vous êtes actuellement sous chlorpromazine. D'où le phénomène de manque durant ces quatre derniers jours. Vous en prenez depuis maintenant deux ans.

– Pardon ?

– Vous en prenez depuis deux ans.

– Écoutez, toubib, lança Teddy avec un petit rire, je sais que vous connaissez votre affaire. Inutile d'essayer de m'impressionner avec votre jargon.

– Je n'essaie pas de vous impressionner.

– Vous me droguez depuis deux ans ?

– Je préfère dire que vous bénéficiez d'un « traitement médicamenteux ».

– Ah oui ? Et comment vous y êtes-vous pris ? Un de vos sous-fifres était employé au bureau fédéral, c'est ça ? Il était chargé de dissoudre une poudre dans mon café tous les matins ? À moins que... Non, attendez, il bossait chez l'épicier du coin, où j'achète mon café en partant. Ouais, ça me plaît mieux. Donc, pendant deux ans, vous avez confié à quelqu'un le soin de me refiler ma dose quotidienne à Boston.

– Pas à Boston, répliqua Cawley d'un ton posé. Ici.

– Ici ?

– Tout juste. Vous êtes dans cet établissement depuis deux ans. En tant que patient.

Teddy entendait la marée monter, à présent ; des vagues furieuses se brisaient au pied de l'escarpement. Il pressa ses mains l'une contre l'autre pour tenter de maîtriser ses tremblements et s'efforça d'ignorer les élancements derrière son œil, toujours plus brûlants, toujours plus insistants.

– Je suis marshal fédéral, affirma-t-il.

– Vous l'étiez.

– Je le suis. Je travaille pour le gouvernement des États-Unis. J'ai quitté Boston lundi matin 22 septembre 1954.

– Vraiment ? Alors, parlez-moi de votre trajet jusqu'au ferry. Vous avez utilisé votre voiture ? Où vous êtes-vous garé ?

– J'ai pris le métro.

– Il ne va pas jusque-là.

– Après, j'ai pris le bus.

– Mais pourquoi ne pas avoir utilisé votre voiture ?

– Elle est chez le garagiste.

– Oh. Et le dimanche, alors ? Vous vous souvenez du dimanche précédent ? Pouvez-vous me dire ce que vous avez fait ce jour-là ? Honnêtement, vous rappelez-vous un seul détail de la journée qui a précédé votre réveil dans les toilettes du ferry ?

Bien sûr, songea Teddy. Ou, du moins, il aurait pu se rappeler ce qu'il avait fait sans ce putain de câble dans sa tête qui lui perforait l'œil et les sinus.

Bon. Essaie de fouiller ta mémoire. Vas-y, raconte-lui ta journée de dimanche. Tu es rentré du boulot. Chez toi, à Buttonwood. Non, non. Pas à Buttonwood. L'appartement de Buttonwood est parti en fumée après que Laeddis y a mis le feu. Non, non. Où est-ce que tu habites ? Bon sang. Il voyait l'endroit. D'accord, d'accord. C'est à... à... Castlemont. Oui, c'est ça. Castlemont Avenue. Près de l'eau.

O.K., O.K. Détends-toi. Tu es rentré chez toi à Castlemont, tu as dîné, tu as bu un verre de lait et tu es monté te coucher. Oui, c'est bien ça.

– Et ce document, à propos ? Vous avez eu l'occasion de le lire ? demanda Cawley en poussant vers lui le formulaire d'admission de Laeddis.

– Non.

– Non ? Alors que vous êtes venu pour ça ? Si vous aviez rapporté cette feuille au sénateur Hurly –

la preuve de l'existence de ce soixante-septième patient dont nous prétendons tous ici ne rien savoir –, vous auriez pu anéantir cet endroit, n'est-ce pas ?

– Exact.

– Exact, en effet. Et vous n'avez même pas pris le temps d'y jeter un coup d'œil au cours de ces dernières vingt-quatre heures ?

– Je vous le répète, les choses ont été un peu...

– ... mouvementées, oui. Je comprends. Eh bien, allez-y, examinez-le.

Teddy le parcourut rapidement. Toutes les informations escomptées y figuraient : nom, âge, date d'internement. Dans la rubrique « Commentaires », il lut :

Patient remarquablement intelligent et délirant. Inclination connue pour la violence. Extrêmement agité. Ne manifeste aucun remords pour son crime, car son déni est tel que dans son esprit il n'y a jamais eu crime. Il a érigé des défenses complexes et créé des scénarios élaborés qui l'empêchent, pour l'heure, d'affronter la réalité de ses actes.

Signé : *Dr L. Sheehan.*

– Ça me paraît à peu près correct, observa Teddy.

– À peu près ?

Teddy opina.

– Et d'après vous, ce diagnostic concernerait qui ?

– Laeddis, évidemment, répondit Teddy.

Cawley se leva, s'approcha du mur et fit tomber l'un des draps.

Quatre noms étaient inscrits sur le mur en majuscules de quinze centimètres de haut :

EDWARD DANIELS – ANDREW LAEDDIS
RACHEL SOLANDO – DOLORES CHANAL

Teddy attendit la suite, mais Cawley semblait attendre aussi ; résultat, tous deux gardèrent le silence une bonne minute.

Enfin, Teddy déclara :

– Vous avez une révélation à me faire, je suppose.

– Regardez bien ces noms.

– Je les vois.

– Ce sont le vôtre, celui du patient soixante-sept, celui de la fugitive et celui de votre femme.

– Hum, je ne suis pas aveugle.

– Elle est là, votre Loi des Quatre.

– Comment ça ? marmonna Teddy en se frottant la tempe pour tenter d'en extirper le câble.

– Hé, c'est vous le génie du déchiffrement. À vous de me le dire.

– Vous dire quoi ?

– Quel est le point commun entre les noms « Edward Daniels » et « Andrew Laeddis » ?

Teddy les scruta quelques instants.

– Ils se composent tous les deux de treize lettres.

– C'est juste, approuva le médecin. Autre chose ?

Malgré tous ses efforts, Teddy ne parvint à aucun résultat.

– Non.

– Oh, je vous en prie...

Cawley ôta sa blouse et la plaça sur le dossier de son fauteuil.

Malgré la lassitude suscitée en lui par ce petit jeu, Teddy étudia une nouvelle fois les noms.

– Prenez votre temps, l'encouragea le médecin.

À force de les regarder, Teddy avait maintenant l'impression que les lettres se brouillaient devant ses yeux.

– Toujours rien ?

– Non. Je ne vois que treize lettres.

D'un revers de main, Cawley frappa l'inscription sur le mur.

– Ce n'est pas si difficile que ça, bon sang !

En proie à une brusque sensation de nausée, Teddy secoua la tête. Les mots dansaient en face de lui.

– Concentrez-vous.

– Je suis concentré.

– Qu'est-ce que toutes ces lettres ont en commun ?

– Je ne... Il y en a treize au total. Treize.

– Mais encore ?

– C'est tout.

– Vous êtes sûr ?

– Certain. Qu'est-ce que vous voulez que je vous dise, à la fin ? Je ne sais pas ce que vous attendez de moi ! Je ne...

– Ce sont les mêmes lettres, bon Dieu !

Teddy se pencha en rassemblant toute sa volonté pour essayer d'immobiliser les majuscules sur le mur.

– Quoi ?

– Ce sont les mêmes lettres, répéta Cawley.

– Faux.

– Ces deux noms sont des anagrammes.

– Faux, s'obstina Teddy.

– Pardon ? (Sourcils froncés, Cawley passa une main sur l'inscription.) Ce sont exactement les mêmes lettres. Regardez-les. Edward Daniels. Andrew Laeddis. Les mêmes lettres. Vous êtes doué pour déchiffrer les codes, n'est-ce pas ? Vous avez même failli devenir déchiffreur pendant la guerre. Alors, maintenant, dites-moi si ce ne sont pas les mêmes treize lettres qui composent ces deux identités.

– Non !

Teddy plaqua ses paumes sur ses yeux, sans trop savoir s'il voulait les frotter pour s'éclaircir la vue ou au contraire bloquer la lumière pour ne plus rien distinguer du tout.

– « Non », ce ne sont pas les mêmes lettres ? Ou « non », vous n'avez pas envie d'admettre la vérité ?

– Ce n'est pas possible.

– Oh si. Ouvrez les yeux. Regardez encore.

Ce que fit Teddy, mais sans cesser de secouer la tête, de sorte que les lettres continuèrent de tressauter.

De la main, Cawley indiqua la ligne suivante.

– Essayez ceux-là, si vous préférez. « Dolores Chanal et Rachel Solando. » Treize lettres tous les deux. Pouvez-vous me dire ce qu'ils ont également en commun ?

Teddy savait ce qu'il voyait, mais il savait aussi que c'était impossible.

– Non ? Vous ne trouvez pas non plus ?

– Ce n'est pas possible.

– Je vous assure que si. Encore une fois, ce sont les mêmes lettres. Des anagrammes. Vous êtes venu chercher la vérité ? Eh bien, elle est devant vous, Andrew.

– Teddy.

Cawley le dévisagea longuement, affectant de nouveau l'empathie.

– Vous vous appelez Andrew Laeddis, affirmat-il. Le soixante-septième patient d'Ashecliffe, c'est vous, Andrew.

22

– Vous vous foutez de moi !

Le cri de Teddy lui résonna dans la tête.

– Vous vous appelez Andrew Laeddis, répéta posément le médecin. Vous avez été interné dans cet établissement il y a vingt-deux mois par décision du tribunal...

Teddy l'interrompit d'un geste.

– Même de la part de gens comme vous, ce genre de manœuvre est dégueulasse.

– Ne niez pas l'évidence, Andrew. S'il vous plaît. Vous...

– Ne m'appelez pas comme ça.

– ... avez été envoyé ici il y a deux ans parce que vous avez commis un crime terrible. Un crime que la société a jugé inexcusable. Mais pas moi, Andrew. Regardez-moi.

Teddy examina la main tendue de Cawley, puis son bras, son torse et enfin son visage et ses yeux débordant de fausse compassion, d'une parodie de bons sentiments.

– Mon nom est Edward Daniels.

– Non. (Cawley remua la tête avec lassitude.) Votre nom est Andrew Laeddis. Vous avez fait quelque chose d'horrible, et comme vous ne pouvez pas vous le pardonner, vous vous mettez en scène.

Vous avez fabriqué de toutes pièces un scénario à la fois dense et complexe dont vous êtes le héros, Andrew. Vous avez réussi à vous convaincre que vous étiez toujours marshal et qu'à ce titre vous étiez venu enquêter à Shutter Island. À cette occasion, vous avez découvert une vaste conspiration ; par conséquent, tout ce que nous pouvons dire ou faire pour vous prouver le contraire ne sert qu'à entretenir l'illusion du complot. Peut-être vaudrait-il mieux ne pas intervenir, vous laisser vivre dans ce monde de fantasmes. Pour ma part, j'y serais favorable. Si vous étiez inoffensif, c'est la solution que je choisirais. Mais le problème, c'est que vous êtes violent. Très violent, même. Cette inclination, associée à votre formation militaire et policière, vous rend dangereux. De fait, vous êtes le patient le plus dangereux de notre établissement. Il nous est impossible de vous maîtriser. Alors, il a été décidé... Regardez-moi, s'il vous plaît.

Teddy obéit. Cawley, à moitié couché sur la table, le dévisageait d'un air implorant.

– Il a été décidé que si nous ne parvenions pas à vous ramener à la raison – maintenant, Andrew –, des mesures définitives seraient prises pour vous mettre hors d'état de nuire. Vous comprenez ce que j'essaie de vous dire ?

Durant un bref instant, moins d'une fraction de seconde, peut-être, Teddy faillit le croire.

– Pas mal, votre petit numéro, toubib. Qui va jouer le rôle du méchant ? Sheehan ? (Il jeta un coup d'œil à la porte derrière lui.) Il se fait attendre, non ?

– Regardez-moi. Regardez mes yeux.

Teddy s'exécuta. Le médecin avait les yeux rouges, rendus larmoyants par le manque de sommeil. Il y avait aussi autre chose. Mais quoi, au juste ? Teddy scruta les prunelles fixées sur lui. Et soudain, il sut d'où lui venait cette impression ; pour un peu, il aurait juré que Cawley avait le cœur brisé.

– Écoutez-moi, Andrew. Vous n'avez que moi. Vous n'avez jamais eu que moi. Ça fait maintenant deux ans que je vous écoute me raconter le même délire. J'en connais tous les détails, tous les rebondissements : les codes, le coéquipier disparu, la tempête, la femme dans la grotte, les expériences diaboliques dans le phare. Je sais tout de George Noyce et de ce sénateur Hurly imaginaire. Je sais que vous rêvez tout le temps de Dolores, qu'un liquide s'écoule de son ventre et qu'elle est trempée. Je sais aussi pour les bûches.

– Vous me racontez des conneries.

– Comment aurais-je pu être au courant, Andrew ?

Teddy énuméra les différents arguments sur ses doigts tremblants.

– J'ai mangé ce que vous serviez ici, bu votre café, fumé vos cigarettes. J'ai aussi pris les trois comprimés que vous m'avez donnés le matin de mon arrivée. L'autre soir, vous m'avez drogué. Vous étiez assis près de moi quand je me suis réveillé. Depuis, je ne suis plus le même. C'est à ce moment-là que tout a commencé. Juste après ma migraine. Vous m'avez fait avaler quoi ?

Cawley se pencha en arrière. Il grimaça comme s'il avait quelque chose d'acide dans la bouche, puis tourna la tête vers la fenêtre.

– Je n'ai plus beaucoup de temps, murmura-t-il.

– Comment ça ?

– On m'avait accordé quatre jours. Le délai arrive à expiration.

– Alors, laissez-moi partir. Je retournerai à Boston, je porterai plainte contre vous, mais ne vous inquiétez pas : avec tant d'amis aussi influents, vous ne risquez pas grand-chose.

– Non, Andrew, je n'ai presque plus d'amis. Je me bats ici depuis huit ans, mais aujourd'hui la balance penche en faveur du camp adverse. Je vais perdre. Mon statut et aussi mes crédits. J'ai juré devant l'ensemble du conseil de surveillance que je pourrais mener à bien l'expérience de jeu de rôles la plus extravagante jamais entreprise en psychiatrie et que je réussirais à vous sauver. Je vous ramènerais à la raison, je n'en doutais pas. Mais si je m'étais trompé ? (Il écarquilla les yeux, plaça une main sous son menton comme s'il voulait repousser sa mâchoire, puis la laissa retomber.) Vous ne comprenez pas, Andrew ? Si vous échouez, j'échoue aussi. Et si j'échoue, c'est la fin.

– Mince, ironisa Teddy. Quel dommage, hein ?

Dehors, des mouettes piaillèrent. Teddy perçut l'odeur des embruns et du sable mouillé chauffé par le soleil.

– Bon, on va aborder les choses d'une autre façon. Vous ne trouvez pas troublant que Rachel Solando – un pur produit de votre imagination, soit dit en passant – ait un nom composé des mêmes lettres que celui de votre femme et qu'elle ait tué ses enfants de la même façon ? Drôle de coïncidence, non ?

Teddy se leva. Les tremblements lui agitaient maintenant les bras des épaules jusqu'aux poignets.

– Ma femme n'a pas tué ses enfants. On n'a jamais eu d'enfants.

– Tiens donc...

De nouveau, Cawley se dirigea vers le mur.

– On n'a jamais eu d'enfants, espèce de pauvre connard !

– D'accord. D'accord.

Le médecin découvrit un autre pan de mur, révélant cette fois la représentation d'une scène de crime, des photos d'un lac et celles de trois enfants morts dont les noms étaient également inscrits en majuscules :

EDWARD LAEDDIS
DANIEL LAEDDIS
RACHEL LAEDDIS

Teddy baissa les yeux. Ses mains tressautaient comme si elles ne lui appartenaient plus. Il les aurait volontiers écrasées.

– Ce sont vos enfants, Andrew. Allez-vous m'affirmer qu'ils n'ont jamais existé ?

– Ce sont ceux de Rachel Solando. Et ce plan, c'est celui de sa maison près du lac.

– De votre maison, rectifia le médecin. Vous vous êtes tous installés là-bas parce que les médecins vous l'ont suggéré dans l'intérêt de votre femme. Vous vous rappelez ? Après qu'elle a mis accidentellement le feu à votre appartement. Emmenez-la loin de la ville, vous ont-ils recommandé, offrez-lui un environnement plus bucolique. Elle s'y sentira peut-être mieux.

– Elle n'était pas malade.

– Elle l'était, Andrew.

– Arrêtez de m'appelez comme ça, bordel ! Elle n'était pas malade.

– Elle souffrait d'une dépression nerveuse. Les médecins ont diagnostiqué une psychose maniaco-dépressive. Elle était...

– C'est faux.

– Elle était suicidaire. Elle maltraitait les enfants. Mais vous avez refusé de l'admettre. Vous préfériez l'accuser de faiblesse. Vous vous êtes dit que guérir était une question de volonté ; pour y parvenir, elle n'avait qu'à faire appel à *son sens des responsabilités*. Envers vous. Envers les petits. Vous vous êtes mis à boire, de plus en plus. Vous vous êtes replié dans votre coquille. Vous vous êtes absenté de plus en plus souvent. Vous avez ignoré tous les signes, les avertissements des maîtres d'école, du prêtre de la paroisse, de votre belle-famille.

– Ma femme n'était pas malade !

– Et pourquoi ? Parce que ça vous *gênait*.

– Ma femme n'était pas...

– La seule fois où elle a vu un psychiatre, c'est quand elle s'est retrouvée à l'hôpital après sa tentative de suicide. Même vous, vous n'aviez pas le pouvoir d'empêcher ça. Et là, on vous a dit qu'elle représentait un danger pour elle-même et...

– On n'a jamais vu de psychiatres !

– ... aussi pour les enfants. On vous a mis en garde à de nombreuses reprises.

– On n'a pas eu d'enfants, s'obstina Teddy. On l'avait envisagé, mais elle n'arrivait pas à tomber enceinte.

Bon sang ! C'était comme si quelqu'un lui broyait du verre dans la tête avec un rouleau à pâtisserie.

– Approchez, lui enjoignit Cawley. Venez voir les noms sur ces photos. Ça vous intéressera sûrement de savoir...

– Vous les avez truquées. Fabriquées vous-même.

– Vous rêvez. Tout le temps. Vous n'arrêtez pas de rêver, Andrew. Vous m'en avez parlé. Vous avez revu les deux garçonnets et la petite fille, récemment ? Vous a-t-elle accompagné jusqu'à votre pierre tombale ? Vous êtes un « mauvais marin », Andrew. Un mauvais père, en d'autres termes. Parce que vous n'avez pas su ramener le bateau au port. Vous ne les avez pas sauvés. Souhaitez-vous que nous évoquions les bûches ? Hein ? Venez donc par ici et regardez-les bien. Ensuite, dites-moi si ce ne sont pas les enfants qui hantent vos nuits.

– N'importe quoi.

– Venez, Andrew.

– Vous me droguez, vous tuez mon coéquipier, et ensuite vous affirmez qu'il n'a jamais existé. Vous allez m'emprisonner ici parce que j'ai découvert vos sales manigances. Je suis au courant de tout, vous savez : les expériences, la façon dont vous traitez les schizophrènes, votre tendance à multiplier les lobotomies, votre mépris total du Code de Nuremberg. Je vous ai percé à jour, docteur !

– Ah oui ? (Cawley s'adossa au mur et croisa les bras.) Mais je vous en prie, éclairez-moi. Vous avez circulé en toute liberté sur le site pendant ces quatre derniers jours. Vous avez eu accès à tous les bâtiments. Où sont les médecins nazis ? Où sont les horribles salles d'opération ?

Il retourna vers la table et consulta ses notes.

– Vous pensez toujours que nous faisons subir des lavages de cerveau à nos patients, Andrew ? Que nous avons déclenché un processus visant à créer – comment les avez-vous appelés, un jour ? –, oh oui, c'est ça : des soldats fantômes, des morts vivants. (Il gloussa.) Je veux dire, je dois bien vous reconnaître une chose : en ces temps de paranoïa générale aiguë, vos fantasmes remportent la palme !

Teddy pointa un doigt tremblant dans sa direction.

– Vous dirigez un hôpital expérimental privilégiant des approches radicales...

– C'est exact.

– Vous n'admettez ici que les patients les plus violents.

– Encore exact. À une nuance près : les plus violents *et* les plus délirants.

– Et vous...

– Oui ?

– Vous pratiquez des expériences sur eux.

– Oui! (Cawley applaudit et inclina le buste en une parodie de révérence.) Je plaide coupable, Votre Honneur.

– Des expériences chirurgicales.

– Ah non, désolé! s'exclama Cawley en tendant le doigt vers lui. Pas d'expériences chirurgicales ici. Nous n'opérons qu'en dernier recours, et jamais sans que j'aie élevé les plus vives protestations. Mais je ne suis qu'un homme, hélas; même moi, je ne peux pas changer en une nuit des pratiques acceptées depuis des décennies.

– Vous mentez.

Un soupir échappa à Cawley.

– Donnez-moi une preuve de ce que vous avancez. Juste une.

Teddy garda le silence.

– Vous n'avez réagi à aucune des preuves que moi, je vous ai soumises.

– Parce que ce ne sont pas des preuves, rétorqua Teddy. Juste un savant montage.

Cawley joignit les mains, puis les porta à ses lèvres comme s'il priait.

– Laissez-moi quitter l'île, reprit Teddy. En tant que représentant de la loi mandaté par le gouvernement fédéral, j'exige que vous me laissiez partir.

Le médecin ferma les yeux quelques instants. Quand il les rouvrit, son expression s'était durcie.

– D'accord, vous avez gagné, marshal. Tenez, je vais même vous faciliter la tâche.

Il attrapa une sacoche en cuir souple posée par terre, l'ouvrit, en retira l'arme de Teddy et la jeta sur la table.

– C'est bien votre revolver, n'est-ce pas?

Teddy se borna à contempler l'arme.

– Et ce sont bien vos initiales gravées sur la crosse, non?

Pour toute réponse, Teddy plissa les yeux.

– Oui ou non, *marshal* ? Est-ce bien votre revolver ?

Cette bosse sur le canon, se souvint Teddy, c'était celle laissée par la balle que Phillip Stacks lui destinait mais qui n'avait fait que ricocher sur l'arme avant d'être fatale au tireur. Il discerna ses initiales gravées sur la crosse – cadeau du bureau fédéral après l'échange de coups de feu avec Breck dans le Maine. Et il y avait aussi cette éraflure dans le métal, là, juste sous le pontet, parce qu'il avait lâché l'arme lors d'une course-poursuite à Saint-Louis durant l'hiver 49.

– Alors, c'est le vôtre ?

– Oui.

– Prenez-le, marshal. Vérifiez qu'il est chargé.

Teddy regarda l'arme, puis le médecin.

– Allez-y, marshal.

Cette fois, Teddy s'exécuta. Le revolver tressaillit dans sa main.

– Cette arme est-elle chargée ?

– Oui.

– Vous en êtes sûr ?

– Rien qu'au poids, oui.

Cawley hocha la tête.

– Alors, tirez. Parce que c'est le seul moyen pour vous de quitter cette île.

Teddy tenta de stabiliser l'arme avec son autre main, mais elle tremblait elle aussi. Il inspira à plusieurs reprises, relâcha lentement son souffle et s'efforça de fixer du regard l'extrémité du canon malgré les gouttes de sueur qui lui tombaient dans les yeux et les spasmes qui le secouaient tout entier ; il distinguait Cawley de l'autre côté du guidon, à soixante centimètres maximum, mais le médecin ne cessait de tanguer devant lui, comme s'ils se tenaient tous les deux sur le pont d'un bateau au milieu d'une mer démontée.

– Vous avez cinq secondes, marshal.

Cawley souleva le combiné de la radio, tourna la manivelle, et Teddy le vit porter le micro à ses lèvres.

– Trois secondes. Pressez la détente ou vous passerez le reste de votre misérable existence sur l'île.

Le revolver pesait lourd dans la main de Teddy. Malgré les tremblements, il avait encore une chance de s'en sortir s'il la saisissait maintenant, il le savait. S'il tuait Cawley. S'il tuait tous ceux qui l'attendaient dehors.

– Oui, monsieur le directeur. Dites-lui de monter.

La vision de Teddy s'éclaircit soudain, ses tremblements se réduisirent à de faibles trémulations, et il pointa le canon de son arme vers le médecin au moment où celui-ci raccrochait.

La physionomie de Cawley changea, comme s'il n'avait pas envisagé jusque-là que Teddy puisse avoir encore suffisamment de ressources pour aller jusqu'au bout de ses résolutions.

Il leva une main.

– O.K., O.K.

Teddy lui tira une première fois dans la poitrine.

Puis une seconde en pleine figure.

L'aspergeant d'eau.

Le médecin fronça les sourcils. Cilla à plusieurs reprises. Sortit un mouchoir de sa poche.

La porte s'ouvrit derrière Teddy, qui pivota sur son siège et visa le nouvel arrivant.

– Ne tirez pas ! s'exclama Chuck. J'ai oublié mon imperméable.

23

Cawley se tamponna le visage avec son mouchoir, puis alla se rasseoir pendant que Chuck contournait la table pour le rejoindre et que Teddy examinait l'arme dans sa main.

Il releva les yeux au moment où Chuck s'asseyait à son tour. Son coéquipier portait une blouse blanche, constata-t-il alors.

– Je croyais que vous étiez mort...

– Hé, non, répondit Chuck.

Teddy avait l'impression que les mots lui venaient de plus en plus difficilement. Il se sentait sur le point de bégayer, comme l'avait prédit la doctoresse.

– Je... je... j'étais... j'étais prêt à risquer ma vie pour vous sortir de là.

Il laissa tomber le revolver sur la table, et soudain vidé de ses forces, il s'effondra sur une chaise, incapable de poursuivre.

– Je suis sincèrement désolé, déclara Chuck. Le Dr Cawley et moi-même avons hésité pendant des semaines avant de nous lancer là-dedans. Je n'ai jamais eu l'intention d'en arriver à une situation qui vous inspire un sentiment de trahison ou une angoisse excessive. Je vous assure. Mais nous n'avions pas d'autre solution.

– C'était notre va-tout, intervint Cawley. Notre ultime tentative pour vous ramener parmi nous, Andrew. Une idée radicale, je vous l'accorde, même pour un établissement comme le nôtre, mais nous espérions vraiment qu'elle donnerait de bons résultats.

En voulant essuyer la sueur qui lui coulait dans les yeux, Teddy ne réussit qu'à les irriter. La vue brouillée, il s'adressa à Chuck.

– Qui êtes-vous ? demanda-t-il.

Chuck lui tendit la main par-dessus la table.

– Docteur Lester Sheehan.

Comme Teddy ne la serrait pas, Sheehan finit par la retirer.

– Donc, reprit Teddy en inspirant l'air humide, vous m'avez laissé continuer à chercher Sheehan, alors que vous... que vous étiez Sheehan.

Celui-ci hocha la tête.

– Vous m'avez appelé « chef ». Vous m'avez raconté des blagues, des histoires pour me distraire. Mais durant tout ce temps, vous m'espionniez, pas vrai, Lester ?

Teddy le fixa droit dans les yeux. Sheehan tenta de soutenir son regard, mais au bout d'un moment il se concentra sur sa cravate, qu'il tapota.

– Je devais vous surveiller, m'assurer que vous ne couriez aucun risque.

– Ben voyons. Ça justifie tout, hein ? La morale est sauve.

Sheehan relâcha sa cravate.

– On se connaît depuis deux ans, Andrew.

– Je ne m'appelle pas Andrew.

– Deux ans que je suis votre psychiatre de première intervention. Deux ans. Regardez-moi. Vous ne me reconnaissez pas ?

Cette fois, Teddy se servit du poignet de sa veste pour s'essuyer les yeux, et sa vue s'éclaircit enfin. Ce bon vieux Chuck, avec sa maladresse quand il manipulait des armes à feu et des mains qui ne cadraient pas avec sa profession. Parce que ce n'étaient pas celles d'un flic. C'étaient celles d'un médecin.

– Vous étiez mon ami, reprit Teddy. Je vous faisais confiance. Je vous ai parlé de ma femme. De mon père. J'ai descendu une putain de falaise pour vous rejoindre ! Vous m'observiez, à ce moment-là ? Vous vous inquiétiez pour ma sécurité, peut-être ? Vous étiez mon ami, Chuck. Oh, pardon. Lester.

Quand celui-ci alluma une cigarette, Teddy constata avec satisfaction que ses mains tremblaient aussi. Oh, pas beaucoup. Moins que les siennes, estima-t-il ; en outre, les tremblements de Sheehan s'arrêtèrent sitôt la cigarette allumée et l'allumette jetée dans le cendrier. Mais n'empêche...

J'espère que tu l'as attrapé aussi, songea-t-il. Quoi que ce soit.

– Tout à fait, répondit Lester, et Teddy dut fournir un effort pour se rappeler qu'il n'avait pas affaire à Chuck. Je m'inquiétais pour votre sécurité, en effet. Oui, ma disparition faisait partie de votre délire. Mais vous étiez censé découvrir le formulaire d'admission de Laeddis sur la route, et non en bas de la falaise. Je l'ai laissé tomber du promontoire par mégarde. Quand je l'ai sorti de ma poche, il a été emporté par un coup de vent. J'ai voulu aller le récupérer, parce que sinon vous n'hésiteriez pas à y aller vous-même, je le savais. Mais je me suis retrouvé paralysé. Juste sous le surplomb. Vingt minutes plus tard, vous êtes passé devant moi. Je veux dire, à quoi, peut-être trente centimètres. J'ai failli tendre la main pour vous rattraper.

Cawley s'éclaircit la gorge.

– On a été tentés de tout annuler en voyant que vous comptiez descendre le long de cette muraille. On aurait peut-être dû.

– Annuler quoi ?

Teddy porta son poing à sa bouche pour réprimer son rire.

– Tout ça, répondit Cawley. Cette mascarade, Andrew. Ce...

– Je m'appelle Teddy.

– ... scénario. C'est vous qui en êtes l'auteur. Nous vous avons aidé à le mettre en scène. Mais le spectacle devait avoir une fin, n'est-ce pas ? Et cette fin, c'était toujours votre arrivée dans ce phare.

– Commode, commenta Teddy.

– Ça fait maintenant presque deux ans que vous nous racontez la même histoire. Comment vous êtes venu ici à la recherche d'une patiente disparue et comment vous avez découvert nos expérimentations chirurgicales inspirées du Troisième Reich, nos séances de lavage de cerveau dignes du régime soviétique. Comment Rachel Solando a tué ses enfants de la même façon que votre femme a tué les vôtres. Comment, alors que vous touchiez au but, votre coéquipier – et ce nom dont vous l'avez affublé, n'est-il pas formidable ? Chuck Aule. Allez-y, répétez-le un certain nombre de fois à toute vitesse, vous verrez [1]. C'était juste une autre de vos blagues, Andrew – a disparu et comment vous avez dû vous défendre tout seul. Comment on vous a piégé, drogué et interné avant que vous puissiez révéler toute la vérité à ce sénateur Hurly imaginaire. Vous voulez connaître le nom des sénateurs actuels du New Hampshire, Andrew ? Je les ai ici.

– Tout serait faux, donc ?

– Oui.

Cette fois, Teddy partit d'un gros rire, comme avant la mort de Dolores – un rire qui explosa dans la pièce et dont l'écho décrivit une boucle pour

1. Phonétiquement, ce nom rappelle le verbe « to chuckle », qui signifie « glousser, rire ». (*N.d.T.*)

revenir se mêler aux sons sortant de sa bouche en un flot ininterrompu, puis s'éleva au-dessus de lui, se répandit sur les murs et se dissipa dans la rumeur du ressac.

– Comment fabrique-t-on un ouragan ? lança-t-il en assenant un coup de poing sur la table. Allez-y, docteur, répondez-moi.

– Ce n'est pas possible, admit Cawley.

– Non, en effet, répondit Teddy, qui frappa de nouveau la table.

– Mais il arrive qu'on puisse le prévoir, Andrew. Surtout lorsqu'on vit sur une île.

Teddy fit non de la tête, conscient du sourire toujours plaqué sur son visage, mais à présent dénué de chaleur, lui donnant sans doute l'air idiot et vulnérable.

– Vous n'abandonnez jamais, hein ? murmura-t-il.

– La tempête était nécessaire à la réalisation de votre fantasme, ajouta Cawley. Alors, nous avons attendu le moment propice.

– Vous mentez.

– Ah bon ? Dans ce cas, expliquez-moi les anagrammes. Expliquez-moi comment les enfants sur ces photos – des enfants que vous n'avez jamais vus si ce sont bien ceux de Rachel Solando – sont les mêmes que dans vos rêves. Expliquez-moi, Andrew, comment j'ai pu vous demander « Pourquoi es-tu tout mouillé ? » au moment où vous franchissiez la porte. Vous me prenez pour un médium ?

– Non, répliqua Teddy. J'étais mouillé, tout simplement.

Durant quelques secondes, Cawley parut sur le point d'exploser. Il prit une profonde inspiration, pressa ses mains l'une contre l'autre et se pencha en avant.

– Votre arme était remplie d'eau. Quant à vos codes ? Ce sont des farces, Andrew. Vous jouez avec vous-même. Tenez, ouvrez votre calepin. À la page où vous avez noté le dernier. Regardez-le bien. Sept lettres. Deux lignes. Vous ne devriez pas avoir de mal à le déchiffrer. Allez-y, regardez bien.

5(E)-20(T)-3(C)-9(I)-15(O)-20(T)-19(S)

– Le temps presse, intervint Lester Sheehan. Il faut que vous compreniez une chose, Andrew : elle est complètement en train de changer. La psychiatrie, je veux dire. Elle a connu sa propre guerre elle aussi, et aujourd'hui, nous perdons du terrain.

E-T-C-I-O-T-S

– Ah bon ? lança Teddy d'un ton absent. Qui ça, « nous » ?

– Ceux pour qui la meilleure façon d'atteindre l'esprit ne consiste pas à enfoncer des pics à glace dans le cerveau ou à administrer d'importantes doses de médicaments dangereux, mais à chercher une acceptation de sa vraie personnalité.

– Une acceptation de sa vraie personnalité ? ironisa Teddy. Waouh, elle est bonne, celle-là !

Sept lettres. Deux lignes. Une de quatre lettres, l'autre de trois.

– Écoutez-moi, reprit Sheehan. Si nous échouons, nous aurons définitivement perdu la bataille. Pas seulement avec vous. En ce moment même, la balance penche en faveur des chirurgiens, d'accord, et pourtant la situation risque d'évoluer rapidement. Les pharmaciens prendront le relais, mais ce sera tout aussi barbare malgré les apparences. On continuera à créer des zombies et à les placer dans des établissements spécialisés ; simplement, on recouvrira le processus d'un vernis plus acceptable pour le grand public. Ici, dans cet hôpital, tout dépend de vous, Andrew.

– Je m'appelle Teddy. Teddy Daniels.

Le premier mot devait être « C'EST », devina-t-il.

– Naehring a déjà réservé la salle d'opération, Andrew.

Teddy détacha son regard de la page.

Cawley hocha la tête.

– Nous avions droit à quatre jours. Si nous n'obtenons pas de résultats concluants, vous subirez une intervention chirurgicale.

– De quel genre ?

Les deux médecins échangèrent un rapide coup d'œil, puis Sheehan s'absorba dans la contemplation de sa cigarette.

– De quel genre ? répéta Teddy.

Cawley ouvrait déjà la bouche pour répondre, lorsque Sheehan le devança.

– Une lobotomie transorbitale, énonça-t-il d'une voix lasse.

– Comme George Noyce, c'est ça ? Mais vous allez me dire qu'il n'était pas là non plus, je suppose.

– Il est là, affirma Cawley. Et une bonne partie de ce que vous avez raconté sur lui au Dr Sheehan est exacte, Andrew. Mais il n'est jamais retourné à Boston. Vous ne l'avez jamais rencontré en prison. Il est interné dans cet établissement depuis août 1950. Son état s'est suffisamment amélioré pour que nous décidions de le transférer du pavillon C au pavillon A. Mais vous l'avez attaqué.

– Quoi ?

– Vous l'avez agressé il y a deux semaines. Avec une telle violence que vous avez bien failli le tuer.

– Pourquoi aurais-je fait une chose pareille ?

Une nouvelle fois, les deux médecins se regardèrent.

– Parce qu'il vous avait appelé Laeddis, révéla Sheehan.

– Mais non. Je l'ai vu hier et il...

– Oui ?

– Il ne m'a pas appelé Laeddis, c'est certain.

– Ah non ? (Cawley ouvrit son propre calepin.) J'ai ici la transcription de votre conversation. Les bandes sont dans mon bureau, mais pour le moment, nous nous contenterons de ces notes. Dites-moi si ça vous paraît familier. (Il chaussa ses lunettes, puis se pencha pour lire la feuille.) Je cite : « Non, c'est de toi qu'il s'agit. Et de Laeddis. Il n'a jamais été question d'autre chose. Moi, je n'étais qu'un accessoire. Un moyen d'arriver à tes fins. »

– Et alors ? répliqua Teddy. Il ne m'appelle pas Laeddis, que je sache. Il dit : « C'est de toi qu'il s'agit » – moi, donc. « *Et* de Laeddis. » Quelqu'un d'autre, quoi.

Un petit rire échappa au médecin.

– Vous êtes un sacré numéro.

Teddy sourit.

– Je pensais la même chose à votre sujet, figurez-vous.

– Et ça ? reprit Cawley en consultant de nouveau ses notes. Vous rappelez-vous avoir demandé à Noyce ce qui lui était arrivé ?

– Bien sûr. Je lui ai demandé qui l'avait frappé.

– Vos paroles exactes ont été : « Qui vous a fait ça ? » Nous sommes d'accord ?

De la tête, Teddy acquiesça.

– Alors, Noyce a répondu, je cite : « Toi. »

– Peut-être, mais...

Cawley l'étudia un instant comme il aurait étudié un insecte exotique dans la vitrine d'un musée.

– Oui ?

– Il parlait comme...

– Allez-y, je vous écoute.

Teddy avait de plus en plus de mal à relier les mots entre eux, à les aligner tels des wagons de marchandises.

371

– Il m'a expliqué, articula-t-il lentement, que si on l'avait tabassé, c'était indirectement à cause de moi, parce que je n'avais pas réussi à lui éviter de revenir ici. Il ne m'a pas accusé de l'avoir agressé.

– N'empêche, à la question « Qui vous a fait ça ? », il a répondu : « Toi. »

– D'accord, mais nous avons une interprétation différente de ses propos, c'est tout, déclara Teddy en haussant les épaules.

Cawley tourna une page.

– Tenez, ce passage-là... Je cite encore Noyce : « Ils *savaient*, bon Dieu ! T'as toujours pas pigé ça ? Ils étaient au courant de tout. Tous tes projets. C'est un jeu, tu saisis ? Une remarquable mise en scène. Tout ça, c'est pour toi. »

– Et aucun patient ni aucune de ces personnes que je suis censé connaître depuis deux ans n'aurait fait allusion à cette, hum, comédie que j'aurais jouée durant ces quatre jours ?

– Oh, ils ont l'habitude, répondit Cawley en refermant son calepin. Vous leur brandissez sous le nez votre badge en plastique depuis maintenant un an. Au début, je pensais que ça valait la peine de vous le remettre, pour voir comment vous réagiriez. Mais vous en avez fait une utilisation que je n'aurais jamais pu prévoir. Allez-y, Andrew. Ouvrez votre portefeuille. Dites-moi si c'est du plastique ou pas.

– Laissez-moi d'abord terminer de déchiffrer le code.

– Vous y êtes presque. Vous voulez un coup de main, Andrew ?

– Teddy.

– Andrew. Andrew Laeddis.

– Teddy.

Cawley le regarda inscrire les lettres sur la page.

– Alors ?

En guise de réponse, Teddy éclata de rire.

– Éclairez-nous, Andrew. Qu'est-ce qu'il y a de si drôle ?

– C'est vous qui les avez composés. Les codes. Vous avez créé le nom de Rachel Solando à partir de celui de ma femme. Vous êtes derrière tout ça.

– Que dit le dernier code ? insista Cawley.

Teddy déplaça le calepin de façon à leur montrer les mots :

**c'est
toi**

– Satisfait ? lança-il.

Cette fois, Cawley se leva. Il avait l'air épuisé. Au bout du rouleau. Quand il reprit la parole, ce fut d'un ton triste que Teddy n'avait jamais entendu :

– Nous avions bon espoir. Oui, nous avions bon espoir de vous sauver. Nous avons joué notre réputation sur cette expérience. À partir de maintenant, tout le monde saura que nous avons autorisé un patient à aller jusqu'au bout de son délire, avec pour seuls résultats de nos efforts plusieurs gardes blessés et une voiture calcinée. Oh, entre nous, je ne me soucie guère des humiliations professionnelles. (Il laissa son regard se porter vers la petite fenêtre carrée.) Peut-être que je ne suis plus fait pour cet endroit. Ou qu'il n'est plus fait pour moi. Mais un jour, marshal, un jour peut-être pas si lointain, l'expérience humaine sera tellement soumise aux traitements médicamenteux qu'elle n'aura plus rien d'une expérience humaine, justement. Vous me suivez ?

Teddy ne lui opposa qu'un visage impassible.

– Pas vraiment, non.

– Je m'en doutais.

Cawley croisa les bras. Durant un long moment, seuls le souffle de la brise et le grondement de l'océan troublèrent le silence entre eux.

– Vous êtes un soldat médaillé possédant une solide maîtrise du combat au corps à corps. Depuis votre arrivée, vous avez blessé huit gardes, sans compter les deux d'aujourd'hui, quatre patients et cinq aides-soignants. Pendant tout ce temps, avec le Dr Sheehan, nous vous avons défendu de notre mieux. Mais aujourd'hui, la plupart des cliniciens et tous les membres du personnel carcéral exigent que nous leur soumettions des résultats concrets ou que nous vous mettions dans l'incapacité de nuire.

Il se détourna de la fenêtre, se pencha par-dessus la table et posa sur Teddy un regard sombre, désolé.

– C'était notre dernière chance, Andrew. Si vous n'admettez pas qui vous êtes et ce que vous avez fait, si vous ne fournissez pas l'effort nécessaire pour remonter à la surface, nous ne pourrons plus rien pour vous.

Il tendit la main à Teddy.

– Prenez-la, lui enjoignit-il d'une voix rauque. Je vous en prie, Andrew. Aidez-moi à vous sauver.

Teddy la lui serra. Fermement. Il le gratifia de sa poignée de main la plus franche, de son regard le plus direct. Puis il sourit.

– Arrêtez de m'appeler Andrew.

24

Il portait des fers lorsqu'ils l'emmenèrent au pavillon C.

Une fois à l'intérieur, ils l'accompagnèrent au sous-sol, où des hommes l'apostrophèrent depuis leurs cellules. Ils lui promirent de lui faire subir des sévices. De le violer. L'un d'eux lui jura qu'il le ligoterait comme une truie et lui dévorerait les doigts de pieds un par un.

Alors qu'il était encore entravé et encadré par deux gardes, une infirmière entra dans sa cellule pour lui injecter un produit dans le bras.

Elle avait des cheveux blond vénitien et sentait le savon. Lorsqu'elle se pencha pour faire la piqûre, son souffle effleura le visage de Teddy, qui la reconnut aussitôt.

– Vous étiez Rachel.

– Tenez-le bien, ordonna-t-elle.

Les gardes l'agrippèrent par les épaules et l'obligèrent à tendre les bras.

– C'était vous, insista-t-il. Vous vous étiez teint les cheveux. Vous êtes Rachel.

– Ne bougez pas, recommanda-t-elle à Teddy en lui enfonçant l'aiguille dans le bras.

Il accrocha son regard.

– Vous êtes une excellente actrice. Je veux dire,

vous m'avez vraiment convaincu avec toutes vos histoires sur votre cher, cher Jim. C'était très impressionnant, Rachel.

Elle baissa les yeux.

– Je m'appelle Emily, avoua-t-elle en retirant l'aiguille. Vous allez vous reposer, maintenant.

– Je vous en prie...

L'infirmière s'immobilisa à l'entrée de la cellule et se retourna.

– C'était vous, n'est-ce pas ?

Elle ne hocha pas la tête, mais elle acquiesça d'un rapide mouvement des paupières, presque imperceptible, puis elle lui adressa un sourire si désespéré qu'il eut envie de lui embrasser les cheveux.

– Bonne nuit, dit-elle.

Il ne sentit pas les gardes lui ôter les fers, ne les entendit pas non plus partir. Les sons dans les autres cellules moururent peu à peu, l'air près de son visage se teinta d'une nuance ambrée et il eut l'impression d'être allongé au centre d'un nuage humide, les pieds et les mains transformés en éponges.

Et il rêva.

En rêve, il vivait avec Dolores dans une maison près d'un lac.

Parce qu'ils avaient dû quitter la ville.

Parce que cette ville était infestée par la méchanceté et la violence.

Parce que Dolores avait mis le feu à leur appartement de Buttonwood.

Pour essayer de se débarrasser des fantômes.

Il rêva de leur amour comme d'un acier résistant au feu, à la pluie, aux coups de marteau.

Il rêva que Dolores était folle.

Sa petite Rachel lui avait dit, un soir où il était saoul, mais pas au point d'en oublier de lui lire une histoire pour l'endormir :

« Papa ?

« – Oui, ma puce ?

– Maman, des fois, elle me regarde d'un drôle d'air.

– Comment ça, un drôle d'air ?

– Ben, drôle, quoi.

– Ça te fait rire ?

– Non.

– Non ? Pourquoi ? Qu'est-ce qu'il a donc, son air ?

– Ben, elle me regarde comme si je la rendais triste. »

Il l'avait bordée, embrassée en lui souhaitant une bonne nuit, puis lui avait chatouillé le cou avec son nez en lui affirmant qu'elle ne pouvait pas rendre quelqu'un triste. Ce n'était pas possible. Ni aujourd'hui ni jamais.

Un autre soir, quand il était allé rejoindre Dolores dans leur lit, il l'avait trouvée en train de frotter les cicatrices sur ses poignets. Elle avait levé les yeux vers lui en disant :

« Quand tu pars là-bas, une partie de toi ne revient pas.

– Où ça, ma chérie ? avait-il demandé en posant sa montre sur la table de nuit.

– Quant à l'autre partie, Teddy... »

Elle s'était mordu la lèvre jusqu'au sang. À cet instant, elle semblait sur le point de se frapper le visage à deux mains.

« Elle ferait mieux de ne pas revenir. »

Elle soupçonnait le boucher au coin de la rue d'être un espion. Elle disait qu'il lui souriait lorsqu'il tenait son couperet dégoulinant de sang et elle était sûre qu'il parlait russe.

Elle disait que parfois, elle avait l'impression de sentir ce couperet entre ses seins.

Un jour où ils étaient à Fenway Park, en train de regarder le match, le petit Teddy lui avait lancé :

« On pourrait habiter ici.

– Mais on habite ici.

– Dans le stade, je veux dire.

– Pourquoi ? Qu'est-ce qui cloche, chez nous ?

– Toute cette eau partout. »

Teddy avait porté sa flasque à ses lèvres pour avaler une rapide gorgée d'alcool. Puis il avait contemplé son fils – un garçon grand et fort, mais trop prompt à pleurer pour son âge, et facilement impressionnable. Comme beaucoup de gosses privilégiés en cette époque de prospérité économique. Si sa propre mère avait été encore en vie, avait songé Teddy senior, elle aurait appris à ses petits-enfants qu'il fallait s'endurcir. Le monde ne faisait pas de cadeaux. Il ne donnait pas ; il prenait.

Un homme pouvait dispenser ce genre d'enseignement, bien sûr, mais c'était à la femme que revenait ce rôle.

Or Dolores les nourrissait de ses rêves et de ses fantasmes ; elle les emmenait trop souvent au cinéma, au cirque, aux fêtes foraines.

Teddy avait de nouveau porté sa flasque à ses lèvres.

« Trop d'eau, donc. Rien d'autre ?

– Non, 'pa. »

« Qu'est-ce qui ne va pas ? lui demandait-il. Qu'est-ce que je n'ai pas fait ? Qu'est-ce que je ne t'ai pas donné ? Comment pourrais-je te rendre heureuse ?

– Je suis heureuse, répondait-elle.

– Non, tu ne l'es pas. Dis-moi ce que je dois faire. Je le ferai.

– Je vais bien.

– Tu piques de telles colères ! Et quand tu n'es pas en colère, tu es trop gaie, trop exubérante.

– Il faudrait savoir !

– Ça m'effraie, ça effraie aussi les enfants. Tu ne vas pas bien.

– Mais si.

– Tu es tout le temps triste.

– Non, c'est toi qui l'es. »

Il était allé trouvé le prêtre, qui était venu les voir une ou deux fois. Il était allé trouver les sœurs de Dolores, et l'aînée, Delilah, avait quitté la Virginie pour passer une semaine avec eux. Pendant quelque temps, les choses avaient paru s'améliorer.

Tous deux évitaient de mentionner la possibilité de consulter un médecin. Les toubibs, c'était bon pour les fous. Dolores n'était pas folle. Elle était juste un peu tendue.

Tendue.

Et triste.

Teddy rêva qu'elle le réveillait une nuit pour lui demander d'aller chercher son arme. Le boucher s'était introduit chez eux, affirmait-elle. Il était en bas, dans la cuisine. Il parlait au téléphone. En russe.

Ce soir-là sur le trottoir devant le Coconut Grove, il s'était penché à l'intérieur du taxi, le visage à quelques centimètres du sien...

En la regardant, il avait pensé :

379

Je te connais. Je t'ai toujours connue. Je t'attendais. J'attendais que tu fasses ton apparition. Depuis des années.

Je te connaissais déjà dans le ventre de ma mère.

C'est aussi simple que ça.

Il n'éprouvait pas le désir désespéré du GI de coucher avec elle avant d'embarquer, parce qu'il savait déjà qu'il reviendrait de la guerre. Il reviendrait, parce que les dieux n'avaient pas disposé les étoiles dans le ciel de manière à lui permettre de rencontrer l'âme sœur pour l'en priver aussitôt.

C'est ce qu'il lui avait dit en se penchant vers elle.

« Ne t'inquiète pas, avait-il ajouté. Je vais bientôt rentrer. »

D'un doigt, elle lui avait caressé le visage.

« N'oublie pas, d'accord ? »

Il rêva qu'il rentrait chez eux, dans la maison près du lac.

Il était parti dans l'Oklahoma. Il avait passé deux semaines à poursuivre un gars depuis les quais de South Boston jusqu'à Tulsa – un trajet ponctué d'au moins dix haltes –, avec toujours un temps de retard sur le fugitif, jusqu'à ce qu'il tombe sur lui au moment où il sortait des toilettes pour hommes dans une station-service.

Il poussa la porte à onze heures du matin, soulagé que ce soit un jour de semaine et que les garçons soient à l'école, car à force de faire de la route, il était rompu de fatigue et n'aspirait qu'à se coucher. Il entra et appela Dolores en se servant un double scotch. Elle arriva du jardin en disant :

« Il n'y en avait pas assez. »

Il se tourna vers elle, son verre à la main.

« Assez de quoi, ma chérie ? »

Il remarqua alors qu'elle était trempée, comme si elle sortait de la douche, sauf qu'elle portait une vieille robe de couleur foncée ornée d'un motif floral fané. Elle était pieds nus, et l'eau dégoulinait à la fois de ses cheveux et de sa robe.

« Pourquoi es-tu toute mouillée, bébé ? demanda-t-il.

– Il n'y en avait pas assez, répondit-elle en posant une bouteille sur le plan de travail. Je me sens toujours aussi réveillée. »

Elle retourna dehors.

Teddy la vit se diriger vers le belvédère ; elle avançait à longues foulées chancelantes. Alors, il posa son propre verre, s'empara de la bouteille et s'aperçut qu'il s'agissait du laudanum prescrit par le médecin de Dolores après son séjour à l'hôpital. Quand il devait partir en voyage, Teddy prenait toujours soin de prélever le nombre de cuillérées qu'il estimait nécessaires pour elle pendant son absence, puis d'en remplir un petit flacon qu'il rangeait dans l'armoire à pharmacie. Cette bouteille-là, il la cachait à la cave.

Il y avait pour six mois de traitement dedans, et elle l'avait vidée.

Il la vit gravir les marches du belvédère, tomber à genoux et se relever.

Comment avait-elle réussi à mettre la main sur cette bouteille ? Ce n'était pas une serrure ordinaire qu'il avait montée sur le placard. Un homme costaud armé de pinces coupantes n'aurait pas pu en venir à bout. Dolores ne l'avait pas forcée, c'était impossible, et c'était lui qui possédait la seule clé.

Il la regarda s'asseoir sur la balancelle au milieu du belvédère, puis il reporta son attention sur la bouteille. Il se souvenait encore de ce moment où, le soir de son départ, il s'était tenu à la même place pour remplir le petit flacon en s'autorisant lui-même quelques gorgées de whisky. Il avait contemplé le lac, rangé le petit flacon dans l'armoire à pharmacie, gravi l'escalier pour aller dire bonsoir aux enfants, puis il était redescendu quand le téléphone avait sonné. Après le coup de fil du bureau fédéral, il avait pris son manteau et son sac de voyage, avant d'embrasser Dolores sur le seuil et de se diriger vers sa voiture...

... en oubliant la grande bouteille sur le plan de travail.

Il poussa la porte-moustiquaire, foula la pelouse jusqu'au belvédère et gravit les marches à son tour sous le regard de Dolores ruisselante, une jambe dans le vide tandis qu'elle donnait de l'autre une impulsion paresseuse à la balancelle.

« Quand as-tu avalé tout ça, ma chérie ? demanda-t-il.

– Ce matin. » Elle lui tira la langue, esquissa de nouveau un sourire rêveur et s'absorba dans la contemplation de la coupole au-dessus d'eux. « Mais il n'y en avait pas assez. Je n'arrive pas à dormir. J'ai tellement envie de dormir... Je suis si fatiguée... »

Il vit les bûches flotter à la surface du lac derrière elle, et il sut tout de suite que ce n'étaient pas des bûches, mais il détourna les yeux et les posa de nouveau sur sa femme.

« Qu'est-ce qui te fatigue autant ? »

Elle haussa les épaules et laissa retomber ses mains.

« Tout ça. Je suis si fatiguée... Je voudrais juste rentrer à la maison.

– Tu es à la maison. »

D'un geste, elle indiqua la coupole.

« Là-haut, je veux dire. »

Teddy regarda de nouveau les bûches qui tournoyaient lentement dans l'eau.

« Où est Rachel ?

– À l'école.

– Elle est trop jeune pour aller à l'école, ma chérie.

– Pas dans mon école », répliqua-t-elle avec un horrible rictus.

Soudain, Teddy hurla. Il hurla si fort que Dolores tomba de la balancelle. Il l'enjamba, sauta par-dessus la balustrade à l'arrière du belvédère et courut comme un fou en criant : « Non, mon Dieu, je vous en prie, pas mes bébés, non, Seigneur, oh non... »

Il s'élança dans le lac, glissa et chuta tête la première, et l'eau le recouvrit comme de l'huile. Il se mit à nager de toutes ses forces jusqu'à les rejoindre enfin. Les trois bûches. Ses bébés.

Edward et Daniel gisaient sur le ventre, et Rachel sur le dos, fixant le ciel et les nuages de ses yeux grands ouverts, empreints de tout le désespoir de sa mère.

Il les ramena un par un sur la grève, où il les étendit. Il les manipulait avec précaution, les tenant serrés contre lui doucement mais fermement. Il sentait leurs petits os. Il caressa leurs joues, leurs épaules, leur buste et leurs pieds. Il les couvrit de baisers.

Avant de tomber à genoux et de vomir jusqu'à avoir la gorge en feu et l'estomac totalement vide.

Alors, il retourna auprès d'eux, et en leur croisant les bras sur la poitrine, il remarqua que Daniel et Rachel avaient des traces de brûlures sur les poignets, probablement causées par une corde ; il comprit qu'Edward avait été le premier à mourir. Les deux autres avaient attendu, écouté et su qu'elle allait revenir les chercher.

Il embrassa encore chacun de ses enfants sur les joues et le front, puis ferma les yeux de Rachel.

S'étaient-ils débattus quand elle les avait entraînés dans l'eau ? Avaient-ils crié ? Ou avaient-ils renoncé à résister, résignés à leur sort, se contentant de gémir ?

Il revit soudain sa femme dans cette robe violette le soir où il l'avait rencontrée, il revit l'expression de son visage quand il avait croisé son regard pour la première fois – cette expression dont il était immédiatement tombé amoureux. Sur le moment, il avait pensé que c'était peut-être à cause de la robe ; elle éprouvait une certaine crainte à porter une tenue aussi raffinée dans un club aussi raffiné. Mais non, ce n'était pas ça. C'était de la terreur, une terreur à peine réprimée, et elle avait toujours été là, en elle. La terreur que lui inspirait le monde extérieur – les trains, les bombes, les tramways bringuebalants, les marteaux-piqueurs, les avenues plongées dans l'ombre, les Russes, les sous-marins, les pubs pleins d'hommes en colère, les océans pleins de requins, les Asiatiques qui serraient un petit livre rouge dans une main et un fusil dans l'autre.

Elle avait peur de tout cela et de bien d'autres choses encore, mais ce qui l'effrayait le plus résidait dans sa tête – une sorte d'insecte doué d'une intelligence surnaturelle qui avait toujours vécu dans son cerveau, jouant avec lui, rampant en lui, arrachant des câbles au gré de ses caprices.

Teddy délaissa ses enfants et revint vers le belvédère, où il s'assit pour la regarder se balancer. Il la regarda longtemps, et le pire de tout, c'était l'incroyable force des sentiments qu'il éprouvait encore pour elle. S'il avait pu sacrifier sa propre raison pour lui permettre de recouvrer la sienne, il l'aurait fait. Vendre un bras ? Une jambe ? Pas de problème. Elle était son seul amour. Grâce à elle, il avait survécu à la guerre, survécu à un monde d'horreurs. Il l'aimait plus que sa vie, plus que son âme.

Pourtant, il l'avait trahie. Il avait trahi ses enfants. Il avait trahi tout ce qu'ils avaient édifié ensemble en refusant de voir Dolores telle qu'elle était vraiment, de comprendre qu'elle n'était pas responsable de sa folie, qu'elle ne pouvait pas la contrôler, que ce n'était pas le signe d'une faiblesse de caractère ou d'un manque de courage.

Il avait refusé de la voir ainsi parce que si elle était réellement l'amour de sa vie, son autre lui-même, ne lui aurait-il pas fallu en tirer certaines conclusions sur son propre cerveau, sa propre santé mentale, sa propre faiblesse ?

Alors, il avait préféré se réfugier ailleurs. Loin de tout ça. Loin d'elle. Il l'avait abandonnée – elle, son seul amour, dont l'esprit se désintégrait peu à peu.

Il la regarda se balancer. Mon Dieu, comme il l'aimait !

Il l'aimait (et cette pensée l'accabla de honte) plus que ses fils.

Plus que Rachel ?

Non, peut-être pas. Peut-être pas.

Il imagina Rachel dans les bras de sa mère qui l'emmenait vers l'eau. Il imagina les yeux de sa fille agrandis par la terreur tandis qu'elle sombrait dans le lac.

Il regarda sa femme, l'esprit toujours hanté par cette vision de Rachel, et il songea : *Tu n'es qu'une garce cruelle et malade.*

Assis sur le plancher du belvédère, il pleura long-temps. Combien de temps au juste, il ne le sut jamais. Il pleura et se souvint de Dolores sur le balcon le jour où il lui avait apporté des fleurs, de la façon dont elle tournait la tête vers lui pendant leur lune de miel, de sa robe violette, de son ventre gonflé quand elle était enceinte d'Edward, de cette fois où elle lui avait ôté de la joue un cil égaré en se libérant de son étreinte avant de se blottir de nouveau dans ses bras et de lui déposer un rapide baiser sur la main, de ses éclats de rire et de ses sourires paresseux du dimanche matin, de son expression étrange parfois quand elle l'obser-vait et que son visage tout entier s'affaissait autour de ses grands yeux et qu'elle avait l'air si effrayée, si seule – parce qu'il y avait toujours, toujours une par-tie d'elle qui semblait seule, tellement seule...

Il se releva, les jambes tremblantes.

Lorsqu'il s'assit près d'elle, elle murmura :

« Tu es bon.

– Non, c'est faux.

– Oh si, tu l'es, insista-t-elle en lui prenant la main. Tu m'aimes. Je le sais. Je sais aussi que tu n'es pas parfait. »

Qu'avaient-ils pensé – Daniel et Rachel – quand leur mère les avait réveillés pour leur attacher les mains ? Quand ils avaient sondé son regard ?

« Oh, mon Dieu !

– Je le sais bien, murmura-t-elle. Mais tu es à moi. Et tu fais de ton mieux.

– Je t'en prie, ma chérie, tais-toi. »

Et Edward. Edward avait sûrement essayé de s'enfuir. Elle avait dû le poursuivre dans toute la maison.

Elle était radieuse, à présent, rayonnante de bonheur.

« On va les mettre dans la cuisine, d'accord ?

– Quoi ? »

Elle vint s'asseoir sur ses genoux et l'attira contre son corps trempé.

« On va les installer à table, Andrew », dit-elle en lui embrassant les paupières.

Il la serra fort contre lui, la tête appuyée contre son épaule pour étouffer ses sanglots.

« Ce seront nos poupées. On les séchera.

– *Quoi ?* »

Le cri de Teddy fut assourdi par le tissu de la robe.

« On leur changera leurs vêtements », lui chuchota-t-elle à l'oreille.

Il ne pouvait pas l'imaginer dans une boîte – une cellule capitonnée de blanc avec une petite ouverture ronde dans la porte.

« Ce soir, on les laissera dormir avec nous.

– Je t'en prie, tais-toi.

– Mais juste pour ce soir, hein ?

– Je t'en prie.

– Et demain, on les emmènera en pique-nique.

– Si tu m'as jamais aimé... commença Teddy, les yeux rivés sur les trois corps alignés au bord du lac.

– Je t'ai toujours aimé, bébé.

– Si tu m'as jamais aimé, je t'en prie, arrête de parler. »

Il aurait voulu rejoindre ses enfants, leur rendre la vie, les emmener loin d'ici, loin d'elle.

Dolores posa une main sur l'arme qu'il portait. Il plaqua la sienne dessus.

« Aime-moi, Teddy. Libère-moi. »

Elle essaya de retirer l'arme, mais il lui repoussa la main. Il scruta ses yeux. Ils brillaient d'un éclat presque impossible à supporter. Ce n'étaient pas les yeux d'un être humain. Ceux d'un chien, peut-être. Ou d'un loup.

Après la guerre, après Dachau, Teddy s'était juré de ne plus jamais tuer, sauf si on ne lui laissait pas le choix. Si, et seulement si, un autre homme braquait son arme sur lui.

Il ne pourrait pas endurer la mort une fois de plus. Non, il ne pourrait pas.

Elle tenta encore de saisir le revolver, le regard de plus en plus enfiévré, et de nouveau il lui écarta la main.

Les petits gisaient toujours bien sagement sur la grève, l'un à côté de l'autre, épaule contre épaule.

Enfin, il retira son arme de son holster. Et la lui montra.

En larmes, elle se mordit la lèvre, puis hocha la tête.

« On fera comme s'ils étaient encore avec nous, Andrew, dit-elle en contemplant la coupole du belvédère. On leur donnera des bains. »

Il appuya le revolver contre le ventre de Dolores. Sa main tremblait. Ses lèvres aussi.

« Je t'aime, Dolores. »

Alors même que l'arme la touchait, il restait persuadé de ne pas pouvoir y arriver.

Elle baissa les yeux comme si elle était étonnée d'être encore là, sur ses genoux.

« Je t'aime aussi. Je t'aime tellement... Je t'aime comme... »

Il pressa la détente. La détonation trouva un écho dans son regard, un hoquet lui échappa et elle plaqua une main sur le trou tandis que de l'autre elle lui agrippait les cheveux.

Sentant la vie s'écouler hors d'elle, il l'attira à lui, et elle s'affaissa contre sa poitrine. Alors, il la serra de toutes ses forces entre ses bras, le visage pressé contre la robe fanée, pleurant son amour perdu à tout jamais.

Il se redressa dans l'obscurité et sentit la fumée avant de voir rougeoyer l'extrémité de la cigarette quand Sheehan en tira une bouffée.

Assis sur son lit, Teddy pleurait. Il lui semblait qu'il ne pourrait plus jamais s'arrêter de pleurer. Et il répétait sans cesse son nom :

– Rachel, Rachel, Rachel...

Il voyait ses yeux fixer les nuages, ses cheveux épars autour de son visage.

Lorsque les convulsions se calmèrent enfin, lorsque les larmes s'apaisèrent, Sheehan demanda :

– Rachel qui ?

– Rachel Laeddis.

– Et vous êtes ?

– Andrew. Mon nom est Andrew Laeddis.

Sheehan alluma une petite lampe, révélant la présence de Cawley et d'un garde de l'autre côté de la grille. Le garde leur tournait le dos, mais Cawley, les mains sur les barreaux, scrutait l'intérieur de la cellule.

– Pourquoi êtes-vous ici ?

Il prit le mouchoir que lui tendait Sheehan et s'essuya le visage.

– Pourquoi êtes-vous ici ? répéta Cawley.

– Parce que j'ai tué ma femme.

– Et pourquoi avez-vous fait ça ?

– Parce qu'elle avait tué nos enfants et qu'elle avait besoin de trouver la paix.

– Vous êtes marshal ? lança Sheehan.

– Non. Je l'étais autrefois, mais je ne le suis plus.

– Depuis combien de temps êtes-vous ici ?

– Je suis arrivé le 3 mai 1952.

– Qui était Rachel Laeddis ?

– Ma fille. Elle avait quatre ans.

– Qui est Rachel Solando ?

– Elle n'existe pas. Je l'ai inventée.

– Pourquoi ? interrogea Cawley.

Teddy esquissa un mouvement de dénégation.

– Pourquoi ? insista le médecin.

– Je ne sais pas, je ne sais pas...

– Oh si, vous le savez, Andrew. Répondez-moi.

– Je ne peux pas.

– Vous pouvez.

Teddy se prit la tête entre les mains et se mit à se balancer.

– Ne m'obligez pas à le dire. Je vous en prie. Je vous en prie, docteur...

Les doigts de Cawley se crispèrent sur les barreaux.

– J'ai besoin de l'entendre, Andrew.

À présent, Teddy n'avait plus qu'une envie : se jeter sur lui et lui arracher le nez à coups de dents.

– Parce que... (Il s'interrompit, s'éclaircit la gorge et cracha par terre.) Parce que je ne peux pas supporter d'avoir laissé ma femme assassiner mes bébés. J'ai ignoré tous les signes. J'ai essayé de les chasser de mon esprit. C'est moi qui les ai tués, en un sens, parce que je ne l'ai pas aidée.

– Et ?

– Et c'est trop pour moi. Je ne peux pas vivre avec ça.

– Il le faut, pourtant. Vous vous en rendez compte, n'est-ce pas ?

Teddy hocha la tête, puis ramena les genoux contre sa poitrine.

Sheehan jeta un coup d'œil à Cawley. Celui-ci regardait toujours à travers les barreaux. Sans quitter Teddy des yeux, il alluma une cigarette.

– Voilà ce que je crains, Andrew. Nous sommes déjà passés par là. Nous en sommes arrivés exactement au même point il y a neuf mois. Mais vous avez régressé. Très vite.

– Je regrette.

– Je veux bien le croire, mais je ne peux pas me contenter d'excuses, à ce stade. J'ai besoin de savoir que vous avez accepté la réalité. Aucun de nous ne peut s'offrir le luxe d'une nouvelle rechute.

Teddy considéra un moment Cawley, cet homme trop maigre aux yeux soulignés par de grandes poches d'ombre. Cet homme qui tentait de le sauver. Cet homme qui était peut-être le seul véritable ami qu'il ait jamais eu.

Il revit les yeux de Dolores quand la détonation avait retenti, crut sentir les poignets humides de ses fils lorsqu'il les avait placés sur leur poitrine, les cheveux mouillés de Rachel lorsqu'il les lui avait dégagés du visage.

– Je ne rechuterai pas, affirma-t-il. Mon nom est Andrew Laeddis. J'ai tué ma femme, Dolores, au printemps de l'année 52...

25

Le soleil pénétrait à flots dans sa chambre lorsqu'il se réveilla.

Il se redressa et chercha du regard les barreaux, mais il n'y en avait pas à la fenêtre. Celle-ci lui parut plus basse qu'elle n'aurait dû l'être, jusqu'au moment où il comprit qu'il était allongé sur la couchette du haut dans la chambre qu'il avait partagée avec Trey et Bibby.

La pièce était vide. Il sauta du lit, alla ouvrir la penderie où étaient suspendus ses vêtements fraîchement revenus de la laverie, puis s'habilla. Il s'approcha de la fenêtre, posa un pied sur le rebord pour lacer sa chaussure et contempla le parc où se trouvaient en nombre égal des patients, des aides-soignants et des gardes. Certains déambulaient devant l'hôpital, d'autres continuaient les opérations de nettoyage, quelques-uns soignaient ce qui restait des rosiers le long du soubassement.

Il se concentra sur ses mains en laçant sa seconde chaussure. Pas le moindre soupçon de tremblement. Sa vision était aussi nette que lorsqu'il était tout gosse, ses idées plus claires que jamais.

Après avoir quitté la pièce, il descendit l'escalier pour sortir et croisa Kerry Marino, l'infirmière, dans la galerie.

– B'jour, lança-t-elle avec un sourire.

– Belle matinée, hein ?

– Magnifique. À mon avis, la tempête a chassé la canicule pour de bon.

Il se pencha par-dessus la balustrade, regarda le ciel bleu pastel et perçut dans l'air une fraîcheur absente depuis le mois de juin.

– Bonne journée, dit encore Kerry Marino.

Il la suivit des yeux tandis qu'elle s'éloignait, considérant comme une réaction plutôt saine le plaisir qu'il éprouvait à voir ses hanches se balancer.

Dans le parc, il passa près d'un groupe d'aides-soignants dont c'était le jour de repos et qui en profitaient pour jouer au ballon. Ils le saluèrent de la main en lançant « Bonjour ! », et il fit de même.

La sirène du ferry qui s'approchait du ponton résonna longuement, et il vit Cawley et le directeur en pleine discussion sur la pelouse. Les deux hommes lui adressèrent un signe de tête, qu'il leur rendit.

Il s'assit sur les marches à l'entrée de l'hôpital, parcourut du regard l'ensemble des lieux et savoura une impression de bien-être comme il n'en avait pas ressenti depuis longtemps.

– Tenez.

Il prit la cigarette, la coinça entre ses lèvres puis se pencha vers la flamme. Il perçut l'odeur de l'essence juste avant que le Zippo ne se referme d'un coup sec.

– Comment ça va, ce matin ?

– Bien. Et vous ? demanda Teddy en aspirant la fumée.

– Je ne me plains pas.

Cawley et le directeur les observaient, constata-t-il.

– C'était quoi, le bouquin du directeur ? À votre avis, on le saura un jour ?

– Sans doute pas. Si ça se trouve, on mourra sans avoir jamais résolu l'énigme.

– C'est bien dommage.

– Il existe peut-être des choses qu'on est appelé à ne jamais connaître. Essayez d'envisager la situation sous cet angle.

– L'idée ne manque pas d'intérêt.

– Merci.

Il tira une nouvelle bouffée de sa cigarette, sensible au goût particulièrement sucré du tabac. Un tabac riche, qui lui collait au fond de la gorge.

– Alors, qu'est-ce qu'on décide, maintenant ?

– À vous de me le dire, chef.

Teddy sourit à Chuck. Tous deux, assis au soleil, prenaient leurs aises comme si tout allait pour le mieux dans le meilleur des mondes.

– Va falloir trouver un moyen de quitter ce foutu caillou, déclara Teddy. De rentrer enfin chez nous.

Chuck hocha la tête.

– Je me doutais bien que vous alliez me sortir un truc comme ça.

– Vous avez une idée ?

– Donnez-moi une minute.

Teddy se cala le dos contre les marches. Il disposait d'une minute. Peut-être même de plusieurs. Il vit Chuck lever une main en même temps qu'il secouait la tête et Cawley acquiescer d'un air entendu, puis s'adresser au directeur. Tous deux s'avancèrent sur la pelouse en direction de Teddy et de Chuck, bientôt rejoints par quatre aides-soignants dont l'un portait un ballot blanc – une sorte de grand morceau de tissu sur lequel Teddy crut percevoir des reflets métalliques quand l'homme le déroula.

– Je ne sais pas, Chuck. Vous croyez qu'ils nous ont démasqués ?

– Nan. (Chuck inclina la tête en arrière, plissa les yeux sous le soleil, puis sourit à Teddy.) On est bien trop malins.

– Mouais. Rudement malins, pas vrai ?

Achevé d'imprimer en février 2010
sur les presses de Normandie Roto Impression s.a.s.
à Lonrai (Orne)
pour le compte des Éditions Payot & Rivages
106, bd Saint-Germain - 75006 Paris
N° d'imprimeur : 100759
Dépôt légal : juillet 2007

Imprimé en France